채만식 장편소설

탁류 1

채만식 장편소설

탁류 1

초판 1쇄 인쇄	2014년 08월 01일
초판 1쇄 발행	2014년 08월 08일
지은이	채 만 식
엮은이	편 집 부
펴낸이	손 형 국

편집인	선 일 영	편 집	이소현 이윤채 김아름 이탄석
디자인	이현수 신혜림 김루리	제 작	박기성 황동현 구성우
마케팅	김회란 이희정		
펴낸곳	에세이퍼블리싱		
출판등록	2004. 12. 1(제2011-77호)		
주소	153-786 서울시 금천구 가산디지털 1로 168,		
	우림라이온스밸리 B동 B113, 114호		
홈페이지	www.book.co.kr		
전화번호	(02)2026-5777	팩스	(02)2026-5747

ISBN   979-11-85742-19-9 04810   978-89-6023-773-5 04810(SET)

에세이퍼블리싱은 ㈜북랩의 문학 전문 브랜드입니다.

이 도서의 국립중앙도서관 출판예정도서목록(CIP)은 서지정보유통지원시스템 홈페이지(http://seoji.nl.go.kr)
와 국가자료공동목록시스템(http://www.nl.go.kr/kolisnet)에서 이용하실 수 있습니다.
(CIP제어번호: 2014022403)

일제강점기 한국현대문학 시리즈

18

채만식 장편소설

탁류 1

편집부 엮음

SAY

일러두기

※〈일제강점기 한국현대문학 시리즈〉로 출간하는 한국 근현대 작품집은 공유 저작물로 그 작품을 집필하신 저자의 숭고한 의지를 받들어 최대한 원전을 유지하였다.

※ 오기가 확실하거나 현대의 맞춤법에 의거하여 원전의 내용 이해에 문제가 없을 정도의 선에서만 교정하였다.

※ 이 책은 현대의 표기법에 맞춰서 읽기 편하게 띄어쓰기를 하였다.

※ 이 책은 원문을 대부분 살려서 옛글의 맛과 작가의 개성을 느끼도록 글투의 영향이 없는 단어는 현대식 표기법을 따랐다.

※ 한자가 많이 들어간 글의 경우는 의미 전달이 어려운 경우에 한해서 한글 뒤에 한자를 병기하여 그 뜻을 정확히 했다.

※ 이 책은 낙장이나 원전이 글씨가 잘 안 보여서 엮은이가 찾아 볼 수 없는 경우에는 굳이 추정하여 쓰지 않고 원전의 내용을 그대로 살렸다.

※ 중학생 수준의 독자가 이해하기 어려운 단어, 어휘에 대해서는 본문 밑에 일일이 각주를 달아 가독성을 높였다.

들어가는 글

 탁한 역사의 흐름에 따라 정신이 황폐해진 인간 군상들의 그 시대를 살아가는 법은 그야말로 시궁창이다. 서로 물어뜯고 할퀴고 상해한다. 탁한 세상, 채만식의『탁류』에서 주목해야 할 것은 제목이다. 어째서 '청류淸流'가 아닌 '탁류濁流'인가. 일제강점기를 살아가는 몰염치하고, 가증스럽고, 음흉한 인간들은 역사의 흐름(流) 속에 흐림(濁)을 만들어 낸다. 그 역사적인 흐름 속에 '초봉이'라는 한 여성이 서 있다. 초봉이는 간악한 음모에 의해 남편을 잃고, 아버지 친우의 첩이 되었다가 다시 남편을 죽였던 그 음모의 주재자였던 '장형보'의 아내가 된다. 가난과 흉계, 탐욕과 살인 등 인간사의 온갖 더러움에 휘말려 파멸해 간다. 하지만 채만식은 마지막 소제목을 살인이나 파멸이 아닌 '서곡序曲'이라고 지었다. 시작이라는 의미의 '서곡', 소설 내내 사회적인 풍자와 냉소로 일관했던 채만식은 마지막 소제목으로 희망을 보여준다. 끝이 아니라 시작이라는 의미의 '서곡'은 다만 어둡고 끝이 보이지 않을 것 같은 절망에 한줄기 빛을 보여준다.

 현대를 살아가는 우리들은 많은 고난과 역경에 부딪힌다. 취업의 고난과 사업의 실패, 가정의 파탄, 그리고 실연의 아픔. 누구나 한번쯤은 겪으며 우리는 성숙해진다. "아픈 만큼 성숙해지고, 비온 뒤에 땅이 굳는다."고 한다. 그것은 다만 절망이 아닌 더 나아지기 위한 희망의 발돋움이 아닐까? 이 책을 읽게 될 독자가 어렵고 힘든 처지에 놓여 있다면 고난과 역경을 이겨내고 한걸음 더 나아갈 수 있는 계기가 되기를 바란다.

2014년 장마
편집부

차 례

🌀 인간기념물 人間記念物

금강….

이 강은 지도를 펴놓고 앉아 가만히 들여다보노라면, 물줄기가 중동께서 남북으로 납작하니 째져가지고는(한강이나 영산강도 그렇기는 하지만) 그것이 아주 재미있게 벌어져 있음을 알 수 있다. 한번 비행기라도 타고 강줄기를 따라가면서 내려다보면 또한 그럼직할 것이다.

저 준험한 소백산맥이 제주도를 건너보고 뜀을 뛸 듯이 전라도의 뒷덜미를 급하게 달리다가 우뚝… 또 한 번 우뚝… 높이 솟구친 갈재와 지리산, 두 산의 산협 물을 받아가지고 장수로 진안으로 무주로, 이렇게 역류하는 게 금강의 남쪽 줄기다.

그놈이 영동 근처에서는 다시 추풍령과 속리산으로 물까지 받으면서 서북으로 좌향을 돌려 충청 좌우도의 접경을 흘러간다. 그리고 북쪽 줄기는 좀 단순해서, 차령산맥이 꼬리를 감추려고 하는 경기 충청의 접경 진천 근처에서 청주를 바라보고 가느다랗게 흘러내려 오다가 조치원을 지나면 거기서 비로소 오래 두고 서로 찾던 남쪽 줄기와 마주 만난다.

이렇게 어렵사리 서로 만나 한데 합수진 한 줄기 물은 게서부터 고개를 서남으로 돌려 공주를 끼고 계룡산을 바라보면서 우줄거리고 부여로… 부여를 한 바퀴 휘돌려다가는 급히 남으로 꺾여 단숨에 논메(논산), 강경까지 들이닫는다.

여기까지가 백마강이라고, 이를테면 금강의 색동이다. 여자로 치면 흐린 세태에 찌들지 않은 처녀 적이라고 하겠다.

백마강은 공주 곰나루[1)에서부터 시작하여 백제 흥망의 꿈 자취를 더듬어 흐른다.

풍월도 좋거니와 물도 맑다. 그러나 그것도 부여 전후가 한창이지, 강경에 다다르면 장꾼들의 흥정하는 소리와 생선 비린내에 고요하던 수면의 꿈은 깨어진다. 물은 탁하다.

예서부터 옳게 금강이다. 향은 서서남으로 빗밋이[2) 충청·전라 양도의 접경을 골타고 흐른다. 이로부터서 물은 조수까지 섭쓸려 더욱 흐리나 그득하니 벅차고 강 넓이가 훨씬 퍼진 게 제법 양양하다[3).

이름난 강경벌은 이 물로 해서 아무 때고 갈증을 잊고 촉촉하다.

낙동강이니 한강이니 하는 다른 강들처럼 해마다 무서운 물난리를 휘몰아 때리지 않아서 좋다. 하기야 가끔 홍수가 나기도 하지만.

이렇게 에두르고 휘돌아 멀리 흘러온 물이 마침내 황해 바다에다가 깨어진 꿈이고 무엇이고 탁류 째 얼러 좌르르 쏟아져버리면서 강은 다하고, 강이 다하는 남쪽 언덕으로 대처[4) 하나가 올라앉았다.

이것이 군산이라는 항구요, 이야기는 예서부터 실마리가 풀린다. 그러나 항구라서 하룻밤 맺은 정을 떼치고 간다는 마도로스의 정담이나, 정든 사람을 태우고 멀리 떠나는 배 꽁무니에 물결만 남은 바다를 바라보면서 갈매기로 더불어 운다는 여인네의 그런 슬퍼도 달코롬한 이야기는 못 된다.

벗어부치고 농사면 농사, 노동이면 노동을 해먹고 사는 사람들과 마찬

---

1) 곰나루: 웅진(熊津). 충청남도 공주시의 백제시대 이름.
2) 빗밋이: 비스듬하게.
3) 양양하다: 1. 물 위에 둥둥 떠 있는 상태이다. 2. 물결이 출렁거리는 상태이다.
4) 대처: 도회지(都會地).

가지로, '오늘'이 아득하기는 일반이로되 그러나 그런 사람들과도 또 달라 '명일'이 없는 사람들… 이런 사람들은 어디고 수두룩해서 이곳에도 많이 있다.

정 주사도 갈데없이 그런 사람이다. 정 주사는 시방 미두⁵⁾장 앞 큰길 한복판에서, 다 같은 '하바꾼⁶⁾'이로되 나이 배젊은 애송이한테, 멱살을 당시랗게 따잡혀가지고는 죽을 봉욕을 당하는 참이다.

시간은 오후 두 시 반, 후장의 대판⁷⁾ 시세時勢 이절二節이 들어오고 나서요, 절기는 바로 오월 초생.

싸움은 퍽 단출하다. 안면 있는 사람들이 없는 바는 아니지만, 누구 하나 나서서 말리지도 않는다.

지나가던 상점의 심부름꾼 아이 하나가 자전거를 반만 내려서 오도카니 바라보고 섰는 것이 그림의 첨경⁸⁾ 같아 더욱 호젓하다.

휘둘리는 정 주사의 머리에서, 필경 낡은 맥고모자⁹⁾가 건뜻 떨어져 마침 부는 바람에 길바닥을 데구루루 굴러간다. 미두장 정문 앞 사람 무더기 속에서 웃음소리가 와아 하고 터져 나온다.

미두장은 군산의 심장이요, 전주통全州通이니 본정통本町通이니 해안통이니 하는 폭넓은 길들은 대동맥이다. 이 대동맥 군데군데는 심장 가까이, 여러 은행들이 서로 호응하듯 옹위하고 있고 심장 바로 전후좌우에는 중매점들이 전화 줄로 거미줄을 쳐놓고 앉아 있다.

정 주사는 자리하고도 이런 자리에서 봉변을 당하는 참이다. 그러나

---

5) 미두: 미곡의 시세를 이용하여 현물 없이 투기적 약속으로만 팔고 사는 일.
6) 하바꾼: 밑천 없이 투기하는 사람.
7) 대판: 오사카를 우리 한자음으로 읽은 이름.
8) 첨경: 평면도·입면도·투시도 등에 덧그리는 사람·나무·차량 등.
9) 맥고모자: 밀짚모자로 개화기에 젊은 남자들이 주로 썼다.

미두장 앞에서 일어난 싸움이란 빤히 속을 알조다. 그런 싸움은 하루에도 으레 한두 패씩은 얼러붙는다. 소위 '총을 놓았다'는 것인데, 밑천 없이 안면만 여겨 돈을 걸지 않고 '하바'를 하다가 지고서 돈을 못 내게 되면, 그래 내라거니 없다거니 하느라고 시비가 되어 툭탁 치고받고 한다. 촌이라면 앞뒷집 수탉끼리 암컷 샘에 후두둑후두둑 하는 닭싸움만치나 예삿일이다. 해서 아무리 이런 큰길 바닥에서 의관깨나 한 사람들끼리 멱살을 움켜잡고 얼러붙은 싸움이라도 그리 할 일이 없어서 심심한 사람이 아니면 별반 구경하는 사람도 없다.

다 알고 지내는 같은 하바꾼들은 싸움을 뜯어말리기는커녕, 중매점 처마 밑으로 미두장 정문 앞으로 넌지시 비켜서서, 흰머리가 희끗희끗 장근 오십의 중늙은이 정 주사가 자식뻘밖에 안 되는 애송이한테 그런 해거10)를 당하는 것을 되레 고소하다고 빈정거리기만 한다.

"밑천도 없어가지고 구성없이 덤벼들어 남 골탕 멕이기 일쑤더니, 그저 잘꾸사니11)야!"

"정 주산지 고무래 주산지 인제는 제발 시장 근처에 오지 말래요. 저 영감님 저러다가는 생죽음하겠어!"

"어쩔라구들 저래!"

"두어두게. 제 일들 제가 알아서 할 테지. 때12)에 가면 둘 다 콩밥인걸."

정 주사는, 멱살을 잡은 애송이의 팔목에 가 대롱대롱 매달려 발돋움을 친다. 목을 졸려서 얼굴빛은 검푸르게 죽고 숨이 막혀 캑캑 기침을 배앝는다.

---

10) 해거(駭擧): 괴상하고 얄궂은 짓.
11) 잘꾸사니: 잘코사니. 고소하게 여겨지는 일. 주로 미운 사람이 불행을 당한 경우에 하는 말이다.
12) 때: '교도소'를 속되게 이르는 말.

낡은 맥고모자는 아까 벌써 길바닥에 굴러 떨어졌고, 당목 홑두루마기는 안팎 옷고름이 뜯어져서 잡아낚는 대로 주정뱅이처럼 펄럭거린다.

"여보게 이 사람, 여보게!"

"보긴 무얼 보라구 그래? 보아야 그 상판이 그 상판이지 별것 있나? … 잔말 말구 돈이나 내요."

"글쎄 여보게, 이건 너무 창피하지 않은가! 이걸 놓고 조용조용 이야기를 하세그려, 응? 이건 놓게."

"흥! 놓아주면 뺑소니를 칠 양으루? 어림없어. …돈 내요. 안내면 깝대기를 벳겨놀 테니…."

"글쎄 이 사람아! 이런다구 없는 돈이 어디서 솟아나나?"

"요—런 얌체 빠진 작자 같으니라구! 왜, 그럼 돈두 없으면서 덤볐어? 덤비기를…. 그랬다가 요행 바루 맞으면 올개미 없는 개장수를 할 양으루? …그리구 그 꼴에 허욕은 담뿍 나서, 머? 오십 전이야 차마 하겠나? 일 원은 해야지? …고런 어디서… 아이구! 그저 요걸 그것…."

애송이는 뺨을 한 대 갈길 듯이, 멱살 잡지 않은 바른편 팔을 번쩍 쳐들어 넓죽한 손바닥을 들이대면서 얼러멘다. 정 주사는 그것을 피하려고 고개를 오므라뜨리면서 엉겁결에 손을 내민다. 그 꼴이 하도 궁상스럽대서 하하하 웃음소리가 사방에서 터져 나온다.

그때 마침 ××은행 군산지점의 당좌계當座係에 있는 고태수高泰洙가 잠깐 다니러 나왔는지 맨머리로 귀 위에 철필대를 꽂고 슬리퍼를 끌고 미두장 앞을 지나다가 싸움 열린 것을 보더니 멈칫 발길을 멈춘다. 그러자 또, 미두장 안에서는 중매점 '마루강丸江'의 '바다지場立'로 있는 꼽추 장형보가 끼웃이 밖을 내다보다가, 태수가 온 것을 보고 메기같이 째진 입으로 히죽히죽 웃는다.

"자네 장래 장인 방금 죽네, 방금 죽어. 어여 쫓아가서 말리게, 괜히 소복 입구 장가들게 되리! …어여 가서 뜯어말리라니깐 그래!"

모여 섰던 사람들은 태수를 아는 사람이고 모르는 사람이고 모두 돌아다보면서 빙긋빙긋 웃는다.

태수는 형보더러 눈을 흘기면서도 함께 웃는다. 그는 형보 말대로 싸움을 말려주고는 싶어도 형보가 방정맞게 여럿이 듣는 데서 그런 말을 씨월거려 놔서 차마 열적어[13] 선뜻 내닫지 못하는 눈치다. 그러나 그것도 잠깐이요, 형보한테 빙긋 한 번 더 웃어 보이고는 싸움 열린 길 가운데로 슬리퍼를 직직 끌고 건너간다.

"이건 무얼 그래요… 점잖찮게스리. 이거 노시오."

태수는 정 주사의 멱살을 잡은 애송이의 팔목을 말하는 말조보다는 우악스럽게 후뚜려 쥔다.

정 주사는 점직해서[14], 안 돌아가는 고개를 억지로 돌리고, 애송이는 좀 머쓱하기는 하면서도 멱살을 놓지 않는다.

"아―니, 이런 경우가 어디 있어요? …나이깨나 좋이 먹어가지구는…."

"노라면 놔요!"

버럭 소리를 지르면서 태수는 쥐었던 애송이의 팔목을 잡아낚는다.

"…잘잘못은 누게 있던지, 그래 댁은 부모도 없수? 젊은 친구가 나이 자신 분한테 이런 행패를 하게."

몰아대면서 거듭 떠보는 태수의 눈살은 졸연찮게[15] 팽팽하다.

애송이는 할 수 없이 멱살을 놓고 물러선다.

"그렇지만 경우가 그렇잖거든요!"

---

13) 열적다: 열없다의 잘못. 겸연쩍고 부끄럽다.

14) 점직해서: 부끄럽고 미안해서.

15) 졸연찮게: 어떤 일의 상태가 보통 일과 같이 심상하지 아니하게.

"경우가 무슨 빌어먹을 경우람? 누구는 그 속 모르는 줄 아우? '하바' 하다가 총 났다구 그러지? …여보, 그렇게 경우가 밝구 하거던 애여 경찰서루 가서 받아달래구려!"

"허어 참?"

애송이는 더 성구지 못하고 돌아서서 미두장 정문께로 가면서, 혼자 무어라고 두런두런 두런거린다.

정 주사는 검다 희단 말이 없이 모자를 집어 들고 건너편의 중매점 앞으로 간다. 중매점 문 앞에 두엇이나 모여 섰던 하바꾼들은 정 주사의 기색이 하도 암담한 것을 보고 입때까지 조롱하던 낯꽃을 얼핏 고쳐 갖는다.

"담배 있거들랑 한 개 주게!"

정 주사는 누구한테라 없이 손을 내밀면서 한데를 바라보고 우두커니 한숨을 내쉰다.

여느 때 같으면,

"담배 맡겼수?" 하고 조롱을 하지 단박에는 안 줄 것이지만, 그중 하나가 아무 말도 없이 마코 한 개를 꺼내 준다.

정 주사는 담배를 받아 붙여 물고 연기 째 길게 한숨을 내뿜으면서 넋을 놓고 먼 하늘을 바라본다.

광대뼈가 툭 불거지고 훌쭉 빠진 볼은 배가 불러도 시장만 해 보인다. 기름기 없는 얼굴에는 오월의 맑은 날에도 그늘이 진다. 분명찮은 눈을 노상 두고 깜작거리는 것은 괜한 버릇이요, 그것이 마침감16)으로 꼴이 더 궁상스럽다.

못생긴 노랑 수염이 몇 날 안 되게 시늉만 자랐다. 그거나마 정 주사는 잊지 않고 자주 쓰다듬는다.

---

16) 마침감: 마침맞은 사물이나 일.

정 주사가 낙명이 되어 한숨만 거듭 쉬고 서서 있는 것이 그래도 보기에 딱했던지 마코를 선심 쓰던 하바꾼이 부드러운 말로 위로를 하는 것이다.

"어서 댁으루 가시오. 다아 이런 데 발을 디려놓자면 그런저런 창피 보기도 예사지요. 옷고름이랑 저렇게 뜯어져서 못쓰겠소. 어서 댁으루 가시요."

정 주사는 대답은 안 하나 비로소 정신이 들어 모양 창피하게 된 두루마기 꼴을 내려다본다. 옆에서 위로하던 하바꾼이 한 번 더 선심을 내어 중매점 안으로 들어가더니 핀을 얻어가지고 나와서, 두루마기 고름 뜯어진 것을 제 손으로 찍어매준다.

미두장 정문 옆으로 비켜서서 형보와 무슨 이야기를 하느라고 고개를 맞대고 있던 태수가 정 주사가 서 있는 앞을 지나면서 일부러 외면을 해준다. 정 주사도 외면을 한다.

태수가 저만치 멀리 갔을 때 정 주사는 비로소,

"으흠."

가래 끓는 목 가다듬을 한 번 하더니 은행이 있는 데께로 천천히 걸어간다. 다섯 자가 될락말락한 키에 가슴을 딱 버티고 한 팔만 뒷짐을 지고, 그리고 짝 바라진 여덟팔자걸음으로 아장아장 걸어가는 맵시란 누구더러 보라고 해도 시장스런 꼴이다.

푸른 지붕을 이고 섰는 ××은행 앞까지 가면 거기서 길은 네거리가 된다. 이 네거리에서 정 주사는 바른편으로 꺾이어 동녕고개 쪽으로 해서 자기 집 '둔뱀이'로 가야 할 것이지만, 그러지를 않고 왼편으로 돌아 선창께로 가고 있다.

뒤에서 보고 있던 하바꾼이 빈정거리는 말인지 걱정하는 말인지 혼잣말로, 저 영감 자살하구 싶은가 봐? 그러기에 집으루 안 가고 선창으루

나가지 하고 웃으면서 돌아선다.

앞 뒷동이 뚝 잘려서 도무지 어떻게 할 도리가 없는 게 정 주사네다. 그러나마 식구가 자그마치 여섯. 스물한 살 먹은 맏딸 초봉初鳳이를 우두머리로, 열일곱 살 먹은 작은딸 계봉桂鳳이, 그 아래로 큰 아들 형주炯住이 애가 열네 살이요, 훨씬 떨어져서 여섯 살 먹은 병주炳柱, 이렇게 사남매에 정 주사 자기네 내외해서 옹근 여섯 식구다.

이 여섯 식구가 아이들까지도 입은 자랄 대로 다 자라 누구 할 것 없이 한 그릇 밥을 내놓지 않는다. 그러니 한 달에 쌀 온통 한 가마로는 모자라고 소불하17) 엿 말은 들어야 한다. 또 나무도 사 때야 하지, 아무리 가난하기로 등짐장수처럼 길가에서 솥단지 밥을 해 먹는 바 아니니 소금만 해서 먹을 수는 없고, 하다못해 콩나물 일 전어치나 새우젓 꽁댕이라도 사 먹어야지, 옷감도 더러는 끊어야지, 집세도 치러야지. 그런 데다가 정 주사의 부인 유 씨라는 이가 자녀들에 대한 승벽18)이 유난스러 머리를 싸매가면서 공부를 시키는 판이다. 그래서 맏딸 초봉이는 보통학교를 마친 뒤에 사립으로 된 삼년제의 S여학교를 다녀 작년 봄에 졸업을 했고, 계봉이는 그 S여학교 삼학년에 다니는 중이고, 형주가 명년 봄이면 보통학교를 마치는데 저는 인제 서울로 올라가서 어느 상급학교엘 다니겠노라고 지금부터 조르고 있고 한데, 그리고도 유 씨는 막내둥이 병주를 지난 사월에 유치원에 들여보내지 못 한 게 못내 원통해서, 요새로도 생각만 나면 남편한테 그것을 뇌사리곤19) 한다.

이러한 적지 않은 세간살이건만 정 주사는 명색 가장이랍시고 벌어들

---

17) 소불하(少不下): 적어도, 적게 잡아도.

18) 승벽(勝癖): 남과 겨루어서 꼭 이기기를 남달리 즐기는 성질과 버릇.

19) 뇌사리다: 보기에 아니꼽고 못마땅하다.

인다는 것이 가용의 십 분의 일도 대지를 못한다.

일찍이 정 주사는 겨우 굶지나 않는 부모덕에 선비네 집안의 가도대로 '하늘 천, 따 지'의 천자를 비롯하여 사서니 삼경이니를 다 읽었다. 그러고 나서 세태가 바뀌니 '신학문'도 해야 한다고 보통학교도 졸업은 했다.

정 주사 선친은 이만큼 '남부끄럽지 않게' 아들을 공부를 시켰다. 그러나 조업은 짙은 것이 없었다. 그것도 있기만 있었다면야 달리 찢길 데가 없으니 고스란히 정 주사에게로 물려 내려왔겠지만 별로 우 난 것이 없었다.

지금으로부터 열두 해 전, 정 주사가 강 건너 서천 땅에서 이곳 군산으로 이사를 해 올 때, 그의 선대의 유산이라고는 선산 한 필에 논 사천 평과 집 한 채 그것뿐이었다. 그때의 정 주사는 그것을 선산까지 일광지지만 남기고 모조리 팔아서 빚을 뚜드려 갚고 나니, 겨우 이곳 군산으로 와서 팔백 원짜리 집 한 채를 장만할 밑천과 돈이나 한 이삼백 원 수중에 떨어진 것뿐이었었다.

정 주사의 선친은 그래도 생전 시에 생각하기를, 아들을 그만큼이나 흡족하게 '신구학문'을 겸해 가르쳤으니 선비의 집 자손으로 어디 내놓아도 낯 깎일 일이 없으리라고 안심을 했고, 돌아갈 때에도 편안히 눈을 감았다.

미상불[20] 이십사오 년 전, 한일합방 바로 그 뒤만 해도 한 문장이나 읽었으면, 사 년짜리 보통학교만 마치고도 '군서기(郡雇員)' 노릇은 넉넉히 해먹을 때다. 그래서 정 주사도 그렇게 했었다. 스물세 살에 그곳 군청에 들어가서 서른다섯까지 옹근 열세 해를 '군서기'를 다녔다. 그러나 열세 해만에 도태를 당하던 그날까지 별수 없는 고원[21]이었다.

---

20) 미상불(未嘗不): 아닌 게 아니라 과연.

아무리 연조가 오래서 사무에 능해도 이력 없는 한낱 고원이 본관이 되고, 무슨 계의 주임이 되고, 마지막 서무 주임을 거쳐 군수가 되고, 이렇게 승차를 하기는 용이찮은 노릇이다. 더구나 정 주사쯤의 주변으로는 거의 절대로 가망 없을 일이다.

정 주사는 청춘을 그렇게 늙힌 덕에 노후라는 반갑잖은 이름으로 도태를 당하고 말았다. 그러고 보니 처진 것은 누구 없이 월급쟁이에게는 두억시니[22] 같이 붙어 다니는 빚뿐이었다. 그 통에 정 주사는 화도 나고 해서 생화도 구할 겸, 얼마 안되는 전장을 팔아 빚을 가리고 이 군산으로 떠나 왔던 것이요, 그것이 꼭 열두 해 전의 일이다.

군산으로 건너와서는 은행을 시초로 미두 중매점이며 회사 같은 데를 칠년 동안 두고 서너 군데나 드나들었다. 그러다가 마침내 정말 노후물의 처첩을 타고 영영 월급 서민층에서나마 굴러 떨어지고 만 것이 지금으로부터 다섯 해 전이다. 그런 뒤로는 미두꾼으로, 미두꾼에서 다시 하바꾼으로.

오월의 하늘은 티끌도 없다.

오후 한나절이 겨웠건만 햇볕은 늙지 않을 듯이 유장하다[23].

훤하게 터진 강심에서는 싫지 않게 바람이 불어온다. 오월의 바람이라도 강바람이 되어서 훈훈하기보다 선선하다.

날이 한가한 것과는 딴판으로 선창은 분주하다. 크고 작은 목선들이 저마다 높고 낮은 돛대를 웅긋쭝긋 떠받고 물이 안 보이게 선창가로 빡빡이 들이밀렸다.

---

21) 고원(雇員): 관청에서 사무를 돕기 위하여 두는 임시 직원.

22) 억시니: 모질고 사나운 귀신.

23) 유장하다: 1. 길고 오래다. 2. 급하지 않고 느릿하다.

칠산 바다에서 잡아가지고 들어온 첫 조기가 한창이다. 은빛인 듯 싱싱하게 번쩍이는 준치도 푼다. 배마다 셈 세는 소리가 아니면 닻 감는 소리로 사공들이 아우성을 친다. 지게 진 짐꾼들과 광주리를 인 아낙네들이 장속같이 분주하다.

강 언덕으로 뻗친 찻길에서는 꽁지 빠진 참새같이 방정맞게 생긴 기관차가 경망스럽게 달려 다니면서, 빽빽 성급한 소리를 지른다. 그럴라치면 멀찍이 강심에서는 커다랗게 드러누운 기선이 가끔 가다가 우웅 하고 내숭스럽게 대답을 한다. 준설선이 저보다도 큰 크레인을 무겁게 들먹거리면서 시커먼 개흙을 파 올린다.

마도로스의 정취는 없어도 항구는 분주하다.

정 주사는 이런 번잡도 잊은 듯이 강가로 다가가서 초라한 수염을 바람에 날리고 있다.

강심으로 똑딱선이 통통거리면서 떠온다. 강 건너로 아물거리는 고향을 바라보고 섰던 정 주사는 눈이 똑딱선을 따른다.

그는 열두 해 전 용댕이龍塘에서 딸린 식구들을 거느리고 저렇게 똑딱선으로 건너오던 일이 우연히 생각났다. 곰곰이 생각은 잦아지다가, 그래도 그때는 지금보다는 나았느니라 하면 옛날이 그리워진다. 이윽고 기름기 없는 눈시울로 눈물이 고인다.

정 주사가 미두의 속을 알기는 중매점 사무를 보아주던 때부터지만 그것에 손대기는 훨씬 뒤엣일이다.

그가 처음 군산으로 올 때만 해도 집은 내 것이겠다, 아이들이래야 셋이라지만 모두 어리고, 또 그런대로 월급도 받거니와 집을 사고 남은 돈이 이삼백 원이나 수중에 있어 그다지 군졸하게24) 지내지는 않았다.

---

24) 군졸하게: 있어야 할 것이 없거나 넉넉하지 못하여 어렵게.

그러던 것이 한 해 두 해 지나노라니까, 아이들은 자라고 학비까지 해서 비용은 더 드는데 직업을 바꿀 때마다 월급은 줄고, 그러는 동안에 오늘이 어제보다 못한 줄은 모르겠어도 금년이 작년만 못하고, 작년이 재작년만 못한 것은 완구히 눈에 띄어 살림은 차차 꿀려 들어가기 시작했다. 하다가 마침내 푸달진 월급자리나마 영영 떨어지고 나니 손에 기름은 말랐는데 식구는 우르르하고, 칠팔 년 월급장수로 다시금 빚밖에 남은 것이 없었다.

정 주사는 두루두루 생각했으나 별수가 없고, 그때는 벌써 은행에 저당 들어간 집을 팔아 은행 빚을 추린 후에, 나머지 한 삼백 원이나를 손에 쥐었다. 이때부터 정 주사는 미두를 하기 시작했었다.

미두를 시작하고 보니, 바로 맞는 때도 있고 빗맞는 때도 있으나, 바로 맞아 이문을 보는 돈은 먹고 사느라고 없어지고 빗맞을 때는 살 돈이 떨어져나가곤 하기 때문에 차차로 밑천이 떨어져 들었다. 그래서 제주濟州 말이 제 갈기를 뜯어 먹는다는 푼수로, 이태 동안에 정 주사의 본전 삼백 원은 스실사실[25] 다 받아버리고 말았다. 그러나 삼백 원 밑천을 가지고 이태 동안이나 갉아먹고 살아온 것은 헤펐다느니 보다도, 오히려 정 주사의 담보 작고 큰돈을 탐내지 못하는 규모 덕이라 할 것이었었겠다.

밑천이 없어진 뒤로는 전날 미두장에서 사귄 친구라든지, 혹은 고향에서 미두를 하러 온 친구가 소위 미두장 인심이라는 것으로 쌀이나 한 백 석, 오십 원 증금證金으로 붙여주면, 그놈을 가지고 약삭빨리 요리조리 돌려 놓아가면서 한 달이고 두 달이고 매일 돈 원씩, 이삼 원씩 따먹다가 급기야는 밑천을 떼고 물러서고, 이렇게 하기를 한 일 년이나 그렁저렁 지내왔다. 그러다가 다시 오늘 이날까지 꼬박 이태 동안은, 그것도 사람이 궁기가 드니까 그렇겠지만 어느 누구 인사말로라도 쌀 한번 붙여주마고 하는 친구 없고, 해서 마치 무능한 고관 퇴물이 원으로 몰려가듯이, 밑천 없는 정 주사는 그들의 숙명적 코스대로 하릴없이 하바꾼으로 굴러떨어져, 미두장이의 하염없는 여운을 읊고 지내는 판이다. 그러나 많고 적고 간에 그것도 노름인데, 그러니 하는 족족 먹으란 법은 없다. 가령 부인 유 씨의 바느질삯 들어온 것을 한 일 원이고 옭아내든지, 미두장에서 어릿어릿하다가 안면 있는 친구한테 개평으로 일이 원이고 떼든지 하면, 좀이 쑤셔서도 하바를 하기는 하는데, 그놈이 운수가 좋아도 세 번에 한 번쯤은 빗맞아서 액색한 그 밑천을 홀랑 불어먹고라야 만다. 노름이라는 것은 잃는 것이 밑천이요, 그러므로 잃을 줄 알면서도 하는 것이 미두꾼의 담보란다.

하바를 할 밑천이 없으면 혹은 개평이라도 뜯어 밑천을 할까 하고 미두장엘 간다. 그렇지 않더라도 먹고 싶은 담배나 아편의 인에 몰리듯이 미두장에를 가보기라도 않고서는 궁금해 못 배긴다.

정 주사도 어제 오늘은 달랑 돈 십 전이 없으면서 그래도 요행수를 바라고 아침부터 부옇게 달려나와 비잉빙 돌고 있었다. 그러나 수가 있을 턱이 없고, 그럭저럭 장은 파하게 되어오고 초조한 끝에,

"에라 살판이다."고 전에 하던 버릇을 다시 내어, 그야말로 올가미 없는 개장수를 한번 하겠던 것이 계란에도 뼈가 있더라고 고놈 꼭 생하게만 된 후장 이절後場二節의 대판 시세가, 옛다 보아란듯이 달칵 떨어져서 필경은 그 흉악한 봉욕을 다 보게까지 되었던 것이다.

정 주사는 마침 만조가 되어 축제 밑에서 늠실거리는 강물을 내려다본다. 그는 죽지만 않을 테라면은 시방 그대로 두루마기를 둘러쓰고 풍덩 물로 뛰어들어 자살이라도 해보고 싶은 마음이다. 젊은 녀석한테 대로상에서 멱살을 따잡혀 들을 소리 못 들을 소리 다 듣고 망신을 당한 것이

야 물론 창피다. 그러나 그러한 창피까지 보게 된 이지경이니 장차 어떻게 해야 살아가느냐 하는 것이, 창피고 체면이고 다 접어놓고 앞을 서는 걱정이다.

'어린 자식들을 데리고 어떻게 살아가나?'

이것은 아무리 되씹어도 별 뾰족한 수가 없고 죽어 없어져서 만사를 보지 않고 듣지 않고 생각지 않고 하는 도리뿐이다.

미상불 그래서 정 주사는 막막한 때면,

'죽고 싶다.'

'죽어버리자.'

이렇게 벼른다. 그러나 막상 죽자고 들면 죽을 수가 없고 다만 죽자고 든 것만이 마치 염불이나 기도처럼 위안과 단념을 시켜준다. 이러한 묘리를 체득한 정 주사는 그래서 이제는 죽고 싶어 하는 것이 하나의 행티가 되어버렸던 것이다.

정 주사는 흥분했던 것이 사그라지니 그제야 내가 왜 청승맞게 강변에 나와서 이러고 섰을꼬 하는 싱거운 생각에 슬며시 발길을 돌이킨다. 그러나 이제 갈 데래야 좋으나 궂으나 집뿐인데, 집안일을 생각하면 다시 걸음이 내키지를 않는다.

어제 저녁에 싸라기 한 되로 콩나물죽을 쑤어먹고는 오늘 아침은 판판 굶었다. 시방 집으로 간댔자 처자들의 시장한 얼굴들이 그래도 행여 하고, 가장이요 부친인 자기를 기다리고 있을 판이다. 다만 십칠 전짜리 현미 싸라기 한 되라도 사가지고 갔으면, 들어가는 사람이나 기다리는 식구들이나 기운이 나련만 그것조차 마련할 도리가 없다.

정 주사는 은행 모퉁이까지 나와 미두장께를 무심코 돌아다보다가 얼른 외면을 하면서,

"내가 네깐 놈의 데를 다시는 발걸음인들 허나 보아라!"

누가 굳이 오라고를 할세 말이지, 그러나 이렇게 혼자서라도 옹심[26]을 먹어두어야 조금은 속이 후련해진다. 그것은 이번이 처음이 아니다. 그저 가끔 밑천 없이 하바를 하다가 도화[27]를 부르고는 젊은 사람들한테 여지없이 핀잔을 먹고, 그런 끝에 그 잘난 수염도 잡아 끄들리고 그 밖에도 별별 창피가 비일비재다. 그래서 작년 가을에는 내가 이럴 일이 아니라 차라리 벗어부치고 노동을 해먹는 게 옳겠다고, 크게 용단을 내어 선창으로 나와서 짐을 져본 일이 있었다. 그러나 체면이라는 것 때문에 일껏 용기를 내어가지고 덤벼든 막벌이 노동도 반나절을 못하고 작파해버렸다. 힘이 당해낼 수가 없었던 것이다. 그는 반나절 동안 배에서 선창으로 퍼 올리는 짐을 지다가 거진 죽어가지고 집으로 돌아가서는 그길로 탈이 난 것이, 십여 일이나 갱신 못 하고 앓았다. 집안에서들은 여느 그저 몸살이거니 하고 걱정은 했어도, 그날 그러한 기막힌 내평[28]이 있었다는 것은 종시 알지 못했다.

그런 뒤로부터 막벌이 노동을 해먹을 생심은 다시는 내지도 못했다. 못하고 그저 창피하나마나, 벌이야 있으나 없으나, 종시 미두장의 방퉁이꾼으로 지냈고, 양식을 구하지 못하는 날은 처자식들을 데리고 앉아 굶고, 이렇게를 사는 참이다.

입만 가졌지 손발이 없는 사람…. 이것이 정 주사다.

진도라고 하는 섬에서 나는 개(珍島犬)하며, 금강산의 만물상이며, 삼청동 숲 속에서 울고 노는 새들이며, 이런 산수고 생물이고 간에 천연으로 묘하게 생긴 것이면 '천연기념물'이라고 한다. 그럴 바이면 입만 가졌

---

26) 옹심: 옹졸한 마음.
27) 도화: 화를 도발함. 화를 일으킴.
28) 내평: 속내.

지 수족이 없는 사람, 정 주사도 기념물 속에 들기는 드는데, 그러나 사람은 사람이니까 '천연기념물'은 못 되고, 그러면 '인간기념물'이겠다.

정 주사는 내키지 않는 걸음을 천천히 걸어 전주통이라고 부르는 동녕고개를 지나 경찰서 앞 네거리에 이르렀다. 거기서 그는 잠깐 망설인다. 탑삭부리 한 참봉韓參奉네 집 싸전 가게를 피하자면 좀 돌더라도 신흥동으로 둘러 가야한다. 그러나 묵은 쌀값을 졸릴까 봐서 길을 피해 가고 싶던 그는 도리어, 약차하면 졸릴 셈을 하고라도 눈치를 보아 외상 쌀이나 더 달래볼까 하는 억지가 나던 것이다.

정 주사는 요새 정거장으로부터 시작하여 새로 난 소화통이라는 큰길을 동쪽으로 한참 내려가다가 바른손 편으로 꺾이어 개복동 복판으로 들어섰다.

예서부터가 조선 사람들이 모여 사는 곳이다.

지금은 개복동과 연접된 구복동을 한데 버무려가지고 산상정이니 개운정이니 하는 하이칼라 이름을 지었지만, 예나 시방이나 동네의 모양다리는 그냥 그 대중이고 조금도 개운開運은 되질 않았다.

그저 복판에 포도29) 장치도 안 한 십오 칸짜리 토막길이 있고, 길 좌우로 연달아 평지가 있는 둥 마는 둥 하다가 그대로 사뭇 언덕 비탈이다. 그러나 언덕비탈의 언덕은 눈으로는 보이지를 않는다. 급하게 경사진 언덕 비탈에 게딱지같은 초가집이며 낡은 생철 집 오막살이들이, 손바닥만 한 빈틈도 남기지 않고 콩나물 길듯 다닥다닥 주워 박혀 언덕이거니 짐작이나 할 뿐인 것이다. 그 집들이 콩나물 길 듯 주워 박힌 동네 모양새에서 생긴 이름인지, 이 개복동서 그 너머 둔뱀이屯栗里로 넘어가는 고개를 콩나물 고개라고 하는데 실없이 제격에 맞는 이름이다.

---

29) 포도(鋪道): 포장도로.

개복동, 구복동, 둔뱀이, 그리고 이편으로 뚝 떨어져 정거장 뒤에 있는 '스래京浦里', 이러한 몇 곳이 군산의 인구 칠만 명 가운데 육만도 넘는 조선 사람들의 거의 대부분이 어깨를 비비면서 옴닥옴닥 모여 사는 곳이다. 면적으로 치면 군산부의 몇 분지 일도 못 되는 곳이다.

그뿐 아니라 정리된 시구市區라든지, 근대식 건물로든지, 사회 시설이나 위생 시설로든지, 제법 문화 도시의 모습을 차리고 있는 본정통이나, 전주통이나, 공원 밑 일대나, 또 넌지시 월명산 아래로 자리를 잡고 있는 주택지대나, 이런데다가 빗대면 개복동이니 둔뱀이니 하는 곳은 한 세기나 뒤떨어져 보인다. 한 세기라니, 인제 한 세기가 지난 뒤라도 이 사람들이 제법 그만큼이나 문화다운 살림을 하게 되리라 싶지 않다.

개복동 복판으로 들어서서 콩나물고개까지 거진 당도한 정 주사는 길 옆 왼편으로 있는 탑삭부리 한 참봉네 싸전가게를 넘싯 들여다본다. 실상은 눈치를 보자는 생각뿐이요, 정작 쌀 외상을 더 달라고 하리라는 다부진 배짱은 못 먹었기 때문에 사리기부터 하던 것이다.

"정 주사 안녕하시우?"

탑삭부리 한 참봉은 마침 쌀을 사러 온 아이한테 봉지쌀 한 납대기를 되어 주느라고 꾸부리고 있다가 힐끔 돌아다보고 인사를 한다는 것이 탑삭부리 수염에 푹 파묻힌 입에서 말이 한 개씩 한 개씩 따로따로 떨어져 나온다.

"네에, 재미 좋시우? 한 참봉….."

정 주사는 기왕 눈에 뜨인 길이라 가게 안으로 들어선다. 정 주사는 이 싸전과 주인을 볼 때마다 샘이 나고 심정이 상한다.

정 주사가 처음 군산으로 와서 '큰샘거리大井洞'서 살 때에 탑삭부리는 바로 건너편에다가 쌀, 보리, 잡곡 같은 것을 동냥해 온 것처럼 조금씩 벌여놓고, 우두커니 앉아 낱되질을 하고 있었다. 거래는 그때부터 생겼다. 그런데 그러던 것이 소리도 없이 바스락바스락 일어나더니, 작년 봄에는 지금 이 자리에다가 가게와 살림집을 안팎으로 덩시렇게 지어놓고, 겸해서 전화까지 때르릉때르릉 매어놓고, 아주 한다하는 대상이 되었던 것이다. 제 말로도 한 일이만 원 잡았다고 하니까, 내숭꾸러기라 삼사만 원 좋이 잡았으리라고 정 주사는 생각한다.

털보 한 서방 혹은 탑삭부리 한 서방이 '한 참봉'으로 승차한 것도 돈을 그렇게 잡은 덕에 부지중 남이 올려 앉혀준 첩지[30) 없는 참봉이다. 이렇게 겨우 십여 년 간에 남은 팔자를 고치리만큼 잘 되었는데 자기의 몰락된 것을 생각하면 나도 차라리 그때부터 천여 원의 그 밑천으로 장사나 했더라면 하는 후회가 들어, 그래 샘이 나고 심정이 상하던 것이다.

정 주사는 나도 장사를 했다면 꼭 수를 잡았으리라고 믿지, 어려서부터 상고 판으로 돌아다닌 사람과 걸상을 타고 앉아 붓대만 놀리던 '서방님'이 판이 다르다는 것은 생각하려고도 않는다.

"시장에서 나오시는군? …그래 오늘은….."

탑삭부리 한 참봉은 방금 되어준 쌀값 받은 돈을 가게 방문턱 안에 있는 나무궤짝 구멍으로 딸그랑 집어넣고, 손바닥을 탁탁 털면서 돌아선다. 이 사람은 돈은 모았어도 손금고 한 개 사는 법 없고, 처음 장사 시작할 때에 쓰던 나무 궤짝을 손때가 새까맣게 오른 채 그대로 쓰고 있다. 그놈을 가지고 돈을 모았대서 복궤라고 되레 자랑을 한다.

"…오늘은 재수가 좋아서 우리 집 묵은셈이나 좀 해주게 되셨수?"

"재순지 무언지 말두 마시우! …거 원 기가 맥혀!"

정 주사는 눈을 연실 깜짝깜짝하면서 아까 당한 일을 무심코 탄식한다.

"왜? …또 빗맞었어?"

---

30) 첩지: 관아에서 구실아치와 노비를 고용할 때 쓰던 사령장(辭令狀).

"전 백 환이나 날린걸!"

정 주사는 속으로 아뿔싸! 하고 슬금 이렇게 둘러댄다. 그는 지금도 늘, 몇 백 석씩 쌀을 붙여두고 미두를 하는 듯이 탑삭부리 한 참봉을 속여온다. 그래야만 다 체면이 차려진다는 것이다.

"허어! 그렇게 육장 손만 보아서 됐수!"

한 참봉은 탑삭부리 수염 속에 내숭이 들어서 정 주사의 형편이며 속을 빤히 알면서도 짐짓 속아주는 것이다.

알고서 말로만 속는 담에야 해될 것이 없는 줄을 그는 잘 아는 사람이다. 그럴 뿐 아니라 정 주사와는 십 년 넘겨서의 거래에, 작년 치 쌀 한 가마니 값과 또 금년 음력 정월에 준 쌀 두 말 값이 밀렸다고 그것을 양박스럽게[31] 조를 수는 없는 처지다. 그래서 실상인즉 잘렸느니라고 속으로 기억자를 그어논 판이요, 다만 장사하는 사람의 투로 지날결에 말이나 한 번씩 비쳐보는 것이다. 그렇게 하면 묵은 것은 받지 못하더라도 다시는 더 외상을 달라지 못하는 이익이 있대서….

"거참… 고놈이 바루 맞기만 했으면 나두 셈평을 펴구, 한 참봉 묵은셈조두 닦어디리구 했을 텐데…."

정 주사는 입맛을 다시고 눈을 깜짝거리다가 다시,

"…가만 계시우. 오래잖어서 다아 치러주리다…. 설마 잊기야 하겠수? 아무 염려 마시구…."

정 주사는 언제고 외상값 이야기면 첫마디가 떨어지기가 무섭게 지레 겁이 나서 미리 방패막이를 하느라고 애를 쓴다. 그는 갚을 돈이 없어 미안하다거나 걱정이라기보다도 졸리기가 괜히 무색해서 못 견디는 사람이다.

_____

31) 양박스럽다: 얼굴이나 마음의 생김이 좁고 후덕하지 않다.

"…원, 요새 같을래서는 도무지 세상이 귀찮어서… 그놈 글쎄 번번이 시세가 빗맞어가지굴랑 낭패를 보구하니! …그러잖어두 자식들은 많구 살림은 옹색한데…."

"허! 정 주사는 그래두 걱정 없지요! 자손이 번족하겠다, 무슨 걱정이겠수?"

"말두 마시우. 가난한 사람이 자식만 많으면 소용 있나요? 차라리 없는 게 맘이나 편치."

"그런 말씀 마슈. 나는 돈냥 있는 것두 싫으니, 자식이나 한 개 두었으면 좋겠습니다."

"아니야, 거 애여 자식 많이 둘 게 아닙디다."

"사람이 자손 자미두 없이 무슨 맛으로 산단 말씀이오?"

"건 속 모르는 말씀…."

"거참 모르는 말씀을 하시는군! …정 주사두 지끔 자녀가 하나두 없어 보시유."

"허허… 한 참봉두 가난은 한데 쓸데없이 자식만 우쿠르르 해보시우…. 자식두 멕여 살려야 말이지…."

둘이는 제각기 제게는 옳은 말이다. 그러나 제각기 저편이 하는 말은 속 답답한 소리다.

탑삭부리 한 참봉은 나이 사십이 넘어 오십 줄에 앉았으되, 자녀 간 혈육이 없다. 그는 그래서 돈 아까운 줄도 모르고 이삼 년 이짝은 첩을 얻어 치가를 하고 자주 갈아세우고 해보아도 나이 점점 늙기만 하지 이내 눈먼 딸자식 하나 낳지 못했다.

"어디, 오래간만에 한 수 배워보시려우?"

마침 심부름 나갔던 사환 아이가 돌아오는 것을 보고, 우두커니 넋을 놓고 섰던 탑삭부리 한 참봉이 시름을 싹 씻은 듯 정 주사더러 장기를 청한다.

"참, 한 참봉. 그새 수나 좀 늘었수?"

정 주사는 그러잖아도, 장기나 두던 끝에 어물쩍 하고 쌀 외상을 달래볼까 싶어 먼저 청하려던 참이라 선뜻 응을 한다.

"정 주사 장기야 하두 시원찮어서, 원."

"죽은 차車 물러 달라구 떼나 쓰지 마시우."

둘이는 이렇게 서로 장담을 하면서 앞서거니 뒤서거니 가게 방으로 들어간다. 그러자 안채로 난 널문이 열리면서 안주인 김 씨가 곱게 단장을 한 얼굴을 들이민다.

"아이! 정 주사 오셨군요!"

김 씨는 눈이 먼저 웃으면서 야불야불하니 예쁘장스럽게 생긴 온 얼굴에 웃음을 흩뜨린다.

정 주사도 웃는 낯으로 인사를 하면서 곱게 다듬은 모시 진솔로 위아래를 날아갈 듯이 차리고 나선 김 씨를 올려본다. 김 씨는 남편보다도 나이 훨씬 처져 서른 살이 갓 넘었다. 그런데다가 얼굴 바탕이며 몸매가 이쁘장스럽고 맵시도 있거니와, 아기를 낳지 않아서 그런지 나이보다도 훨씬 앳되어 고작 스물사오 세밖에는 안 되어 보인다. 몸치장도 거기에 맞게 잘한다. 그래서 겉늙고 탑삭부리진 남편과 대해놓고 보면 며느리나 소실 푼수밖에 안 된다.

"애기 어머니두 안녕허시구? …그리구 참…."

김 씨는 깜빡, 긴한 생각이 나서 가게방 안으로 다가들어 온다.

"…댁의 큰 애기가, 아이유 어쩌든 그새 그렇게 아담스럽구 이뻐졌어요! 내 정 주사를 뵌든 추앙을 좀, 그러잖아두 흡신 해드리려던 참이랍니다!"

"거 무얼, 그저…."

정 주사는 좋기는 하면서도 어색해서 어물어물하고, 김 씨는 들입다

혼담을,

"글쎄, 허기야 그 애기가 저어, 초봉이던가? 응 그래 초봉이야… 어렸을 때두 이쁘기는 했지만, 어느 결에 그렇게 곱게 피구 그랬어요? 나는 요전번에 이 앞으루 지내믄서 인사를 하는데, 첨엔 깜박 몰라보았군요! 거저 다두욱다둑 해주구 싶게 이쁘더라니깐요…. 내가 아들이 있다믄 글쎄 억지루 뺏어다가라두 며느리를 삼겠어, 호호호!"

명랑하게 쌔불거리고 웃고 하는데 섭슬려 탑삭부리 한 참봉도 정 주사도 따라 웃는다.

"그러니 진작 아이를 하나 낳았으면 좋았지?"

탑삭부리 한 참봉이 웃으면서 일변 장기를 골라 놓으면서 농담 삼아 아내를 구슬리던 것이다.

"진작 아니라, 시집오던 날루 났어두 고작 열댓 살밖에 안 되겠수…. 저어 초봉이가 올해 몇 살이지요? 스무 살? 그렇지요?"

"스물한 살이랍니다! …거 키만 엄부렁하니 컸지, 원 미거해서…."

정 주사는 대답을 하면서 탑삭부리 한 참봉의 곰방대에다가 방바닥에 놓인 쌈지에서 담배를 재어 붙여 문다.

"아이! 나는 꼭 샘이 나서 죽겠어! 다른 집 사남매 오남매보다 더 욕심이 나요!"

"정 주사 조심허슈, 저 여편네가 저러다가는 댁의 딸애기 훔쳐 오겠수. 호호호호…."

"허허허…."

"훔쳐 올 수 만 있대믄야 훔쳐라두 오겠어요…. 정말이지."

"저엉 그러시다면야 못 본 체할 테니 훔쳐 오십시오그려, 허허허."

"호호, 그렇지만 그건 다아 농담의 말씀이구, 내가 어디 좋은 신랑을 하나 골라서 중매를 서드려야겠어요."

"제발 좀 그래 주십시오. 집안이 형세는 달리는데 점점 나이는 들어가구…. 그래 우리 마누라허구 앉으면 그러잖어두 그런 걱정을 한답니다."

"아이 그러시다뿐이겠어요! …과년한 규수를 둔 댁에서야 내남없이 다아 그렇지요. 그럼 내가, 이건 지날말루가 아니라 그 애기한테 꼬옥 가합한 신랑을 하나 골라디리께요."

"저 여편네 큰일 났군…."

장기를 딱딱 골라놓고 앉았던 탑삭부리 한 참봉이 한마디 거드는 소리다.

"…중매 잘 못서면 뺨이 세 대야!"

"그 대신 잘 서든 술이 석 잔이라우."

"그런가? 그럼 술이 생기거들랑 날 주구, 뺨은 이녁이 맞구 그럴까?"

"술두 뺨두 다 당신이 차지허시우. 나는 덮어놓구 중매만 잘 설터니…. 글쎄 이 일은 다른 중매허구는 달라요. 내가 규수를 좋게 보구 반해서, 호호 정말 반했다구. 그래서 자청해설랑 중매를 서는 거니깐, 그렇잖어요? 정 주사."

"허허, 그거야 원 어찌 되어서 서는 중매든 간에 가합한 자리나 하나 골라주시오."

"자아, 그이 얘기는 그만 했으면 됐으니 인제는 어서 장기나 둡시다. 두시오, 먼점."

탑삭부리 한 참봉이 장기가 급해서 재촉이다.

"저이는 장기라면 사족을 못 써요! …나 잠깐 나갔다 와요. 정 주사, 천천히 노시다 가시구 그건 그렇게 알구 계셔요."

"네에, 믿구 기대리지요."

"거참, 나갈 길이거든 장으루 둘러서 도미라두 한 마리 사다가 찜을 하든지 해서 고 서방 먹게 해주구려. …요새 찬이 좀 어설픈 모양이더군 그래."

탑삭부리 한 서방은 벌써 정신은 장기판으로 가 있고 입만 놀린다.

고 서방이란 이 집에 하숙을 하고 있는 ××은행의 태수 말이다.

정 주사는 도미찜 소리에 침이 꼴깍 넘어가고 시장기가 새로 드는 것 같았다.

☺ 생활 제일과 生活第一課

정거장에서 들어오자면 영정榮町으로 갈려드는 세거리 바른편 귀퉁이에 있는 제중당이라는 양약국이 있다. 차려놓은 품새야 대처면 아무 데고 흔히 있는 평범한 양약국이요, 규모도 그다지 크지는 못하다. 그러나 제중당이라는 간판은 주인이요 약제사요, 촌사람의 웬만한 병론病論이면 척척 의사질까지 해내는 박제호의 그 말대가리같이 기다란 얼굴과, 삼십부터 대머리가 훌러덩 벗겨져서 가뜩이나 긴 얼굴을 겁나게 더 길어보이게 하는 대머리와, 데데데데하기는 해도 입담이 좋은 구변과, 그 데데거리는 말끝마다 빠뜨리지 않는 군가락 '제기할 것!' 소리와 끝을 가지고 앉아서라도 콩이라고 남을 삶아 넘기는 떡심과… 이러한 것들로 더불어 십 년 가까이 군산 바닥에는 사람의 얼굴로 치면 마치 큼직한 점이 박혔다든가, 햅끔한 애꾸눈이라든가처럼 특수하게 인상이 박히고 선전이 되고 한 만만찮은 가게다.

가게에는 지금 제호의 기다란 얼굴은 보이지 않고 초봉이가 혼자 테이블을 타고 앉아서 낡은 부인 잡지를 들여다보고 있다.

초봉이는 시방 집안일이 마음에 걸려 진득이 있을 수가 없다. 종시 돈이 변통되지 못하면 어쩌나 싶어 초조하던 것이다. 그래서 그는 잊고 앉아 절로 시간이 가게 하느라고 잡지의 소설 한 대문을 읽는 시늉은 하나 마음대로 정신이 쏠려지지는 않았다.

기둥에 걸린 둥근 괘종이 네 시를 친다. 벌써 네신고 싶어 고개를 쳐들면서 가볍게 한숨을 내쉬는데 마침 협수룩하게 생긴 촌사람 하나가 철 이른 대팻밥모자를 벗으면서 끼웃이 들어선다.

"어서 오십시오."

초봉이는 사뿐 일어서서 진열장 뒤로 다가 나온다. 가게 사람이 손님을 맞이하는 여느 인사지만 말소리가 하도 사근사근하면서도 뒤끝이 자지러질듯 무렴하게 사그라지는 그의 말소리가, 약 사러 들어선 촌사람의 주의를 끌어 더욱 어릿거리게 한다.

초봉이의 그처럼 끝이 힘없이 스러지는 연삽한[32] 말소리와 그리고 귀가 너무 작은 것을, 그의 부친 정 주사는 그것이 단명할 상이라고 늘 혀를 차곤 한다. 말소리가 그럴 뿐 아니라 얼굴 생김새도 복성스러운 구석이 없고 청초하기만 한 것이 어디라 없이 불안스럽다. 티끌 없이 해맑은 바탕에 오뚝 날이 선 코가 우선 눈에 뜨인다. 갸름한 하장이 아래로 좁아 내려가다가 급하다 할 만치 빨랐다. 눈은 둥근 눈이지만 눈초리가 째지다가 남은 것이 있어 길어 보이고, 거기에 무엇인지 비밀이 잠긴 것 같다. 윤곽과 바탕이 이러니 자연 선도 가늘어서 들국화답게 청초하다. 그래서 보는 사람으로 하여금 웬일인지 위태위태하여 부지중 안타까운 마음이 나게 하던 것이다. 이와 같이 말하자면 청승스런 얼굴이나 그런 흠을 많이 가려주는 것이 그의 입과 턱이다. 조그맣게 그려진 입이 오긋하니 동근 주걱턱과 아울러, 그저 볼 때도 볼 때지만 무심코 해죽이 웃을 적이면 아담스런 교태가 아낌없이 드러난다.

그의 의복이야 노상 협수룩한 검정 치마에 흰 저고리를 받쳐 입고 다니지만 나이가 그럴 나이라 굵지 않은 몸집이 얼굴과 한가지로 알맞게 살이 오르고 피어나, 미상불 화장품 장사까지 겸하는 양약국에는 마침

---

32) 연삽하다: 성품이 부드럽고 삽삽하다.

좋은 간판감이다.

올 이월, 초봉이가 이 가게에 나와 있으면서부터 보통 약도 약이려니와 젊은 서방님네가 사지 않아도 괜찮은 것이면서 항용[33] 살 수 있는 화장품이며, 인단, 카올, 이런 것은 전보다 삼 곱 사 곱이나 더 팔렸다.

주인 제호는 그러한 제 이문이 있기 때문에 초봉이를 소중하게 다루기도 하려니와 또 고향이 같은 서천이요, 교분까지 있는 친구 정영배 ― 정 주사의 자녀라는 체면으로라도 함부로 할 수 없는 처지다. 그러나 그런 관계나 저런 타산 말고라도 이쁘게 생긴 초봉이를 제호는 이뻐한다.

일곱 살 먹은 어린아이가 다리를 삐었다고, 마치 병원에 온 것처럼이나 병론을 하는 촌사람한테 이십 전 짜리 옥도정기 한 병을 팔고 나니 가게는 다시 빈다. 늘 두고 보아도 장날이 아니면 바로 세 시 요맘때면 언제든지 손님의 발이 뜬다.

초봉이는 도로 테이블 앞으로 가서 잡지장을 뒤지기도 내키지 않고 해서, 뒤 약장에 등을 기대고 우두커니 바깥을 내다본다.

그는 혹시 모친이 올까 하고 아침에 가게에 나오던 길로 기다렸고 지금도 기다린다. 아침을 못 해 먹었으니 그새라도 혹시 양식이 생겨서 밥을 해 먹었으면, 알뜰한 모친이라 점심을 내오는 체하고 도시락에다가 밥을 담아다 주었을 것이다. 그러나 이제껏 소식이 없는 것을 보면 그대로 굶고 있기가 십상이다.

초봉이 제 한 입이야 시장한 깐으로 하면, 그래서 먹자고 들면 가게에 전화도 있고 하니 매식 집에서 무엇이든지 청해다가 먹을 수는 있다. 그러나 그는 집안이 죄다 굶고 앉았는데 저 혼자만 음식을 사 먹을 생각은 염에도 나지를 안 했다. 모친이 밥을 내오기를 기다리는 것도 집에서 밥

---

33) 항용(恒用): 흔히 늘.

을 먹었기를 바라는 생각이다.

시름없이 섰는 동안에 추레한 부친의 몰골, 바느질로 허리가 굽은 모친, 배가 고파서 비실비실하는 동생들의 애처로운 꼴, 이런 것들이 자꾸만 눈앞에 얼찐거리면서 저절로 눈가가 따가워진다.

아까 옥도정기 한 병을 팔고 받은 십 전박이 두 푼이 손에 쥐어진 채 잘랑잘랑한다.

늘 집에서 밥을 굶을 때, 가게에 나와서 물건 판돈이라도 돈을 손에 쥐어보면 생각이 나듯이 이 돈 이십 전이나마도 집에 보내줄 수 있는 내 것이라면 오죽이나 좋을까 싶어 곰곰이 손바닥이 내려다보여진다.

그는 지금 만일 계봉이든지 형주든지 동생이 배가 고파하는 얼굴로 시름없이 가게를 찾아온다면, 앞뒤 생각할 겨를이 없이 손에 쥔 이십 전을 선뜻 주어 보냈을 것이다. 그런 생각이 나던 참이라 무심코 동생들이 혹시 가게 앞으로 지나가지나 않나 하고, 오고 가는 아이들을 유심히 본다.

물론 그렇게 할 수 있다면 아예 집으로 보내주기라도 할 도리를 생각하겠지만, 그러나 소심한 초봉이로 거기까지는 남의 것을 제 마음대로 손을 댈 기운이 나지 않았다.

길 건너편 샛골목에서 행화가 나오더니 해죽이 웃고 가게로 들어선다.

"혼자 계시능구마? …쥔 나리는 어데 갔능기요?"

"어서 오세요. 벌써 아침나절에 나가시더니 여태…."

초봉이도, 손님이라기보다 동무처럼 마음을 놓고 웃는 낯으로 반겨 맞는다.

본시야 초봉이가 기생을 안다거나 사귄다거나 할 일이 있었을까마는 가게에서 일을 보자니까, 자연 그러한 여자들도 손님으로 접촉을 하게 되고, 그러는 동안에 그가 단골손님이면 낯을 익히게 된다.

행화는 처음 가게에 나오던 때부터 정해놓고 며칠만큼씩 가루우유를 사가고 가끔 화장품도 사가고 전화도 빌려 쓰고 했는데, 그럴 때면 주인 제호가 행화, 행화 하면서 이야기도 하고 농담도 하고 하는 바람에 초봉이도 자연 그의 이름까지 알게 된 것이다.

초봉이는 몇몇 단골로 다니는 기생 가운데 이 행화를 제일 좋아한다. 그것은 행화가 얼굴이 도람직하니[34] 코언저리로 기미가 살풋 앉은 것까지도 귀인성이 있고, 말소리가 영남 사투리로 구수한 것도 마음에 들지만, 다른 기생들처럼 생김새나 하는 짓이나가 빤질거리지 않고 숫두룸한 게[35] 실없이 좋았다.

행화도 초봉이의 아담스러운 자태며 말소리 그것이 바로 맘씨인 것같이 사근사근한 말소리에 마음이 끌려 볼일을 보러 가게에 나오든지 또 가게 앞으로 지날 때라도 위정 들러서 잠시 한담 같은 것을 하기를 즐겨 한다.

"우유는 누가 먹길래 늘 이렇게 사가세요?"

초봉이는 행화가 달라는 대로 가루우유를 한 통 요새 새로 온 놈으로 골라주면서, 궁금하던 것이라 마침 생각이 난 길에 지날말같이 물어본다.

"예? 누구 먹이는가고?"

행화는 우유 통을 받아 도로 초봉이한테 쳐들어 보이면서 장난꾼같이 웃는다.

"…우리 아들 멕이제! …우리 아들, 하하하하."

"아들? 아들이 있어요?"

초봉이는 기생이 아들이 있다는 것이 어쩐지 이상했으나, 되물어놓고 생각하니 기생이니까 되레 일찍이 아이를 둔 것이겠지야고 싶어 이번에

---

34) 도람직하다: 도리암직하다의 준말. 동글납작한 얼굴에 키가 자그마하고 몸매가 얌전하다.
35) 숫두룸하다: 행동이 약삭빠르지 못하고 순진하고 어수룩한 데가 있다.

는 고개를 끄덕거린다.

"와? 기생이 아들 있다니 이상해서? 하하하. 기생이길래 아들딸 낳기 더 좋지요? 서방이가 수두룩한걸, 하하하."

초봉이는 말이 그만큼 노골적으로 나가니까 얼굴이 붉어는 지면서도 같이 따라서 웃는다.

"아갸! 어짜문 저 입하구 턱하구가 저리두 이쁘노! 다른데도 이쁘지만…. 예? 올게 몇 살이지요?"

"스물한 살."

"아이고오! 나는 열아홉이나 내 동갑으루 봤더니…."

"몇인데요? 스물?"

"예."

"네에! 그런데 아들을 낳았어?"

"하하하… 내 쇡였소. 우리 아들이 아니라, 내 동생이라요."

"동생? …어쩌믄!"

초봉이는 탄복을 한다. 기생이면 호화롭기나 하고 천한 것으로만 알던 초봉이는 기생에게서 그런 인정을 볼 수 있는 것이 놀라웠다. 그는 행화를 다시 한 번 치어다보였다. 치어다보면서 곰곰 생각하니 인정이야 일반일 것이니 그렇다 하겠지만, 천한 기생이라면서 어린 몸으로 그만큼 집안을 꾸려나간다는 것이 초봉이 자신에 비해 사람이 장한 성싶었다.

마침 제약실에서 안으로 난 문이 열리더니 제호의 아낙 윤희가 나오는 것을 보고 행화는 눈을 째긋하면서 씽— 하니 나가버린다.

"아직 안 오셨어?"

윤희는 가시같이 앙상한 얼굴을 기다란 모가지로 연신 기웃거리면서,

"…어디 가서 무얼 허구 여태 안 오는 거야! 사람 속상해 죽겠네! …자동차에 치여 죽었나? 또 기집년의 집에 가 자빠졌나?"

아무래도 한바탕 짓거리가 나고야 말 징조다.

십 년 전 제호는 어느 제약 회사에 취직을 하고 있었고 윤희는 ××여자 전문학교에 다닐 때에, 이미 처자가 있고 나이 열한 살이나 맏인 제호와 윤희는 연애가 어울려서, 제호는 본처와 이혼하고 윤희는 개업할 자금을 내놓고 두 사람은 결혼을 했었다. 그러나 달콤하던 것은 그 돈을 밑천 삼아 이 군산으로 내려와서 제중당을 시작하던 그 당시 이삼 년이었지, 시방은 윤희한테는 가시 같은 히스테리가 남았을 뿐이요, 제호는 아낙이 죽기나 했으면 제발 덕분 시원할 지경이다. 그러한 판에 초봉이가 여점원 겸 사무원으로 와서 있는 담부터는 윤희의 신경은 더욱 날카로워지고, 범사에 초봉의 일을 가지고 남편을 달달 볶아 댄다.

초봉이도 그러한 눈치를 잘 안다. 그래서 그는 털털하고도 시원스러운 제호한테는 턱 미더움이 생겨, 장차 몇 해고 약제사의 시험을 칠 수 있는 정도에 이르는 날까지 붙어 있을 생각이었었고, 또 그리할 결심이었지만 요새 와서는 윤희로 해서 늘 불안이 생기고, 이러다가는 장래가 길지 못할 것 같아 낙심이 되기도 했다.

"그래 어디 갔는지두 모른단 말이야?"

윤희는 제 속을 못 삭여 색색하고 섰다가 초봉이더러 볼썽사납게 소리를 지르던 것이다.

"모르겠어요. 어디 가시면 가신다구 말씀을 하셔야지요."

초봉이는 괜한 일에 화풀이를 받기가 억울하나, 그렇다고 마주 성굴 수도 없는 노릇이라 다소곳하고 대답이다.

마침 그러자 전화가 때르르 하고 운다. 윤희는 괜히 질겁을 해서 놀랐다가,

"집엣전화거든 날 주어." 하면서 전화통을 떼어 드는 초봉이에게로 다가선다.

"네에, 제중당입니다."

초봉이는 들은 체도 않고 전화를 받는다.

"…."

"네? …네, ××은행에 계신…."

"…."

"고태수씨요? 네에 네."

"××은행 고태수 아시지요?"

저편에서는 상냥하게 되물어준다.

"네에, 압니다."

초봉이는 ××은행에서 고태수라는 사람이 늘 약이며 화장품 같은 것을 전화로 주문해 가기 때문에 그 사람이나 얼굴은 몰라도, ××은행에 다니는 고태수라는 성명은 알 수가 있었다. 그러나 저편의 태수는 전화로 주문해 가기도 하지만 대개는 제가 가게에 와서 사 간 적이 많았기 때문에, 그것만 여겨 '실물'인 고태수를 아느냐고 물은 것이요, 안다니까 역시 그 '실물'인 고태수를 안다는 말로 알아듣게 되었던 것이다.

"저어 향수 좋은 것 있어요?"

저편에서는 '있어요?'라고까지 말이 더 친숙해진다.

"네에, 향수요? 여러 가지 있습니다. 어떤 것을 찾으시는지…."

"그저 좋은 것이면 아무거라두 좋습니다. 오리지나루 같은 거…."

"네에! 오리지날이요? 있습니다. 그렇지만 그건 썩 좋지는 못한데요…. 보통 많이들 쓰시기는 하지만…."

"네에! 아아, 그런가요? 그러면…."

저편에서는 이렇게 당황해하다가 다시,

"그럼 오리지나루가 아니라, 무어 좋은 걸루 한 가지 골라주시지요."

"그러시면 헤리오트로핀을 쓰시지요? 그것두 썩 고급품은 아니지만 그래두…."

"네네… 그럼, 그 그 헤 헤리… 그 향수 한 병만 지금 곧 좀 보내주실까요?"

"네에, 보내디리겠습니다. ××은행 고태수씨라구 그러셨지요?"

이것을 다시 묻는 것은 저편에서 적지 않게 실망할 소리나, 그래서 네… 하는 저편의 대답이 대번 떫떫해졌지만 초봉이야 그런 기색을 알 턱이 없는 것이고….

"그런데, 참…."

초봉이가 깜박 생각이 나서 전화통으로 파고든다.

"…지금 배달하는 아이가 마침 나가구 없어서 시방 곧은 못 보내드리겠는데요? 좀 더디어두 괜찮을까요?"

"아, 그리세요? 그러면, 저어…."

잠시 침음하다가 이어,

"그러면 내가 오래 기대릴 수는 없으니까, 이렇게 해주시지요? 내 하숙집으로 좀 보내주세요. 아이를 시켜서 보내면 내가 없더래두 받아두구서 대금두 치러줄 겝니다."

"그럼 그렇게 하세요. 댁이 어디신가요?"

"바루 저 개복동서 둔뱀이루 넘어가자면 고개까지 채 못가서 있는 한 참봉네 싸전집입니다. 찾기 쉽습니다."

"네에 네, 거기시면 잘 압니다. 그러면 글루루 보내드리겠습니다."

초봉이는 전화를 끊고 돌아서면서 그 사람이 그 사람이구먼 하는 짐작이 들어 고개를 끄덕거린다.

집에서 누구한테서던가 탑삭부리 한 참봉네 집에 어느 은행에 다니는 사람이 하숙을 하고 있다는 말을 귓결에 들은 적이 있었던 것이다.

초봉이는 아직도 그대로 지켜 섰는 윤희한테 또 시달림을 받기가 싫어서 분주한 채 헤리오트로핀 한 병 있는 것을 진열장에서 꺼내다가 싸개지로 싸고 다시 전표를 쓰고, 막 그러고 나니까 또 전화가 온다.

윤희는 이번에도 제호의 전화거든 저를 달라고 따라온다.

초봉이는 대답을 하는 둥 마는 둥 수화기를 떼어 들면서,

"네에, 제중당입니다."

초봉이는 저쪽에서 오는 소리를 듣자 눈과 입가로 미소가 떠오르면서 금시로 귀밑이 빨개진다.

"초봉이어요."

초봉이는 매달리듯 전화통으로 다가들면서 무심결에 뒤를 돌려다본다. 그것을 눈여겨보고 있던 윤희가 새파랗게 눈에서 쌍심지가 뻗쳐 나오면서,

"비껴나 이것!"

소리 무섭게 초봉이를 떠다박지르더니 수화기를 채어다가 귀에 대고는,

"아—니, 이건 어떻게 하는 셈이오? 응?"

여부없이 다짜고짜로 전화통에다가 터지라고 악을 쓰는 것이다.

"네에?"

저편에서는 얼뜬 목소리가 분명찮게 들려온다.

"네에라께 다 무엇이 말라 죽은 거야? 왜 남은 기다리다가 애가 말라 죽게 하구서, 전방에 있는 계집애만 데리구 전화질만 하구 있는 게야? 이놈의 전방에다가 불을 싸놓는 꼴을 보구라야 말 테야? 응? 이 천하에 행사가 개차반 같은 위인 같으니라군…."

더 잇대어 해 퍼부을 것이지만 숨이 차서 잠깐 말이 그친다. 그사이를 타서 저편의 말소리가 들려온다.

"네? 왜 그러시나요? …누구신데 무슨 일루 그러시나요?"

비록 전화의 수화기로 들려는 올망정, 코에 걸리는 듯한 베이스 음성으로, 뜸직뜸직 저력 있게 울리는 이 말소리는 데데거리고 급한 제호의

말소리와는 얼토당토않다.

"무엇이 어째?"

윤희는 번연히 남편 제호가 아닌 것을 역력히 알아차렸으면서 상관 않고 대고 멋스린다.

윤희는 먼저는 저편이 제혼 줄 알고, 그래서 제호한테 초봉이가 전화를 받으면서 그런 아양을 떨고 하니까 그만 강짜에 눈까지 뒤집혀 그 거조[36]를 한 것인데, 저편이 제호가 아니고 생판 딴사람이고 보매 이번에는 그것이 되레 부아가 났던 것이다.

"…당신이 그럼 박제호가 아니란 말요?"

윤희는 여전히 서슬 있게 딱딱거리기는 해도 어쩔 줄을 모르고 쩔쩔맨다. 돌려다 보니 나서서 일을 모피[37]해주어야 할 초봉이는 모른 체하고 외면을 하고 있다. 그것이 속이 저려 터지게 밉다.

"여보세요…."

저편에서는 밉광머리스럽게, 성도 내지 않고 좋은 말로 차근차근,

"…나는 제호 씨가 아닙니다. 남승재라는 사람입니다. 여기는 금호병원인데요. 여기 조수로 있는 사람입니다. 약을 주문하느라고…."

이 무색한 꼴을 어떻게 건사할 길이 없다. 하니, 덮어놓고 기승을 피우는 게 차라리 속이라도 시원할 일이다.

"원 참, 별 빌어먹을 꼴두…."

윤희는 수화기를 내동댕이를 치고 물러서서 초봉이에게로 잡아먹을 듯이 눈을 흘긴다.

"…아니거던 아니라구 진작 말해주어야지…."

---

36) 거조(擧措): 행동거지.

37) 모피: 꾀를 부려 피함.

초봉이는 더 참을 수가 없어서 마주 퀼퀼하게 해대려고 고개를 번쩍 들었으나, 말은 목 안에서 잠겨버리고 청하지도 않는 눈물만 솟아 글썽거린다.

"…전방에 두어둘 제도 치례뿐으로 두어두었나? …무어야 대체? 모른 체하구 서서 남을 망신을 주구…. 전화나 가지구서 희학질이나 하믄 제일인가?"

이 말을 하다가 윤희는 초봉이가 아까 전화통 앞에서 아양을 부리는 양을 다시 생각하고 그러자니까 문득, 실로 문득 초봉이가 정말로 제호한테도 전화를 받을 때나 단둘이서 있을 때면은 그렇게 하려니, 그래서 제호를 후리려고 하고 제호는 그것이 좋아서 침을 게질질 흘리면서 헤헤― 헤헤― 하려니… 이러한 짐작이 선뜻 머리에 떠오르던 것이다.

등골이 오싹하도록 무섭게 초봉이를 노리고 섰던 윤희는 몸을 푸르르 떨면서 뽀드득 이를 갈아 붙인다. 만약 이때에 초봉이가 조그만큼만 더 윤희의 부아를 돋우어주었다면 윤희는 단박 달려들어 초봉이의 얄밉디 얄밉게시리 예쁜 입과 턱을 싹싹 할퀴고 물어뜯고 해주었을 것이다.

마침 배달 나갔던 아이가 자전거를 내리면서 들어서다가 전방 안의 살기등등한 공기를 보고 지레 겁을 내어 비실비실 한옆으로 피해 간다.

"선생님 어디 간지 몰라?"

윤희는 아이한테다 대고 버럭 소리를 지른다.

"저는 몰라요. 어디 가신지…."

아이는 행여 노염을 살 세라고 조심하여 몸을 사린다.

"두구 보자! 모두들…."

윤희는 혼잣말같이 이렇게 씹어뱉고는 통통거리고 제약실로 해서 안채로 들어가 버린다.

한편 구석에 가서 가만히 박혀 있던 아이가 그제야 윤희의 등 뒤에다

가 혀를 낼름 하고는 초봉이한테 연신 눈을 찌긋째긋한다. 초봉이는 본
체도 않는다.

　그는 윤희한테 마주해대지 못하고서 병신스럽게 당하기만 하던 일이
새차비38)로 분했다. 하기야 지지 않고 같이 들어서 다투는 날이면 자연
주객이 갈리게 될지도 모르고, 그러는 날이면 다시 직업을 얻기도 만만
치 않거니와, 얻어진대도 지금같이 장래 보기로는 쉽지 않을 것이다. 그
뿐 아니라 오늘이라도 이 집을 그만두면 매삭 이십 원이나마 벌이가 끊
기니 집안이 그만큼 더 어려울 것이요, 하니 웬만하면 짐짓이라도 져주
는 게 뒷일이 각다분39)하지 않을 형편이기는 하다. 그러나 그런 타산이
야 흥분되기 전 일이요, 일을 잡치고 난 뒤에 가서,

　'참았더라면 좋았을걸….' 할 후회거리지. 당장은 꼿꼿한 배알이 없는
것도 아니다.

　'오늘부터라도 그만두면 그만이지….'

　무럭무럭 치닫는 부아가 이렇게끔 다부진 마음을 먹을 수가지도 있다.
그래서 어엿하게 고개를 쳐들고 활활 해부딪쳐40) 주려고까지 별렀었다.

　그러나 그는 그리하지를 못했다. 초봉이는 비단 오늘 일뿐 아니라 크
고 작은 일이고 간에 누구한테든지 저하고 싶은 대로 고집을 세운다든
가, 속에 있는 말을 조백이게 해대지를 못한다. 속이야 다 우렁이 속같이
있으면서 말을 하자고 들면 가령 그것이 억울하다든가, 분한 경우라든
가, 기운이 겉으로 시원시원하게 내뿜기지를 못하고 속으로만 수그러들
어 목이 잠기고 눈물이 앞을 서곤 한다.

---

38) 새차비: 새삼스럽게 또다시.
39) 각다분하다: 일을 해나가기가 힘들고 고되다.
40) 해부딪치다: 마구 대들다.

홍분이 심하면 심할수록에 그것이 더하다. 오늘 일만 해도 그는 윤희한테 무슨 정가[41] 막힐 일이 있었던 것도 아니요, 버젓하게 다 해댈 말이 있는 것을 부질없이 말은 막히고서 나오지 않고, 남 보기에는 무슨 죄나 진 것같이 울기부터 한 것이다.

전화통에는 윤희가 내동댕이를 친 채로 수화기가 디룽디룽 매달려 있다. 그렇거나 말거나 다른 전화 같으면 심술로라도 내버려두겠지만 혹시 승재가 그대로 기다리고 있을까 민망해서 얼핏 수화기를 올려 들었다.

"여보세요."

잠긴 목을 가다듬어 겨우 소리를 내니까,

"거 웬 난리가…."

승재의 대답이 바로 들린다.

"아녜요. 여기 아주머니가 아저씨한테서 온 전환 줄 알구…."

"흐흥! 거 대단하군."

초봉이는 금시 노염이 사라지고 그 대신 입과 눈이 아까처럼 혼자 웃는다.

"…저어, 로지농 칼슘 있지요?"

"네에, 있어요. 보내드릴까요?"

"한 곽만… 곧 좀…."

"네에, 시방 곧 보내드리께요."

"그럼 한 곽만…."

초봉이는 전화가 끊어지는 소리를 듣고도 그대로 한참이나 섰다가 겨우 돌아선다.

그는 무어라고 이야기라도 좋으니 좀 더 이야기를 하고 싶었다. 그럴

---

41) 정가: 지나간 허물을 끄집어내어 흉을 봄.

바이면 이편에서 전화를 걸 수도 있고 또 전화가 끊어지기 전에 이야기를 할 것이라고 하겠지만, 그러나 그저 이야기가 하고 싶었지 그게 무슨 이야기인지는 모르고, 모르니까 하재도 할 수가 없었다. 그래서 언제고 전화를 끊고 나선 저 혼자만 섭섭해 하는 것이다.

초봉이는 실상 승재와 한 지붕 밑에서 살고 있다. 승재가 초봉이네 집 아랫방을 얻어서 거처하고 있었던 것이다. 그러니까 둘이는 아침저녁으로 얼굴을 대하는 터에 밖에 나와서 전화로 이야기를 해야만 할 까닭은 없는 것이다. 집에서 부모네가 그것을 간섭하거나 하는 것도 아니니….

그러나 둘이는 집에서는 사세부득한 것 말고는 서로 말이 없이 지낸다. 내외나 조심을 하자는 것도 아닌데 둘이는 그러고 지낸다. 그것을 지금 초봉이더러,

"너 승재한테 맘이 있는 게로구나?"

이렇게 묻는다면 초봉이는 아니라고 기를 쓰고 얼굴이 붉어질 것이다. 뒤바꾸어 승재더러 그 말을 물어도 역시 그럴 것이다. 이것은 그들이 거짓말을 하는 것이 아니라 사실로 그들은 그들 자신의 마음을 모르기 때문이다.

초봉이는 '로지농 칼슘' 한 곽을 꺼내다가 전표를 써서 먼저 준비해놓은 태수의 것까지 아이를 주어 배달을 하라고, 태수의 것은 이러저러한 데 있는 그의 하숙집으로 갖다주라고 이르니까 아이놈이 연신 빈들빈들 초봉이의 얼굴을 치어다보면서,

"고―상이오? ××은행 고―상이요…?"

해쌓는 것이 아무래도 사람을 구슬리는 양이다.

"너 왜 그러니? 그이가 무얼 어쨌니?"

초봉이는 머루 먹은 속이라도, 무심결에 따라 웃으면서 물어보는 것이다.

"아녜요, 히히…."

"저 애가 왜 저럴까?"

"아녜요. 고—상이 어쩔 양으루 오늘은 자기가 안 오구서 이렇게 배달을 시키니깐 말이지요…. 헤헤 헤헤."

"누군데 저 애가 왜 저래?"

"아—주, 조—상두(초봉이) 시치미를 뚜욱 따요!"

"저 애 좀 봐요! 내가 무얼 시치미를 딴다구 그래애!"

"그럼 안 따요? 사흘에 한 번씩은 꼭 가게에 와설랑 무엇이구 사가는 고—상을 조—상이 몰라요? 다아 알면서…."

"그래두 난 모르는 걸 어떡허니? 허구 많은 손님을 누가 일일이 다아 낯을 익혀둔다냐."

"그래두 고상은 특별히 다르다나요! 누구 때문에 육장[42] 와서 쓸데두 없는 것을 사가는 데요."

"그걸 내가 어떻게 아니?"

"모르긴 왜 몰라요! 다아 조—상 얼굴 보려구 그러는데, 히히… 척 연앨…."

"저 애가!"

초봉이는 잘급해 소리를 지르는데 얼굴은 절로서 화틋 단다. 하고, 일변 그렇게 듣고 생각해보니 아닌 게 아니라 낯을 암직한 여러 손님 가운데 한 사람, 아리숭하니 얼굴이 머리에 떠오른다.

후리후리한 몸에 착 맞는 양복을 입고, 갸름한 얼굴이 해맑고, 코가 준수하고, 윗입술을 간드러지게 벌려 방긋 웃고, 그래서 무척 앵길성 있게 생기기는 생겼어도 눈이 오긋한 매 눈에 눈자가 몹시 표독스러워 보이는, 그 사람이 그러면 ××은행에 다니는, 그리고 탑삭부리 한 참봉네 집

---

42) 육장(六場): 한 달에 여섯 번씩.

에 기식을 하고 있다는, 또 그리고 배달하는 아이 말대로 초봉이 저를 보려고 자주 물건을 사러 가게에 온다는 그 사람인 게로구나 하는 짐작이 들었다. 그러나 초봉이는 웬일인지 아까 첫 번과는 달리 가슴이 두근거리면서 그 사람 고태수의 얼굴이 다시금 떠오르더니 그것을 요모로 조모로 뜯어보는데, 또 그러자 문득 승재와 비교가 되어지면서 비교된 결과 생김새로든지 처지로든지 승재가 훨씬 못한 것이 단박 드러나고 하니까는 그다음에는 승재를 위해서 고태수한테 시기가 난다.

그래, 분개해서 고태수를 들이 미워해야 하겠는데 그러나 어쩐 일인지 그가 미워지질 않고 자꾸만 더 돋보인다. 그럴 수가 있을까 보냐고 도로 또 비교를 해본다.

승재는 장차에야 버젓한 의사가 될 사람이지만 지금은 겨우 남의 병원의 조수요, 고태수는 당장 한 사람 몫을 하고 있는 은행원이다.

생김새도 승재가 못생긴 것은 아니나 고태수가 말끔한 것이 매력이 있다. 승재는 고태수의 조화된 데 비해서 아무렇게나 생긴 사람이다. 키가 훨씬 더 크고, 몸도 크고, 어깨통이 떠억 벌어졌다. 얼굴은 두툼하니 넓적하고, 이마도 퍽 넓다. 그래서 실직하고 무게는 있어 보여도 매초롬한 고운 태는 찾으려도 없다.

얼굴은 눈퉁이며, 눈이며, 코, 입 이런 것들이 제자리는 제자리라도 너무 울퉁불퉁하게 솟을 놈 솟고 박힐 놈 박히고 해서 조각적이기는 해도, 고태수라는 사람처럼 그린 듯 곱지는 못하다. 다만 그의 눈만은 고태수의 눈과는 문제도 안 되게 좋다. 어느 산중에 있는 깊은 호수같이 맑고도 고요하다. 무엇인지는 모르겠어도 이 세상 좋은 것이라고는 다 그 눈에가 들었는 성싶은 그런 눈이다. 그리고 이 눈으로 해서 승재의 그 아무렇게나 생긴 얼굴 이 흉을 가리고 남는다.

못하거니 하고, 그럴 수가 있을까 보냐고 다시금 둘을 빗대보면 초봉이는 승재의 눈에 이르러 흠뻑 만족을 한다. 만족을 하고 그 기분이 그대로 승재의 모습으로 옮아가서, 그의 올라앉아 말 탄 양반 훨훨 소 탄 양반 끄덕끄덕을 하고 싶은 어깨통, 이편이 몸뚱이를 가져다가 콱 가슴에 부딪뜨리면 바위같이 움짓도 안 할 듯싶은 건장한 몸뚱이, 후련하게 뚜렷한 얼굴과 넓은 이마, 그리고 다시 그렇듯 밝고 고요한 눈, 이렇게 하나씩 하나씩도 생각해보고 전체로도 생각해보고 하느라니까, 비로소 고태수라는 사람은 어디로 갔는지 잠깐 잊혀지고, 승재가 이 세상에 있다는 것이 차악 안심이 되고 기쁘고 한다. 처지를 대놓고 보아도 실상은 도리어 둘을 같이 놓고 생각할 수가 없다.

승재는 작년 시월에 서울 가서 치르고 온 의사시험에 반은 넘겨 패스가 되었으니까, 그리고 금년 시월 시험이나 늦어도 명년 오월 시험까지 한 번 아니면 두 번만 더 치르면 전 과목이 다 패스가 되어 옹근 의사가 될 수 있다. 그러니까 그럴 날이면 한낱 은행원은 부럽지 않다.

여기까지 생각하던 초봉이는 한숨을 호오 내쉬면서 가슴에다가 무심코 손을 얹는다. 안심의 표적인 것이다. 이렇듯 만족도 하고 안심도 하는데 그러나 그러는 하면서도 일변 따로, 한번 머릿속에 박혀진 고태수의 영상은 그대로 처져 있고 종시 사라지질 않는다. 그것은 마치 그의 곱다란 얼굴과 좋은 몸맵시를 궁하고 보잘것없는 승재의 옆으로 들이대면서 '자아 어떻수?' 하고 비교해보라고 느물거리는 것만 같다.

짜증이 나서 고태수한테 눈을 흘겨준다. 그러나 빈들빈들 웃기만 하지 물러가려고 하지 않는다.

제호가 마침 그제야 털털거리고 가게로 들어선다.

"어허, 이거 우리 초봉이가 혼자서 수고하는군. 제―기할 것…."

그는 기다란 얼굴로 싱글벙글 웃으면서 수선을 피운다.

"…초봉이 혼자서 수고를 했어. 이놈은 어디 갔나? …옳지, 배달 나간

거루구만? 그렇지? …어― 후― 후― 더웁다. 인전 제법 더웁단 말야. 제
―기할 것."

한편 떠들면서 좋아하는 양이 단단히 좋은 일이 있는 눈치다. 초봉이
도 그에 섭쓸려 웃으면서 손가방을 받아준다.

"응? 그래, 저리 좀 내던져주어…. 근데 초봉이가 자꾸만 저렇게 이뻐
져서 거저 야단났군! 야단났어, 허허허허. 제―기할 것. 멀, 이쁘면 좋지,
허허허허. 근데 말야, 응? …지금 아주 대대적으루 존 일이 생겼단 말야.
대대적으루, 응? …그러구 우리 초봉이한테두 대대적으루 존 일이구, 허
허허. 제―기할 것, 인전 됐다."

제호는 언제고 그렇지만 오늘은 유독히 더 정신을 못 차리게 혼자 찧
고 까불고 하면서 북새를 놓는다.

초봉이는 대체 좋은 일이라면서 저렇게 떠들어대니 무얼 가지고 저러
나 싶어 속으로 적잖이 궁금했다.

제호는 초봉이가 앉은 테이블 앞의 걸상에 가서 털신 걸터앉아 모자를
벗어가지고 번질번질한 대머리 얼러 얼굴에 부채질을 한다. 그러다가
두리번두리번하더니 초봉이가 가방을 들고 섰는 걸 보고….

"웅응― 거기 있군…. 나는 또 어디다가 내버리고 왔다구. 제―기할
것, 거 잘 좀 갖다가 제약실 안에 둬두라구."

아까는 내던지라더니 인제는 또 잘 갖다 두란다.

"…그 속에 좋은 게 들었단 말야, 그 속에…. 오늘 아주 대성공이야 대
성공. 근데 초봉이두 좋은 일이 있어. 시방, 시방 이야기할까? 가만있자,
나 담배 한 개 피우구, 응? 아뿔싸? 담배가 없군…. 이놈은 어디 갔누? 옳
아, 배달 나갔지. 제―기할 것, 빙수 한 그릇 먹었으면 조오컷다. 시방 빙
수 팔까? 아직 없을 테지?"

"글쎄요…."

"없을 거야 없어. 제―기할 것, 이게 다아 여편네 잘못 만난 놈의 고생이야. 아, 이런 때 척 밀수나 한 그릇 타다가 주구 하면 오죽 좋아? 밤낮 그 히스테리만 부리지 말구, 응? 그렇잖아? 허허 제―기할 것."

"아주머니가 참 퍽 기다리셨어요!"

"아뿔싸!"

제호는 무릎을 칠 듯이 깨치고는 잠시 멍하다가 뒤통수를 긁는다.

"…이거 야단났군! 오늘 두 시에 동부인 합시구 제 동무네 친정집 환갑잔치에 가기루 했었는데, 그만 깜박 잊었지! 안 잊었어두 보던 일이야 제 쳐놓구 오지는 못했겠지만… 그래 나와서 무어래지?"

"머, 별루…."

초봉이는 소경사를 다 이야기할까 하다가 그만둔다.

"재랄하잖어?"

"두 번이나 나오셔서, 아저씨 안 오셨느냐구…."

"아냐! 분명 재랄을 했을 거야, 분명. 그래 재랄을 하다가 혼자 간 모양이지? 그러니 이거 야단아냐? 그놈의 성화를 어떻게 받나! 제―기할 것, 돈 백 원만 없어 주께시니 누구 그놈의 여편네 좀 물어 가는 사람 없나? 허허 제―기할 것."

"아이머니나! 숭헌 소리두 퍽두 하시네!"

"아냐 정말야. 초봉일랑 인제 시집가거든 애여 남편 그렇게 달달 볶지 말라구. 거, 아주 못써. 그 놈의 여편네가 좀 그리지를 안 했으면 내가 벌써 이십 년 전에 십만 원 하나는 모았을 거야, 응? 그렇잖아?"

"아저씨두! 두 분이 결혼하신 지가 십 년 남짓 하시다문서 그러세요? 네, 온…."

"아하하하, 참 그렇던가? 내가 정신이 없군. 그건 그런데 초봉이두 알지만, 에― 거 여편네 히스테리 아주 골머가 흔들려! 그 어떻게 이혼을 해버리던지 해야지 못 견디겠어. 아무것두 안 되겠어!"

"괜—히 그러세요."

"아—니. 자유결혼이니까 이혼두 자유야. 거 새끼두 못 낳구 히스테리만 부리는 여편네 무엇에 쓰노!"

"그렇지만 아주머니가 보시기엔 아저씨한테 더 잘못이 많답니다."

"잘못? 응, 더러 있지. 오입한다구, 그리구 제 히스테리에 맞추지 않는다구. 그러니깐 갈려야지? 잘잘못이야 뉘게 있던간 둘이서 같이 살 수가 없으니깐 갈려야 할 게 아냐? 그렇잖어?"

"전 모르겠어요."

초봉이는 제호의 이야기에 끌려 허튼 수작에 대껄은 하고 있어도 시방만 걱정에 도무지 건성이다.

그는 제호한테 청할 말이 있어서 윤희 못지않게 제호의 돌아오기를 기다리고 있었다. 그러나 막상 제호가 돌아오고 해서 얼굴을 대하고 난즉은, 언제나 마찬가지로 섬뻑 말이 나오지를 않던 것이다.

그는 실상 아까 아침나절에 이야기를 했어야 할 것이었다. 그러나 벼르기만 하고 말이 차마 나오지를 않아서 주춤주춤하고 있는 동안에 제호는 부루루 나가버렸고, 그래서 후회를 하고 종일토록 까맣게 기다리고 있던 참이다. 하다가 인제 그가 돌아왔으니 말을 내야 할 것이지만 그러나 종시 말은 나와지지 않고, 그러면 그만두자 한즉 당장 집안 식구들이 굶고 있는 것을 어떻게 하며, 오늘이 이러한 걸, 내일을 또, 그다음 날도 돈이 생길 때까지는 굶어야 할 테니 도저히 안 될 말이다.

"아저씨 저어…."

초봉이가 겨우 쥐어짜듯이 기운을 내서 이렇게 말뿌리를 따놓고, 눈치를 보느라고 고개를 쳐드니까 제호는 없는 담뱃갑을 찾느라고 이 포켓 저 포켓 부산하게 뒤지다가 마주 얼굴을 든다.

"응, 무어? …이놈의 담배가 그렇게 하나두 없나! 제—기할 것. 그래, 무어 할 이야기 있어? 응, 무어야?"

"네에…."

"그래, 무슨 이야긴데?"

"말씀하기가 미안해서…."

미안한 것뿐이 아니지만 사실 미안하기도 퍽 미안하다.

지난달 그믐을 가까스로 넘기고서 초하룻날 하루만 겨우 지나고 난 이 달 초이튿날, 가게에 나오기가 무섭게 오늘처럼 염치를 무릅쓰고 돈 십 원을 이달 월급 턱으로 선대 받아간 것이 열흘도 채 못 된다. 그랬는데 그런 때문에 인제 찾을 것이래야 겨우 십 원밖에 남지 않았고, 월급날이 라고 정한 스무닷새 날이 되기도 전에 또 선대를 해달라고 하게 되니, 가 령 저편에서야 괜찮다고 하지만 초봉이로 앉아서는 말을 내기가 여간만 민망한 노릇이 아니다.

초봉이가 말을 운만 떼어놓고 그다음 말을 못하고 어려워만 하는 것 을….

"허허! 사람두 원! …알았어, 알았어!"

제호는 벌써 알아차리고,

"…돈이 쓸 데가 있단 말이지? …그걸 말 좀 하기를 그렇게 어려워한 담? 사람두 어디서, 원…."

"그래두 미안하잖어요?"

"미안은 무슨 미안? 미안하기루 들면 내가 되려 미안하지. 친구 자녀 데려다가 두구서는 월급두 변변히 못 주어서 늘 옹색하게 하니깐 안 그 래? 그렇지? 허허 제—기할 것? …그래 얼마나 쓸까? …날더러 일일이 달라구 해선 뭘 하누? 거기 있을 테니 끄내다 쓰구 장부에 올려나 놓지. 그래, 거기 손금고에서 끄내 써요. 응, 아뿔싸! 열쇠를 내가 가지구 나갔었지…. 정신없어 야단났어! 제—기할 것!"

제호는 포켓에서 열쇠 꾸러미를 꺼내가지고 테이블 위에 놓인 손금고를 방울 소리를 울리면서 찰크당 열어젖힌다.

초봉이는 두고 보면 볼수록 소탈하고 시원스런 제호가 사람이 좋았고, 비록 본디야 남이지만 그만한 아저씨를 둔 것이 또한 좋았다. 만일 제호가 정말로 외가로든지, 친척으로서의 아저씨가 된다면 더욱 마음 든든하고 즐거울 것 같았다. 그리고 이렇게 초봉이가 보기에는 좋은 사람인 것을, 대체 그 부부간이라는 게 무엇이길래 윤희는 육장 두고 제호를 못살게끔 달달 볶아대는지 그 속을 알 수가 없었다.

"…그래 얼마나? 오 원? 십 원?"

제호는 일 원, 오 원, 십 원, 이렇게 세 가지 지전을 따로따로 집어 들고 세면서 묻는다.

"글쎄요…."

초봉이는 기왕이니 십 원을 탔으면 좋겠으나 그 역 말이 나오지 않는다.

"저—런, 사람두! 돈 쓸 사람이 얼마 쓸지를 몰라? 허허 제—기할 것. 자아, 십 원. 기왕이면 모개지게43) 한꺼번에!"

초봉이는 비로소 안도의 한숨이 내쉬어지려고 하는 것을 속으로 삼키고 파르스름하니 안길 성 있게 색채가 나는 십 원짜리를 받아 쥔다. 돈을 받아 쥔 손바닥의 촉감도 여느 때 물건을 팔았을 때는 다 같은 십 원짜리라도 그런 줄을 모르겠더니, 이렇게 어렵사리 제 몫으로 받아 쥐는 십 원짜리의 촉감은 어디라 없이 그놈이 빳빳하면서도 자별히 보드라운 것 같았다.

돈을 탔으니 이제는 집으로 갈 일이 시각이 바쁘다. 그러나 아직 겨우

---

43) 모개지게: 이것저것 할 것 없이 모두 한데 몰아서.

네 시 반… 돌아갈 시간 여섯 시까지에는 한 시간 반이나 남았다. 어떻게 하나? 탈을 하고 오늘은 일찍 돌아가나? 좀 더 있다가 배달하는 아이가 돌아오거든 집으로 보내주나? 이런 때에 동생이라도 누가 나왔으면 싶었다.

제호는 제약실로 들어가 앉아서 손가방을 열어놓고 무엇인지 서류를 뒤적거린다. 그것을 보니 아까 제호가 들어서던 말로 떠들어대면서 좋은 일이 있다고, 초봉이한테도 좋은 일이 있다고 수선을 피우던 일이 생각났다.

그날그날의 생활이 막막하고, 앞뒤통이 막힌 때에는 빈말로나마 좋은 일이 생긴다는 말을 들으면 반가운 법이다. 초봉이도 그래서 한 가지 시름을 놓고 나니 그다음에는 대체 그 좋은 일이라는 게 무엇인고? 이편에서 물어라도 보고 싶게 차차 궁금증이 나기 시작한다.

제호는 서류를 한번 주욱 훑어보더니 다시 차곡차곡 챙겨서 제약실 안에 있는 금고를 열고 소중하게 건사한 뒤에 도로 마루로 나온다.

"자아, 인전 참 초봉이한테 이야기를 좀 해야지…."

제호는 테이블 앞 의자에 가 걸터앉더니,

"…나 이 전방 이것 팔았지, 헤헤. 팔아두 아주 잘 판걸, 제—기할 것."

"네에!"

초봉이는 하도 어이가 없어 놀라지는 대로 놀랐지, 미처 어찌하지를 못한다.

그러나 제호는 연신 싱글벙글 웃기만 한다.

"왜 그렇게 놀라누? 허허허허… 걱정 말아요, 걱정 없어요."

초봉이는 다시 생각하니, 주인이 갈린다고 점원까지 갈리랄 법은 없으니 너는 걱정 없느니란 말인 듯싶었고, 사실 또 그게 근리[44]한 말인 것 같아서 지레 놀란 것이 무색했다.

"누가 샀는데요?"

"뭐, 어떤 '가모'가 하나 덤벼들어설랑, 허허허허, 제―기할 것…."

"…."

"헌데 초봉이 말이야? …나허구 같이 서울루 가지이? 서울…."

"서울루요?"

초봉이는 알아듣고도 모를 소리여서 뚜렛뚜렛하는 것이다.

"응, 서울루."

"어떻게?"

"어떻게라니 차 타구 가지? 걸어가잴까 봐서? 허허허허, 제―기할 것…."

"그래두 전 무슨 말씀인지."

"모를 건 뭣 있나? 서울루 가서 시방 여기서처럼 일 보아주면 되지."

"네에!"

초봉이는 그제야 겨우 고개를 끄덕끄덕 한다.

"인제 알겠지? …그래, 서울루 가요. 서울루 가면 내 정식으루 월급두 나우 주지. 그때는 시방처럼 이런 여점원이 아니라 사무원이야 사무원. 그리구 나는 응? 척 지배인 영감입시구, 허허허허. 박제호가 인전 선영 명당바람이 나나 부다, 제―기할 것."

"무얼 시작하시는데?"

"제약 회사야 제약 회사. 이거 봐요, 내가 몇 해 전버텀두 그걸 하나 해 볼 양으루 별렀단 말이야.

그거 참 하기만 하면 도무지 어수선하기가 뭐 짝이 없거든. 글쎄 삼십 전이나 오십 전 디려서 약을 맨들어가지군 뭐, 어쩌구 어쩌구 하다가 풍

---

44) 근리: 이치에 거의 맞음.

을 쳐서 커다랗게 신문에다 광고를 내면 말이야, 헐라치면 십 원씩 내구 사다 먹어요! 십 원씩을! 제깐 놈들이 뭐 약이 어쩐지 아나 머. 그래 열 곱 스무 곱 남아요. 십 년 안에 삼십만 원 이상 벌어 놀 테니 보라구, 삼십만 원."

"어쩌믄!"

"그럴듯하지? 거 봐요. 그래서 이번에 그걸 하기루 돈 낼 사람이 나섰단 말이야. 그자가 사만 원 내놓구, 내가 이만 원 내놓구, 주식회사 무슨 제약회사라―구 쓱, 응? …자본금은 삼십만 원이구 사장에 아무개요, 지배인에 박제호요, 허허허허 제―기할 것. 그느라구 이것두 판 거야. 팔아두 숫게 팔았지. 이천 원 디려서 설비해놓구, 십 년 동안 만 원이나 모으구, 그러구 나서 오천 원을 받았으니. 허허허허, 제―기할 것…. 세상이 아직두 어수룩하단 말이야, 어수룩해. 이걸 오천 원에 사는 '가모'가 있지를 않나, 삼사십 전짜리 약을 맨들어서 광고를 크게 내면 저희가 광고 요금꺼정 약값에다가 껴서 내구 좋다구 사다 먹질 않나, 그러니 장사해먹는 이놈이 손복할 지경이지. 생각하면 벼락을 맞을 일이야, 허허허허. 제―기할 것."

초봉이는 흐무진 것[45] 같기는 해도, 어수선해서 무엇이 무엇인지 속을 알 수가 없었다.

"그건 그렇구. 그래 그러니 초봉이두 날 따라서 서울루 같이 가요. 글쎄 조렇게 이쁘구, 좋게 생긴 아가씨가 이따우 군산 바닥에 묻혔어야 바랄 게 있나? …서울루 가야만 다아 좋은 신랑감두 생기구 허지, 흐흐흐…. 그리구 아버지가 혹시 반대하신다면 내 쫓아가서 우겨 재키지 않으리? 만약 어머니 아버지가 서울 보내기 안심이 안 된다면, 머 내가 우

---

45) 흐무지다: 마음이 매우 흡족하여 불만이 없다.

리 집에다 맡아두잖으리? 그러니 이따가 집에 가거들랑 어머니 아버지한테 위선 말씀을 해요. 그리구 가게 되면 이달 보름 안으루 가야 할 테니깐 그리 알구, 응?"

"네에."

초봉이는 승낙하는 요량으로 대답을 한다. 사실로 그는 어느 모로 따지고 보든지 제호를 따라 서울로 가게 되는 것이 기쁜 일이었었다.

제호는, 그렇다. 방금 한 말대로, 여러 해 두고 벼르던 기회를 만나 그야말로 평생 팔자를 고칠 커다란 연극을 한바탕 꾸미게 되니 엉덩이가 절로 들썩거리게 만족한 판이다. 그러니 얼굴 묘하게 생긴 계집애 하나쯤 그리 대사가 아니다.

만일 초봉이로 해서 일에 걸리적거림이 있다든가, 또 그게 이미 손아귀에 들어온 애물이라고 하더라도 일을 하는데 필요만 하다면 도로 배 앝아놓기를 주저하지 않을 경우요, 그럼직한 인물이다. 그러나 초봉이와 일과는 아무런 상극도 되지를 않는다. 그럴 뿐 아니라 초봉이는 재호한테 진실로 웃음을 빚어주는 한 송이의 꽃인 것이다.

제호는 아내에게 늘 볶여 지내기만 하지 가정에 대한 낙이라고는 없다. 그러한 그에게 이쁜 초봉이를 손 닿는 데 두어두고 시시로 바라보는 것은 큰 위안이 아닐 수 없던 것이다.

물론 안면 있는 친구의 자녀라는 것이며, 나이 갑절이나 층이 져서 자식뻘밖에 안 된다는 것이며, 아내의 감시며, 그리고 무엇보다도 초봉이가 미혼 처녀라는 것 때문에 그의 욕망은 행동으로 발전을 하지는 못한다. 사실상 일반으로 중년에 들어선 기혼 남자는 그가 패를 차고 다니는 호색한이 아니면 미혼 처녀에게 대해서 강렬한 호기심을 갖기는 가지면서도, 한편으로는 그러나 그 미혼 처녀라는 것이 무엇인지 모르게 겁이 나고 조심이 되어 좀처럼 그들의 욕망을 행동화하지 못하도록 견제하는 수가 많다.

초봉이에게 대한 제호의 경우가 역시 그러한데, 그러나(아—니, 그렇기 때문에 오히려) 초봉이를 놓치고 싶질 않던 것이다.

여섯 시가 되기를 기다려 초봉이는 가게를 나섰다. 오후의 한가한 해가 서편으로 기울고 하늘은 한빛으로 푸르다. 너무 밝고 푸른 것이 되레 그대로 두기가 아깝고, 흰 구름 조각 한두 장쯤 깔아 놓았으면 좋을 것 같다. 아침에도 그랬고 어제 그저께부터도 그랬지만 정거장 둘레의 포플러 숲과 그 건너편의 낮은 산이 처음 보는 것같이 연푸른 초록으로 훤하게 피어오른다. 어디 포근포근한 잔디밭이라도 있으면 퍼근히 좀 주저앉아 놀고 싶어지는 것을, 그러한 느긋한 마음과는 딴판으로 종종걸음을 쳐서 제일 보통학교 앞을 지나 집이 있는 둔뱀이로 가고 있다.

학교 마당에서는 아이들이 몇 명만 놀고 있다. 초봉이는 혹시 형주가 그 속에 섞여 있나 하고 철사 울타리 안으로 눈여겨 들여다보기는 했으나, 물론 있을 턱이 없었다.

머리 위로 솟은 아카시아 나무에서 달콤한 향내가 가득 번져 내린다. 초봉이는 끌리듯 고개를 쳐들고 높다랗게 조랑조랑 매달린 아카시아 꽃송이를 올려다보면서 절로 미소를 드러낸다.

조금 아까만 해도 초봉이는 이러한 마음의 여유는 없었다. 그러나 지금은 꽃송이에 마음 놓고 웃을 수가 있는 것이다.

제호를 따라 서울로 가기로 아주 마음에 작정을 했다. 모친은 선뜻 그러라고 할 것이고 좀 반대를 한다면 부친이겠는데, 잘 이야기를 하고 또 모친과 제호가 우축좌축을 하면 역시 승낙을 할 것이다.

제호가 아까 월급도 한 사십 원 준다고 했으니까 우연만 하면 삼십 원은 집으로 내려보낼 수가 있고, 또 종차 형편을 보아 집안이 통 서울로 이사를 해갈 수도 있을 것이다.

서울! 서울! 늘 가고 싶던 서울이다.

서울은 사년급 때 수학여행으로 한 번 구경을 가기는 했었다. 그러나 그렇게 지날결에 한 번 구경한 것으로는 초봉이가 동경하던 서울의 환상을 씻지 못했다. 그는 서울이면, 그때에 본 것보다는 더 아름답고, 더 즐거움이 있으려니 지금도 생각하고 있다. 하던 참이라 이렇게 뜻밖에 서울로 가게 된 것이 기쁘고, 그리고 인제 무엇인가 ― 그게 어떠한 무엇인지는 몰라도 ― 무엇인지 좋으려니 싶던 것이다. 하기야 그렇게 기쁘던 끝에 문득 윤희를 생각하고, 이건 일이 모두 와해되나 하면 낙심이 되기도 했었다.

윤희가 방해를 놓으면 별수 없이 못 가고 말 것이었다. 해서 그게 걱정스럽고, 그래 하다못해, 무얼 그것도 제호가 좋도록 다 이러고저러고 해서 역시 따라가게 되겠지 하고 짐짓 저를 안심시켰다. 또 한 가지, 승재와 매일 전화도 못하고 서로 멀리 떨어지게 되는 것, 이것이 여간만 섭섭한 게 아니었었다. 그러나 그것도 이럭저럭 좋도록 제 마음을 무마해놓았다. 승재는 시험을 보느라고 가끔 서울은 다닐 터이니까 간혹 만날 수가 있을 것이고, 그러는 동안에는 시방의 전화 대신 편지나 서로 하면서 지내고, 그러노라면 승재도 종차 서울로 올라오겠거니 해서 역시 안심을 했던 것이다.

한참이나 생각에만 잠겨 무심코 걸어가던 초봉이는 머리 위로 향기를 뿜는 아카시아 나무를 또 한 번 올려다보고는 방싯 웃는다.

🌀 신판 『흥부전』

일곱 시가 거진 되어서 정 주사는 탑삭부리 한 참봉네 싸전가게를 나섰다. 장기는 세 판을 두어 두 판은 이기고 한 판은 지고 해서 삼판양승으로 정 주사가 개선가를 올렸다. 그러나 장기는 이겼대도 배는 부르지 않았다. 또 마지막에 탑삭부리 한 참봉의 차▇ 죽은 것을 물러주지 않아서, 그래 비위를 질러놓았기 때문에 쌀 외상 달란 말도 내지 못했다.

정 주사는 정말로 꼬르륵 소리가 나는 배를 허리띠를 졸라매면서 천천히 콩나물 고개로 걸어가고 있다.

시방 싸전집 아낙 김 씨가 하던 말을 되생각하면서, 그가 꼭 그렇게 합당한 신랑감을 골라 중매를 서주려니 싶어 느긋이 좋아한다. 우선 배야 고프고 당장 저녁거리야 없을망정 그것 하나만은 퍽 든든했다.

그놈의 것, 기왕이니 내일이라도 혼담이 어울려, 이달 안으로라도 혼인을 해치웠으면 더 좋을 성싶었다. 그러기로 들면 적으나마 혼수비를 무엇으로 대며, 또 초봉이가 지금 다달이 이십 원씩이나 물어들이는 그것마저 끊길 테니, 이래저래 두루 걱정은 걱정이다. 그러나 그렇다고 딸자식이 벌써 스물한 살인데 계집애로 늙히자고 우두커니 보고만 있을 수도 없는 노릇, 아무 때 당해도 한 번은 당할 일인걸 늦게 한다고 어디서 돈이 솟아날 바 없고 하니 그저 이 계제에 바싹 서둘러서 아무렇게나 해치우는 게 도리는 도린데….

도리는 도린데, 그러나 당장 조석을 굶고 있는 형편에 무슨 수로? 냐는

데는 그만 궁리가 딱 막혀 가슴이 답답해온다. 하다가 문득, 그야말로 하늘이 무너져도 솟아날 구멍이 있다더니 참으로 문득, 이런 생각이 훤하니 비치더란 말이다.

"혹시? …응, 응… 그래!"

물론 그것이 점잖은 터에 자청해서 말을 낼 수는 없지만 저쪽 신랑 편에서 혼수비용 전부를 대서 혼인을 하겠다고 할는지도 모르는 것이다.

좀 창피한 일이다. 그러나 어쩔 수 없는 형편이다.

"원 어디 그럴 법이야 있나!"

이렇게 쯤 중매 서는 사람한테든지, 혹은 직접 신랑 편 사람한테든지, 낯닭음으로 사양을 해보다가 못이기는 체하고 응낙을 하고, 하면 실없이 괜찮은 노릇이다. 그렇게 슬슬 얼버무려 혼인을 하고, 혼인을 하고 나서는 그 신랑이라는 사람이 속 트인 사람이고, 돈냥이나 제 손으로 주무르는 형편이면 또 혹시 몇 백 원이고 몇 천 원이고 척 내주면서,

"아 거 생화도 없이 놀고 하시느니 이걸로 무슨 장사라도 소일삼아 해보시지요?"

이러랄 법도 노상 없지는 않을 것이다. 그 애 초봉이가 그렇잖은 아이니까, 제 남편더러 그렇게 해달라고 조르기라도 할는지 모르는 것…. 그래 저희들이 그런 소리를 하거들랑 짐짓,

"원… 그게 될 말이냐!"고,

"그래서야 내가 돈에 욕기가 나서 혼인을 한 것이 되지 않느냐?"고 준절히[46] 이르다가 그래도 저희들이며 옆엣사람들이 나서서 무얼 그러느냐고 권면을 할 테니까, 그때는 못이기는 체하고 그 돈을 받아… 한 밑천 삼아서 장사를 해…. 미상불 그렇게 어떻게 잘만 하면 집안 셈평도 펼 수

---

46) 준절하다: 매우 위엄이 있고 정중하다.

도 있기는 있으렷다!

정 주사의 이 공상은 이렇듯, 그놈이 바로 희망으로 변하고, 희망은 희망이 간절한 만큼 다시 확신으로 굳어버리던 것이다.

'둔뱀이'는 개복동보다도 더하게 언덕 비탈로 제비집 같은 오막살이집들이 달라붙었고, 올라가는 좁다란 골목길은 코를 다치게 경사가 급하다. '흙구더기'까지 맞닿았던 수만 평의 논은 다 없어지고 그 자리에 집이 들어앉고, 그 한복판으로 이 근처의 집 꼬락서니와는 어울리지 않게 넓은 길이 질펀히 뻗어 들어왔다. 그놈을 등 너머 신흥동으로 뽑으려고 둔뱀이 밑구멍에 굴을 뚫을 계획이라는데 정 주사네 집은 바로 그 위에 가서 올라앉게 되었다. 그래 정 주사는 굴을 뚫다가 그놈이 혹시 무너져서 집이 풍당 빠지거나 하는 날이면, 집이야 남의 셋집이니 상관없지만 집안의 사람들이 큰일이라고 슬며시 걱정이 되는 때도 있다.

정 주사는 집 가까이 와서 비로소 번화할 초봉이의 혼인과 및 그 결과 대신, 우두커니 굶고 있을 집안 식구들을 생각하고는 맥이 탁 풀린다. 그러나 그는 지쳐둔 일각 대문을 힘없이 밀고 들어서다가 뜻하지 않은 광경을 보았다. 초봉이가 부엌에서 밥을, 죽도 아니요 적실히 밥을 푸고 있고 계봉이는 밥그릇을 마루로 나르고 있지를 않느냐 말이다.

오늘은 정 주사한테 액일도 되지만 좋은 일도 없지는 않은 날인가 보다. 밥이야 어인 밥이 되었든 정 주사는 밥을 보니 얌체 없는 배가 연신 꼬르륵거리고 오목가슴이 잡아 훑듯이 쓰리다. 어금니에서는 어서 들어오라고 신침이 흔근히 흘러 입으로 그득 고인다. 대문 소리에 계봉이가 돌려다 보더니,

"아이, 아버지 들어오시네….."

해뜩 웃으면서 방으로 대고,

"…병주야, 병주야, 아버지 오셨다. 아버지 오셨어!"

연신 소리를 친다.

계봉이의 뒤통수에는 몽땅하게 자른 '뽐' 단발이, 몸을 흔드는 대로 까불까불한다. 정 주사는 이 까부는 단발과 깡총한 치마 밑으로 통통한 맨다리가 드러나 보이는 것이 언제고 눈에 뜨일 때마다 마땅치가 못해서 상을 찌푸린다.

초봉이가 밥을 푸다 말고, 반겨 부엌문을 나서면서,

"아이, 아버지…!" 하다가, 부친의 초졸한 안색에 얼굴이 흐려진다.

"…시장허실 텐데…."

"오—냐, 괜찮다."

정 주사는 눈을 연신 깜작깜작, 대답을 하면서 대뜰로 올라서는데 미닫이를 열어놓은 안방에서 막내둥이 병주가 퉁탕거리고 뛰어나온다.

"아버지, 이잉…."

노상 흘려두는 콧물에, 방금 울다가 그쳤는지 눈물 콧물을 온 얼굴에다 쥐어바르고 어리광으로 울상을 하면서 달려들어 부친에게 안긴다.

"오—냐, 병주가 또 울구 떼썼구나?"

정 주사는 손가락으로 병주의 콧물을 훑어다가 되는 대로 마룻전에 씻어버린다.

병주는 아직 얼굴에 남아 있는 놈을 부친의 그 알량한 단벌 두루마기에다가 문대면서 냅다 주워 섬긴다.

"아버지 아버지, 내 양복허구, 내 모자허구, 내 구두허구, 내 자전거허구, 또 내 바나나허구…."

이렇게 정신없이 한참 외다가 비로소 허탕인 것을 알고서…,

"히잉, 안 사왔구만, 히잉 히잉…."

"오냐오냐, 오늘은 돈이 안 생겨서 못 사왔으니 내일은 꼭 사다 주마. 자아, 방으로 들어가자. 우리 병주가 착해."

달래면서 병주를 안고 안방으로 들어가고, 건넌방에서는 숙제를 하는지 엎드려 있던 형주가 그제야 고개를 내밀다가 만다. 아무것도 사가지고 들어오지 않은 아버지는 나서서 볼 필요도 없던 것이다.

방에서는 부인 유 씨가 서향한 뒷문께로 앉아서 돋보기 너머로 바느질을 하느라고 고부라졌다. 유 씨는 아직 그럴 나이도 아니면서 눈이 어두워 돋보기가 아니고는 바느질을 한 코도 뜨지 못하던 것이다.

"시장한데 어딜 그러구 돌아다니시우?"

유 씨는 올려다보지도 않고 그대로 앉은 자리만 따들싹하는 시늉을 한다. 어디라니 번연히 미두장에 갔다가 오는 줄 몰라서 하는 말은 아니다.

"그건 웬 거요?"

정 주사는 초봉이가 또 월급을 선대 받아 왔으리라고 생각할 수가 없고, 지금 유 씨가 만지작거리고 있는 바느질감이 들어온 덕에 그놈 바느질삯을 미리 받아다가 밥을 하느니라고 짐작했던 것이다.

"내가 해 입구 시집가려구 끊어 왔수."

유 씨는 웃지도 않고 천연스럽게 실없는 소리를 한다.

"저 봐라! 병주야…."

정 주사는 두루마기를 벗으면서, 다리에 매달려 이짐[47]을 부리는 병주더러 한다는 소리다.

"…네가 말을 안 듣구 그러니깐 엄마가 시집가버린단다! 응?"

"아냐, 거짓뿌렁야. 내 양복허구, 내 모자허구, 내 구두허구, 내 자전거허구, 그리구 바나나랑, 얼음사탕이랑 사다 준다구 하구 거짓뿌렁이만 하구, 잉…."

"내일은 정말 사다 주마."

_____

47) 이짐: 고집이나 떼.

"시타, 이잉. 또 거짓뿌렁할려구. 밤낮 거짓뿌렁만 허구."

병주는 앉은 부친의 무릎으로 기어올라 아래턱의 노랑수염을 후뚜려 쥐고 잡아 흔든다.

"아프다, 이 자식아! 아이구 아이구! 이놈…."

정 주사는 턱을 내밀고 엄살을 하다가,

"내일은 꼭 사다 주마, 꼭."

"거짓뿌렁이야."

"거짓뿌렁 않구 꼭 사다 주어, 꼭."

정 주사는 속으로 너를 위해서라도 네 큰누이의 혼인이 어서 바삐 그렇게 얼러야 하겠다고 절절히 결심(!)을 더했다.

"제호가 서울루 간답디다."

유 씨는 초봉이한테서 이야기를 먼저 들었었다. 그리고 모녀간에는 벌써 합의가 되었었다.

"제호가? 서울루?"

정 주사는 그다지 놀라질 않는다.

"…어째, 무슨 일루?"

"서울 가서 크게 장사를 시작한다구. 가게두 벌써 팔았답디다…. 그리구 우리 초봉이더러두 서울루 같이 가잔다구 헌다우."

"초봉이더러?"

이렇게 되짚어 묻는 말의 운이 벌써 마땅치 않다는 것은 분명하다.

"서울루 가면 월급두 한 사십 원씩 주마구, 또 객지루 혼자 내보내기가 집에서 맘이 뇌지 않는다면 자기가 자기네 집에서 같이 데리구 있겠다구."

"거, 안 될 말…."

정 주사는 서너 시간 전과도 달라 시방은 아주 흐뭇한 계획과 희망이 들어차 있기 때문에 서울이며 월급 사십 원쯤, 그런 소리는 다 귀에 들리지도 않는다.

"…월급은 사십 원 아니라 사백 원을 준다기루서니, 또 아무리 아는 친구의 집에 둔다기루서니, 장성한 계집애 자식을 어디 그렇게 함부로 내놓은 법이 있소? 나는 지금 예서 거기 다니는 것두 마땅찮은데…."

이 말은 노상 공연한 구실 말은 아니다. 정 주사는 마음먹은 혼인도 혼인이려니와, 가령 그것이 아니라도 섬뻑 서울까지 보내기를 많이 주저할 사람이다.

"그래두 내 요량 같아서는 따라 보내는 게 좋을 것 같습니다. 집에다 둬선 무얼 하겠수? 육장 굶기기나 허구."

"그러니 어서 마땅한 자리를 골라서 여워버려야지."

"말은 좋수…."

유 씨는 시쁘다는 듯⁴⁸⁾이 돋보기 너머로 남편을 넘겨다본다.

"…하루 한 끼 먹기두 어려운 집구석에서 무슨 수루 혼인을 허우?"

"그렇다구 계집애루 늙히나?"

"누가 계집애루 늙힌다우? 그렇게 가서 있으면 제가 버는 것을 모아서라두 시집갈 밑천은 장만할 것이구, 또 제호 손에서 치어나면 앗다, 무엇이라더냐, 시험을 보아서 장래 벌이두 잘하게 된다구 하니까 두루두루 좋은 거린데 왜 덮어놓구 막기만 허시우?"

"세상일이 다아 그렇게 맘먹는 대루만 되구 탈이 없으면야 무슨 걱정이야?"

"맘먹은 대루 안 될 것은 무엇 있수? 대체 십 년이나 없는 살림에 애탄가탄⁴⁹⁾ 공부를 시켰으니 그런 보람이 있게 해야지, 어쩌자구 가난해 빠

---

48) 시쁘다는 듯: 껄렁하여 대수롭지 않다는 듯.

49) 애탄가탄: 힘에 겨운 일을 이루려고 온갖 힘을 다 하는 모양.

진 집구석에다가 붙들어만 두려구 드시우? 당신은 의관하구 다니면서 치마 둘른 날만치두 개명은 못했습니다."

"그런 개명 부럽잖아…. 여편네가 얼개명한 건 되레 못쓰는 법이야."

필경 티격태격 하면서 보낸다거니 안 보낸다거니 서로 우겨댄다.

오늘뿐이 아니라 언제고 일이 이렇게든지 저렇게든지 끝장이 날 때까지는 둘이 다 지지 않고 고집을 세운다. 그러나 이 부부가 의견이 달라지고 서로 우겨대다가 필경 가서 누가 이기느냐 하면 영락없이 부인 유 씨가 이기고 나선다. 그러니까 이번 일도 만일 달리 마새[50]가 생기지만 않으면 초봉이는 마음먹은 대로 제호를 따라 서울로 가게 될 게 십상이다.

초봉이는 계봉이의 밥까지 수북하게 다 푸고 나서, 마지막으로 제 몫을 바라진 양재기에다가 반이나 될락 말락 하게 주걱데기를 딱 긁어 붙이고 솥에다 숭늉을 붓는다.

계봉이는 주걱데기를 시쁘게 집어 들면서 엄살하듯 한단 소리가,

"애개개! 요게 겨우 언니 밥이야?"

하나, 이건 그게 혹여 제 몫일까 봐서 꾀를 쓰는 소리다.

"그 밥이 왜 적으냐?"

초봉이는 소댕을 덮고 부뚜막에서 일어선다.

"…너 아버지 진지랑 식잖게 뚜껑 덮었니?"

"시방 잡술 걸 뚜껑은 덮어선 무얼 해? 자아 인전 어서 국 퍼요."

"국은 불을 더 때야겠다. 아직 더얼 끓었어…. 나가서 뚜껑 찾어서 잘 덮어놔라, 굳잖게."

초봉이는 물렸던 장작개비를 도로 지피고 불을 사른다.

"아이, 배고파 죽겠구먼. 언니두 배고프지?"

---

50) 마새: 말썽.

"나는 괜찮어."

"배 고프믄서두…. 언니, 이따가 내 밥 같이 먹어, 응?"

"그래, 걱정 말아. 난 누룽지두 훑어다 먹구 할테니깐 네나 많이 먹구 배고프단 말 마라."

"그럼 머 인제 어머니가 이년, 네 언니는 주걱데기하구 누룽지만 멕이구 너는 혼자서 옹근 사발밥 차구 앉어 고질고질 처먹구 있어? 이렇게 욕허게…. 아이참, 어머닌 나는 밉구, 언니만 이쁜가 봐? 그렇지? 언니."

"계집애가 별 소릴 다 하네!"

초봉이는 웃으면서 눈을 흘긴다. 계봉이는 하하 웃고, 부엌에서 뛰어나와 방으로 들어간다.

초봉이는 아궁이 앞에 앉아 방에서 어머니와 아버지가 하고 있는 그 이야기가 어떻게 돼가는고 해서 궁금히 생각을 하고 있는데, 삐그럭 중문 소리에 연달아 뚜벅뚜벅 무거운 구두 소리가 들린다.

초봉이는 보지 않고도 그것이 승재의 발자국 소린 줄 안다.

초봉이는 승재와 얼굴이 마주쳤다. 승재는 여느 때 같으면 히죽이 웃으면서 그냥 아랫방께로 갔을 것이지만 오늘은 할 말이 있는지 양복저고리 포켓에다 손을 넣고 무엇을 찾으면서 주춤주춤한다.

초봉이는 고개를 돌이켰어도 승재가 말을 해주기를 기다린다. 그랬으면 초봉이 그 말끝에 잇대어 아까 가게에서 풍파가 났던 이야기도 하고… 하면 재미가 있을 것 같았다. 그러나 둘이는 내외를 한다거나 누가 금하는 바는 아니지만 딱 마주쳐서 어쩔 수 없는 때가 아니고는 섬뻑 말이 나오지를 않는다. 그들은 처음부터 그렇게 버릇이 되었다. 한 것은, 가령 승재가 안에 기별할 말이 있다든지, 안에서 초봉이가 승재한테 무엇 내보낼 것이 있다든지 하더라도 직접 승재가 초봉이한테, 또는 초봉이가 승재한테 해도 관계치야 않겠지만, 그러나 손아래로 아이들이 있는 고로 다만 숭늉 한 그릇을 청한다 하거나, 내보내거나 하더라도 자연 아이들을 부르고 아이들을 시키고 하기 때문에 그게 필경 버릇이 되고 말았던 것이다.

승재가 방을 세로 얻어 들은 것이 작년 세안[51]이라 하지만 그러기 때문에 둘이는 제법,

"나 승잽니다."

"초봉이어요."

이만큼이라도 말을 주고받기라도 하기는 금년 이월 초봉이가 제중당에 나가서부터다. 초봉이가 기다리다 못해, 그것도 잠깐이지만 도로 고개를 돌리니까 승재는 되레 무렴[52]해서 벌씬 웃고 얼른 아랫방께로 걸어간다.

초봉이는 승재가 대체 무슨 말을 하려다 못하고 저러나 싶어서 그의 하던 양이 우습기도 하거니와 한편 궁금하기도 했다.

안방에서는….

내외간의 우김질은, 아이들이 초봉이만 부엌에 있고 모두 몰려드는 바람에 흐지부지 중판을 메고 묵묵하다.

식구들은 누구나 다 말은 안 해도 밥상이 어서 들어왔으면 하는 눈치다.

계봉이는 모친이 주름을 잡고 있는 남색 '벰베르크' 교직 치마를 몇 번째 만져보다가는 놓고, 놓았다가는 만져보고 해쌓는다.

그러다가 마침내 어리광하듯,

"어머니, 나두 이런 치마 하나만."

말은 해놓고도 고개를 오므라뜨리고 배시시 웃는다.

---

51) 세안: 한 해가 끝나기 이전.

52) 무렴: 염치없음. 염치가 없는 줄을 느껴 마음에 거북함.

"속없는 계집애년!…."

유 씨는 돋보기 너머로 눈을 흘기다가 생각이 나서….

"…너는 네 형 혼자만 맡겨놓고, 이렇게 퐁당 들어앉아서 고따위 소갈 머리 없는 소리만 하구 있니?"

"다아 된 걸, 머…."

계봉이는 그만 무렴해서 치마 만지던 손을 건사를 못 해 한다.

"국두 더얼 끓었는데 다 돼? 본초 없는 것이, 어디서…."

계봉이는 식식하고 윗목으로 가서 돌아앉아 버린다.

"요년, 냉큼 일어나서 나가보지 못하느냐?"

"어이구, 어머니두. 어머닌 내가 미워 죽겠나 봐?"

계봉이는 볼때기를 축 처뜨리고 울먹울먹, 발꿈치를 콩콩 구르고 마루로 나와서 부엌으로 내려간다.

그 볼때기 하며, 계봉이는 성질도 그렇거니와 생김새도 형 초봉이와는 아주 딴판이다.

계봉이는 몸집이고 얼굴이고 늘 품이 있다. 아무데고 살이 있어서 북실북실하니 탐스럽다. 코가 벌씸한 것은 사람이 좋아 보이나 처진 볼때기에는 심술이 들었다. 눈과 이마도 뚜렷하니 어둡지가 않다. 그러한 중에도 제일 좋은 것은 그의 입이다. 마음을 탁 놓고 하하 웃을 때면 시원스럽게 떡 벌린 입으로 그리 잘지 않은 앞니가 하얗게 드러나기까지 하여 보는 사람도 속이 후련하다.

초봉이의 웃는 입은 스러질 듯이 미묘하게 아담스럽지만 계봉이의 웃음은 훤하니 터져나간 바다와 같이 개방적이요 남성적이다. 그런 만큼 보매도 믿음직하다.

계봉이는 아직 활짝 피지는 않았다. 그러나 오래잖아 초봉이의 남화南畵답게 곱기만 한 얼굴보다 훨씬 선이 굵고 실팍한 여성미를 약속하고 있다.

이 집안의 사남매는 계봉이와 형주와 병주가 한 모습이요, 초봉이가 돌씨53)같이 혼자 딴판이다. 그러나 그 두 모습이 다 같이 정 주사나 유씨의 모습은 아니다. 초봉이는 부계의 조부를, 계봉이와 형주 병주는 모계로 외탁을 했다.

초봉이는 부뚜막에 꾸부리고 서서 국을 푸다가 계봉이를 돌려다보다가 웃으면서,

"왜 또, 뚜― 했니?"

"나는 머 어디서 얻어다 길렀다나? 자꾸만 구박만 허구."

계봉이가 잔뜩 부어가지고 서서 두런두런 두런거리는 것을 초봉이는 그 꼴이 하도 우스워서 손을 멈추고 자지러지게 웃는다.

"깍쟁이가 왜 자꾸만 웃구 있어! 남 약 올르라구."

"저 계집애가 왜 저래? 내가 무어랬니?"

초봉이는 그대로 웃는 얼굴이나 부드럽게 타이른다.

"…이짐 부리지 말구 어서 아버지 진지상 가지구 들어가아…. 아버지 시장하시겠다. 너두 배고프다믄서 먼첨 먹구."

초봉이는 부친과 병주가 맞상을 본 데다가, 국을 큰놈 작은놈 한 그릇씩 올려놓고, 그 나머지 세 오누이와 모친이 먹을 국은 큰 양재기에다 한데 퍼서 딴 상에 올려놓는다. 따로따로 국을 푸재도 입보다 그릇의 수효가 모자란다. 밥상에는 시커멓게 빛이 변한 짠 무김치 한 접시와 간장에 국뿐이다. 철 늦은 아욱국이기는 하지만 된장기를 한 구수한 냄새가 우선 시장한 배들을 회가 동하게 한다.

계봉이는 다른 때 같으면 아직 더 고집을 쓰겠지만, 제가 원체 시장한

---

53) 돌씨: 집안 내림과는 달리 별난 자손을 낮잡아 이르는 말.

판이라 직수긋하고 부친의 밥상을 방으로 날라다 놓고 다시 나온다.

그동안에 초봉이는 승재 방으로 들여보낼 자리끼[54] 숭늉을 해가지고서 망설인다.

진작부터 초봉이는 밤저녁으로 승재가 목이 말라도 조심이 되어 물을 청하지 못할 줄을 알고 언제든지 제가 저녁밥을 짓게 되는 날이면 이렇게 자리끼 숭늉을 해서 내보내곤 한다.

오늘도 숭늉을 해 들고 기왕이니 든 길에 내 손으로 내다 주어볼까 하고 벼르는 참인데, 마침 계봉이가 도로 부엌으로 나오니까 장난을 하다 들킨 아이처럼 무렴해서 얼핏 계봉이더러 갖다주라고 내맡긴다.

"싫어! …왜 내가… 난 싫어."

계봉이는 아직도 심술났던 것이 더얼 풀린 채로 쏘아붙이는 것이다.

"싫긴 왜 싫어? 남 밤중에 목마른 때 먹으라구 숭늉 한 그릇 해다주믄 좋찮으냐?"

"조믄 나두 좋아? 언니나 좋지…."

"머?"

초봉이는 소스라치게 놀라서 무어라고 말을 할 줄을 모르고 기색이 당황해진다.

"하하하하, 아하하하…."

계봉이는 언제 심술이 났더냐는 듯이 싹 풀어져 가지고 웃어대다가,

"…내가 옳게 알아맞혔지? 저 얼굴 빨개지는 것 좀 봐요! 하하하하."

"저 애가!"

"암만 그래두 난 못 속인다구. 하하하하. 자아, 그럼 내가 메신저 노릇을 해주지, 헴…."

---

54) 자리끼: 밤에 자다가 마시기 위하여 잠자리의 머리맡에 준비하여 두는 물.

계봉이는 그제야 자리끼 숭늉을 받아 든다.

"…그렇지만 조심해야 해. 혹시 내가 남 서방을 태클할는지도 모르니깐, 응? 언니?"

"너 이렇게 까불 테냐?"

나무라면서 때릴 듯이 어르니까 계봉이는 해뜩 돌아서서 아랫방께로 달아나느라고 질름질름 숭늉을 반이나 흘린다.

초봉이는 나머지 밥상을 집어 들고 뒤를 돌아다

보면서 안방으로 들어간다.

계봉이는 아랫방 문 앞으로 가더니 일부러 사나이 목소리를 흉내 내어,

"헴, 남군 있소?"

"거 누구?"

미닫이를 계봉이는 그래도 승재의 대답 소리를 듣고서야 연다.

승재는 아까 돌아올 때의 차림새 그대로 책상 앞에 가 앉아서 책을 보다가 고개를 돌리고 히죽 웃는다.

돌아올 때의 차림새라고 했지만 극히 간단해서 위아랫막이를 검정 사지로 만든 쓰메에리 양복 그것뿐이다.

이놈에다가 낡은 소프트를 머리에 얹었으면 장재동藏財洞에 있는 병원과 이곳에 거처하는 초봉이네 집을 오고 가는 도중에 있을 때요, 그 위에다가 흰 가운(진찰복)을 걸칠 때는 병원에서 의사 노릇을 하는 때요, 또한 가지, 게다가 낡아빠진 왕진 가방을 들었을 때는 근동의 가난한 집에 병을 보아주러 무료 왕진의 청을 받고 가는 때다.

작년 겨울 승재가 이 방을 세 얻어 든 뒤로 심동에 헌 외투 하나를 덧입은 것 외에는 그의 얼굴이 변하지 않듯이 그놈 검정사지의 쓰메에리 양복도 반년이 지난 오늘까지 한 번도 변한 적이 없다.

그래서 대체 날이 더우면 저 사람이 무슨 옷을 입고 나설 텐고? 이것이

다른 사람들도 다른 사람이거니와 초봉이한테는 재미스런 궁금거리였었다. 그러나 그렇다고 승재라는 사람이 속세의 생활을 한 고개 딛고 넘어서서 탈속이 되었다거나 달리 무슨 괴벽이 있어서 그러냐 하면 실상 그런 것은 아니다. 오히려 제 몸 감장도 할 줄 모르는 탁객(濁客55))인 소치56)다. 그러한데다가 그는 또 가난하다.

승재는 본시 서울 태생이었었고 다섯 살에 고아가 된 것을, 그의 외가 편으로 일가가 된다면 되고 안 된다면 안 되는 개업의가 마지못해서 거두어 길렀다.

아이가 생김새와는 달리 재주가 있고 배우고 싶어 하는 정성이 있음을 본 그 의사는 반은 동정심에서, 반은 어떻게 되나 하는 호기심에서 승재를 보통학교로부터 중등학교까지 졸업을 시켰다.

승재는 학교에 다니는 한편 주인의 진찰실과 제약실에서 자라다시피 했고, 더욱 그가 중등학교의 상급학년 때부터는 그 이상의 상급학교는 바랄 수 없음을 각오하고 정성껏 진찰실의 실제 공부를 전심했다. 그리고 중학을 마친 뒤에는 이어 삼 년 동안을 꼬박 주인의 조수 노릇하면서 의사 시험을 치를 준비를 했다. 그러하는 동안에 주인과는 미운 정, 고운 정 다 들어 주인도 승재를 어떻게 해서든지 의사 시험에 잘 패스가 되어 의사 면허장을 얻도록 해주려고 여러 가지로 지도와 편의를 보아주었다. 그러나 그는 그 뜻을 이루지 못한 채 승재를 그의 동창이요, 이 군산서 금호의원을 개업하고 있는 윤달식이라는 의사에게 천거하는 소개장 한 장만 남겨놓고 마침내 저세상 사람이 되어버렸다. 이것이 승재가 이 군산으로 굴러오게 된 경로요….

---

55) 탁객(濁客): 나그네.
56) 소치: 어떤 까닭으로 생긴 일.

승재가 금호의원으로 와서 있기는 재작년 정월인데 그동안 그는 작년 오월과 시월에 두 번 시험을 쳐서 반 넘겨 패스를 했다.

인제 남은 것은 제1부의 생리와 해부, 제2부의 병리와 산부인과, 제3부의 임상, 이 다섯 가지 과목뿐이다. 이 중에서도 임상에는 충분한 자신이 있기 때문에 일부러 뒤로 미룬 것이요, 그 나머지만 준비가 덜 된 것인데, 어쨌거나 금년 시월이나 명년 오월이 아니면 시월까지에 시험을 치르기만 하면 넉넉 다 패스가 될 형편이다.

승재가 군산으로 와서 있으면서부터는 시험 준비의 진보가 더디긴 했다. 매삭 사십 원의 월급에 매달려 그만큼 일을 해주어야 하는 때문이다. 금호의원의 주인 의사 윤달식은 승재의 임상이 능란한데 안심하고 거의 병원을 내맡기다시피 했다. 숙식도 전부 병원에 달려 있는 자기 집에서 하게 했었다. 그리고 보니 밤으로도, 밤에 오는 환자와 입원 환자 때문에 승재는 공부를 할 시간이 없었다. 달식이도 죽은 친구의 부탁까지 맡은 터이라 미안히 여겨 마침내 승재더러 따로 방을 얻어가지고서 밤저녁의 거처 겸 조용히 공부를 하라고 여유를 주었다. 그래서 승재는 작년 봄부터 그렇게 했고, 그러던 끝에 작년 겨울에는 방을 옮기게 된 계제에 이 초봉이네 집으로 우연히 오게 된 것이다. 그러나 승재는 하필 병원에서 거처하기 때문에만 시험 준비가 더디었던 것은 아니다.

"좀 더디면 어떨라구."

이런 늘어진 배포로써 그는 시험 준비를 해야 할 의학 서류는 제쳐놓고 자연과학 서류에 재미를 붙여 그 방면의 것을 많이 읽곤 했다. 그래서 그가 거처하고 있는 이 방에도 책상 하나, 행담[57] 하나, 이부자리 한 채, 이밖에는 아무것도 없는 허술한 방이지만, 한편 벽으로 천장 닿게 쌓은

---

57) 행담: 길 가는 데 가지고 다니는 작은 상자. 보통 버들이나 싸리 같은 것으로 만듦.

것은 책뿐이요, 그중에도 삼분지 이 이상이 자연과학 서류다. 그뿐 아니라 조용히 들어앉아 공부를 하겠다고 따로 거처를 잡고 나온 그는 도리어 일거리 하나를 더 장만했다.

동네에 병자가 있어 병원에도 다니지 못하고 하는 사람인 줄 알면 그는 약도 지어서 주고 다니면서 치료도 해준다. 그것이 소문이 나가지고 이 근처의 일판에서는 걸핏하면 제 집의 촉탁 의사나 불러대듯이 오밤중이고 새벽이고 상관없이 불러댄다. 그래서 시간도 시간이려니와 그 수응을 하느라고 매삭 돈 십 원씩이나 제 돈이 녹는다.

월급 사십 원을 받아서 그중 십 원은 그렇게 쓰고, 이십 원은 책값으로 쓰고, 나머지 십 원을 가지고 방세 사원과 한 달 동안 제 용돈으로 쓴다.

용돈이래야 쓴 막걸리 한 잔 사 먹는 법 없고 담배도 피울 줄 모르고 내의도 제 손으로 주물러 입으니까, 목간 값이나 이발 값이 고작이요, 그래서 처지는 놈은 책값으로 넘어가지 않으면 요새 몇 달 째는 초봉이네 집에 방세를 미리 들여보내느라고 새어버린다. 이렇듯 그는 가난하던 것이다. 그러나 그렇지만 가난 이외의 것을 모르니까, 그는 태평이다. 그는 제가 의사 시험에 패스가 되어 의사 면허를 얻게 될 것을 유유히 믿는다. 자연과학의 힘을 믿는다. 그리고 가난한 사람들의 병을 낫게 해주어 성한 사람이 되게 하는 것을 재미있어한다. 해서 근심도 초조도 없다.

"덩치는 덜신 커가지구…."

계봉이는 승재가 언제나 마찬가지로 입은 다문 채 코를 벌씬하고 눈으로만 웃는 것을 마구 대고 놀려먹는다.

"…웃는 풍신이 그게 무어람! 그건 소가 웃는 거지 사람이 웃는 거야?"

승재는 계봉이의 하는 양이 도리어 귀엽다고 그대로 눈으로만 순하디순하게 웃고 있다.

"저거 봐요! 그래두 말을 안 듣구서 그래! 아 글쎄 기왕 웃을려거던 하하하하 이렇게 웃던지, 어허허허 이렇게 웃던지 응? 입을 떠억 벌리구 맘을 터억 놓구서 한바탕 웃는 게 아니라, 그건 뭐야! 흠— 이렇게 입을 갖다가 따악 봉해놓구 앉아서 코허구 눈허구 웃는 시늉만 하구… 앵! 그 청년 못쓰겠군. 거 좀 속 시원하게 웃어젖히지 못한담매?"

"인제 차차 웃지."

승재는 수염 끝이 비죽비죽 솟은 턱을 손바닥으로 문댄다.

"인제란 게 언제야? 남 서방 손자가 시방 남 서방처럼 턱밑에 그런 수염이 나면? 그때 말이지? 하하하….."

계봉이가 웃는 것을 보고 승재는 아닌 게 아니라 너는 퍽 시원스럽게 웃는다고 탐탁해 바라다만 본다.

계봉이는 이윽고 웃음을 그치고 나서 자리끼 숭늉을 문턱 안으로 들여놓아 둔다.

"자아, 숭늉요…. 그런데 이건 거저 숭늉은 숭늉이지만 이만저만찮은 생명수요! 알아듣겠지? 그 말뜻을 응?"

승재는 얼굴이 붉어지면서, 점직하다고 히죽이죽 웃기만 한다.

"하아! 저 청년이 왜 저렇게 무렴해할꼬? 무 캐먹다가 들켰나?"

계봉이는 마치 동물원에 간 어린아이들이 곰을 놀려먹듯 한다. 그는 지금 배가 고프지만 안 했으면 얼마든지 장난을 하겠지만 고만하고 돌아선다.

마악 돌아서는데 승재가 황급하게,

"저어, 나 좀….."

"무슨 할 말이 있는고?"

"응, 저녁 해먹었지?"

승재는 아까 마당에서 하듯이 양복저고리 포켓 속에 손을 넣고 무엇을 부시럭부시럭 찾으면서 어렵사리 묻는다.

"저녁? 응. 해서 지금들 먹는 참이구. 그래서 본인두 어서 들어가서 진지를 자셔야지, 생리학적 기본 요구가 대단히 절박해!"

"저어, 이거 갖다가… 응…?"

우물우물하더니 지전 한 장, 오 원짜리 한 장을 꺼내서 슬며시 밀어놓는다.

"…어머니나 아버지 디려요. 아침나절에 좀 변통해볼려구 했지만 늦었습니다구."

계봉이는 승재가 오늘도 아침에 밥을 못 하는 눈치를 알고 가서, 더구나 방세가 밀리기는커녕 이달 오월 치까지 지나간 사월에 들여왔는데 또 이렇게 돈을 내놓는 것인 줄 잘 알고 있다.

계봉이는 승재의 그렇듯 근경[58] 있는 마음자리가 고맙고, 고마울 뿐 아니라 이상스럽게 기뻤다. 그러나 그러면서도 한편으로는 얼굴이 꼿꼿하게 들려지지 않을 것같이 무색하기도 했다.

"이게 어인 돈인고?"

계봉이는 돈을 받는 대신 뒷짐을 지고 서서 준절히 묻는다.

"그냥 거저…."

"그냥 거저라니? 방세가 이다지 많을 리는 없을 것이고…."

"방세구 무엇이구 거저, 옹색하신데 쓰시라구…."

계봉이는 인제 알았다는 듯이 고개를 두어 번 까닥까닥하더니,

"나는 이 돈 받을 수 없소." 하고는 입술을 꽉 다문다. 장난엣말로 듣기에는 음성이 너무 강경했다.

승재는 의아해서 계봉이의 얼굴을 짯짯이[59] 건너다본다. 미상불 여전

---

58) 근경: 뿌리와 줄기를 아울러 이르는 말.

59) 짯짯이: 성질이 깔깔하고 딱딱하다. 빛깔이 맑고 깨끗하다.

한 장난꾸러기 얼굴 그대로는 그대로지만, 그러한 중에도 어디라 없이 기색이 달라진 게 일종 오만한 빛이 드러났음을 볼 수가 있다.

승재는 분명히 단정하기는 어려우나 혹시 나의 뜻을 무슨 불순한 사심인 줄 오해나 받은 것이 아닌가 하는 생각도 들었다. 그렇게 생각하고 보니 비록 마음이야 답답하지만 일이 좀 창피한 것도 같았다.

"왜에?"

승재는 속은 그쯤 동요가 되었어도 좋은 낯으로 심상하게 물어보던 것이다.

"거지의 특권을 약탈하구 싶던 않으니까…." 하는 소리도 소리려니와 조그마한 계집아이가 뒷짐을 딱 지고 도도하니 고개를 들고 서서 그런 소리를 탕탕 남달리 커다란 사내를 다긋는 양이라니, 도무지 깜찍하기란 다시없다. 그러나 보매 그러한 것 같지, 역시 본심으로다가 기를 쓰고 하는 짓은 아니다. 그는 다만 아까부터 제 무렴에 지쳐서 심술을 좀 부리고 싶은 참인데, 그러자 전에 어떤 잡지에서 본 그 말 한 구절이 마침 생각이 나니까 생각난 대로 그냥 써먹은 것이다.

애꿎이 혼이 나기는 승재다.

승재는 마치 어른한테 꾸지람을 듣고 있는 아이같이 큰 눈을 끄덕끄덕하고 있다가 겨우 발명[60]을 한다는 것이,

"나는 거저 허물없는 것만 여겨서, 그냥…."

말도 똑똑히 못 하고 비실비실한다.

"그렇지만 말이지…."

의젓하게 다시 책을 잡는 계봉이는 아이를 나무라는 어른 같다.

"…자선이나 동정 같은 것은 받는 사람의 프라이드를 뺏는 경우두 있

---

60) 발명: 변명함.

는 법이어든."

"나두 별수 없이 다 같은 가난한 사람인걸?"

"하하하하, 아하히하…."

별안간 계봉이 허리를 잡고 웃어젖힌다.

"…하하하하, 저 눈 좀 봐요. 얼음판에 미끄러진 황소 눈이라니, 글쎄 저 눈 좀 봐요. 하하하하…."

계봉이는 승재가 아까부터 무렴해서 어쩔 줄을 모르고 쩔쩔매는 꼴이 우스워 못 견디겠는 것을 겨우 참고 그가 하는 양을 좀 더 보고 있던 참인데, 인제는 터져 나오는 웃음을 어떻게 걷잡을 수가 없었다.

친하면 친하다고도 할 수 있지만, 그런 만큼 또 체면의 어려움도 없지 않다. 그러한 승재, 즉 남의 집 젊은 총각한테 늘 이렇게 한 팔을 꺾이는 듯한 가난, 가난이라고 막연하게보다도 밥을 굶고 늘어지는 창피한 꼬락서니를 들키곤 하는 것이 마침 열일곱 살배기의 처녀답게 무색했던 것이다. 물론 그것은 제 무렴이다.

아무튼 그래서 그 복수는 충분히 했다. 거지의 특권을 약탈하고 싶진 않다고, 자선이나 동정 같은 것은 받는 사람의 프라이드를 뺏는 경우가 있다고, 장난은 역시 장난이면서, 그러나 버젓하게 또 꼼짝 못 하게 해주었으니까…. 그리고 나니까 께름하던 마음이 풀리는데, 일변 승재의 하는 양이 그러하니 재미가 있어서도 웃고, 그저 우스워서도 웃을밖에 없던 것이다.

계봉이가 그처럼 웃는 것을 보고 승재는 겨우 안심은 했으나, 꾀에 넘어가서 사뭇 쩔쩔맨 것이 이번에는 점직했다.

"원, 사람두… 나는 정말 노여서 그리는 줄 알구 깜짝 놀랐구면!"

"하하하… 그렇지만 꼭 장난으루만 그런 건 아니우, 괜히."

"네에. 잘 알았습니다."

"그런데에…."

계봉이는 문제의 오 원짜리 지전을 내려다본다.

아무리 웃고 말았다고는 하지만 그대로 집어 들고 들어가기가 좀 안되었다. 그러나 그렇다고 종시 안 가지고 가기는 더 안 되었다. 잠깐 망설이다가 할 수 없이 그는 돈을 집어 든다.

"…그럼 이건 어머니한테 갖다드리께요."

고개를 까땍하면서 돌아서서 가는 계봉이를 승재는 다시 한 번 바라다본다.

엄부렁하니 큰 깐으로는 철이 안 나서 늘 까불기나 하고, 동생들과 다투기나 하고, 할 말 못 할 말 함부로 들이대기나 하고, 이러한 털팽이요 심술꾸러기로만 계봉이를 여겨온 승재는 오늘에야 계봉이가 엉뚱하게 속이 깊고, 깊은 속을 곧잘 표시할 수 있는 지혜와 영리함이 있음을 알았던 것이고, 따라서 탄복스럽던 것이다. 그것은 계봉이도 마찬가지로 승재를 한 번 더 다르게 볼 수가 있었다. 그래서 둘이는 마음이 훨씬 더 소통이 되고 친해질 수가 있게 되었다.

한밥이 잡힌 누에들이 통으로 주는 뽕잎을 가로 타고 기운차게 긁어먹는 잠박蠶箔61)처럼 안방에서는 다섯 식구가 제각기 한 그릇 밥에 국을 차지하고 앉아 째금째금 후루룩후루룩 한창 맛있게 밥을 먹고 있다. 모처럼 얻어걸린 밥이니 그렇지 않을 수도 없는 것이다.

"계봉이는 어디 갔느냐?"

그래도 여럿이 먹다 한 사람이 죽을 지경은 아니었던지 정 주사가 이편 밥상을 건너다보고 찾는다.

"아랫방 자리끼 숭늉 내다 주러 갔어요."

---

61) 잠박(蠶箔): 누에채반. 누에를 치는 데 쓰는 채반.

초봉이가 역시 이애는 무엇 하느라고 이리 더딘고 궁금해하면서 대답을 한다.

"가서 또 쌔왈거리구 까부느라구 그러지, 그년이⋯."

유 씨는 계봉이 제 말마따나 어디라 없이 계봉이가 미운 게 사실이어서 은연중 말이 곱지 않게 나오는 때가 많다.

"거, 너는 왜 밥을 반 그릇만 가지구 그러느냐? 밥이 모자라는 거로구나⋯?"

정 주사가 초봉이의 밥그릇을 넘겨다보다가 걱정을 한다.

"⋯그렇거들랑 이 밥 더 갖다 먹어라!"

집어 드는 건 밥상 옆에 옹근 채 내려놓은 병주의 밥그릇이다.

제 밥은 아껴두고 부친의 밥을 뺏어 먹고 있던 병주는 밥 먹던 숟갈을 둘러메면서 발버둥을 친다.

"어머니! 어머니⋯."

거푸 부르면서 그제야 계봉이가 식구들이 밥을 먹고 있는 안방으로 달려든다.

"⋯저어, 나아, 돈 오십 전만 주믄 돈 오원 어머니 디리지!"

식구들은 그게 웬 소린지 몰라 밥을 씹던 채, 숟갈로 밥을 뜨던 채, 혹은 밥숟갈이 입으로 들어가다 말고 모두 뚜렛뚜렛하면서 계봉이를 치어다본다.

이윽고 유 씨가 시쁘다고 눈을 흘기면서,

"네년이 돈이 오 원이 있으면 나는 백 원이 있겠다."

"정말? 내가 오 원을 내놀 테니깐 어머닌 백 원을 내뇨."

"저년이 한창 까부는구만? 남 서방이 디려 보내는 돈일 테지, 제가 돈이 어디서 생겨!"

"해해해해. 자요, 오 원. 이제는 어머니두 백 원 내노시우?"

기연가미연가하고 있던 식구들은 모두들 놀란다.

초봉이는 비로소 아까 승재가 마당에서 포켓에 손을 넣고 무슨 말을 할 듯이 우물우물하던 속을 안 것 같았다.

"이년아, 이게 네 돈이더냐? 바루 남의 돈을 가지구 생색을 내려고 들어!"

유 씨가 돈을 받으면서 핀잔을 주는 것을,

"그래두 내가 퇴짜를 놨어 보우! 괜히…."

계봉이는 지지 않고 앙알거리면서 밥상 한 모서리로 앉는다.

"그년이 점점 더 희떠운 소리만 허구 있어! 왜 남이 맘먹구 주는 돈을 마다구 해?"

"아무려나 거 그 사람이 웬 돈을 그렇게… 거 원!"

정 주사가 한마디 걱정을 하는 것을 유 씨가 받아서,

"아침에 밥 못 해 먹은 줄을 알았던 게지요, 매양…."

"그러니 말이야. 방세두 이달 치를 지난달에 벌써 내잖었수? …그런 걸…."

"허긴 나두 허느니 그 걱정이오!"

"거원, 그 사람두 넉넉지는 못한 모양인가 부던데 내가 그렇게 신세를 져서 원…."

정 주사는 쓰지도 않은 입맛을 쓰게 다신다.

병주가 돈과 부친의 얼굴을 번갈아가면서,

"아버지? 아버지…."

불러놓고 냅다 속사포 놓듯 주워 꿰는 것이다.

"…내 양복허구, 내 모자허구, 내 구두허구, 내 자전거허구, 그리고 바나나랑, 밀감이랑, 사주어, 잉? 아버지."

"저 애는 밤낮 그런 것만 사달래요…."

저도 한몫 보자고 형주가 뚜우해서 나선다.

"…남 월사금도 못 타게! 어머니, 나 지난달 치허구 이달 치허구 월사금! …그리구 산술 공책허구."

"깍쟁이! 망할 자식!"

밥 먹던 숟갈을 연신 들어 메면서 병주가 도전을 한다.

"왜 날더러 깍쟁이래? 이따가 너 죽어봐. 수원 깍쟁이 같으니라구."

"저놈!"

정 주사가 막내둥이의 편역을 들어 형주를 꾸짖는다.

막내둥이의 편역이 아니라도 정 주사는 유 씨가 계봉이를 괜히 미워하듯이 형주를 미워하던 것이다.

"어머니, 나 월사금 주어야지, 머 나두 몰라! 머."

이번에는 계봉이가 형주를 반박한다.

"이 애야 월사금은 너만 밀렸니? 나두 두 달 치 밀렸다…. 어머니, 아따 월사금은 그믐께 주구, 나 위선 오십 전만 주우? 우리 회람문고 지난달 회비 주게, 응? 어머니."

"월사금이 제일이지 그까짓 게 제일인가? 뭐."

"월사금은 이 녀석아, 좀 늦게 줘두 괜찮아. 오십 전만 응? 어머니."

"이잉, 깍쟁이가… 난 월사금, 몰라!"

"아버지 아버지, 내 양복허구, 내 모자허구, 내 구두허구, 바나나랑 사다 주어 응? 자전거랑."

"오―냐 오냐, 허허….."

정 주사는 우두커니 보고 있다가 어이가 없다고 한단 소리다.

"…꼬옥 흥부 자식들이다, 흥부 자식들이야!

거 장가딜여달라구 조르는 놈만 없구나!"

"그리구 당신은 꼬옥 흥부 같구요."

"내가 어째서 흥부야? …여편네가 새수 빠진 소리만 하구 있네!"

"누가 당신 속 모르는 줄 아시우?"

"내가 어쨌길래?"

"어쨰기는 무얼 어째요? 이놈에서 일 원허구 육 전만 발라서 위선 담배한 곽 사 피우구, 일 원은 두었다가 미두장에 갈 밑천을 할려면서…."

"허허허허…."

정 주사는 속을 보이고는 할 수 없이 웃음으로 얼버무린다.

"…기왕 그런 줄 알았으니, 그럼 일 원허구 육 전만 주구려, 허허…."

☼ 생애生涯는 방안지方眼紙라!

조금치라도 관계나 관심을 가진 사람은 시장市場이라고 부르고, 속한俗漢은 미두장이라고 부르고, 그리고 간판은 '군산群山 미곡米穀 취인소取引所'라고 써 붙인 도박장.

집이야 낡은 목제의 이 층으로 협수룩하니 보잘 것 없어도 이곳이 군산의 심장임에는 갈데없다. 여기는 치외법권이 있는 도박꾼의 공동조계[62]요 인색한 몬테카를로[63]다. 그러나 몬테카를로 같은 곳에서는 노름을 하다가 돈을 몽땅 잃어버리면 제 대가리에다 대고 한 방 탕— 쏘는 육혈포 소리로 저승에의 삼천 미터 출발 신호를 삼는 사람이 많다는데, 미두장에서는 아무리 약삭빠른 전 재산을 톨톨 털어 바쳤어도 누구 목 한번 매고 늘어지는 법은 없으니, 그런 것을 조선 사람은 점잖아서 그런다고 자랑한다던지! 군산 미두장에서 피를 구경하기는 꼭 한 번, 그것도 자살은 아니다. 에피소드는 이렇다.

연전에 아랫녘全南 어디서라든가, 집을 잡히고 논을 팔고 한 돈을 만 원 가량 뭉뚱그려 전대에 넣어 허리에 차고, 허위 단신 군산 미두장을 찾아온 영감님 하나가 있었다. 영감님은 미두란 어떻게 하는 것인지 통히 몰랐고 그저 미두를 하면 돈을 번다니까, 그래 미두를 해서 돈을 따려고 그

---

62) 공동조계(共同租界): 공동 거류지.
63) 몬테카를로(Monte Carlo): 모나코 동북부에 있는 휴양 도시. 국영 카지노와 자동차 경기로 유명하다.

렇게 왔던 것이다. 영감님은 그 돈 만원을 송두리째 어느 중매점에 다 맡겨놓고 미두 공부를 기역 니은(米豆學 ABC)부터 배워가면서 일변 미두를 했다. 손바닥이 엎어졌다 젖혀졌다 하고, 방안지의 계산이 올라갔다 내려왔다 하는 동안에 돈 만 원은 어느 귀신이 잡아간 줄도 모르게 다 죽어버렸다. 영감님은 여관의 밥값은 밀렸고 고향으로 돌아갈 면목은 몰라도 찻삯이 없었다.

중매점에서 보기에 딱했던지 여비나 하라고 돈 삼십 원을 주었다. 영감님은 그 돈 삼십 원을 받아 쥐었다. 받아 쥐고는 물끄러미 내려다보면서 휘유— 한숨을 쉬더니, 한숨 끝에 피를 토하고 쓰러졌다. 쓰러지면서 죽었다.

이것이 군산 미두장을 피로써 적신 '귀중한' 자료다.

그랬지, 아무리 돈을 잃어 바가지를 차게 되었어도 겨우 선창께로 어슬렁어슬렁 걸어 나가서 강물에다가 눈물이나 몇 방울 떨어뜨리는 게 고작이다. 금강은 백제가 망하는 날부터 숙명적으로 눈물을 받아먹으란 팔자던 모양이다.

미상불 미두장이가 울기들은 잘한다.

옛날에 축현역杻峴驛(시방은 상인천역) 앞에 있던 연못은 미두장이의 눈물로 물이 고였다고 이르는 말이 있었다. 망건 쓰고 귀 안 뺀 촌샌님들이 도무지 어쩐 영문인 줄 모르게 살림이 요모로 조모로 오그라들라치면 초조한 끝에 허욕이 난다. 허욕 끝에는 요새로 친다면 백백교[64] 들이 커서는 보천교[65] 같은 협잡패에 귀의해서 마지막 남은 전장을 올려 바치든지, 좀 똑똑하다는 축이 일확천금의 큰 뜻을 품고 인천으로 쫓아온

---

64) 백백교(白白敎): 백도교에서 파생된 동학의 유사 종교의 하나.
65) 보천교(普天敎): 차경석이 강일순을 도조로 하여 일제강점기에 세운 증산교 계통의 종교.

다. 와서는 개개밑천을 홀라당 불어버리고 맨손으로 돌아선다. 그들이야 항우 같은 장사가 아닌지라 강동 아닌 고향으로 돌아갈 면목은 있지만 오강烏江아닌 축현역에 당도하면 그래도 비회가 솟아난다. 그래 찻시간도 기다릴 겸 연못가로 나와 앉아 눈물을 흘린다. 한 사람이 그래, 두 사람이 그래, 열 사람, 백 사람, 천 사람이 몇 해를 두고 그렇게 눈물을 흘리니까 연못의 물은 병병하게 찼다는 김삿갓 같은 이야기다.

오늘이 오월로 들어서 둘째 번 월요일이라 이번 주일의 첫 장이다. 그러므로 웬만하면 입회가 다소간 긴장이 되겠지만 절기가 그럴 절기라 놔서 볼썽없이 쓸쓸하다.

그중 큰 매매라는 것이 기지개를 써서 오백 석 아니면 천 석짜리요, 모두가 백 석, 이백 석짜리 '마바라(잔챙이 미두꾼)'들만 엉켜 붙어서 옴닥옴닥 한다.

옛날 말이지, 시방은 쌀값을 최고 최저 가격을 통제해서 꽉 잡아 비끄러매놓기 때문에 아무리 날고뛰어도 별반 뾰족한 수가 없고, 다직해서 여름의 농황66)을 좌우하는 천기시세67) 때와 그 밖에 이백십일二百十日이나, 특별한 정변이나, 연전의 동경대진재東京大震災 같은 천변지이天變之異나, 이러한 때라야 그래도 폭 넓은 진동이 있고 해서 매매도 활기가 있지, 여느 때는 구멍가게의 반찬거리 홍정을 하는 푼수 밖에 안 된다.

그러니까 투기사는 ××××가 살인강도나, 옛날 같으면 권총 사건 같은 것이 생기기를 바라듯이, 김만평야의 익은 볏목에 우박이 쏟아지기를 바라고, ××이나 ××이 지함68)으로 돌아 빠지기를 기다린다.

---

66) 농황(農況): 농작물이 되어가는 상황.
67) 천기시세: 세상이 돌아가는 상황.
68) 지함: 땅이 움푹 주저앉음.

후장 삼절後場三節….

아래층의 '홀'로 된 바다지석場立席에는 각기 중매점으로부터 온 두 사람씩의 바다지場立[69]들과 '죠쓰게場附'라고 역시 중매점에서 한 사람씩 온 서두리꾼들까지, 한 사십 명이나 마침 대기하듯 모여섰다.

같은 아래층을 목책으로 바다지석과 사이를 막은 '갸쿠다마리ギャクタマリ'에 손님들이 한 백 명가량이나 되게 기다리고 있다. 이 사람들이 그중에는 구경꾼이나 하바꾼들도 섞이기는 했지만 거지반 미두 손님들이다.

일부러 골라다 놓은 듯이 형형색색이다. 조선옷, 양복, 콩소매[70] 달린 옷, 늙은이, 젊은이, 큰 키, 작은 키, 수염 난 사람, 이발 안 한 사람, 잘생긴 얼굴, 못생긴 얼굴, 이러하되 그들 한 사람 한 사람이 제각기 한 사람 몫의 한 사람씩인 '저'들이요, 제각기 김가, 이가, 나까무라, 최가 등속인 노름꾼들이다. 그러나 본래 '오오테おおて, 大手'라고 몇 천 석 몇 만 석씩 크게 하는 축들은 제 집에다 전화를 매놓고 앉아 시세를 연신 알아보아 가면서 오천 석을 방해라, 만 석을 사라, 이렇게 해먹지 그들 자신이 미두장에 나오는 법이 없다. 해서 으레껏 미두장의 갸꾸다마리에 죽 모여서는 건 하바꾼과 구경꾼과 백 석 이백 석을 붙여놓고 일 정, 이 정의 고하를 눈 뒤집어쓰고서 밝히는 마바라[71]들이다. 하지만 또 이 마바라들이야말로 하바꾼들과 한 가지로 미두전장米豆戰場의 백전노졸들인 것이다.

그들은 대개가 십 년, 이십 년 시세표의 고하를 그리는 괘선罫線을 따라 방안지方眼紙의 생애를 걸어오는 동안 수만 금 수십 만금 잡았다가 놓쳤다가 하여서 무수한 번복을 거쳐, 필경은 오늘날의 한심한 마바라나 그

---

69) 바다지(場立): 중매점의 시장 대리인.

70) 콩소매: 팔을 옆으로 폈을 때 아래로 축 처지게 지은 넓은 소매.

71) 마바라: 증권사 객장에 상주하면서 뇌동 매매로 소액을 투자하는 사람을 속되게 이르는 말.

보다 더 못한 하바꾼으로 영락한 무리들이다.

그런 만큼 그들은 미두장이의 골이 박혀 시세 보는 눈이 날카롭고 담보는 크건만, 돈 떨어지자 입맛 난다는 푼수로, 부러진 창대를 가지고는 백전노졸도 큰 싸움에는 나서는 재주가 없다.

후장 삼절을 알리느라고, 갤러리로 된 이 층의 '다카바高場'에서 따악따악, 따악 딱다기 소리가 나더니 당한富限이라고 쓴 패가 나와 붙는다.

이것이 소집 나팔이다.

딱딱이 소리에 응하여 바다지들은 반사적으로 일제히 다카바를 올려다보고는 그길로 장내를 휘휘 돌려다 본다. 그들은 직업적으로 약간 긴장하는 둥 마는 둥 하다가 도로 타기만만72)하다.

갸꾸다마리에서는 적이 긴장이 되어 모두들 '바다지'한테로 시선을 보내나 바다지들 사이에는 종시 매매가 생기지 않는다. 또 손님들 편에서도 아무 동요가 일어나지 않는다.

바다지석과 갸쿠다마리 사이의 목책 위에 놓인 각 중매점의 전화들만 끊일 새 없이 징그럽게 울고, 그것을 받아 내느라고 죠쓰게들만 분주하다.

갤러리의 한편 구석으로 자리를 잡고 있는 통신사 사람들은 전화통에 목을 매달고 각처에서 들어오는 시세를 받느라고, 또 한편으로 그놈을 흑판에다가 붓글씨로 써서 내거느라고 여념이 없다.

다까바에는 딱딱이꾼 외에 두 사람의 다카바가 테이블을 차고 앉아 마침 기록을 하려고 바다지들을 내려다보고 있다.

당한에는 바다지들의 아무런 제스처, 즉 매매의 도전이 없어 소위 '데기모出來不申'라고, 매매가 없다고 만다.

다카바에는 다시 딱다기가 울고 '중한中限' 패로 갈려 붙는다.

---

72) 타기만만(惰氣滿滿): 게으름이 가득하다.

이에 응하여 선뜻 한 사람의 바다지가 손을 번쩍 쳐들면서,

"셍고쿠 야로―."

소리를 친다. 대체 이 사람이 쳐든 손은 언뜻 아무렇게나 쳐든 것 같아도 실상인즉 대단히 기묘 복잡함이 있다.

엄지손가락과 식지는 접어두고 중지와 무명지와 새끼손가락 세 개만 펴서 손바닥은 바깥으로 돌렸다. 하고 보니 벙어리가 에스페란토를 지껄인 것이랄까, 그것을 번역하면 이렇다.

끝엣손가락 세 개를 편 것은 삼═이라는 뜻으로 삼 전═錢이란 말이고, 손바닥을 바깥으로 돌린 것은 팔겠다는 말이고, 그리고 '셍고꾸 야로!'는 '쌀 천 석 팔겠다.'는 말이다. 그러니까 즉 '쌀 천 석을 삼 전 씩에 팔겠다.' 이런 뜻이다.

이 매매가 성립이 되자면 누구나 사고 싶은 다른 바다지가 응하고 나서야 한다. 장내는 조금 동요가 되다가 다시 조용하고 갸꾸다마리에서는 담배 연기만 풀신풀신 올라온다.

삼십 원 삼 전이라는 시세에 '바다지'나 손님들이나 다 같이,

"흥― 누가 그걸⋯." 하는 듯이 맹숭맹숭하다.

그래서 '시데나시仕手無'라는 걸로 중한도 매매가 성립되지 못한다.

본시 한산한 시기에는 '당한'과 '중한'에는 매매가 별반 없는 법인데 더구나 시세가 저조低調여서 매방買方[73]이 경계를 하는 판이라 전절前節보다 일 전이 비싼 삼십 원 삼 전에 팔겠다는 걸, 그놈에 응할 사람이 없을 것도 당연한 일이다.

세 번째 딱딱이가 울고 '선한先限' 패로 갈려 붙는다. 그러자 마침 기다리고 있던 듯이 갸꾸다마리에서 손님 하나가 '바다지' 한 사람을 끼웃끼

---

73) 매방(買方): 사는 편, 매주(買主).

웃 찾아 불러내다가는 목책 너머로 소곤소곤 귓속말을 한다.

바다지는 연신 고개를 까닥까닥 하면서 말을 듣는 한편, 손에 들고 있는 금절표를 활활 넘기고 들여다본다.

이윽고 바다지는 돌아서면서 엄지손가락, 식지, 중지, 세 손가락을 펴서 손바닥을 밖으로 쳐들고,

"고햐쿠 야로!"

소리를 친다. 이것은 팔 전*에 오백 석을 팔겠다는 뜻인데, 그 소리가 떨어지자 장내는 더럭 흥분이 된다.

일 초를 지체하지 않고 저편으로부터 다른 바다지가 팔을 쳐들어 안으로 두르고,

"돗다!"

소리를 지른다. 그놈을 사겠다는 말이다. 이어서 여기저기서 '얏다', '돗다' 소리와 동시에 팔이 쑥쑥 올라오고, 소리는 한데 엉겨 왕왕거리는 아우성 소리로 변한다. 치켜 올린 바다지들의 손과 손들은 공중에서 서로 잡혀진다. 커다란 혼잡이다.

바다지석은 헌화 속에서 뒤끓는다. 다카바들은 눈을 매 눈같이 휘두르면서 손을 재게 놀려 기록을 한다.

바다지와 다카바는 매매를 하느라고 흥분이 되고, 이편 갸쿠다마리는 시세 때문에 흥분이다.

그도 그럼직한 일이다.

오늘 아침 '전장요리쓰끼前場寄付' 삼십 원 십이 전으로 장이 서가지고는 '전장도메前場止' 홀 구 전, '후장요리쓰케後場奇付' 홀 칠이 이절에 가서 오정五丁이 더 떨어져 홀 이 전으로 되더니, 삼절에는 마침내 그처럼 삼십 원 대를 무너뜨리고 팔 전 이십구 원 구십팔 전으로 또다시 사정이 떨어졌던 것이다.

현물이 품귀요, 정미도 값이 생해서 기미期米도 일반으로 오르게만 된 형세건만, 도리어 이렇게 떨어지기만 해놔서 '쓰요키強派'들한테는 여간 큰 타격이 아니다.

만일 이대로 떨어지기로 들면 '후장도메'까지에는 다시 사오 정은 더 떨어지고 말 것이고, 한다면 도통 이십 정이 오늘 하루에 떨어지는 셈이다.

표준미가標準米價 이후 하루 동안에 백 정百丁이니 이삼백 정이니 하는 등락은 이미 옛날의 꿈이요, 진폭이 빈약한 오늘날, 더구나 한산한 이 시기에 하루 이십 정의 변동은 넉넉히 흥분거리가 될 수 없는 게 아니던 것이다.

갸쿠다마리의 얼굴들은 대번 금을 그은 듯이 두 갈래로 갈려버린다. 판 사람들은 턱을 내밀고서 만족하고 산 사람들은 턱을 오므리고서 시치름하고, 이것은 천하에도 두 가지밖에는 더없는 노름꾼의 표정이다. 이처럼 시세가 내리쏟자 태수의 친구요, 중매점 마루강丸江의 바다지인 꼽추 형보는 팽팽한 이맛살을 자주 찌푸리면서 손에 쥔 금절표를 활활 넘겨본다.

사각 안에다가 영서로 K자를 넣은 것이 태수의 마크다.

육십 원 증금으로 육백 원에 천 석을 산 것인데, 인제 앞으로 십 정十丁만 더 떨어져서 이십구 원 팔십팔 전까지만 가면 증금으로 들여놓은 육백 원은, 수수료까지 쳐서 한 푼 남지 않고 '아시證金不足'이다.

형보는 잠깐 망설이다가 곱사등을 내두르고 아기작아기작 전화통 앞으로 가더니 옆엣사람들의 눈치를 슬슬 살펴가면서 ××은행 군산지점의 전화를 부른다. 태수한테 기별을 해주려는 것이다. 그러나 만일 한낱 행원으로 미두를 한다는 소문이 퍼지게 되고 보면, 더구나 모범 행원이라는 고태수로 그런 눈치를 은행에서 알게 되는 날이면 일이 재미가 적고한 터라, 이러한 전화는 걸고 받고 하기에 서로 조심을 한다.

××은행 군산지점 당좌계의 창구멍窓口 안에 앉은 고태수, 그는 어제 밤을 새워 먹은 작취로 골머리가 띵— 하니 아프고, 속이 메스꺼운 것을 겨우 참고 시간되기만 기다린다.

　　세 시 전이니 아직도 한 시간이 더 남았다. 그래, 팔걸이 시계를 연신 들여다보고는 하품을 씹어 삼키고 하는 참인데 마침 급사 아이가 와서 전화가 왔다고 알려준다.

　　태수가 전화통 옆으로 가서,

　　"하이(네에)."

　　나른하게 대답을 하는데,

　　"낼세, 내야." 하는 게 묻지 않아도 형보다. 태수는 혹시 시세가 올랐다는 기별이었으면 하고 은근히 가슴이 두근거린다.

　　"왜 그래?"

　　"뼈게졌네, 뼈게졌어!"

　　삼십 원 대가 무너졌다는 말이다. 태수는 맥이 탁 풀려, 그대로 주저앉을 것 같았다.

　　"음!"

　　태수는 분명치 않은 소리만 낼 뿐 무어라고 형편을 물어보고 싶어도 옆에서 상관이며 동료들이 듣는 데라 그야말로 벙어리 냉가슴 앓는 조다.

　　"팔 전인데, 여보게…?"

　　형보는 딱바라진 음성으로 이기죽이기죽 이야기를 씹는다.

　　"…팔 전인데, 끊어버리세?"

　　"글쎄…."

　　"글쎄구 개. 이구 이대루 십 정만 더 떨어지면

　　아시야 아시! 알아들어? …왜 정신을 못 채리구 이래?"

　　"그렇지만 인제 와서야 머…."

태수는 지금 그것을 끊는대도 돈이래야 오십 원밖에 남지 않는 것을, 그러고저러고 하기가 도무지 마음에 내키지를 않던 것이다.

애초에 돈 천 원이나 먹을까 하고, 그래서 발등에 당장 내리는 불이나 끌까 하고, 시세가 마침 좋은 것 같아서 쌀을 붙였던 것인데 천 원을 먹기는 고사하고 본전 육백 원이 다 달아난 판이니 깨끗이 밑창을 보게 두어둘 것이지, 그까짓 것 꼬랑지로 처진 오십 원쯤 시방 이 살판에 대수가 아니다.

"그러지 말게! …소오바投機란 그렇게 하는 법이 아니란 말야…. 그러니 내가 시키는 대루…."

형보가 이렇게 타이르는 말을 태수는 성가신 듯 버럭 걸질러…,

"긴 소리 듣기 싫어! …그만 해두구, 내가 어제 맡긴 것 있지?"

"있지."

형보는 어제 저녁때 태수한테서 액면 이백 원짜리 소절수[74] 한 장을 맡았다. 지출인은 백석白石이라고 하는 고리대금업자요, 은행은 태수가 있는 ××은행 군산지점이다. 형보는 가끔 태수한테서 이러한 부탁을 받는다.

"그걸 오늘 지금 좀, 그렇게 해주게."

"내일 해달라더니?"

"아냐! 오늘루."

태수는 전화를 끊고 도로 제자리로 돌아와서 털신 걸터앉는다. 이제는 마지막 여망이 그쳐버리고 어찌할 도리가 없이 되었다.

바로 십 여일 전 일이었었다. 그날 태수는 형보가 있는 중매점 마루강에다가 육십 원 증금으로 육백 원을 내고 쌀 천 석을 '나리유끼成行'로 붙

---

74) 소절수: 수표.

였다.

그날은 마침 토요일인데 전장 요리쓰끼 삼십 원 십칠 전으로, 장이 서 가지고는 이절에 이십구 전, 삼절에 삼십육 전, 사절에 사십 전, 이렇게 폭폭 솟아 올라갔다.

이 기별을 받은 태수는 마침 기회가 좋은 듯싶어 다음 오절에 사달라고 일렀다. 전화를 걸어주던 형보는 위태하다고 말렸으나 태수의 생각에는 그놈이 그대로 일 원대를 무찌르고도 앞으로 백 정은 무난하리라는 자신이 들었었다. 그때에 날이 마침 가물었기 때문에 모낼 시기를 앞두고 그것이 다소 강재強材가 아닌 것은 아니었으나 매우 속된 관찰이요, 더욱이 백정이 오를 것을 예상한 것은 터무니없는 제 욕심이었다.

태수는 그날도 은행 전화라 자세하게 이야긴 할 수도 없거니와 또 그럴 필요도 없어 그냥 시키는 대로나 해달라고 형보를 지천을 했었다.

한 삼십 분 지나서 형보가 다시 전화를 걸었다.

"오절에 사십오 전에 샀더니 육절에 또 사 정이 올라 사십구 전일세…. 그렇지만 나는 모르니 알아채려서 하게!"

형보는 여전히 뒤를 내던 것이다.

그날 한 시까지 은행 일을 마치고 나와서 알아보니까 그놈 육절에 사십구 전을 절정으로 시세는 도로 떨어져 전장도매 사십육 전이었었다. 그래도 태수는 약간의 반동이거니 하고 안심을 했었다. 그러나 그 뒤로 시세는 태수를 조롱하듯이 조촘조촘 떨어지다가 오늘 와서는 마침내 삼십 원대를 무너뜨리고 아시란 말까지 나오게 되었던 것이다.

은행 시간이 거진 촉하게 되어서, 웬 낯모를 사람이 아까 형보와 이야기 하던 소절수를 가지고 돈을 찾으러 왔다. 형보는 태수의 이 심부름을 가끔 해주기는 해도 제 몸을 사리느라고 언제든지 한 다리를 더 놓지, 제가 직접 오는 법이 없다.

태수는 들이미는 대로 소절수를 받아 장부에 기입을 하고 현금계로 넘긴다. 필적이며 그 밖에 조사 대조해볼 것을 조사 대조해볼 것도 없이 그것은 태수 제 손으로 만들어낸 백석白石이의 소절수인 것이다. 이어 시간이 다 되자 태수는 사무상 앞을 걷어치우고 은행을 나섰다. 그는 걱정에 애를 못 새겨 짜증이 났다. 누가 보면 어디 몸이 아프냐고 놀랄 만큼 이맛살을 잔뜩 찌푸리고 몸에 풀기가 없다. 그러나 그것도 잠깐이요 기색은 도로 평탄해진다. 그는 무엇이고 오래 두고는 생각하거나 적정을 하질 않는다. 또 그랬자 별수가 없는 것을 그는 잘 알고 있다.

"걱정하면 소용 있나? 약차하거든 죽어버리면 고만이지!"

그는 혼잣말로 씹어뱉는 것이다.

그는 일을 저지른 후로 요즈음 와서는 늘 이런 막가는 마음을 먹는다. 그러고 나면 걱정이 되고 속 답답하던 것이 후련해지곤 하던 것이다.

일을 저질렀다는 것은 다름이 아니라, 항용 있는 재정의 파탈로 남의 돈에 손을 댄 것이다.

그는 작년 봄 경성에 있는 본점으로부터 이곳 군산지점으로 전근해 오면서부터 주색에 침혹75)하기를 시작했다. 그는 얼굴 생긴 것도 우선 매초름한 게 그렇거니와, 은연중에 그가 서울서 전문학교를 졸업했고, 집안은 천여 석 하는 과부의 외아들이고, 놀기 심심하니까 은행을 들어갔던 것이 이곳 지점에까지 전근이 되어 내려온 것이라고, 이러한 소문이 떠돌았고, 그런데 미상불 그러한 집 자제로 그러한 사람임직하게 그의 노는 본새도 흐벅지고76) 돈 아까운 줄은 모르는 것 같았다. 그러던 결과 반년 남짓해서 육십 원의 월급으로는 엄두도 나지 않게 빚이 모가

---

75) 침혹: 무엇을 몹시 좋아하여 정신을 잃고 거기에 빠짐.
76) 흐벅지다: 1. 탐스럽게 두툼하고 부드럽다. 2. 푸지거나 만족스럽다.

지까지 찼다. 이러한 억색한77) 경우를 임시로 메우기에 태수의 컨디션은 안팎으로 좋았다. 지점장의 신임은 두텁고 은행 내정에는 통달했는데 앉은 자리가 당좌계다. 그래서 작년 겨울 백석이라는 대금업자의 소절수를 만들어 쓰는 것으로부터 그는 '사기'와 '횡령'이라는 것의 첫출발을 삼았다.

큰 대금업자랄지 그 밖에 예금한 금액이 많고 은행으로 들이고 내고 하기를 자주 하는 예금주들은 그러하기 때문에 액면이 많지 않은 위조 소절수가 자기네 모르게 몇 장 은행으로 들어가서 '조지리帳尻'가 맞지 않더라도 좀처럼 눈에 띄지를 않는다. 그러므로 그러한 위조 소절수가 은행에 들어오더라도 그게 위조인지 아닌지를 밝혀야 할 당좌계에서 그냥 씻어서 넘기기만 하면 일은 우선 무사하다. 태수는 그 묘리를 알았던 것이다.

그는 은행에서 소절 수첩을 빼내 오고, 백석이의 도장을 그대로 새기고, 글씨를 본받아 백석이 자신이 발행한 소절수와 언뜻 달라 보이지 않는 것을 만들기에 그리 힘들지 않았다.

그놈을, 믿는 친구라는 형보더러 찾아달라고 맡기고, 그럴라치면 형보는 다시 다른 사람을 시켜 은행으로 찾으러 보낸다. 은행에서는 태수가 그것을 어엿이 받아 장부에 기입을 해서 현금계로 넘기고 현금계에서는 아무 의심도 없이 돈을 내주고, 그 돈이 조금 후에는 형보의 손을 거쳐 태수에게로 돌아 들어오고, 이것이다.

그가 처음 그렇게 소절 수위조를 해서 쓸 때에는 손이 떨리고, 며칠 동안은 가슴이 두근거리고 했으나 차차 맛을 들이고 단련이 되면서부터는 돈이 아쉰 때면 제법 제 소절수를 발행하듯이 척척 써먹었다. 또 범위도

---

77) 억색하다: 원통하여 가슴이 막히다.

넓혀 역시 예금이 많고 거래가 잦은 '농산흥업회사'와 '마루나'라고 하는 큰 중매점까지 세 군데 치를 두고 그 짓을 계속했다. 한 것이 작년 세안부터 지금까지 반년 동안 백석이 것이 일천팔백 원, 농산흥업회사 치가 칠백 원, 마루나 중매점 치가 이번 것까지 팔백 원, 도합하면 삼천 삼백 원이다.

이 삼천삼백 원은 형보가 심부름을 해줄 때마다 얼마씩 떼어 쓴 사오백 원과 요릿집과 기생한테 준 행하[78]와 미두 밑천으로 다 먹혀버린 것이다. 이 짓을 해놓았으니 늘 살얼음을 밟는 것같이 마음이 위태위태한 판인데 지나간 사월 초승부터 그 백석이와 은행 사이에 사소한 일로 갈등이 나가지고 백석이가 다른 은행으로 거래를 옮기리 어찌리 하는 소문이 들렸다. 만약 그러는 날이면 예금한 것을 한꺼번에 모조리 찾아갈 것이요, 따라서 태수가 손댄 일천팔백 원이 비는 게 드러날 것이다.

동시에 그날 이태수는 끝장을 보는 날이다. 태수는 어디로 도망을 가거나 또 늘 입버릇같이 뇌이던 자살을 하거나, 두 가지 외에는 별수가 없었다.

소문대로 그가 천여 석 추수를 하는 과부의 외아들이기만 하다면야 모면할 도리가 없지도 않다. 그러나 그것은 백주에 낭설이다.

그의 편모는 지금 서울 아현 구석의 남의 집 단칸 셋방에서 아들 태수가 십오 원씩 보내주는 것으로 연명을 해가고 있다. 태수의 모친은 중년 과부로 남의 집 안잠[79]을 살고 바느질품, 빨래품을 팔아가면서 소중한 외아들 태수를 근근이 보통학교까지만은 졸업을 시켰었다. 샘 같아서는 그 이상 더 높은 학교라도 들여보내겠지만 늙어가는 과부의 맨손으로는

---

78) 행하: 놀이나 놀음이 끝난 뒤에 기생이나 광대에게 주는 보수. 품삯 이외에 더 주는 돈.
79) 안잠: 남의 집 일을 해줌.

힘이 자랄 수가 없고, 그래 태수가 보통학교를 마치던 길로 ××은행의 급사로 뽑혀 들어갔다. 그는 낮으로는 은행에서 심부름을 하고 밤으로는 다른 부지런한 동무들이 하듯이 야학을 다녀, 을종 상업학교 하나를 졸업했다.

아이가 우선 외모가 똑똑하고 하는 것이 영리하고, 그런데다가 을종이나마 학교의 이력과 여러 해 은행에서 치러낸 경력과, 또 소속한 과장의 눈에 고인 덕으로 스물한 살 되던 해엔 승차해서 행원이 되었다.

본점에서 꼬박 이 년 동안 지냈다. 그동안 태수를 총애하던 과장(그는 男×家이었었다)은 태수가 소위 '급사아가리使童出身'이래서 아무래도 다른 동무들한테 한풀 꺾이는 것을 애석히 생각해서 기회를 보다가 계제를 만나, 작년 봄에 이 군산지점으로 전근을 시켜주었다.

태수도 서울 본점에 있을 동안은 탈 잡을 데 없는 모범 행원이었었다. 사무에는 능숙하고 사람됨이 영리하고 젊은 사람답지 않게 주색을 삼가고. 그러나 주색을 삼간 것은 그가 급사로 지내던 타성으로 조심이 되어 그런 것이지 삼가고 싶어 그런 것은 아니다. 그랬길래 그가 이 군산지점으로 내려와서 기를 탁 펴고 지내게 되자 지금까지는 금해졌던 흥미의 대상인 유흥과 계집이 '상해上海'와 같이 개방되어 있는 그 속으로 맨 먼저 끌려 들어간 것이다. 그는 마치 아이들이 못 보던 사탕을 손에 닿는 대로 쥐어 먹듯이 방탕의 향락을 거듭거듭 집어먹었다.

믿는 외아들 태수가 이지경이 된 줄 모르고 그의 모친은 그가 인제는 어서 바삐 장가나 들어 살림이나 시작하면 그를 따라와서 얼마 남지 않은 여생을 편안히 보내려니, 지금도 매일같이 그것만 기다리고 있지 천석거리 과부란 당치도 않은 소리다.

태수는 지난 사월에 그처럼 사세가 절박해오자 두루 생각한 끝에 마루나의 육백 원 소절수를 또 만들어 그 돈으로 미두를 해본 것이다.

전에도 가끔 오백 석이고 삼백 석이고 미두를 했고, 그래서 번번이 손을 보았지만 천 석은 처음이다.

그는 그놈에서 돈 천 원이나 먹으면 어떻게 백석이 것 일천팔백 원을 채워가지고 백석이한텔 가서 무릎을 꿇고 사정을 하든지, 본점에 있는 그 과장이라도 청해다가 백석이를 위무해서 일을 모면하려던 그런 계획이었다. 그러나 그 돈 천 원이 생기기는 고사하고 밑천 육백 원까지 물고 달아났으니 게도 잡지 못하고 구럭까지 놓친 셈이다.

오직 그동안 백석이가 말썽부리던 것이 뜨음하고, 그래 다른 은행으로 거래를 옮기는 눈치가 보이지 않는 것이 천만다행이었다. 그러나 그것도 우선 위급을 면한 것이지 아무래도 받아놓은 밥상인 것을 언제 어느 구석에서 뒤집혀날지 하루 한시인들 앞일을 안심할 수가 없다. 그래서 그는 육장 입버릇같이,

"죽어버리면 고만이지."

이 소리를 하고, 할라 치면 순간순간은 아무것이고 무섭지도 않고 근심도 놓이고 하던 것이다.

태수는 거리로 나와서 어디로 갈까 하고 잠깐 망설인다.

이런 때는 어떤 조용한데, 가령 서울 같으면 찻집 같은 데로 가서 혼자 우두커니 시간 가는 줄 모르게 앉아 있었으면 좋을 것 같았다. 그렇게 생각하니 서울서는 별반 다녀보지도 못한 찻집이 불현듯이 그리웠다. 그러나 이곳에는 그런 기분이 가라앉는 순수한 찻집이 없으니 소용없는 말이고, 그냥 선창이나 공원으로 거닐까 생각해보았으나 그것은 어제 밤을 새워 술을 먹은 몸이 고단해서 내키지를 않는다. 그러다가 문득 제중당으로 초봉이나 만나보러 갈까 해본다. 어제 낮에 들렀더니 요전번 전화할 때의 말대로 알기는 알겠는지, 얼굴이 발개가지고 대응하는 게 달랐고, 그것이 태수한테는 퍽 유쾌했다.

태수는 초봉이를 두고 생각하면 할수록 절로 입이 벙싯벙싯 벌어진다. 그는 초봉이가 이 세상에 있다는 것, 그것 하나만도 견딜 수 없이 기쁘다. 그는 어떻게 해서든지 초봉이와 결혼이나 해서 단 하루나 이틀이라도 좋으니 재미를 보기가 마지막 소원이요, 그런 다음에는 세상 아무것에 대해서도 미련이 없을 것 같았던 것이다.

태수는 발길이 절로 정거장 쪽으로 떼어 놓여진다. 그러나 바로 어제 들러서 인단이야 포마드야를 더금더금 사왔는데, 오늘 또 채신머리없이 가고 보면 초봉이라도 속을 들여다보고 추근추근하다고 불쾌하게 여길 듯싶어 재미가 덜할 것 같았다.

태수는 섭섭하나마 가던 발길을 돌려 개복동으로 들어선다.

개복동 초입에 있는 행화의 집은 아무라도 오라는 듯이 대문이 활짝 열려 있다. 태수는 대문간으로 들어서면서 지금 초봉이한테를 이렇게 임의롭게 다닌다면 작히나 좋으려니 싶었다.

안방에서는 행화가 흥얼거리는 목소리로 부르던 육자배기를…,

"해느은 지―이이이고오…." 하면서 귀곡성을 질러 울렸다가,

"…저문 날인데, 편지 일장이 도온절이로구나, 아― 헤―."

없는 시름이라도 절로 솟아나게 끝을 다뿍 하염없이 흐린다.

"좋다."

형보의 소리다. 먼저 와서 기다리고 있던 것이다.

두 사람은 별로 장소를 달리 정하지 않았으면 요새는 여기서 만날 줄 알고 있다.

신발 소리에 행화가 갸웃하고 내다보다가 웃으면서 흐르는 옷 허리를 걷어잡고 마루로 나선다.

태수가 방으로 들어서니까 형보는 아랫목 보료 위에 사방침을 얕게 베고 누운 채 고개만 드는 시늉하면서….

"인제 오나?"

"날이 좋은데! …은적사恩積寺나 나갈까 부다."

태수는 모자를 쓴 채로 방 가운데 털신 주저앉으면서 혼잣말같이 두런거린다. 그는 조금 아까부터 그 생각이다. 우선 날이 좋으니 절에라도 나가서 펑청거려가면서 놂직도 하고, 또 그 밖에는 이 쭈루투룸한 심사를 어찌할 수 없을 것 같았다.

"거, 좋—치!"

형보가 맞장구를 친다. 태수는 그러나, 이어 딴 생각을 하느라고 그냥 우두커니 앉았다가 '몇 전 도메'냐고 묻는다. 단념은 했어도, 그래도 조금 남은 미련이 있어 그놈이 잊자고 해도 강박관념같이 주의를 놓던 것이다.

"구 전… 육 전까지 갔다가 구 전 도메."

태수는 다시 말이 없다. 형보는 귀밑까지 째진 입에 담배 꽂은 상아빨쭈리를 옆으로 물고 누워 태수의 숙인 이마를 곰곰이 올려다본다. 그의 퀭하니 광채 있는 눈은 크기도 간장 종지 한 개만큼 씩은 하다.

이 사람을 목간통에서 보면 더욱 기괴하다. '고릴라'의 뒷다린 듯싶게 오금이 굽고 발끝이 밖으로 벌어진 두 다리 위에, 그놈 등 뒤로 혹이 달린 짧은 동체가 붙어 있고, 다시 그 위로 모가지는 있는 둥 마는 둥, 중대가리로 박박 깎은 박통만한 큰 머리가 괴상한 얼굴을 해가지고는 올라앉은 양은 하릴없이 세계 풍속 사진 같은데 있는 아메리카 인디언의 토템이다.

그는 체격과 얼굴이 그렇기 때문에 나이는 지금 삼십이로되 사십도 더 넘어 보인다. 부모처자도 없고 인천이며, 서울이며, 안동현이며, 이런 투기시장으로 굴러다니다가 태수보다 조금 앞서 군산으로 왔었다. 두 사람이 알기는 서울서부터지만 이렇게 단짝이 되기는 태수가 군산으로 내려와서 오입판에 첫 발을 들여놓을 때에 병정[80]을 서주면서부터다. 그러나 태수는 형보를 미덥고 절친한 친구로 여기지 결코 병정으로 알지는 않는다. 그래서 그는 의리를 지킬 각오까지도 있다. 형보도 표면으로만은 그러하다. 그래서 노상 태수의 일을 걱정하고 충고를 하는 체한다.

남녀 세 사람은 형보와 행화까지 태수의 침울해지려는 기분에 섭쓸려 한동안 말이 없다가 형보가 이윽고 긴하게,

"그런데 여보게 태수?" 하더니 발딱 일어나서 도사리고 앉는다.

"…좋은 수가 있기는 하나 있는데, 자네 내가 시키는 대루 하려나?"

"수? 글쎄…."

은행의 돈 범포[81]낸 그 일에 대한 것인 줄 태수는 알아듣고도, 머 그저 수라니 강남 옥수수겠지 하는 생각에 그다지 내켜 하지도 않는다.

"자네 대체 어쩔 셈으루 이러나?"

형보는 태수가 당겨 하지를 않으니까 이번에는 짐짓 걱정조로 캐자고 나선다.

"아무 도리두 없지 머…."

태수는 두 팔을 뒤로 짚고 퍼근히 다리를 뻗고 앉아서 담배만 풀신풀신 피운다.

"그러면 잔말 말구. 어쨌든지 나 하라는 대루 하게, 응?"

"어떻게?"

"지금 백석이까지…."

말을 꺼내는데 태수가 눈을 끔적끔적한다. 형보는 알아차리고서 행화를 돌아다본다.

---

80) 병정: 병역에 복무하는 장정. 속어로는 돈 있는 사람을 따라다니며 잔시중을 들고 공술이나 얻어먹는 사람을 놀리는 말.

81) 범포: 나라에 바칠 돈이나 곡식을 써 버림.

"행화, 미안하지만 건넌방으루 잠깐만 가서 있게 그러나, 응?"

경대 앞에서 심심파적으로 눈썹을 다스리고 있던 행화가 세수수건을 집어 들고 일어선다.

"나두 세수하러 나갈라던 참이오…. 와? 무슨 수가 생기오?"

"응, 단단히 수가 생기네."

"하아― 오래간만에 장 주사 덕분에 술 한참 얻어먹나 부다…. 인제 수 생기거든 아예 내 목아치 잊지 마소, 예?"

"아무렴! …또 내가 잊어버리더래두 다아 이 고 주사가 있잖나!"

"아무려나 나는 모르겠다. 술이나 드북하니 잡소들…."

행화는 웃음 섞어 이런 소리를 하면서 마루로 나간다.

"그래, 세 군데니 말이야…."

형보는 행화가 다 나가기를 기다려 소곤소곤 이야기를 다시 내놓는다.

"…세 군데서 삼천 환씩 한 만 환가량만 뽑아내면 일은 되는데…."

태수는 벌써 고개를 흔들고 시원찮아하다가,

"만 원을 가지구 어떡허게?"

"응, 그놈 만 원을 가지구서 나하구 둘이서 서울루 가거던… 자네 혼자 가기가 적적하거들랑 저 애 행화나 데리구."

"흥!"

"하아따! 지레 그러지 말구 끝까지 들어봐요…. 그렇게 서울루 가서 자 넬라컨 문밖에 아무 데나 깊숙이 들어앉아 있으란 말야. 삼 년 아니면 다 직해야 사 년…."

"공금 횡령해가지구 도망갔다가 잽히잖는 놈 못봤네…. 제기, 상해나 북경 같은 데루 뛰었다두 잽혀 와서 콩밥을 먹는데, 황차 서울!"

"그야 저 하기 나름이지. 조심을 안 하니깐 붙잡히지. 죽은 드끼 들어 앉아만 있으면 십 년 가두 일 없어요."

태수는 말이 없이 혼자서 고개만 가로 흔든다. 그는 잡히고 안 잡히고 간에 하루 이틀도 아니요, 삼사 년을 그처럼 답답하게 처박혀서 숨어 지낸다는 것은 생각만 해도 진저리가 날 일이다.

돈을 마음대로 쓰고 돌아다니면서 즐겁게 노는 그런 움직이는 생활이 아니고는 차라리 죽음만도 못한 것이다. 그러니까 그는 일이 탄로 나는 마당에 이르러서도 자살로써 감옥 가기를 피하려는 각오를 하고 있는 것이다. 이러한 속도 모르고 형보는 연신 제 계획 설명이다.

"그러니깐 아무 염려 말구, 한 삼 년 그렇게 참구 있으면 그동안 나는 그놈 만 원을 가지구 앉어서 쓱 돈 장사를 한단 말야! 응? 돈 장사."

"돈 장사라니?"

"응, 돈 장사! …수형[82] 할인 떼어먹는 것 말인데, 자세한 것은 종차 이야기하겠지만, 그렇게 만원을 가지구 종로 바닥에 앉어서 재빠르게만 납디면 삼사 년 안에 한 사오만 원쯤은 넉넉잡네!"

"허황한 소리!"

"이건 속두 모루구 이래! 해만 보아요…. 아, 그래서 한 사오만 환 잽히거들랑 그때는 자네가 자포 낸 본전 일만 삼천 원을 가지구 도루 와서, 자아 돈을 가져왔으니 용서해주시오, 한단 말야. 비는 장수 목 벨 수 없다구 그렇게 돈을 물어 내놓구 빌면 징역은 면할 테니깐…. 그러고 나서는그 돈 나머질 가지구 자네허구 나허구 다시 장사를 하면 버엇하잖어? 어때?"

"글쎄… 그것두 자네가 친구를 생각하는 맘으루 그러는 것이니 고맙기는 고마워이. 그러니 종차 생각해보세마는…."

"자네가 그렇게 내 속을 알아주니 말이지, 그게 내한테두 여간만 위태

---

82) 수형: 어음.

한 일이 아닐세! 잘못하다가는 나두 콩밥 아닌가? …그렇지만두 자네가 사정이 딱하니깐 친구루 앉아서 그냥 보구 있을 수가 없구 해서 그러는 것이지. 그러니깐 자네두 생각하려니와 내일을 내가 생각해서라두 여간한 조심할 배가 아니어든….”

그러나 형보는 태수를 위해서 그런다는 것은 생판 입에 발린 소리요, 또 그렇게 만원을 빼준대도 지금 이야기한 대로 행할 배짱은 아니다.

형보는 늘 두 가지의 엉뚱한 계획을 품고 지낸다. 첫째, 그는 제가 제 손수 농간을 부리든지, 혹은 누구를 등골을 쳐서든지, 좌우간 군산을 떠나 북쪽으로 국경을 벗어날 그 시간 동안만 무사할 돈이면 돈 만 원이고 이삼만 원이고 상말로 왕후가 망건 사러 가는 돈이라도 덮어놓고 들고 뛸 작정이다. 뛰어서는 북경으로 가서 당대 세월 좋은 금제품 밀수를 해 먹든지, 훨씬 더 내려앉아 상해로 가서 계집장사나 술장사나, 또 두 가지를 겹쳐 해먹든지 하자는 것이다.

그는 재작년 겨울, 이 군산으로 옮기기 전에 한 반년 동안이나 상해로 북경으로 돌아다닌 일이 있었고, 이 ‘영업목록’은 그때에 얻은 ‘현지지식’이다. 그래서 그는 어떻게 하면 돈 만 원이나 올가미를 씌울꼬, 육장 궁리가 그 궁리인 것이다. 또 한 가지는 그처럼 형무소가 덜미를 쫓아다니는 위태한 것이 아니라 썩 합법적인 수단인데, 눈치를 보아 어수룩한 미두 손님 하나를 친하든지, 엎어삶든지 해서 계제를 보아 쌀은 한 오백 석이고 천 석이고 붙여달라고 한다. 아직도 미두장 인심이란 어수룩한 데가 있어서 그게 노상 그럴 수 없으란 법은 없다. 그렇게 쌀을 붙여주면 그놈을 시세를 보아가면서 눈치 빠르게 요리조리 되작거린다. 만일 운이 트이기만 하려 들면 한 일이 년 그렇게 주무르는 동안에 돈이나 한 오륙천 원 만들기는 그다지 어려운 노릇이 아니다.

그놈이 그처럼 여의해서 이삼 년 내에 오륙천 원이 되거들랑 그때는 미두장에서 손을 싹싹 씻고 서울로 올라간다. 올라가서 그놈을 밑천 삼아 일이백 원, 이삼백 원, 기껏해야 사오백 원짜리로, 이렇게 잔머리만 골라 '수형 할인'을 떼어먹는다. 이것도 착실히 만하면, 한 십 년 후 가서 몇 만원 잡을 수가 있다. 몇 만 원 가졌으면 족히 평생이다. 그래야지, 만일 미두장에서만 어물어물하고 있다가는 피천 한 푼 못 잡고 근처의 수두룩한 하바꾼 신세가 되기 마침이라는 것이다.

이렇게 그는 투기사답지 않게 염량83)을 차리고, 그러한 두 가지 계획을 품고서 늘 기회를 엿보는 차에 언덕이야 이어 다들린 게 태수의 일이다. 그는 태수가 만일 말을 들어 돈을 만 원이고 둘러 빼만 주면, 태수야 어떻게 되거나 말거나 저 혼자서 그 돈을 쥐고 간다 보아라, 북경 상해 등지로 내뺄 뱃심이다. 그래, 사뭇 침이 넘어가게 구미가 당기는 판이라 벼르고 있다가 실끔 말을 내던진 것인데 의외로 이건 도무지 맹숭맹숭, 좋은 말로 어물쩍하려고 하니 시방 속으로는 태수가 까죽이고 싶게 미워서 견딜 수가 없다.

'요놈의 새끼 네가 영영 내말을 안 들어만 보아라. 아무 때구 한번 골탕을 먹여줄 테니.'

형보는 마침내 이런 앙심을 먹고 말았다. 이야기가 흐지부지해서 둘이는 시무룩하고 앉았는데 행화가,

"천 냥 만 냥 다아 했소?" 하고 얼굴을 씻으면서 방으로 들어온다.

형보는 속이 좋잖은 끝이라,

"다아 했다네."

"어찌 미잉밍한 게 술 얻어묵을 것 같잖다!"

행화는 경대 앞으로 앉아 단장을 시작한다.

---

83) **염량**: 선악과 시비를 분별하는 슬기.

“어디 지휘 받았나?”

“아니.”

“그런데 웬 세수를 벌써?”

“나두 영업인데… 이렇게 마침 채리고 있다가 인력거가 오거든 힝─하니 쫓아가야지! …그래야 한 푼이라두 더 벌지 않능기요!”

“치를 떠는구나.” 하다가 형보가 그 말끝에 생각이 나서 태수께로 대고…,

“그런데 여보게 이 사람! 저것은 어떡할려나?”

쌀 붙인 것 말이다.

“내버려두지, 머!”

태수는 담배만 피우고 앉았다가 겨우 봉했던 입 같이 떨어진다.

“내버려두다니? 오륙십 원은 돈 아닌가? …그러느니 차라리 날 주게? …잘 되작거려서 담뱃값이나 뜯어 쓰게시리.”

“쯧! 제발 그러게 그려!”

태수는 성가신 듯이 얼핏 승낙을 한다. 그는 꺼림칙하게 꼬리를 물려 놓고서, 아주 끊어버리기도 싫고 그런 것을 형보가 이렇다거니 저렇다거니 조르는 데 고만 머릿살이 아프게 귀찮았던 것이다. 그러나 태수나 형보나 다 같이 그 끄트머리가 그 이튿날부터 크게 조화를 부릴 줄은 꿈에도 생각을 못한 것은 물론이다.

“고마워이!”

형보는 태수의 승낙을 받고 싱글벙글 좋아한다.

어쩌면 내일로 닥쳐오는 그 쌀 천 석의 운명을 미리 짐작하고서 좋아하는 것같이도 되었다. 아닌 게 아니라, 그러니까 노름이란 도깨비 살림이라지만, 그놈이 바로 그다음 날 가서 형보가 미처 끊을 겨를도 없이 한 목 이십 정이 폭 올라간 것이며, 그것을 계제 좋다고 잡아끊었다가 그놈의 들거리를 삼아 다시 쌀을 몇 백 석 붙여놓고 요리조리 되작거려서 반 년 후에는 돈 천 원이나 잡은 것이며, 다시 일 년 남짓해서는 형보의 곡 진한 포부대로 오륙천의 밑천을 장만한 것이며, 이러한 것은 태수는 물 론 형보도 그 당장에야 상상도 못했던 일이다.

형보는 그 이튿날 당장 시세가 그처럼 이십 정이나 올라서 우선 이백 원 가까운 이익을 보았다는 것이며, 그 뒤로도 부엉이살림같이 차차로 늘어간다는 것을 꽉 숨겨버렸었다. 그러나 아무튼 그것은 그날이 밝는 그다음 날부터의 일이지 이 당장에서 형보가 그것을 미리 짐작하고 그 래 좋아하는 것은 아니다. 혹시 귀신이 씌워 대었다는 말이나 거기에 맞 을는지. 그래서 형보는 저도 모르게 좋아한 것인지는 몰라도….

"제엔장… 세사世事는 여반장如反掌이요, 생애는 방안지라!"

형보는 끙! 하고 일어나 쪼그리고 앉으면서 미두꾼들이 좋은 때고 언 짢은 때고 두루 쓰는 이 타령을 한바탕 외우다가 갑자기,

"아차! 내가 깜박 잊었군…!" 하더니, 추욱 처진 조끼 호주머니에서 불 룩한 하도롱 봉투 하나를 꺼내어 태수께로 던진다. 아까 은행에서 찾아 온 돈 이백 원이다.

"…거기 그대루 다아 있네."

실상 잊었던 것이 아니라 그대로 저한테 두어두고 눈치를 보아 몇 십 원 꺼낸 뒤에 태수를 주려고 했던 것이지만, 인제는 미두하던 끄트머리 를 얻어 가졌으니 이 돈에까지 손을 댈 염치는 없었던 것이다.

태수는 형보가 미리서 손을 대지 않고 고대로 고스란히 두었다가 주는 것이 도리어 이상했으나 말없이 받아 봉투를 찢는다.

"보이소 고 주사, 예?"

돌아앉아서 안장을 하던 행화가 태수가 너무 말이 없이 시춤하고만 있 으니까, 그렇다고 그게 무슨 걱정이 되는 건 아니지만 그저 심심 삼아 말

을 청하던 것이다.

"응?"

태수는 행화한테 주려고 돈 백 원을 따로 세면서 건성으로 대답을 한다. 그는 한 일주일 전에 오입을 하고 이내 다니면서 아직 인사를 치르지 못 했었다.

"글쎄 고 주사아!"

"왜 그래?"

"와 그르케 코가 쑤욱 빠졌소? 예? …물 건너 첩장인 죽었소?"

"망할 것!"

"아―니, 첩장인이면…."

형보가 거닫고 내달으면서….

"…첩장인이면 행화 아버지?"

"우리 아배는 벌써, 옛날에― 옛날에 천당 갔소!"

"기생 아범두 천당 가나?"

"모르제! 그래두 갔길래 편지가 왔제?"

"그건 지옥에서 온 걸 잘못 본 걸다!"

"아―니, 천당이락 했던데? 아이고 몇 번지락 했더라? …번지두 쓰고 천당 하나님 방이락 했던데?"

"아냐, 그건 지옥에서 문초 받으러 잠깐 불려갔던 길일세!"

"여보게 행화…?"

별안간 태수가 졸연찮게 행화에게로 버썩 돌아 앉으면서…,

"…자네 그럼 나하구 천당 좀 갈려나?"

"천당요? …갑시다!"

"정말?"

"이 사람 그러다가는 천당으로 못 가구 지옥으로 따라가네!"

형보가 쐐기를 박는데, 행화는 그대로 시치미를 떼고 앉아서…,

"정말 아니고? 금세라두 갑시다."

행화나 형보나 다 농담이다. 농담 아니기는 태수다. 태수는 행화의 얼굴을 끄윽 들여다본다. 여느 때도 독해 보이는 그의 눈자는 매섭고 광채가 난다. 그는 시방 들여다보고 있는 행화의 얼굴을 보는 게 아니라 초봉이의 얼굴을 보고 있는 것이다. 그는 계집과 둘이서 천당을 간다는 말에서 '정사精事'라는 것을 암시를 받았고, 그놈이 다시,

'초봉이와의 정사!'라는 데까지 번져나갔던 것이다.

문득 생각한 것이나 그는 무릎이라도 탁 치고 싶게 신기했고, 장차 그리할 것이 통쾌했다.

태수는 이윽고 혼자서 싱긋 웃더니 갑자기,

"에―라 모르겠다!"

소리를 치면서 벌떡 일어선다. 형보와 행화는 질겁하게 놀라서 한꺼번에 태수를 올려다본다.

"…자아, 일어들 나게. 자동차 불러 타구 소풍삼아 은적사恩積寺루 놀러 갑세."

"은적사 조오치!"

형보는 선뜻 맞장구를 치고 좋아하고, 태수는 손에 여태 쥐고 있던 돈 백 원을 그제야 생각이 나서 행화의 치마폭에다가 떨어뜨려준다.

"어서 얼핏, 옷 갈아입엇!"

"아이갸! 이리 급해서!"

행화는 돈에는 주의도 하지 않고 입술에다가 루즈 칠만 한다.

"빨리 빨리!"

"서두는 게 오늘밤에 또 울어됐다, 고 주사."

"미쳤나! 내가 울긴 왜 울어?"

"말두 마이소. 대체 그 초봉이락 하능기 뉘꼬? …예? 장 주사는 알지요?"

"알기는 아는데 나두 쌍판대기는 아직 못 봤네."

행화는 제중당에 있는 그 여자가 초봉인 줄은 모른다. 모르고 어느 기생으로만 알고 있다.

"오늘 좀 불러봤으면 좋겠다! …대체 어느 기생이길래 고 주사가 그리 미망[84]이 져서 울고불고 그 야단을 하노?"

"허허허허."

형보는 행화가 초봉이를 이름이 그럴듯하니까 기생인 줄만 알고 그러는 것이 우습대서 껄껄거리고 웃는다. 태수도 쓰디쓰게 웃고 섰다.

"예? 고 주사… 나두 기생이니 오입쟁이로 내 혼자만 차지하자꼬마는, 그러니 강짜를 하는 게 아니라아 고 주사가 구만 하두우 미망이져서 날로 붙잡고 초봉이, 초봉이 카문서 우니 말이오."

"잔말 마랏!"

"앙이다! 그라지 말고오, 오늘은 어데 어떻게 생긴 기생인지 좀 구경이나 합시다, 예?"

"까불지 말래두 그래!"

"하아! 내 이십 평생에 까분단 말이사 첨 듣소…. 예? 고 주사, 오늘 데리구 같이 갑시다. 어느 권반이오?"

"기생 아니야! 괜히 그런 소리 하다가는…."

"하아! 기생 아니고, 그럼 신흥동(유곽) 갈보라요?"

"이 자식!"

태수가 때릴 듯이 엄포를 하고 행화는 까알깔 웃으면서 방구석으로 피해 달아난다.

─────────────

84) 미망: 잊을 수가 없음.

"잘한다! 잘한다!"

형보가 아랫목에서 제풀에 곱사춤을 춘다. 형보의 몫으로 기생 하나를 더 불러 네 남녀가 탄 자동차는 길로 먼지를 하나 가득 풍기면서 공원 밑 터널을 빠져 '불이촌不二村' 앞을 달린다. 바른편으로는 바다에 가까운 하구의 벅찬 강물에 돛단배들이 담숭담숭 떠 있고, 강 건너 충청도 땅의 암암한 연산連山들 봉우리 너머로는 오월의 창공이 맑게 기울여져 있다.

곱게 내리는 햇볕에 강 위의 배들이고, 들판의 사람들이고 모두 움직이건만 조는 것 같다.

태수는 그러한 풍광보다도 이 길이 공동묘지로도 가는 길이니 생각하면, 나도 오래지 않아 죽어서 시체만 영구차에 실리어 이 길을 이렇게 달리겠거니, 그리고 오늘처럼 돌아오지 못하고 빈 영구차만이 이 길을 돌아오겠거니 생각하는 동안 저도 모르게 눈가가 매워왔다. 그러나 그 슬픔에는 초봉이로 더불어 죽어 더불어 묻히고, 더불어 돌아오지 못하니 차라리 즐겁다는 기쁨이 없지도 않았다.

일행은 은적사로 나가서 술 섞어 저녁을 먹고 훨씬 저문 뒤에 시내로 들어왔다. 시내로 들어와서는 다시 요릿집에 들어앉아 자정 후 두 시가 지나도록 술을 먹고서야 파하고 헤어졌다. 태수는 술을 많이 먹느라고 먹었어도 종시 취하지를 못하고, 몸만 솜 피듯 피로했지 취하자던 정신은 끝끝내 초랑초랑했다.

그는 자동차를 타고 오다가 개복동 어귀 행화집 앞에서 행화와 갈렸다. 행화는 기왕 늦었으니 제 집으로 들어가자고 권했고, 태수도 그리하고는 싶었으나 좋게 물리쳤다. 너무 여러 날 바깥 잠만 자고 제 방을 비워두어서는 안 될 '의무' 한 가지가 있었던 것이다.

태수는 바깥주인 탑삭부리 한 참봉이 차라리 첩의 집에 가지 않고 큰 집에서 자고 있기나 했으면 되레 다행이겠다고 생각하면서 지쳐만 둔

대문을 살그머니 여닫고, 마당을 무사히 지나 뜰아랫방인 제 방으로 들어갔다. 그러나 마악 양복저고리를 벗었을 때에 신발 끄는 소리와 연달아 방문이 열리면서 안주인 김 씨가 눈이 샐쭉해가지고 말없이 들어서더니, 다짜고짜 와락 달려들어 태수의 팔을 덥석 물고 늘어진다.

☪ 아씨 행장기 行狀記

　김 씨가 이럴 때는 탑삭부리 한 참봉은 첩의 집에 가고 없는 게 분명했다. 줄 맞은 병정이라 태수는 마음 놓고,

　"아이구 아얏!"

　허겁스럽게 소리를 지르면서 방구석께로 피해 들어간다.

　김 씨는 물었던 것을 놓치고서 새액색 기어들고, 태수는 방구석에가 박혀 서서 두 손을 내밀어 김 씨를 바워낸다[85].

　"다시는 안 그께, 다시는….."

　태수는 어리광을 떨면서 빌고 김 씨는 약 올랐던 것이 사그라지기 전에 웃음이 나오려고 하는 것을 억지로 참을 겸, 입을 따악 벌리고 연신 덤벼든다.

　"아— 안 돼. 아— 안 돼."

　"다시는 안 그께요. 그저 다시는 안 그께요!"

　태수는 지친 몸을 지탱하다 못해 펄씬 주저앉아서 두 손바닥을 싹싹 비빈다.

　김 씨는 태수가 그러면 그럴수록 꼬옥 한 번만 더 물고 싶어 죽는다. 인제는 밉살스러워서 그런 것이 아니라 이뻐서 물고 싶다.

　김 씨는 물기를 무척 좋아한다. 그는 태수가 이뻐도 물고, 미워도 문

---

85) 바워내다: 능히 피하다.

다. 물어도 그냥 질근질근 무는 것이 아니라 사정없이 아드득 물어 뗀
다. 이렇게 물어 떼는 맛이란 잇염 속이 근질근질, 몸이 금시로 노그라지
는 것 같아 세상에도 꼭 둘째가게 좋지, 셋째도 가지 않는다. 그 덕에 태
수는 양편 팔로 어깨로 젖가슴으로 사뭇 이빨 자국투성이다.

처음 시초는 소리를 내서 티격태격하기가 조심이 되니까 소리 안 나는
싸움을 하느라고 물고 물리고 했던 것인데 시방 와서는 그것이 둘 사이
에 없지 못할 애무가 되고 말았다. 무는 김 씨는 말할 것도 없거니와 물
리는 태수도 아프기야 아프지만, 그놈 살이 떨어질 듯이 아픈 맛이란 약
간 안마 못지않게 시원하다.

김 씨는 태수가 젊고 다 그 밖에도 여러 가지로 좋은 데가 있어서 좋아
하는 것이지만 이렇게 물어 뗄 수 있는 것이 더욱 좋았다.

그는 언젠가 남편이 첩의 집에 가지 않고 큰집에서 같이 자던 날 밤인데,
아쉰 깐에 태수한테 하던 버릇만 여겨 그다지 기름지지도 못한 남편의 젖
가슴을 덥석 물어 떼었다. 했더니 탑삭부리 한 참봉은 경풍하게 놀라,

"아니, 이 여편네가 이건 미쳤나!"

고함을 지르면서 김 씨의 볼때기를 쥐어 박질렀다. 그런 뒤로부터는
김 씨는 남편과 잘 때면 조심을 하느라고 애를 쓰곤 했었다.

김 씨는 종시 입을 따악 벌리고,

"아… 한 번만 더 물자. 아!" 하면서 자꾸만 태수 앞으로 고개를 파고든다.

"아퍼 죽겠구만!"

태수는 먼저 물린 자리를 만지면서 바로 응석을 부린다.

"그래두. 그새 죄진 벌루다가…. 아ㅡ 한 번만 더. 아ㅡ."

"싫여이!"

"요것아!"

물기도 이골이 나서 어느 결에 들이덤볐는지 태수의 어깨를 덥석 물고

몸을 바르르 떤다. 으응! 소리가 사뭇 징그럽다.

"아이구우! 이놈의 늙은이가 인전 날 영영 죽이네에!"

태수는 방바닥에 나동그라져 우는 시늉을 하면서 물린 어깨를 손바닥으로 비빈다.

"아프냐?"

김 씨는 좋아서 태수의 얼굴을 갸웃이 들여다보다가 머리를 안아 올려 무릎을 베개 해준다.

"응, 아퍼 죽겠어!"

"아이 가엾어라! 내 새끼… 자아 그럼 쎄쎄— 해주께, 응?"

김 씨는 태수의 어깨를 손바닥으로 싹싹 비비면서….

"쎄쎄 쎄쎄— 까치야 까치야, 우리 애기 생일 날… 아이 술 냄새야! 술 또 퍼먹었구나?"

"응 아주 많이…."

"왜 그렇게 술을 몹시 먹구 다녀! 그대지 일러두?"

"속이 상해서!"

"속이 왜 상허구, 또 속상헌다구 술만 먹구 다녀선 쓰나? 몸에 해롭기나 허지. 무엇 밀수密水나 좀 타다 주까?"

태수는 고개만 살래살래 흔들고 눈을 스르르 감는다. 얼굴에는 수심이 가득하다.

태수의 얼굴을 내려다보던 김 씨도 역시, 태수만 못지않게 얼굴에 수심이 드러난다.

"아무래두! 아무래두…."

김 씨는 가볍게 한숨을 내쉬면서 탄식하듯 혼잣말로 뇌사린다.

"…너를 장가나 디려서 맘을 잡게 해야 할까부다! 아무래두."

"장가? 흥! 장가아…."

태수는 시쁘듬하게 제 자신더러 하는 듯, 이런 조소를 하다가 다시….

"…혹시 우리 초봉이라면…!"

"건 안 될 말이다!"

김 씨는 시방까지 추렷하고 상냥스럽던 얼굴과는 딴판으로 더럭 표독스럽게 잡아땐다.

"대체 어째서 초봉이라면 그렇게 치를 떨우?"

태수는 열이 나서 벌떡 일어나 앉아 눈을 찢어지게 흘긴다.

"…초봉이가 당신네 신주단지요?"

"네게는 과분해."

김 씨는 아까 낯꽃 변했던 것을 태수한테 띄우지 않고 얼핏 고쳐 천연스럽게 갖는다.

"내, 오기루라두 기어코 초봉이허구 결혼하구래야 말걸…?"

태수는 씹어뱉듯이 두런거리면서 아무 데나 도로 쓰러진다.

"내가 방해를 놀아두?"

"그게 원 무슨 놈의 갈쿠리 같은 심청이람! … 그래, 우리가 언제까지구 이렇게 지내다가는 못쓰겠으니 갈려야 하겠다구, 뉘 입으로 내논 말야? …뭐 또, 날더러 맘을 잡으라구, 다아 그렇게 하자면 역시 장가를 들어야겠다구 한 건 누구야? 내가 장가를 가겠다면 중매 이상루 가진 뒷수발 다아 들어주겠다구는 뉘 입으로 한 말야?"

"그래 글쎄! 내가 중매까지 서구, 말끔 대서 장간 디려줄 테야!"

"그런데 왜 내가 좋다는 초봉인 훼방을 놀려구 들어?"

"초봉인 안 된다! 네게루 가면 그 애가 불쌍해. 천하 건달 부랑자한테루 그 애가 시집을 가서 신세를 망친대서야 될 말이냐."

"별 오라질 소리두 다아 하구 있네!"

태수는 골딱지가 나서 벽을 안고 누워버린다.

태수는 그래서 골을 내는 것이지마는 김 씨는 김 씨대로 노여움이 없지 못하다. 노여움 끝에는 자연 일의 시초가 여자답게 뉘우쳐지기도 한다.

태수가 여관에서 묵다가 아는 사람의 발련으로 인해 이 집으로 하숙을 잡아들기는 작년 여름이다.

제 밥술이나 먹는 탑삭부리 한 참봉네가 무슨 우 난 이문을 바라서 그런 건 아니고, 기왕 뜰아랫방이 비어 있으니 비어 내던져두느니보다 점잖은 손님이라도 치고 싶다고 김 씨가 이웃에 말을 냈던 것이 계제에 염집을 구하던 태수한테까지 발이 다다랐던 것이다.

본시야 서로 코가 어디가 붙었는지도 모를 생판 남이지만, 한번 주객이 되고 보매 두 사이는 매삭 이십오 원이라는 밥값을 주고받는다는 거래를 떠나서 서로 마음이 소통되게끔 사정이 마침맞았다.

태수는 생김새도 흉치 않거니와 성품도 사근사근하니 정이 붙게 하는 데가 있어 탑삭부리 한 참봉더러도 아저씨 아저씨 하고 정말 일가뻘이나 되는 조카처럼 따르고 더러는 맛 좋은 정종병도 들고 들어와서 적적한 밥상머리에 앉아 반주도 권해주고 하는 것이 수월찮이 밉지 않게 굴었다.

탑삭부리 한 참봉은, 그것도 자식 없는 사람의 약한 인정이라 태수가 그래 주는 것이 적잖이 위로가 되고, 그러는 동안에 정이 들어 지금 와서는 어느 때는 태수가 꼭 자기의 자식이나 친조카같이 생각되는 적도 있었고, 그래서 그는 늘 태수의 밥상 같은 것에도 마음을 쓰고 아내더러 도미를 사다가 찜을 해주라고까지 하게끔 되었던 것이다.

'모르는 건 놈팽이뿐.'

이런 물 건너 속담도 있거니와, 물론 그는 아내와 태수 둘이서 그런 짓을 하고 지내는 줄은 꿈에도 모르고 있다.

여자라는 것은 무슨 정이고 간에 정이 들기가 남자보다 연한 편이다.

김 씨는 태수가 아주머니 아주머니 하면서 상냥하게 굴고 하는 서슬에 그가 주인 정해온 지 석 달이 채 못해서, 남편이 일 년 가까이 된 요새 겨우 태수한테 든 정 그만큼 도타운 정이 그때에 벌써 들었었다. 김 씨는 그래서 그때부터 조카같이 오랍동생같이 나이를 상관 않고 자식같이 귀애했고, 귀애하기를 남편 한 참봉만 못지않게 귀애했다.

그러하던 중…. 작년 시월 초승 음력으로 보름께였던지, 달이 휘영청 밝고 제법 산들거리는 게 젊은 사람은 객회86)가 남직한 밤이었다.

그날 밤 태수는 주인집의 저녁밥도 비워때리고 요릿집에서 놀다가 자정이 지나서야 돌아오는 길이었다.

술이야 얼근했지만 밤이 그렇게 마음 촐촐하게 하는 밤이니, 다니는 기생집도 있고 한 터에 그냥 돌아오지는 않았겠지만, 어찌어찌하다가 서로 엇갈리고 헛갈리고 해서 할 수 없이 혼자 동떨어진 셈이었었다.

그는 술을 먹고 늦게 돌아왔다가 탑삭부리 한 참봉한테 띄면 으레껏 붙잡혀 앉아서 술을 먹지 말라는 둥, 사내가 어찌 몇 잔술이야 안 먹을꼬 마는 노상 두고 과음을 하면 해로운 법이라는 둥, 이런 제법 집안 어른 노릇을 하자고 드는 잔소리를 듣곤 하기 때문에 그것이 성가시어 살며시 제 방으로 들어가려고 했었다. 태수는 그래서 사뿐사뿐 마당을 가로질러 뜰아랫방으로 가노라니까 공교히 안방에서,

"고 서방이우?" 하고 기척을 내는 김 씨의 음성에 연달아 앞미닫이가 열렸다.

"네에, 납니다…. 여태 안 주무세요?"

태수는 할 수 없이 안방 댓돌로 올라섰다. 김 씨는 흐트러진 풀머리87)

---

86) 객회: 객지에서 느끼게 되는 우울하고 쓸쓸한 느낌.

87) 풀머리: 풀어 헤쳐서 걷어 올리지 않은 머리털.

에 엷은 자릿적삼으로 앞을 여미면서 해죽이 웃고 내다보던 것이다.

남편의 마음이 변한 것이야 아니지만, 그래도 시앗을 본 젊은 여인이라 더위 끝에 산산이 스미는 야기夜氣[88])에 잠을 설치고 마음이 싱숭거려 이리저리 몸을 뒤치고 있던 참이다.

"늦었구려? 저녁은 어떻게 했수? 자서예지?"

"먹었어요…. 아저씬 주무세요?"

"저 집에 가셨지."

"하하하, 나는 글쎄 술을 한 잔 먹었길래 아저씨한테 들킬까 봐서 그래두 슬쩍 들어가 버릴 령으로 그랬지요. 하하하… 그럼 좀 놀다가 잘까?"

태수는 아무 거리낌 없이 마루로 해서 안방으로 성큼 들어선다.

이거야 탑삭부리 한 참봉이 있건 없건 밤이고 낮이고 안방에 들어가서 놀고 누워 뒹굴고 하던 터이라 이날 밤이라고 그것을 허물할 바는 아니었었다. 그러나 이날 밤사 말고, 태수는 김 씨의 잠자리에서 나온 그 흐트러진 자태에 전에 없던 운치스러움을 느끼지 않은 것도 아니다. 그렇다고 또 어떤 무엇을 분명하게 계획한 것은 물론 아니요, 그저 그 당장에 문득 인 흥興, 단지 그 흥에 지나지 않던 것이다. 적어도 시초만은 그러했다.

이 흥은 김 씨도 일반이다. 그는 태수가 그대로 돌아서서 제 방으로 가려고 했더라면 놀다가 가라고 자청 불러들이기라도 했을 것이다.

태수는 윗미닫이로 해서 안방으로 들어서고 김 씨는 엽엽스럽게도[89]),

"아이머니!"

질겁을 하면서, 그러나 엄살을 하는 깐으로는 서서히 자줏빛 누비처네

---

88) 야기(夜氣): 밤공기(空氣)의 차고 눅눅한 기운(氣運).
89) 엽엽스럽다: 엽렵스럽다. 슬기롭고 민첩한 데가 있다.

를 끌어다가 홑껍데기 하나만 입은 아랫도리를 가리고 앉는다.

"미안합니다! 난 또 아직 눕잖으신 줄 알았지."

"아냐 괜찮아! 일루 앉아요. 어떤가? 머, 늙은 사람이… 자아 앉아요."

태수가 도로 나올 듯이 주춤주춤하는 것을 김 씨는 붙잡아 앉히기라도 할 것같이 반색을 한다.

둘이는 태수가 술 먹은 이야기를 몇 마디 주고받고 하다가 말거리가 없어 심심했다. 전에는 이런 일은 통히 없었다.

"고 서방두 인제는…."

어색하리만치 말이 없다가 김 씨가 겨우 이야깃거리를 찾아내던 것이다.

"…장갈 들어서 살림을 해예지! 늘 이렇게 지내느라구 고생허구… 적적하긴들 오죽해!"

"아주머니두! 색시가 있어야지 장갈 가지요?"

"온 참! 고 서방 같은 이가 색시가 없어서 장갈 못 들어? 과년찬 색시들이 사뭇 시렁가래다가 목을 맬려구 들 텐데, 호호."

"아녜요, 정말 하나두 걸리는 게 없어요. 이러다간 총각귀신 못 면할까 봐요!"

"숭헌 소리두 픽두 허구 있네! …아 고 서방이 장가만 가구 싶다면야 내 중매 안 서주리?"

"정말이오?"

"그래애!"

"거참 한자리 마땅한 데 좀 알아봐 주시우. 내 술은 석 잔 말구 삼백 잔이라두 내께."

"그래요! …그렇지만 인제 고 서방이 장갈 들면 따루 살림을 날 테니 우리 내왼 섭섭해서 어떡허나? 호호, 우리 욕심만 채리구서 그런 말을 다아 허구 있어요! 하하하하."

"허허, 정 그러시다면 그대루 저 뜰아랫방에서 살림을 하지요, 허허."

"호호."

김 씨는 간드러지게 웃다가, 낯빛을 고치고 곰곰이,

"…아이 나두 고 서방 같은 아들이나 하나 두었으면 오죽이나!"

말을 못 맺고 한숨을 내쉰다.

"인제 애기 나실 걸 머… 저렇게 젊으신데!"

"내가 젊어…?"

김 씨는 짐짓 눈을 흘기다가 다시 고개를 흔든다.

"…내야 늙구 젊구간에, 안 돼!"

"왜요?"

"우리 집 영감님이 아주 제바리야! 그새 첩을 네엔장 몇씩 갈아디려두 아이를 못 낳는 걸 좀 보지?"

"허긴 그래요! 남자가, 저어 그래설랑… 아일 못 낳기두 하니깐…."

"그러니 우리 집안은 자손 보기는 영 글렀지! 젠장맞을, 여편네 혼자서 아이 낳는 재주 없다."

김 씨는 해쭉 웃고 태수도 같이서 빙긋이 웃는다. 김 씨는 아이를 낳지 못해서 슬하가 적막하기도 하거니와 장래가 또한 걱정이 있었다.

만일 김 씨 자기가 영영 아이를 낳지 못하고 그 대신 첩의 몸에서 무엇이 되었든지 간에 하나 낳는 날이면 남편의 정이며, 또 재산은 그 아이와 그 아이의 어미한테로 달칵 기울고 말 것이었다. 그러는 날이면 김 씨는 내 신세는 간데없을 터라 해서 연전부터 그는 남편한테 돈을 한 오백 원이나 얻어가지고 그것을 따로 제 몫을 삼아 사사 전당도 잡고, 오 푼변 돈놀이도 한 것이 시방은 돈 천 원이나 쥐고 주무르는데, 이것은 장차 그렇게 될 날을 혹시 염려하고, 즉 말하자면 늙은 날의 지팡이를 장만하는 셈이었다. 이러한 불안이 있으므로 김 씨는 내 몸에서 아이를 낳기를 간절히 바랐다. 그는 그가 한 말대로 여자 혼자서 아이를 낳을 수가 있다면, 그 수가 무엇이 되었든지 간에 가리지 않을 만큼 간절히 아이를 바랐었다. 그러나 그렇다고 다른 남자에게 정조를 개방하리라는 결단이 동시에 서서 있느냐 하면 그런 것은 아니고, 그것이 옳고 그른 시비보다도 우선 거기까지는 생각이 미치지를 않았었다.

태수와 사이의 사단이, 좌우간 마음 성가시게 된 요새 와서는 김 씨는 '자식이나 하나 보쟀던 것이!' 하는 후회를 혼자 앉아 가끔 하곤 한다. 그러나 그것은 저로서 저를 속이자는 괜한 억지이던 것이다.

미상불 태수와 그렇게 된 그 이튿날부터도 애기를 바랐고 시방도 바라는 것은 사실이다. 그러나 그는 애기를 바라느라고 태수와 그렇게 한 것이 아니었다. 기왕 그리 되었으니 애기나 하나 낳았으면 좋겠다는 욕심, 이게 정말이던 것이다.

탑삭부리 한 참봉은 비록 자손을 보겠다고 첩을 얻고 지내지만 마음으로는 아내 김 씨한테 노상 민망해한다. 십오 년 동안이나 쓴맛 단맛 같이 맛보아가면서 게다가 이만한 전장까지 장만하느라고 동고동락으로 늙어온 아내다.

자식을 낳지 못하는 것 하나가 흠이지 정이야 깊을 대로 깊고 해서 알뜰한 생애의 길동무인 것이다. 그렇지만 한 참봉은 김 씨보다 나이 열세 살이나 더해서 이미 늙발에 들어앉은 사람이다. 그러한 데다 한 달이면 삼사 일만 빼놓고 육장 첩의 집에 가서 잠자리를 하곤 하니, 가령 마음은 변하지를 않았다 하더라도 옛날같이 다 구격이 맞는 남편이 될 수는 없었다.

한편 김 씨도 남편이 마음이 변하지 않았고 미더워하며 소중히 여겨주는 줄은 잘 알고 있었다. 또 김 씨 자신도 의가 좋게 반생을 같이 살아온 남편이니 그에게 정도 깊거니와 의리도 큼을 모르는 바 아니었다. 그런지라 그는 남편이 갑자기 싫어졌다거나 그래서 배반할 생각이 들었다거나 한 것은 아니었었다. 단지 그것은 그것이고 이것은 따로 이것이라 시장하기도 한데 냉면도 구미가 당겼던 그런 셈쯤 되었었다. 그럼직도 한 것이, 김 씨는 젊었다. 나이보다도 또 더 젊었다. 그런데 바로 눈앞에서 알씬거리는 태수는 늘 아주머니 아주머니 하면서 곧잘 보비위[90]를 해주고 싹싹히 굴어 오랍동생같이, 조카같이, 자식같이 따르는 귀동이요, 그런 만큼 다뤄보기에 호락호락하기도 했었다. 그 만만하게 다룰 수 있는 귀동이는, 그런데 또 보매도 씩씩한 젊은 사내이어서 셰퍼드답게 세찬 매력을 가졌었다.

진실로, 삼십을 갓 넘은, 시앗을 본 여인의 바로 무릎 앞에서, 그리하여 그놈 셰퍼드가, 초가을의 산산한 야기夜氣에 포옹이 그리운 밤과 더불어 쭈그리고 앉아 있는 게 그 밤의 핍절한 정경이었었다.

피가 뜨겁게 머리로 치밀고 숨이 차왔다. 그러자 마침 뗑뗑 마루에서 두 시를 쳤다. 시계 소리에 태수는 그만하고 일어설까 했으나 엉덩이가 떨어지지를 않았다. 어느 결에 흠씬 무르익어 버린 이 흥을 이대로 깨뜨리기가 섭섭했던 것이다.

"고 서방, 우리 화투나 칠까?"

김 씨가 약간 떨리는 음성을 캐액캑 가다듬어 말을 내던 것이다.

"칩시다."

태수는 선선히 대답을 하고 일어서더니, 잘 아는 장롱 서랍을 뒤져 화투 목을 꺼내다가 착착 치면서 김 씨 앞으로 바투 다가앉는다.

"고 서방 고단할걸?"

"뭘! 괜찮아요."

---

90) 보비위: 남의 비위를 잘 맞추어 줌.

"그러면 놉빼구 한 판만… 그런데 내기야?"

"좋지요. 무슨 내기를 할까요?"

"글쎄… 무슨 내기가 졸꼬? …고 서방이 정허구려."

"나는 아무래두 좋아요. 아주머니 하자는 대루 할 테니깐 맘대로 정하시우."

"무슨 내기가 좋을지 나두 모르겠어! …고 서방이 정해요."

"그럼 팔 맞기?"

"승거워!"

"그럼 무얼 하나!"

"아이! 정허구서 해예지!"

김 씨는 태수가 내미는 화투를 상보기로 떼어보고 태수도 떼어보면서…,

"내가 선이로군… 그럼 이렇게 합시다? 이기는 사람이 시키는 대루 내기 시행을 하기루?"

"그래그래. 그럼 그렇게 해요? 무얼 시키던지 시키는 대루 하기야? …고 서방 또 도화 부르면 안 돼."

"염려 마시구, 아즈머니나 떼쓰지 말구서 꼭 시행하시우!"

토닥토닥 화투를 치기 시작은 했으나 둘이는 다 화투에는 하나도 정신이 없다. 싫증이 나서 홍싸리로 흑싸리를 먹어오기도 하고 시마를 빼놓고 세기도 했다.

누가 이기고 누가 져도 상관없을 것이지만, 그래도 승부는 나서 태수가 졌다.

"자아, 인전 졌으니 시행해요!"

"하지요. 무어든지 시키시오."

"가만있자…. 무얼 시키나아?"

"무어든지…."

"무엇이 좋꼬…?"

김 씨는 까막까막 생각하는 체하다간 별안간,

"아이! 난 모르겠다!" 하면서 자리에 가 쓰러져버린다.

"승겁네!"

"그럼 말야아, 응…?"

김 씨는 도로 발딱 일어나더니, 얼른 태수의 귀때기를 잡아당겨 입에 대고,

"…저— 어, 나아 응? 애기 하나만…." 하면서 한편 팔이 태수의 어깨를 감는다.

그날 밤 그렇게 해서 된 뒤로부터 둘이는 그대로 눌러 오늘까지 지내 왔다. 여덟 달이니 장근 일 년이다.

탑삭부리 한 참봉이야 육장 첩의 집에 가서 자곤 하니까 태수가 달리 오입하느라고 바깥 잠을 자는 날만 빼면, 그래서 한 달 두고 보름은 둘이의 세상이다.

식모나 심부름하는 아이년도 돈이며, 옷감이며, 다 후히 얻어먹는 게 있어 밤이면 태수를 바깥주인 대접을 할 줄로 알게끔 되었기 때문에 둘이는 아주 탁 터놓고 지낼 수가 있었다. 그것은 마치 한 참봉이 첩을 얻어두고 어엿이 다니는 것과 일반으로 김 씨도 태수를 남첩男妾으로 집 안에다 두어두고 재미를 보던 것이다.

태수가 작년 여름에 이 집으로 주인을 잡고 올 때는 인조견 이부자리 한 벌과 낡은 트렁크 한 개와 행담 한 개와 도통 그것뿐이었다. 그러던 것이 김 씨와 그렇게 되던 사흘 만에는 단박 푹신푹신한 진짜 비단 이부 자리에 방석까지 껴서 들여놓고, 연달아 양복장이야 책상이야 요강, 재떨이, 체경, 이런 것으로 그의 방은 혼란스럽게 차려졌다. 그 밖에 철

철이 갈아입을 조선옷이며 보약이며 심지어 담배까지도 해태표로만 통으로 두고 피웠다. 이러한 비발[91]은 김 씨가 말끔 제 돈을 들여서 해주되 남편한테는 눈치로든지 말로든지 태수가 돈을 내놓아 그 부탁으로 심부름을 해주는 체하기를 잊지 않았다.

밥값은 처음에 이십오 원에 정한 것은 오 원씩 더 내서 삼십 원씩이라는 핑계로 언제나 밥상은 떡 벌어졌다. 그러나 태수는 처음 석 달 동안만 이십오 원씩 밥값을 치렀지 그 뒤로는 피차에 낼 생각도 받을 생각도 하지를 않았다.

그동안 김 씨는 남편이 어느 첩한테서 긴치 않게 전염을 받은 ××을 나누어 가졌다가, 그놈을 다시 태수한테 모종을 해주었다. 그 덕에 태수는 단단히 고생을 했고 치료는 했어도 뿌리는 빠지지 않고 만성이 되어, 요새도 술을 과히 먹거나 실섭을 하면 도로 도져서 병원 출입을 해야 했었다. 태수는 화투의 승부로 그날 밤에 짊어진 내기 시행 가운데 여벌치한 대목은 아직도 시행을 하지 못했다. 웬일인지 김 씨는 포태하는 기색이 보이지를 않았다.

"나는 아마 팔자가 그런가 봐!"

김 씨는 생각이 나면 태수를 붙잡고 불평 삼아, 탄식 삼아 가끔 이렇게 뇌까린다. 그러나 일변 둘이 사이에 정은 수월찮이 물크러졌다.

태수는 한편으로 호화스러운 맛에 전과 다름없이 기생 오입도 하고 지내고, 또 요새 와서는 초봉이한테 정신이 쏠려 그와 결혼을 하려고 애를 쓰고 하기는 해도 그런 것과는 달리 김 씨와 사이에는 소위 색정이라는 것이 자못 깊었다. 김 씨는 더했다. 그러나 아무리 정이 들고 서로 좋고 해도 애초부터 아무 때고 떨어져야 한다는 말없는 조건이 붙은 두 사이

---

91) 비발: 남용.

의 관계이었다.

김 씨는 수월찮이 영리하기도 한 여자이었다. 그는 한때의 손짭손[92])으로 일생을 그르칠 생각은 없었다. 만일 태수와 이렇게 오래오래 두고 지내다가는 필경 파탈이 나서 큰 풍파가 일고라야 말 것을 그는 잘 알고 있다. 그래서 그는 지나간 삼월부터는 인제는 웬만큼 해두고 일을 수습할 궁리를 하기 시작했다. 하기야 태수와 떨어질 일을 생각하면 생각만 해도 섭섭하기란 다시없었다. 또 기왕 내친걸음이니 바라던 자식이나 하나 뺄 때까지 그렁저렁 밀어 가고도 싶었다. 그러나 올 삼월, 그때만 해도 벌써 배가 맞아 지낸 지가 반년인데, 반년이나 두고 그렇게 지냈어도 가져지지 않던 아이가 앞으로 더 지낸다고 별안간 생겨질 것 같지도 않고, 그뿐 아니라 남편을 더 오래 속일수록 위험은 더 많이, 그리고 더 가까이 닥뜨려 오게 하는 것이어서 차차로 겁이 더 나기도 했었다. 한번 이렇게 위험을 느끼고 나매 그는 그새까지는, 어쩌면 그렇듯 마음을 턱 놓고 지냈던가 싶을 만큼 자꾸만 초조와 불안이 생기기 시작했다. 뿐아니라 앞으로 가령 위험이 없다고 하더라도, 그렇더라도 태수를 한평생 옆에 두고 지내던 못할 바이면 역시 차라리 선뜻 떨어지는 게 수거니 싶었다. 그러나 생각만 그렇지 생각 먹은 대로 되지는 않았고, 해서 그러면 생으로 잡아떼느니보다 태수를 장가를 들여서 할 수 없이 떨어지도록 하는 도리가 옳겠다고, 드디어 태수를 장가를 들일 결심을 했던 것이다. 하고서, 태수더러 그 이야기를 하고 그렇게 하자고 하니까, 태수는 갈리는 거야 형편대로 할 것이지만 장가는 갈 생각 없다고 내내 콧방귀만 뀌었다. 그래서 하루 이틀, 그것을 그대로 미룩미룩 밀어 내려오던 참인데, 그러자 이러한 일이 있었다.

---

92) 손짭손: 좀스럽고 얄망궂은 손장난.

사월 바로 초승이니까 달포 전이다. 태수가 오후에 은행에서 돌아와 바깥 싸전 가게에 나가서 탑삭부리 한 참봉과 한담을 하고 있노라니까 웬 여학생인지, 차림새는 초라해도 얼굴이며 몸맵시가 단박 눈에 차악 안기는 그런 여학생 하나가 가게 앞으로 지나가고 있었다. 태수는 그 여학생의 차림새가 너무 조촐하고 더욱 트레머리에 통치마는 입었어도 고무신에 버선을 신은 것이 혹시 공장이나 정미소에 다니는 여직공이 아닌가 했다. 그렇다면 더욱 인물이 아깝다고, 그래서 태수는 황홀하게 그를 바라보는 참인데 마침 탑삭부리 한 참봉을 보더니 사풋이 허리를 굽혀 인사를 하는 것이었었다.

초봉이었었다.

"어이, 아버지 안녕하시구?"

탑삭부리 한 참봉은 이렇게 아주 친숙히 인사 대답을 했다.

"네에."

초봉이의 대답은 들리는 둥 마는 둥 했지만 방긋이 웃는 입을 보고서 태수는 그만 엎으러지게 흠탄[93]을 했다.

초봉이가 지나가기가 무섭게 태수는 탑삭부리 한 참봉더러,

"거 누구예요?" 하면서 사뭇 숨이 차게 다급히 묻던 것이다.

"왜?"

한 참봉은 히죽이 웃다가,

"…저 너머 둔뱀이 사는 우리 아는 사람의 딸인데… 학교 졸업하구서 시방 저—기 제중당이라는 양약국에 다닌다지…. 그래 맘에 들어?"

그는 연신 수염 속에서 내숭스럽게 웃는다.

"아녜요, 거저…."

---

93) 흠탄(欽嘆): 아름다움을 감탄함.

태수는 너무 덤빈 것이 점직해서 뒤통수를 긁는다.

"흐흥! 맘에 드는 모양이군그래? …워너니 똑똑하겐 생겼지. 저엉 맘에 들거들랑 집엣사람더러 중매 서달라지? 저— 너머 둔뱀이 정 주사네 맏딸 초봉이라면 나보다 더 잘 알 테니."

"아녜요. 아저씬 괜히."

그날 밤부터 태수는 그새까지 시뻐하던 장가를 급작스레 들겠노라고, 그러니 초봉이한테 중매를 서 달라고 김 씨를 졸랐다.

초봉이란 말에 김 씨는 도무지 전에 없던 일로 별안간 강짜가 나고, 나되 사뭇 앞이 캄캄하고 몸이 떨려 어쩔 줄을 몰랐다.

김 씨는 자청해서 태수더러 결혼을 하라고 했고, 종차 나서서 규수를 골라 내 손으로다가 뒤받이를 들어 혼사를 치러줄 염량까지 했고, 그러면서도 조금도 질투 같은 것은 몰랐고, 한 것은 무릇 그 여자 즉 태수의 배필인 동시에 질투의 대상 인물이 실지의 인물로서 아직 드러나지 않았기 때문이었었다. 그러다가 마침내 초봉이라고 하는 자알 아는 계집애, 그때의 최근으로는 작년에 본 것이 마지막이지만, 썩 아담스럽게 생긴 그 계집애 초봉이가, 이건 시방 당장 내 애물인 태수를 차지를 해가다니! 아 고 계집애가! 이러해서 계제와 대상을 만나 질투는 피어올랐던 것이다. 그러한 딴 속을 두어두고 그는 태수더러는 초봉이가 너한테는 과분하다는 핑계를 해가면서 그의 소청을 들어주지 않으려고 드는 것이었었다. 그러나 그는 마침내 마음을 돌리지 않을 수가 없었다.

✿ 조그마한 사업

언덕 비탈을 의지하여 오막살이들이 생선 비늘같이 들어박힌 개복동, 그중에서도 산상 꼭대기에 올라앉은 납작한 토담집. 방이래야 안방 하나, 건넌방 하나 단 두 개뿐인 명님이네가 도통 오 원에 집 주인한테서 세를 얻어가지고 건넌방은 따로 '먹곰보'네한테 이 원씩 받고 세를 내주었다. 대지가 일곱 평 네 홉이니 안방 세 식구, 건넌방 세 식구, 도합 여섯 사람에 일곱 평 네 홉인 것이다. 건넌방에는 시방 먹곰보도 없고, 그의 아낙도 없고, 아랫목에는 제 돌쟁이 어린것이 앓아누웠고, 윗목에서는 경쟁이가 경을 읽고 앉았다. 방 안은 불을 처질러놓아서 퀴퀴한 빈취貧臭가 더운 기운에 섞여 물큰 치닫는다.

어린것은 오랜 백일해로 가시같이 살이 밭고 얼굴은 양초 빛이다. 그런 것이 입술만 유표하게[94] 새까맣게 탔다. 폐렴을 덧들였던 것이다. 눈따악 감은 얼굴이며 꼼짝도 않는 사족에는 벌써 사색이 내려 덮었다. 목숨은 발딱발딱 가쁜 숨을 쉬는 때마다 달싹거리는 숨통에만 겨우 걸려 있다. 몇 분도 아니요, 초를 가지고 기다릴 생명이다.

경쟁이는 갓을 쓰고, 두루마기를 입고, 윗목으로 벽을 향하여 경상 앞에 초연히 발을 개키고 앉아 경만 읽는다.

경상으로 모서리 빠진 소반 위에는 밥이 한 그릇에 콩나물 한 접시, 밤

---

94) 유표하게: 얼른 눈에 뜨이게.

대추 곶감을 얼러서 한 접시, 북어가 세 마리 이렇게가 음식이요, 돈이 일 원짜리 지전으로 두 장, 쌀이 두 되는 실히 되겠고, 소지燒紙감으로 접은 백지가 석 장, 일 전짜리 양초에 불을 켜서 꽂아놓은 사기접시, 그리고 소반 옆으로는 얼멍얼멍한 짚신이 세 켤레, 대범이와 같이 차려놓았다. 병자한테 붙어 있는 귀신더러 이 음식을 먹고, 이 짚신을 신고, 이 돈으로 노수를 해 딴 데로 떠나라는 것이다. 이렇게 차려놓은 경상 앞에 가서 경쟁이는 자못 엄숙하게 북을 차고 앉아 경을 읽는데….

북을 얕게 동당동당 울리면서 청도 북대로 고저와 박자를 맞추어 나직하고 느릿느릿,

"해—동 조—선 전라—북도 군산부— 산상—정권 씨— 댁…."

무엇이 어쩌고저쩌고 한바탕 주욱 외우다가는 목소리를 일단 위엄 있이,

"오방신자앙—."

처억 불러놓고서 이어 북도 빨리, 청도 빨리 몰아 들입다 귀신을 불러대는데, 아마 세상 귀신이란 귀신은 있는 대로 죄다 나오는 모양이다. 게다가 계급도 가지각색이요, 개명을 톡톡히 한 경쟁이든지, 심지어 '한강철교 연애하다가 빠져 죽은 귀신'까지 불러댄다.

대체 이렇게 숱해 많은 귀신들이 한 부대(一個部隊)는 넉넉한가 본데, 겨우 그 앞에 차려논 것만 가지고 나누어 먹자면 대가리가 터지게 싸움이 날 텐데, 본시 귀신이란 형체가 보이지 않는 것이라 그런지 저희끼리 오쟁이를 뜯는 꼴은 볼 수 없다.

아무튼 그렇게 귀신 대중을 불러놓더니 그다음에는 갑자기 북소리와 목청을 맹렬하게 높여, 그느라고 발 개킨 엉덩이를 들썩들썩, 팔을 번쩍번쩍 쳐들면서 크게 꾸짖어 가로되,

"너 이 귀신들! …빨리 운감을 하고 당장에 물러가야 망정이지, 그러지 안 할 량이면 신장을 시

켜 모조리 잡아다가 천리 바다 만리 쫓아 보내되 평생을 국내 장내도 못 맡게 하리라아—."고 냅다 풍우를 몰아치듯 추상같은 호령을 하는 것이다. 이렇게 한 대문을 걸찌익하게 읽고 나서 다시 처음부터 시작을 하고, 그러자 마침 먹곰보네 아낙이 숨이 턱 밑까지 차서 허얼헐 판자문 안으로 들어선다.

그의 등 뒤에는 승재가 낡은 왕진 가방을 안고 따라 들어오고, 또 그 뒤에는 명님이가 따라섰다.

주인과 승재가 방으로 들어서도 경쟁이는 모른 체 그냥 앉아 경만 읽는다.

"아가아, 업동아!"

먹곰보네 아낙은 방으로 들어오기가 무섭게 어린 것의 얼굴 위에 엎드려 끌어안을 듯이 들여다본다. 어린것한테서는 싸늘하니 아무런 반응도 없다. 눈을 떠본다든지, 입술을 달싹거린다든지, 하다못해 손끝을 바르르 떤다든지.

승재는 대번 보고서 짐작했지만 아무러니 이왕 온 길이니 청진기를 꺼내서 귀에 걸고 다가앉는데, 먹곰보네는 그제서야 놀란 눈을 홉뜨고,

"아이구머니! 이것이 죽었나베!" 하면서 당황히 서둔다.

승재는 어린 것의 앙상한 가슴을 헤치고 청진기로 들어보는 것이나 가느다랗게 담 끓는 소리만 들리는 둥 마는 둥 맥은 아주 그치고 말았다.

승재는 청진기를 떼고 물러앉으면서 이마를 찡그린다.

"아직 살았나 봐요!"

먹곰보네 아낙은 어린것의 가슴에 손을 대보다가 아직 따뜻한 온기가 있으니까, 그것이 되레 안타까워 미칠 듯이 날뛴다.

"…네? 아직 살았나 봐요? 어서 얼른 좀… 아가 업동아? 업동아? 엄마 왔다, 엄마…. 젖 먹어라. 아이구 이걸 어떡해요! 어서 손 좀 대주세유!"

"소용없어요. 벌써 숨이 졌는걸!"

승재는 죽은 자식을 놓고 상성할 듯 애달파하는 정상이 불쌍한 깐으로는 소용이야 물론 없을 것이지만, 당장이나마 원이라도 있으라고 강심제한 대쯤 주사를 놓아주고 싶지 않은 것도 아니었으나, 그러나 우선 인정에 못 이겨 그 짓을 했다가는 뒤에 말썽이 시끄럴 것이니 차라리 눈을 지그려 감고 모른 체하느니만 같지 못하다고 생각했다.

처음 한동안 승재는 부르는 대로 불려가서 아무리 목숨이 경각에 달린 병자라도 가족들이 붙잡고 매달리면 효과야 있건 없건 구급 주사를 꾸욱꾹 놓아주곤 했었다. 그러나 대개가 시기를 놓친 병자들이라 살아나지를 못하고 주사 기운이 없어지면 그만이곤 하는데, 그럴라치면 대개 주사가 생사람을 잡았다고 승재를 칭원*하고 심한 사람들은 승재에게로 쫓아와서 부르대기까지 한다. 그러던 끝에 달포 전에는 필경 멱살을 따들려 경찰서까지 간 일이 있었다. 그때 승재는 유치장에서 하룻밤을 자고, 이튿날 병원 주인인 달식이의 주선으로 놓여나오기는 했으나 석방이 아니라 불구속 취조라는 것이었었다. 그 뒤에 일은 아주 무사했으나 그 일을 겪고 나서부터 승재는 인제 의사 면허를 얻기까지는 되도록 절망 상태인 듯싶은 병자한테는 가기를 피하고, 혹시 마지못해 불려가기는 한다더라도 아예 함부로 손을 대지 않기로 작정을 했었다. 그러던 터인데 오늘도 병원에서 일곱 시나 되어 돌아오니까 명님이가 먹곰보네 아낙과 같이 와서 기다리고 있었다. 명님이는 집을 가리켜주느라고 같이 왔던 것이다.

승재는 먹곰보네 아낙한테 아이가 백일해 끝에 한 사날 전부터 딴 중세가 생겨가지고 몹시 보채더니 이제는 마디숨을 쉬고, 담이 끓는다는 말을 듣고, 벌써 일이 그른 줄 짐작했었다. 그래서 따라오지 않을 것이지만 울상으로 사정사정하는 바람에 무어라고 꾀를 쓰지 못하고 와보기는 와보았던 것이다.

와서 보니 경을 읽고 있는 꼴이 우선 비위가 상하는데 아이는 벌써 죽었고, 해서 만일 경을 읽힐 정성으로 이틀만 미리다가 서둘렀어도 이 가엾은 생명을 구할 수가 있었을 것을 생각하면 자식을 죽이고 애처로워하는 어머니가 불쌍하기보다도 밉살머리스러웠다.

"그래두 저— 거시키…."

먹곰보네 아낙은 또다시 어린것의 시체에다가 손을 대보고 부르고 하다가 승재한테 애걸을 한다.

"…주사라더냐 하는 침을 노면 살아난다는데유?"

"인전 소용없어요!"

"그래두 남들은 그렇게 해서 죽은 것을 살렸다구 그러는데유? 제발 좀 살려주세요! …이걸 죽이다니, 아이구머니! 이것을 죽이다니! …네? 제발 좀…."

"소용없대두 그래요…."

승재는 듣는 사람이 깜짝 놀랄 만큼 볼먹은 소리로 지천을 한다.

"…왜 진작 나한테루 오든지 하질랑 않구서, 이게 무어람? 자식을 생으로 죽여놓구는… 인전 편작95)이라두 못 살려놓아요!"

승재는 골이 나는 대로 해 부딪고 왕진 가방을 집어 들고 마루로 나선다. 먹곰보네 아낙은 어린것의 시체를 얼싸안고 울음 섞어 넋두리를 시작한다. 경쟁이는 하늘이 무너져도 꿈쩍 안 할 듯 여전히 초연하게 앉아 경만 읽는다.

"그년의 경인지 기급인지 고만둬요!"

---

95) 편작: 중국 고대의 전설적인 명의(名醫). 괵나라 태자의 급환을 고쳐 죽음에서 되살렸다는 이야기가 유명하다.

먹곰보네 아낙이 눈이 뒤집혀가지고 악을 쓴다.

"네…?"

경쟁이는 선뜻 경 읽던 것을 멈추고 고개를 돌린다. 그렇게 선뜻 알아듣는 것을 보면 옆에서 벼락을 쳐도 모른 체 일심으로 경을 읽던 것은 실상은 건성이요, 속은 말짱했던 모양이다.

"…그만두라면 그만두지요…!"

꿍— 하고 북채를 채더니 혼자서 무어라고 두런두런, 돈을 비롯하여 소반에 차려놓았던 것을 견대에다 주워 담는다.

"…죽는 것두 다아 제 명이지요! 인력으루 하나요. 꿍!"

"오—라지는 건 어떻구? …왜 제 명대루 죽을 것을 경을 읽으면 꼭 낫는다구는 했어?"

먹곰보네 아낙의 악쓰는 소리를 등 뒤로 들으면서 승재는 침울하게 그 집 문간을 나섰다.

승재는 효험이야 있거나 말거나 간에, 또 뒷일이야 아무렇든 간에 자식을 잃고 애통하는 어머니를 위로하는 뜻으로 소원하는 주사라도 한 대나 놓아주는 시늉을 하지는 않고서 되레 타박을 한 것이 후회가 났다.

이 사람들도 자식을 위해 애쓰는 정성은 매일반이다. 결과야 물론 자식을 죽이고 살리고 하는 것을 좌우하게 되지마는, 그야 무지한 탓이지 범연해서[96] 그런 것은 아니다. 그러고 보니 가난과 한가지로 무지도 그 사람들을 불행하게 하는 큰 원인이요, 그래서 그 사람들에게는 양식과 동시에 지식도 적절히 필요하다.

승재는 생각을 하면서 절절히 그것을 여겨 고개를 끄덕거린다.

네 살에 고아가 되어 생판 남과도 진배없는 친척에게 거둠을 받아 자

---

96) **범연하다**: 차근차근한 맛이 없이 데면데면해서.

라났으니 역경이라면 크게 역경일 것이다. 그러나 역경은 역경이면서도 승재의 지내오던 자취에는 일변 단순함이 없지 않았었다. 그는 세상이라는 것을 별반 볼 기회가 없었다. 인간 감정의 복잡한 갈등이나 생활과의 심각한 단판씨름 같은 것을 스스로 격난은 물론 구경할 기회조차 없었다. 그는 다만 병원에 앉아 검온기를 통해서, 맥박의 수효나 청진기를 통해서, 뢴트겐이나 타진을 통해서, 주사기를 들고, 처방전을 들고, 카르테를 들고… 이렇게 다만 병든 인생만을 대해왔었다. 그래서 병이라는 것이 인생의 큰 불행임을 알았다. 단지 그것뿐이었다. 그러므로 그의 인생이라는 것은 서로 아무런 상관이 없이 하나하나 떨어진, 그리고 생리적인 인생을 의미한 것이었었다. 그러다가 그가 군산으로 와서 있으면서 비로소 조금 분간 있게 인생을 보게 되었다.

서울의 옛 주인에게 있을 때에는 치료비 없이 왔다가 도로 쫓겨 가는 병자들을 그리 보지 못했었다. 그러나 이 군산의 금호의원으로 와서는 그러한 정상을 가끔 보았다.

승재는 울기까지 한 적이 있었다. 병이 큰 고통인데 그것을 치료하지도 못하는 사람들의 불행…. 인간 세상의 한구석에는 이러한 불행이 있다는 것이 그는 통분했던 것이다. 그러던 끝에 하루는 설하선염[97]으로 턱과 얼굴이 팅팅 부은 소녀 하나가 부친인 듯싶은 중년의 노동자와 같이 병원의 수부에 와서 치료비가 얼마나 들겠냐고 물어보더니, 십 원이 넘겨먹겠단 소리에 다시 두말도 없이 실심하고 돌아서는 것을 승재는 보았다. 그들이 지금의 명님이와 그의 부친 양 서방이었었다.

승재는 그들이 다른 돈 없이 온 병자처럼 돈이 없으니 그냥 치료를 해달라거니 이다음에 벌어서 갚겠거니 이렇게 조르는 사정을 하지도 못하

___
97) 설하선염: 혀 아래 허밑샘의 염증.

고 겨우 얼마나 들겠느냐고 물어만 보고서, 큰돈 십 원이 넘겠다고 하니까 낙심이 되어 추렷이 돌아가는 양이 어떻게나 가엾던지, 그대로 보고 있을 수가 없었다. 그는 병원 문밖으로 그들을 따라 나와서 집이 어디냐고 번지와 골목을 잘 알아두었다.

저녁때 승재는 우선 병원에 있는 기구 중에서 간단한 수술 기구와 약품 같은 것을 빌려가지고 명님이네를 찾아가서 수술을 해주었다.

그는 마침 병원에서의 거처를 그만두고 방을 얻어 따로 있기 시작한 때였기 때문에 밤저녁의 행동은 자유로웠다. 그래서 그는 계제에 결심을 하고, 왕진 기구 일습과 약품을 장만해가지고, 본격적으로 야간 개업을 시작했던 것이다. 물론 치료비나 약값은 받지를 않고 가난한 제 낭탁을 기울여가면서….

이 노릇을 승재는 스스로 조그마한 사업으로 여겨 거기서 기쁨과 만족을 느끼되 무심했지 달리 그것을 평가를 하거나 자성함이 없었다. 하다가 오늘 아침 먹곰보네 집에를 불려와 그렇 듯 경이나 읽히면서 자식을 갖다가 생으로 죽이고 마는 미련스런 인간들을 보자니, 그만 보도록새 짜증이 나서 전에 없이 골딱지를 냈던 것인데…. 그러나 그것도 무슨 정성이 미급한 탓이 아니요 무지한 소치라면야 그만이겠지만, 그러니 그들이 그렇듯 무지한 이상 시료병원[98]이 거리마다 늘비하다고 하더라도 별수가 없겠거니 싶고, 그 무지라는 것을 생각하면 어느 결에 승재 제 자신이 길을 걸어가다가 어떤 거대한 장벽에 가서 딱 닥뜨린 것같이 가슴이 답답하고 어쩔 줄을 모를 것 같았다. 그 끝에 가면 시방 제가 여태까지 재미를 붙여 해오던 이 노릇이 그만 신명이 뚝 떨어지고 흥이 하나도 나지를 않는 것이었었다.

---

98) 시료병원: 무료로 치료해 주는 병원.

승재가 다뿍 풀이 죽어서 문간으로 나가는데 명님이는 벌써 문밖에서 기다리고 있다.

"여기 있었니…?"

승재는 마음이 산란한 중에도 명님이가 귀엽고 반갑던 것이다.

"…둘러봐두 없길래 어디루 갔나 했지…. 어머니랑 아버지랑 다아 안 계시드구나?"

"네에…."

명님이는 배시시 웃으면서 손을 내민다.

"…인 주세요, 제가 들어다 디리께."

명님이는 지금 저한테 끔찍이 고맙고, 또 노상 살뜰하게 귀애해주는 이 '남 서방 어른'이 저의 집에를 온 것이 언제나 마찬가지로 좋았고, 게다가 가방을 들어다 주기는 더욱 좋았던 것이다. 승재는 괜찮다고 물리치다가 명님이의 그러한 마음성을 아는 터라 이내 가방을 제 손에다가 들려준다.

"그럼 요기, 요 아래까지만…."

"네에."

명님이는 좋아라고 가방을 들고 앞을 서서 깔끄막진 언덕길을 내려간다.

"아버지 일 나가셨니?"

"네에."

"어머닌?"

"빨래해주려 가시구요."

"그럼 요새 밥 잘 해먹겠구나?"

"네에… 아침에는 밥 해먹구 저녁에는 죽 쑤어 먹구 그래요."

"으응, 그나마라두… 그렇지만 즘심은?"

"안 먹어요. 그래두 먹구 싶잖어요."

눈치가 빨라서 승재가 그다음에 물을 말까지 지레짐작을 하던 것이다.

"먹고 싶잖을 리가 있나! 배고프지? …요새 해가 퍽 긴데….."

"그래두 배는 안 고파요."

"명님이 좋아하는 청국 만두 사주까? 시켜 보내주까?"

"아이, 싫여요! 괜찮아요!"

명님이는 깜짝 반색을 하면서 가던 길을 멈추고 돌아선다.

승재는 전엣일이 문득 생각나서 중국 만두라고 했던 것이다. 승재가 처음 명님이네 집을 찾아가서 수술을 해주고 그 뒤에도 매일 다니면서 심을 갈아주곤 했는데, 거진 다 나아 갈 때쯤 된 어느 날인가는 중국 만두가 먹고 싶다고 저의 부모를 조르다가 지천을 듣는 것을 마침 보았다. 어린 애요 살앓이를 하던 끝이라 입이 궁금해서 무엇이고 두루 먹고 싶을 무렵이었다.

승재는 잠자코 있다가 나와 중국 우동집에 부탁해서 만두를 세 그릇 시켜 보내주었다. 했더니, 그 이튿날 또 갔을 때 명님이네 부모의 치하도 치하려니와 명님이가 좋아하는 양은 절로 미소가 나오게 했었다.

명님이 제 병이 아주 나은 뒤에는 가끔가끔 승재를 찾아와서 무엇 내의고, 양말짝이고, 벗어놓는 것이 없으면 조르다시피 뺏다가는 저의 모녀가 잘 빨아서 꿰맬 데 꿰매고 기울 데 기워서 차곡차곡 챙겨다 주곤 했다. 이것이 명님이네 식구가 승재를 위하여 애써줄 수 있는 다만 한 가지 정성이던 것이다. 그러한 근경인 줄 아는 승재는 차차 그것을 기쁘게 받고, 그 대신 간혹 명님이네 집에를 들렀다가 끼니를 끓이지 못하고 있는 눈치가 보이면 다만 양식 한 되 두 되 값이라도 내놓고 오기를 재미 삼아서 했다. 승재가 끊어다 주는 노란 저고리나 새파란 치마도 명님이는 더러 입었다.

승재는 명님이가 명님이답게 귀여우니까 귀애하기도 하는 것이지만 명님이는 일변 승재의 기쁨이기도 했다.

그것은 승재의 그 '조그마한 사업'의 맨 처음의 환자가 명님이었던 때문이다. 승재는 병원에서 많은 사람을 치료해주었고 그중에는 생사가 아득한 중병 환자를 잘 서둘러 살려내기도 한두 번이 아니었었다. 그러나 그다지 중병도 아니요 수술하기도 수나로운 명님이의 설하선염을 수술해주던 때, 그리고 그것이 잘 나았을 때, 그때의 기쁨이란 도저히 다른 환자의 치료에서는 맛볼 수 없이 큰 것이었었다.

그렇듯 명님이는 승재의 기쁨이기는 하지만, 한편 또 명님이로 해서 슬픔도 없지 않았다.

명님이네 부모가 명님이를 기생집의 수양녀로 주려고 하는 것을 알고 나서부터다.

승재는 명님이가 장차에 매녀의 몸이 될 일을 생각하면 마치 친누이동생이 그러한 구렁으로 굴러들어가는 것같이 슬프고 안타까워했다. 그래서 승재는 명님이를 만나면 그 일을 안 뒤로는 겉으로 반가움이 솟아나서 웃는 한편, 속에서는 그 반가움 못지않게 슬픔이 서리곤 했다. 이러한 갈피로 해서 명님이는 일변 승재로 하여금 은연중에 그가 인생을 살피는 한 개의 실증이요, 세상을 들여다보는 거울이기도 했다. 그것은 그새까지도 그러했거니와 이 앞으로도 그러할 형편이었었다.

승재는 앞서서 비탈길을 내려가는 명님이의 뒤태를 눈여겨보면서 무심코 한숨을 내쉰다.

"벌써 열세 살…!"

그의 등 뒤에서는 유난히 긴 머리채가 치렁거려 제법 계집애 꼴이 박혀 보인다.

승재는 이 애가 이렇게 매초롬하니 장성한 것이 새삼스럽게 불안스러 견딜 수가 없었다.

"명님아?"

부르는 소리에 명님이는 대답 대신 해뜩 돌아다본다.

"요새두 어머니 아버지 저어, 거시기 음! …그 집으루 가라구 그러시든?"

승재는 좀 거북해하면서 떠듬떠듬 물어본다. '그 집'이란 팔려갈 기생 집 말이다.

"네에… 그래두…."

명님이는 고개를 숙이고 조그맣게 대답을 한다.

"흐응… 그래서?"

"지가 싫다구 그랬지요, 머."

"흐응… 그러니깐 무어래시지?"

"그럼 죄꿈 더 크거든 가라구 그래요."

"그럼 명님인 어머니 젖 먹구퍼서, 싫다구 그랬나?"

"아녜요! 아이 참…."

명님이는 승재가 혹시 농담으로 그러는 줄 알고서,

"…놀리시려구 그러시느만, 머."

"아냐, 놀리는 게 아니구…."

"그렇지만 머. 어머니 보구퍼서 남의 집에 어떻게 가서 있나요?"

"그럼 더 자라면 어머니 보구 싶잖은가?"

"그렇다구 그리던데요? 어머니두 그러시구, 아버지두 그러시구… 그러 니깐 인제 죄꿈 더 자라거던 가라구."

"흐흥, 더 자라거던!"

승재는 먼눈을 팔면서 혼자 말하듯이 중얼거린다.

승재는 속으로 촌사람들이 돼지새끼나 송아지를 팔래도 너무 어리고 젖이 떨어지지 않아서 어미를 찾고 소리를 지르니까, 아직 좀 더 자라게 두어두고 기다리는 것 같은 그러한 정상을 명님이네 집에다 빗대 보던 것이다. 돼지새끼나 혹은 송아지나 그놈이 조금만 더 자라 제풀로 뛰어 다니면서 밥도 먹고, 꼴도 먹고, 그래 젖이 떨어지면 장에 내다가 팔려니 하고 기다리는 촌사람이나 일변 딸자식이 철이 좀 더 들어서 부모도 그리워 않고 그동안에 가슴도 좀 더 볼록해지고, 키도 좀 더 자라고 하면 기생집에다가 수양딸로 팔아먹으려니하고, 매일같이 고대고대 기다리고 있는 명님이네 부모나 별반 다를 게 없을 것 같았다.

승재는 이마를 찡그리면서 무심결에 '캐액' 하고 침을 뱉는다. 그러나 이어, 그들 양순하디 양순한 명님이네 부모의 얼굴을 생각하면 고약스럽다는 반감보다도 불쌍한 마음이 앞을 섰다.

승재는 명님을 돌려보내고 콩나물 고개로 해서 초봉이네 집으로 돌아왔다.

안방에서들은 마침 저녁을 먹는지 대그락거리는 수저 소리가 들리고, 승재 방에는 자리끼 숭늉이 문턱 안에 들여 놓여 있었다. 이 한 그릇 자리끼 숭늉은 계봉이가 하던 말마따나 소중한 생명수였다.

승재는 갈증도 나지 않았지만 물그릇을 집어 들고 후루루 들이마신다. 물은, 물을 마셨느니보다 초봉이로 연하여 가득 넘치는 행복을 들이마시는 것 같았다.

이튿날 아침.

진작부터 일어나 책상 앞에 앉아서 『성충권의 연구』라고 하는 신간을 읽고 있던 승재는 사발시계가 저그럭저그럭 가다가 일곱 시 반이 되자 읽던 책을 그대로 펴놓은 채 푸시시 일어선다. 일곱 시 반은 병원에 출근하는 시간이다. 인제 가서 소쇄[99]를 하고 조반을 먹고 나면 여덟 시 반, 여덟 시 반부터는 진찰실에 나가 앉아야 한다.

---

99) 소쇄: 비로 먼지를 쓸고 물을 뿌림.

승재는 버릇대로 낡은 소프트를 내려 쓰고 툇마루로 나앉아서 구두를 신노라니까, 문밖에선지 와자하니 사람 떠드는 소리가 들렸다. 그러거나 말거나 승재는 무심히 구두를 신고 마당 한가운데로 걸어 나가는데, 그러자 별안간 지쳐 둔 일각문을 와락 열어젖히면서 '먹곰보'가 문간 안으로 쑥 들어서는 것이다.

승재는 대번, 이건 또 말썽이 생겼구나 생각하면서 주춤하니 멈춰 선다. 그는 명님이네 집을 자주 다니기 때문에 먹곰보의 얼굴을 익히 알던 것이다.

술속 사납고, 싸움 잘하기로 호가 난 줄도 잘 알고….

먹곰보의 뒤에는 그의 아낙이 따랐고, 먹곰보가 떠드는 바람에 지나가던 사람도 무엇이나 일각문으로 끼웃이 들여다본다.

"이놈, 너 잘 만났다!"

먹곰보는 승재를 보자마자 황소 영각하듯 외치면서, 눈을 부라리면서 화살같이 달려들면서 승재의 멱살을 당시랗게 후뚜려 잡는다. 세모지게 부릅뜬 눈하며, 본시 검은 데다가 술기와 홍분으로 검붉어 썩은 생선 빛으로 질린 곰보 얼굴을 휘젓고 들이미는 양은 우선 흉하기 다시없었다.

놀란 것은 승재요, 그는 설마 이렇게야 함부로 다그칠 줄을 몰랐기 때문에 어마지두[100] 쩔매는데, 그러자 먹곰보는 멱살을 움켜쥐기가 무섭게,

"이놈!"

소리와 얼러 철썩 뺨을 한 대 올려붙인다.

승재는 아프기보다도 정신이 얼떨떨해서 더욱 당황해한다.

"아이구머니! 저를 어째애!"

---

100) 어마지두: 무섭고 놀라서 정신이 얼떨떨한 판.

계봉이가 마침 학교에 가느라고 책보를 안고 댓돌로 내려서다가 그만 질겁하게 놀라 동당거리고 외친다.

안방에서 식구들이 우 하고 몰려나온다.

"그래 이놈…!"

상관 않고 땅땅 으르면서 먹곰보는 수죄를 하는 것이다.

"…네가 이놈 침대롱깨나 가지면 김 생원 박 생원 한다더라구, 그래 네가 의술깨나 한다는 놈이, 남의 어린 자식이 방금 죽는다는 것을 보구서 두 약 한 봉지를 써주지를 않구 침 한 대 놓아달라구 애걸복걸을 해두 그냥 말었다니…. 그래서 필경 내 자식을 죽여놓아? 이놈!"

이를 부드득 갈면서 승재의 맷집 좋은 따귀를 재차 본새 있게 올려붙인다.

승재는 하도 어이가 없어 말도 못하고 뻔하니 마주 보기만 한다.

먹곰보네 아낙이 슬금슬금 들어와서 사내의 팔을 잡고 좋은 말로 하지 왜 이러느냐고 말리는 시늉을 한다. 그러기는 해도 승재가 얻어맞는 것이 고소한 눈치다.

뒤늦게 정 주사가 신발을 끌고 허둥지둥,

"원 이거 웬 행패란 말인고…. 너 이 손! 이걸 놓지 못할 텐가!"

내려오면서 호령호령한다.

먹곰보는 힐끔 돌아다보더니 꾀죄죄한 정 주사의 풍신이 눈에도 차지 않는다는 듯이 아래로 한 번 마슬러 보다가,

"이건 왜 나서서 이 모양이야? 꼴같잖게!"

유 씨와 초봉이는 벌벌 떨고만 섰고 계봉이는 휘휘 둘러보다가 부엌으로 뛰어 들어간다.

"…이놈, 경찰서루 가자. 너 같은 놈은 단단히 법을 좀 가르쳐야 한다."

먹곰보는 으르대면서 멱살을 잡은 채로 낚아챈다. 바로 그때다. 픽 소

리와 같이 장작개비가 먹곰보의 옆구리를 옹골지게 후려갈긴다. 계봉이의 짓이었다.

계봉이는 이를 악물고 억척으로 이번에는 팔뚝을 후려갈기려는 참인데, 아, 저런 년 보았느냐고 정 주사가 나무라면서 떼밀어버린다.

지나가던 사람이 여럿 문간으로 끼웃거리다가 몇은 슬금슬금 마당으로 들어서서 구경을 한다.

정 주사는 달려들지는 못하고 돌아가면서 연신 호통만 하고 있고, 계봉이는 분에 못 이겨 새액색 어쩔 줄을 모른다.

"헤에, 참 내…!"

승재는 뒤를 돌아다보면서 누구한테라 없이 바보처럼 한번 웃더니, 그러다가 어찌 무슨 생각으로, 먹곰보가 멱살을 잡고 버팅긴 팔목을 슬며시 후뚜려 쥐고 불끈 잡아 비튼다.

먹곰보는 하잘것없이 주먹을 편다. 다 같은 장정이라도 승재가 원력이 솟고 한 데다가 먹곰보는 술이 취해놔서 그다지 용을 쓰지 못하던 것이다.

승재는 부챗살같이 손가락을 쫙 편 먹곰보의 비틀린 팔목과 얼굴을 한참이나 번갈아 들여다보다가 그의 아낙한테로 밀어젖힌다.

"…데리구 가요! …내가 죽였수? 당신네가 죽였지."

먹곰보는 나가동그라질 뻔하다가 겨우 버팅기고 선다.

"오냐, 이놈 보자. 적반하장두 유분수가 있지, 이놈 네가 되려 사람을 치구…."

먹곰보가 끄은히 왜장을 치면서 비틀거리고 도로 덤벼드는 것을 그의 아낙이 뒤에서 허리를 끌어안고 늘어진다. 그러자 마침 양 서방이 명님이를 뒤세우고 헐러덕벌러덕 달려든다.

"이 사람이 환장을 했나? 이건 어디라구…."

양 서방은 들어 단짝 지천을 하면서 먹곰보를 사정없이 떼밀어 박지른다.

"아, 성님….."

"성님이구 지랄이구 저리 물러나! 당장, 괜시리….."

양 서방은 먹곰보를 한번 떼밀어 내던지고 승재 앞으로 가까이 와서, 술먹은 개라니 저 녀석이 시방 자식이 죽이고 환장을 해서 그러는 거니 참고 탄하지 말라고 제 일같이 사정을 한다. 승재가 멱살잡이에 따귀까지 두 대 얻어맞은 줄은 모르고서 하는 소리다.

승재는 별말 안 하고 어서 데리고 가라고 흔연히 대답을 한다.

먹곰보는 더 덤비려고는 안 하고 몸을 휘청거리면서 승재더러 욕만 걸판지게,

"이놈아, 네가 명색 의술을 한다는 놈이 그래 이놈, 내 자식이 죽는 것을 보구두 모른 체해야 옳아? 그러구서 왜, 진작 뵈잖었느냐구 내 여편네게 호령을 해? 이놈 당장 목을 쓸어 죽일 놈, 이놈. 이노옴! 내자식 내 놔라, 이놈."

"업동 아버진 괜히 생떼를 써요….."

명님이가 진작부터 나설 듯 나설 듯하다가 그제야 얼굴이 새빨개가지고 여러 사람더러 들으라는 듯이 먹곰보를 몰아세운다.

"…다아 죽어서 아주 숨두 안 쉬구 그랬어요. 그런 걸 주사를 놓는다구 죽은 애기가 살아나나요? …괜히 죽은 송장한테 주사를 났다가 정말 죽었다구 애먼 소리를 듣게요? …생으로 어거지를 쓰문 본 사람두 없나, 머….."

정 주사는 대개 그러한 곡절이려니 짐작도 했지만 명님이가 앙알앙알 거리는 말을 듣고 나서는 쾌히 속을 알았다. 속을 알고 보니 먹곰보가 더욱이 괘씸했다. 그러나 그보다 더 괘씸하기는 아까 자기를 보고 근육질을 하던 것이다. 과연 생각한즉 분하기도 하고 계제에 먹곰보가 인제는 한풀 죽었는지라 기운이 불끈 솟았다.

"거 고현 손이로군…!"

정 주사는 노랑 수염을 거슬려가면서 눈을 깜작깜작, 음성은 위엄을 갖추어 준절히 꾸짖기 시작한다.

"…그게, 그 사람이 돈을 받고 하는 노릇도 아니요, 다아 동정심으루 그러는 것인데, 그러니 가서 보아준 것만이라두 감사할 것이지, 그래 오죽 잘 알아보구서 손두 대지 않았으리라구! …네끼 고현 손 같으니라구! …아무리 무지막지한 모산지배[101]기루서니 어디 그럴 법이 있나!"

호령이 엄엄한 푼수로는 당장 무슨 거조가 날 것 같으나 오직 발을 구를 따름이다.

승재와 양 서방은 한편으로 비켜서서 승재는 어제 겪은 일을, 양 서방은 먹곰보가 아이를 나서는 잃고, 나서는 잃고 하다가 사십이 넘어 마지막같이 또 하나를 낳아가지고 금이야 옥이야 하던 터인데 그렇게 죽이고 보니 눈이 뒤집히는데, 간밤에 그의 아낙이 말을 잘못 쏘삭여서[102] 그래 더구나 환장지경이 된 것이라고, 서로 이야기를 하고 있다.

먹곰보는 인제는 기운을 차리지도 못하고 땅바닥에 퍼근히 주저앉아서 무어라고 게걸거리기만 한다.

정 주사는 승재가 그동안 역시 이러한 일로 여러 번 봉변을 했고, 급기야 한번은 경찰서에 붙잡혀 가기까지 했으나, 다아 옳은 일을 한 노릇이기 때문에 무사히 놓여나왔다고 구경꾼더러 들으라는 듯이 일장 설명을 한다. 그리고는 다시 한바탕 먹곰보를 꾸짖어 가로되…,

"너 이 손, 그 사람이 맘이 끔찍이 양순했기 망정이지, 만일 조금만 무엇한 사람이면 자네가 당장 죽을 거조를 당했을 테야! …내라두 한 나이

---

101) 모산지배: 꾀를 부려 이해타산을 일삼는 무리.
102) 쏘삭이다: 함부로 간섭하거나 방해하여 상태를 어지럽게 하다.

나 더얼 먹었으면 자네를 잡어 엎어놓고 물볼기를 삼십 도는 치구래야 말았지, 다시는 그런 버릇을 못 하게…. 어때 그럴 법이 있나! 고현 손이지… 이 손! 그래두 냉큼 물러가지를 못해?"

마지막 정 주사는 푸달진 노랑 수염을 잔뜩 거슬리면서 소리를 꽥 지른다. 그러나 그 호령은 역시 큰 효험이 없고, 먹곰보네 아낙과 양 서방이 양편에서 부축하다시피 겨우 일각대문 밖으로 '고현 손'을 끌고 나간다. 초봉이는 비로소 안심을 하고 절로 가슴을 만진다.

계봉이는 부친의 말마따나 그 '고현 손'을 잡아놓고 물볼기를 때리든지 하는 게 아니라, 그대로 좋게 돌려보낸다고 그만 암상이 나서,

"저 녀석을! 저 녀석을 거저…."

사뭇 안달을 하더니 휘휘 둘러보다가 장작개비를 도로 둘러메고 나선다.

"이년…!"

정 주사는 장작개비를 뺏어 부엌으로 들이뜨리면서,

"…게집애년이 배운 데 없이, 거 무슨 상스러운 짓인고!"

"그래두 그 녀석을! …그 녀석이 우리 남 서방을 마구…."

계봉이는 분을 못 참아 쫑알거리면서 발을 동동 구르다가 금시로 굵다란 눈물이 방울방울 떨어진다. 그러자 마침 승재가 땅바닥에 떨어진 모자를 집어 털고 섰는 것을 별안간 우르르 그 앞으로 쫓아가더니, 두 주먹을 발끈 쥐고 승재의 가슴패기를 마치 다듬이질을 하듯이 동당동당 두들기면서, 지천에 새살에,

"바보! 남 서방 바보야. 그깐 녀석한테 따구를 두 번씩이나 얻어맞구서두 왜 잠자쿠 있어? 왜 그래? 왜 그래? 이잉, 난 몰라! 남 서방 미워!"

그래도 시원찮은지 물러서서 쌀쌀 몸부림을 친다.

정 주사와 유 씨는 서로 치어다보고 피식 웃어버린다. 초봉이는 가슴속이 뿌듯하고 하다못해 눈물이 솟아 고개를 숙인다. 승재도 감격했다.

그는 계봉이의 하는 양이 꼬옥 친누이동생의 응석같이 재롱스러워 등이
라도 다독다독해주고 싶었다.

"괜찮아요! 좀 맞으면 어떤가? 나 아프잖어. 어여 학교 가요, 응?"

"누가 아파서 말인가! 머….."

계봉이는 주먹으로 눈물을 씻으면서 타박을 준다.

☾ 천냥만냥

"내가 네깐 놈의 데를 다시는 발걸음인들 하나 보아라."

정 주사가 제 무렵에 삐쳐 미두장께로 대고 눈을 흘기면서 이런 배찬 소리를 한 것도 실상은 그 당장뿐이요, 바로 그 이튿날도 갔었고 그 뒤에도 매일 가서 하바도 하고, 어칠비칠하기도 했고, 그리고 오늘도 역시 미두장에서 돌아오는 길에 시방 탑삭부리 한 참봉네 싸전 가게에 들른 참이다. 탑삭부리 한 참봉네 싸전 가게야 쌀 외상을 달라고 혀 짧은 소리나 하려면 몰라도 묵은셈을 졸릴까 무서워 길을 돌아서까지 다니지만 오늘은 우정[103] 마음먹고 들렀던 것이다.

초봉이는 내일 모레면 서울로 간다고 모녀가 둘이서 옷을 새로 하네 어쩌네 들이 서두르고 있다. 그거야 가장이요, 부친 된 사람의 위엄으로 가지 못하게 막자면야 못할 것은 없다(…고 정 주사는 생각한다). 그러나 그러고저러고 하느니보다 혼처나 어디 좋은 자리가 선뜻 나서서 말이 오락가락하면 그것을 핑계 삼아 서울로 가지 못하게 하려니와, 무엇보다도 어서어서 혼인을 했으면 일이 두루 십상일 판이라 요전에 탑삭부리 한 참봉네 아낙이 그다지도 발을 벗고 중매를 서겠다고 서둘렀으니 무슨 기미가 있어도 있겠지 싶어 어디 오늘은 눈치나 좀 보아야지, 이렇게 염량을 하고 쓱 둘러보았던 것인데 아니나 다를까….

---

103) 우정: 일부러.

김 씨는 마침 가게에 나와서 있다가 반겨하면서 낮에 전후해 정 주사네 집에까지 가서 유 씨만 만나 우선 대강 이야기를 했다고, 그래도 미흡한 것 같아 이렇게 정 주사가 지나가기를 지키고 있었노라고 선뜻 혼담을 내놓던 것이다.

정 주사는 처음 ××은행 군산지점의 고태수라는 말을 듣고 며칠 전 미두장 앞에서 봉변을 당할 때에 그 사람이 내달아 말려주던 일이 생각나서 혼자 얼굴이 붉으려고 했다. 그러나 한편, 사람의 인연이라는 것이 이러한 것이로구나 하는 신기한 생각도 없지 않았다.

"글쎄 그이가요…."

김 씨는 연달아 참새같이 재잘거리기 시작한다.

"…근 일 년짝이나 우리 집에서 기식을 허구 있지만 두구 본다치면 볼수록 얌전하겠지요. 요새 젊은이허군 그런 이가 있기두 쉽지 않을 거예요!"

"네에, 내가 보기에두 과히 사람이 상스럽지는 않을 것 같더군요."

정 주사는 태수의 차악 눈에 안기는 모습을 다시 한 번 머릿속에 그려보면서 미상불 그럴듯하다고 했다.

"그이 말두 그래요…. 정 아무개 씨라구 그러니깐 아 그러냐구, 그 어른 같으면 인사는 못 여쭀어두 가끔 뵈어서 안면은 익혀 안다구…."

"그러나저러나, 거 근지根地가 어떤지?"

"원이 서울이래요. 과부댁 외아들인데 양반이구. 그래서 지금두 자기네 본댁에서는 솟을대문을 달구 안팎으로 종을 부리믄서 이 애 여봐라 허구 그런대나요. 재산두 벼 천이나 허구…. 그래서 그 이가 월급 받는건 담뱃값이나 허지 다달이 자기네 본댁에서 돈을 타다 쓰군 해요. 그건 나두 가끔 각지편지爲替書留104)가 오는 걸 보니깐요. 그리구 은행에 다니

104) 각지편지(一片紙): 爲替書留. 서로 멀리 떨어져 있는 사람들에게 돈을 보낼 경우에

는 것두 인제 크게 무얼 시작할 령으로 일 배울 겸 소일 삼아서 그러는 거래요…. 이런 이야기야 그이가 어디 자기 입으루 하나요? 그이 친구헌 테 들엄들엄 들은 소문이지."

"나이는 몇이라지요? 스물육칠 세 되었지?"

"스물여섯… 그러니깐 갑진 을사, 을사생이지요. 재작년 봄에 경성서 전문학교를 졸업허구 서울 그 은행에 들어갔다가 작년에 일러루 전근이 돼서 내려왔대요."

"네에."

정 주사는 잠깐 딴 생각을 하느라고 건성으로 대답을 한다.

대체 그만큼 기구가 좋은 집안의 자제로 외양도 반반하겠다, 한데 어째 스물여섯이나 되도록 장가를 가지 아니했나? 혹시 요새 젊은 아이들이 항용 그러하듯이 제 집에 구식 본처를 두어두고, 또는 이혼을 하고 다시 신식 결혼을 하려고 하는 것이나 아닌가? 이러한 미심스러운 생각이 들고 그래서 어떻게 그것을 좀 파고 물어보았으면 싶었다. 그러나 그는 얼핏 그만두었다. 그는 혹시라도 그것이 사실이기를 저어하여 물어보기가 겁이 나던 것이다.

'아무런들 그럴 리야 없겠지…. 그렇기야 할라구.'

그는 짐짓 이렇게 씻어 덮어버렸다. 그래도 마음이 한 귀퉁이에서 찜찜해하니까 그는 다시 마음을 다독거리는 것이다.

'아무리 허물없는 중매에미한테기로니 그런 말을 까집어놓고 묻는 법이야 있나? …차차 달리 알아볼지언정.'

"원…."

그는 마침내 김 씨더러 자기 의견을 대답하되, 고태수라는 사람이 외양

___

현금 대신에 어음 · 수표 · 증서에 의하여 송금하는 방법.

이 그만큼 똑똑하고 또 지금 듣자 하니 학식이며 문벌이며 다아 상당하니까 그 말을 믿기는 믿겠다, 따라서 나도 가합하다고 생각한다, 그러나….

"…그러나 아시다시피 내 집 형편이 너무 구차해서 그런 좋은 혼처가 있어두 섬뻑 엄두가 나지 않습니다그려! 허허…."

어쩐지 일이 묘하게 척 들어맞는 성싶어 슬쩍 한 번 넘겨짚느라고 해본 소린데, 아나나 다를까! 김 씨는 기다리고 있던 듯이 사뭇 속이 후련하게시리….

"네에, 내 그리잖어두 그 말씀을 지금 할려던 참이에요…. 그건 아무 염려 마세요. 벌써 내가 정 주사네 형편 이야길 대강 했더니 그러냐구, 그러면 어려운 댁에 괴롬 끼칠 게 없이 자기가 말끔 다아 대서 하겠다구 그리는군요! …그런 걸 보아두 사람이 영리허구 속이 티이구 헌 게 아녀요? 호호."

"허허, 그렇지만 어디 그럴 법이야 있나요! 아닐 말루 내가 몇 끼 밥을 굶구서 혼수를 마련할 값에…."

정 주사는 시방 속으로는 희한하고도 굴져서 입이 저절로 흐물흐물 못 견딜 지경이다.

"온! 정 주사두 별 체면을 다아 채리시려드셔!"

김 씨는 반색을 하면서 그런 걱정은 조금치도 하지 말라고 다시금 설명을 주욱 늘어놓는다.

결혼식은 예배당이나 공회당에 가서 신식으로 할 테니까, 또 혼인잔치도 요릿집에 가서 할 테니까 집에서는 국수장국 한 그릇 말지 않아도 된다. 그런 것뿐 아니라 태수의 말이 저의 모친은 규수고 결혼식이고 전부 다아 네 맘대로 정한 뒤에 성례 날이나 기별하면 그날 보러 내려오겠다고 한다고 한다. 부잣집 과부의 외아들인 만큼 어려서부터 저 하고 싶은 대로 하게 했고 그래서 혼인까지도 상관을 않고 제가 하는 대로 내맡겨

둔다는 것이다. 그래서 제 말이, 인제 혼인을 하게 되면 아저씨 탐삭부리 한 참봉과 아주머니 김 씨한테 범백[105]을 미룰 테니 잘 알아서 해달라고 부탁을 해오던 참이다. 그러니 혼인을 하게 되면 범절은 우리 두 집안이 성의껏 치르게 될 것이다. 한즉 퍽 순편할[106] 모양이다.

"그리구….."

김 씨는 이야기하던 음성을 일단 낮추어 더욱 의논성 있게 소곤거리는 것이다.

"…이것은 내가 지금 말씀을 않더래두 차차 아시겠지만 기왕이니 들어 나 두세요. 그이가요….

그 말두 혼수비용을 자기가 말끔 대서 하겠다는 그 말끝에 한 말인 데… 아 그 댁이 지내시기가 그렇게 어렵다니 참 안됐다구, 더구나 정 주 사 어른이 별반 생화[107]두 없으시다니 거 그래서 쓰겠냐구 걱정을 해요. 하던 끝에 그러면 자기가 인제 혼인이나 치루구 나서 형편을 보아서 장 사나 허시라구 얼마간 밑천을 둘려디려야 하겠다구 그리겠지요! …글쎄 젊은이가 으쩌문 그렇게 맘 쓰는 게 요밀조밀합니까! 온…."

이 말까지 듣고 난 정 주사는 혼자 속으로 참고 천연덕스럽게 있기가 어려울 만큼 흐흐흐흐 한바탕 웃어젖히든지 춤을 덩실덩실 추든지 하고 싶게 몸이 근지러워졌다.

저편 쪽에서 한동안 쌀을 파느라고 분주히 서두르던 탐삭부리 한 참봉 이 가게가 너끔하니까 손바닥을 탁탁 털면서 이편으로 가까이 온다.

"정 주사, 그 혼인 꼭 허시우. 내가 보기에두 사람은 쓸 만합니다…. 술

---

105) 범백: 갖가지의 모든 것.
106) 순편하다: 마음이나 일의 진행 따위가 거침새가 없고 편하다.
107) 생화: 먹고 살아가는 데 도움이 되는 벌이나 직업.

잔 먹기는 허나 봅니다마는….”

탑삭부리 한 참봉은 태수가 장가를 가는 것이 마치 며느리를 보게 되는 것같이 좋아서 하는 말은 아니나 고정한 치가 돼서 사실대로 털어놓고 권을 하던 것이다.

“그이가 무슨 술을 먹는다구 그래요!”

김 씨는 기를 쓰고 나서서 남편을 지천을 한다.

“허어! 왜 저러꼬?”

“귀성없는108) 소릴 하니깐 그리지요!”

“먹는 건 먹는다구 해야 하는 법이야! 또오, 젊은 사람이 술을 좀 먹기루서니 그게 대순가? 정 주산 그런 건 가리잖는 분네야. 그렇잖수? 정 주사….”

“허허, 뭐….”

“아네요, 정 주사… 그인 술 별루 먹잖어요. 난 먹는 걸 못 봤어요.”

“뭐, 그거야 먹으나 안 먹나….”

“그래두 안 먹는걸요!”

“난 보니깐 먹던데?”

“언제 먹어요?”

“요 전날 밤에두 장재동 골목에서 취한 걸 본걸?”

정 주사는 실로 진실로 그렇다 태수가 술은 백 동이를 먹어도 괜찮다고 생각하면서 탑삭부리 한 참봉네 싸전 가게를 나섰다.

그는 김 씨더러 집에 돌아가서 잘 상의도 하고, 또 아무러나 당자인 초봉이 제 의견도 물어보고, 그런 뒤에 다 가합하다고 하면 곧 기별을 해주마고 대답은 해두었다. 그러나 그런 건 인사 삼아 한 말이지 아무래도 상

---

108) 귀성없는: 구성없는. 격에 맞지 않는. 듣기에 그럴듯한 맛이 없다.

관없었다. 그 당장에 정혼을 해도 좋았을 것이었었다. 미상불 그는 선 자리에서, 여보 일 잘되었소. 자 그 혼인합시다. 사주단자에 택일까지 아주 합시다. 책력 이리 가져오시오. 이렇게 쾌히 요정[109]을 지어 버리고 싶기까지 했었다.

아무것도 주저하거나 거리낄 것이 없었다. 김 씨의 말이 자기 부인 유씨도 이야기를 다 듣고 나서 가합한 양으로 말을 하더라니까 그러면 되었고, 당자 되는 초봉이가 혹시 어떨는지 모르지만 가령 제가 약간 싫은 일이라도 그 애는 부모가 시키는 노릇이면 다 그대로 좇는 아인즉슨, 또한 성가실 일이 없을 터이었다. 그러나마 사람 변변치 못한 것을 제 배필로 골랐을 제 말이지 고태수 그 사람이 오직 도저한가! 도리어 과한 편이지.

처음 김 씨가 혼담을 내놓았을 때에 정 주사의 머릿속에 그려지는 태수의 정체는 시방처럼 선명한 자격은 보이지 않았고 매우 막연한 것이었었다. 그렇던 것이 김 씨가 이야기를 한 가지씩 해가는 대로 차차 선명하게 미화되어가기 시작했었다. 그것은 마치 캔버스 위에서 화필이 노는 대로 그림의 선과 색채가 한 군데씩 두 군데씩 차차로 뚜렷해지다가 마침내 훤하게 인물이 나타나는 것과 같았다.

정 주사의 머릿속에서 조화를 부리기 시작한 태수의 영상은 그가 '전문대학'을 졸업했다는 데 이르러서 비로소 선명해졌고, 다시 정 주사한테 장사 밑천을 대준다는 데서 완전히 미화되어버렸었다.

골고루 대체 요렇게 맞춤감으로 떨어진 신랑감이 어디 가서 다른 집 몰래 파묻혔다가 대령하듯이 펄쩍 뛰어나왔는고 생각하면 자꾸만 꿈인가 싶어진다.

그는 이 혼인을 하기로 마음에 작정을 하고 나서는 한 번 돌이켜, 마치

---

109) 요정: 결정.

시관이 주필을 들고 글을 끊듯이 사위 감인 태수를 끊는다.

자자에 관주貫珠[110]다.

태수의 눈찌가 좀 불량해 보이는 것이랄지, 사람이 반지빠르고 건방져 보이는 것이랄지, 더욱 무엇보다도 마음 찜찜한 구석은 그가 조건 붙은 새장가를 들려고 하는 것이 아닌가 미심다운 것, 이런 것들은 다 모른 체하고 슬슬 넘겨버린다.

죄다 관주를 주어놓고서 정 주사는 어떻게 해서 누가 준 관주라는 것은 상관 않고 사윗감이 관주인 것만을 기뻐한다.

아들놈이 여느 때에 공부를 잘 못하는 줄을 알면서도 통신부의 성적이 좋으면 기뻐하는 게 부모다. 이거야 선량한 어리석음이라고나 하겠지만 정 주사는 그러한 인정이라 하기도 어렵다.

아무튼 그래서 정 주사는 시방 크게 만족하여가지고 콩나물 고개를 넘어가고 있다. 그는 바로 며칠 전에 이 콩나물 고개를 이렇게 넘어가면서 초봉이의 혼인과 그 결과에 대해서 공상을 했었고, 하던 고대로 모든 일이 맞아떨어진 기쁨을 안고서 오늘은 이 고개를 넘느라 생각하면 이놈 콩나물 고개란 놈이 신통한 놈이로구나 싶어 새삼스럽게 좌우가 둘러 보여지는 것이다.

'자, 그래서 돈이 생기면….'

느긋하게 궁리를 하면서 정 주사는 천천히 집을 향하고 걸어간다.

대체 얼마나 둘러 주려는고? 한 오륙백 원? …오륙백 원쯤 가지고야 넘고 처져서 할 게 마땅찮고… 아마 돈 천 원은 둘러 주겠지 혹시 몇 천 원척 내놓을는지도 모르고. 한데, 무슨 장사를 시작한다? …싸전? …포목전? 잡화전? 그런 것은 이문이 너무 박해서 할 것이 못 되고…. 가만히

---

110) 관주(貫珠): 글자나 시문의 잘된 곳에 그리는 동그라미.

미두를 몇 번 해보아? 그래서 쉽게 한 밑천 잡아? 에잉! 그건 못쓰지. 그랬다가 만약 실수나 하고 보면, 체면도 아니려니와 모처럼 잡은 들거린데 방정을 떨어서야…. 그러면 무얼 해야만 하기도 수나롭고 이문도 박하잖고 두루 괜찮을꼬?

초봉이는 가게 일로 아직 돌아오지 않았고, 계봉이와 형주는 건넌방으로 쫓고, 병주는 저녁 숟갈을 놓던 길로 떨어져 자고, 시방 정 주사 내외가 단둘이 앉아 초봉이의 혼담 상의에 고부라졌다.

"나두 한 참봉네 집에서 두어 번이나 보기는 했수마는."

유 씨는 삯바느질로 하는 생사 깨끼적삼을 동정을 달아가지고 마침 인두를 뽑아 들면서 이런 말을 문득 비집어 낸다.

"…외양두 다아 똑똑허구 허긴 헌데 어찌 눈찌가 좀 독해 뵙디다아."

"아냐, 거 그 사람의 눈이 독한 눈이 아니야…

그러구 저러구 간에 여보! 그렇게까지 흠을 잡아 낼래서야 사우감을 깎아 맞춰야 하지 어디…."

정 주사는 발을 따악 개키고 몸뚱이를 좌우로 흔들흔들, 양말 벗어 던진 발샅을 오비작오비작 후비고 앉아서 누구와 누구나 하는 듯이 눈을 연신 깜짝깜짝, 자못 유유한 태도다.

"글쎄 나두 그것이 무슨 대단한 흠이라는 것이 아니라, 그렇단 말이지요. 머… 아무튼지 사람은 그만하면 괜찮겠습니다."

"괜찮구 말구! 그만하면… 그데 거, 그 사람이 술을 좀 먹는 모양이지?"

이번에는 정 주사가 탈을 잡는 체한다. 한즉은 유 씨가 이번에는 차례돌림이나 하듯이 부리나케 그것을 발명하기를…,

"당신두 원 별소릴 다아 하시우! …시체 젊은 애들치구 술 좀 안 먹는 사람이 백에 하나나 있답디까? 젊은 기운이구 허니 술 좀 먹는 것두 괜찮아요! 많이 먹어야 낭패지."

"것두 미상불 그렇긴 그래! …사내자식이 너무 괴타분한 것보담은 술 좀 먹구 다아 그러는 데서 세상 조화두 부리구하는 법이니깐."

"거 보시우…."

유 씨는 돋보기 너머로 남편을 힐끗 넘겨다보면서 한바탕 구박이 나온다.

"…당신두 인제야 그런 줄 아시우? …세상에 당신같이 괴탑지근한 이가 어디 있습니까? …담보 있게 술 한 잔 먹어볼 생각 못 해보구. 그래 고렇게 늘 잔망스럽게 살아왔으니 어떻수? 말래가 요지경이 아니우?"

정 주사는 할 말이 없으니까 한바탕 껄꺼얼 웃더니 여태 발살 우비던 손가락을 올려다가 못생긴 코밑수염을 양편으로 싸악싹 꼬아 올린다. 암만 그래도 그놈이 카이저수염은 되지 못하고 죽지가 처지는 것이고.

"아, 그런데 말야! …그 애가…."

정 주사는 무렴 끝에 서시렁주웅하고 이야기를 내놓는 모양인데 그는 벌써 태수를 '그 애'라고 애칭을 한다.

"…글쎄 우리 초봉이를 벌써 지난 초봄부터 알았다는구려? …그래가지굴랑은 저 혼자만 애가 달아서 머 여간 아니었다더군 그래, 허허!"

"시체 사람들은 다아 그렇게 연앨 해야만 장가를 온다우. 우리 애가 너무 내차기만 허구, 그래서 남의 집 젊은 사람이라면 눈두 거들떠보질 않지만… 그러나저러나 간에 나는 그 사람 자기네 집에서 어쩌면 그렇게 통히 당자한테 내맡기구 맘대루 하게 한다니, 그 속 모르겠습니다! 신식이요 개명한 집이라면 다아 그렇기는 하답디다마는…."

"아 여보, 그럴 게 아니오? …과부의 외아들이겠다, 제 집안이 넉넉하겠다 허니 자연 조동으루 자랐을 것이요, 그래서 입때까지 장가두 들지 않구 있었던 게 아니오? 그러니깐 장가를 가더라두 제 맘대루 골라서 제 맘대루 갈려구 할 것이고, 저의 집에서두 기왕 그래 오던 것이니, 쯧! 모르겠다, 다아 네 마음대루 해라, 맘대루 해서 하루바삐 장가나 가거라,

이럴 게 아니오? 사리가 그렇잖소?"

두 내외는 태수의 위인이랄지, 또 혼인하기에 꺼림칙한 점이랄지는 짐짓 말 내기를 꺼려했고, 혹시 말이 나오더라도 서로 그것을 싸고돌고 안고 돌아가고 하느라고 애를 썼다. 마치 자리 잡은 부스럼이나 동티나는 터줏대감 건드리기를 무서워하듯.

그들은 진실로 이러하다. 그들은 딸자식 하나를 희생을 시켜서 나머지 권솔이 목구멍을 도모하겠다는 계책을 적극적으로 세우고 행하고 할 담보는 없다. 가령 돈 있는 사람을 물색해내서 첩으로 준다든지, 심하면 기생으로 내앉히거나 청루靑樓에다가 팔거나 한다든지 그렇게 하지는 못한다. 비록 낡은 것이나마 교양이라는 것이 있어 타성적으로 그놈한테 압제를 받기 때문이다. 교양이 압제를 주니 동물적으로 솔직하지 못하고 인간답게 교활하다. 해서, 정 주사네는 시방 태수와 이 혼인을 함으로써 집안이 셈평을 펴게 된 이 끔찍한 행운을 당하여 한 걸음 뒤로 물러서서, 이 혼인이 장차에 딸자식을 불행하게 하지나 않을 것인가 하는 의구를 일으켜가지고 그 의구가 완전히 풀리기까지 두루 천착을 해보기를 짐짓 그들은 피하려 든다. '사실'이 무섭고 무서운 소치는 너무도 '사실'이 뚜렷하고 보면 차마 혼인을 못 할 것임으로다. 그리하여 그들은 이미 악취가 나는 것도 그것을 번연히 코로 맡고 있으면서 실끔 외면을 하고는 하나가 혹시,

"어찌 좀 퀴퀴허우?" 할라치면 하나가 얼른 내달아.

"아냐. 구수한 냄새를 가지구 그러는구려!" 하고 달래고, 그러다가 또 하나가,

"그런데 어쩐지 좀 상한 냄새가 나는 것 같군!" 할라치면 하나가 서슬이 시퍼래서,

"향깃허구먼 그리시우!" 하고, 새수빠진111) 소리를 하는 것을 지천을

하던 것이다.

이렇듯 사리고 조심하여 눈 가리고 아웅한 덕에 내외의 의견은 더 볼 것도 없이 맞아떨어졌던 것이다.

정 주사는 아랫동네의 약국으로 마을을 내려가려고 벗었던 양말을 도로 집어 신으면서 유 씨더러, 초봉이가 오거든 우선 서울은 절대로 보내지 않을 테니 그리 알고 겸하여 이러저러한 곳에 혼처가 나셨으니 네 의향이 어떠하냐고 물어보라는 말을 이른다.

"성현두 다 세속을 쫓는다는데, 그렇게 제 의견을 물어보는 게 신식이라면서?"

정 주사는 마지막 이런 소리를 하면서 대님을 다 매고 일어선다.

"그럼 절더러 물어보아서 지가 싫다면 이 혼인을 작파하실려우?"

유 씨는 그저 지날말같이 웃음엣말같이 한 말이지만 은연중에 남편을 꼬집는 속이다. 그러나 그것은 일변 유 씨가 자기 자신한테도 일반으로 마음 걸리는 데가 없지 못해서 하는 말이다.

"제가 무얼 알아서 싫구 말구 할 게 있나? …에미 애비가 조옴 알아서 다아 제 배필을 골랐으리라구."

"그런 걸, 제 뜻을 물어보랄 껀 무엇 있소?"

"대체 여편네하구는, 잔소리라니! …글쎄 물어보아서 저두 좋아하면 더 할 나위 없는 것이고, 만약에 언짢아하거들랑 알아듣두룩 깨우쳐 일르지?"

"그걸 글쎄 낸들 어련히 할까 봐서 그러시우? …잔소리 먼점 해놓구설랑… 어여 갈 데나 가시우."

정 주사는 핀잔을 먹고서야 그만 마루로 나간다.

마침 대문 여는 소리가 들렸다. 유 씨는 초봉이가 돌아오나 하고 귀를

---

111) 새수빠지다: 이치에 맞지 않고 소갈머리가 없다.

기울였으나 마당에서 정 주사와 인사를 하는 게 승재의 음성이다.

'오오, 승재가…!'

유 씨는 새삼스럽게 승재한테 주의가 가던 것이다. 그럴 내력이 있었다. 유 씨는 실상인즉 진작부터서 초봉이가 승재한테 범연치 않은 기색을 눈치 채고 있었다. 그래서 꼭이 그래서뿐만 아니지만, 그참저참 해서 그는 승재를 만 사윗감으로 꼽고서 두루 유념을 해왔던 것이다. 말이 많지 않고 보매는 무뚝뚝한 것 같아도 맘이 끔찍이 유순하고 인정이 있는 것이 무엇보다도 유 씨의 마음에 들었다.

한번 그렇게 마음에 들고 나니 그다음 것은 다 제풀로 좋게만 보여졌다. 그의 듬직한 성미는 사람이 무게가 있는 것같이 미더운 구석이 있어 보였다.

그가 지금은 다아 그렇게 궁하게 지내지만 듣잔 즉 늘잡아서 내년 가을이면 웅근 의사가 된다고 하니, 의사가 되기만 되는 날이면 돈도 벌고 해서 거드럭거리고 지낼 거야 묻지 않아도 빤히 알 일이요, 그러니 그때 가서는 마음 턱 놓고 딸을 줄 수가 있을 것이었었다. 하기야 한 가지 마음 걸리는 데가 없지도 않았다.

승재는 부모도 없고 친척도 없이 무대가리같이 굴러다니는 사람인걸, 도대체 근지가 어떠한지 알 수가 없었다.

옥의 티라고나 할까, 이것 한 가지가 유 씨의 승재에게 대한 불안이었다. 그러나 궁하면 통한다는 묘리대로 그것 또한 변법이 없으리라는 법은 없었다.

"지금 세상에 근지가 무슨 아랑곳 있나?"

"양반은 어디 있으며, 상놈이 어디 있어?"

"저 하나 잘나고 돈만 있으면 그게 양반이지."

이렇게 유 씨는 이녁의 편리를 위하여 승재의 근지 분명치 못한 것을 관대하게 처분을 내렸었다. 그러나 그렇다고 명년 가을에 승재가 의사가 되기를 기다려 그를 사위를 삼겠다고 정녕코 작정을 한 것은 아니었었다. 역시 사윗감으로 좋게 보고서 눈여겨 두었을 따름이지.

유 씨는 그러했지만 정 주사는 결단코 그렇지 않았었다. 그는 승재 따위는 애초에 마음도 먹어본 일이 없었다.

물론 승재가 생김새와는 달리 인정도 있고 행동거지가 조신한 것은 정 주사 자신도 두고 겪어보는 터이라 모르는 바는 아니었었다.

그러나 당장 눈앞에 보이는 초라한 승재. 그가 의사가 되어가지고 돈도 많이 벌고 의표도 훤치르르하고, 이렇게 환골탈태해서 척 정주사의 눈앞에 헌신을 한다면 그때 가서야 정 주사의 생각도 달라지겠지만, 시방의 승재로는 간에도 차지를 않았다.

그는 유 씨처럼 승재가 이후 잘 되게 되는 날을 미리 생각해보려고를 않던 것이다. 그러므로 만약 초봉이가 승재한테 무슨 다른 기색이 있는 눈치를 안다거나, 또 유 씨라도 승재를 가지고 자아 약시 이만저만하고 이만저만해서 나는 이 사람을 초봉이의 배필로 마땅하다고 생각하는데 당신은 어떻게 생각하시오, 이렇게 상의를 한다면 정 주사는 마구 홀홀 뛸 것이었다.

대체 어디서 굴러먹던 뼈다귄지도 모르는 천민을 가지고 어엿한 내 집 자식과 혼인을 하다니 그런 해괴망측한 소리가 있더란 말이냐고, 그 노랑수염을 연신 꼬아 추키면서 냅다 냉갈령112)을 놓았을 것이었다. 그 끝에 유 씨한테 듭신 지천을 먹기도 하겠지만.

아무튼 그래서 유 씨는 남편의 그러한 솔성을 잘 아는 터라, 아예 말눈치도 보이지 않고 그저 그쯤 혼자 속치부만 해두고 오늘날까지 지내왔

112) 냉갈령: 몹시 인정머리 없고 매정스러운 태도.

었다. 그러자 오늘 별안간 고태수라는 신랑감이 우선 외양도 눈에 차악 고일 뿐 아니라, 천하에도 끔찍한 이바지를 가지고서 선뜻 눈앞에 나타났던 것이다.

유 씨는 태수가 나타나자 그의 외양과 들이미는 소담스런 이바지에 그만 흠탁해서 여태까지 유념해 두고 지내던 승재는 미처 생각할 겨를도 없이 태수 하나만 가지고 여부없이 작정을 해버렸던 것이다. 태수는 혼자 가서 첫째를 한 셈이다.

유 씨는 그렇게 작정을 하고 나서 그러고도 종시 승재라는 존재를 잊어버리고 있는데, 마침 승재의 음성이 들리니까 비로소 주의가 갔던 것이다.

유 씨는 그제야 승재를 태수와 대놓고 보았다. 그러나 그것은 마치 쌍으로 선 무지개처럼 빛이 곱고 선명하니 가깝게 있는 며느리 무지개는 태수요, 뒤로 넌지시 있어 희미한 시어머니 무지개는 승재인 양 도시 이러니저러니 할 것도 없을 성싶었다.

태수가 그처럼 솟아 보이는 것이 흡족해서 유 씨는 무심코 빙그레 웃기까지 한다. 그러나 그 끝에 문득 그만큼이나 무던하다고 본 승재를 그대로 놓치게 되는가 하면 일변 아까운 생각도 들었다. 이 아깝다는 생각에는 그보다 앞서서 욕심 하나가 돋쳐 나왔었다. 그는 승재를 그냥 놓아버릴 게 아니라 작은딸 계봉이의 배필로 붙잡아두고 싶던 것이다. 지금 스물다섯 살이라니 계봉이와는 나이 좀 층이 지기는 해도 여덟 살쯤 대사가 아니었었다. 그러니 아무러나 승재는 그 요량으로 유념해두고서 후기를 보기로 작정을 했다. 하고 본즉 유 씨는 하룻밤에 한자리에 앉아서 큰사위 작은사위를 다 골라 세운 셈이 되고 말았다.

아홉 시나 되었음직해서 초봉이가 돌아왔다.

유 씨는 들어오는 초봉이의 얼굴을 보자마자 깜짝 놀란다.

"너 어디 아프냐?"

눈이 폭 갈리고 해쓱한 얼굴이며 더구나 핏기 없는 입술이 결코 심상치가 않았던 것이다.

"아—니."

초봉이는 대답은 해도 말소리에 신명이 하나도 없고, 방으로 들어서자 접질리듯 주저앉는 몸짓에도 완구히 맥이 없어 보인다.

유 씨는 바느질하던 것도 내려놓고 성화스럽게 딸을 바라다본다.

"아니라께? 응? …저녁은 아까 형주가 날라갔지? 먹었니?"

"네에."

"그럼 늦게 일을 해서 시장해서 그러나 보구나?"

"아니."

"그럼 왜 신색이 저러냐? …어디가 아픈 게루구먼? 분명히 아픈 게야!"

"아이, 어머니두…!"

초봉이는 강잉[113]해서 웃으려고 하는 모양이나, 웃는다는 게 웃는 것 같지도 않다.

"…내가 어쨌다구 그러시우? 난 아무렇지두 않은데."

"아무렇지두 않은 게 다 무어냐? 사람이 꼬옥 중병 치루구 난 것처럼 신색이 틀렸는걸…. 어디가 아파서 그러거든 아푸다구 말을 해라! 약이라두…."

"아푸긴 어디가 아푸우? 아무렇지두 않다니깐."

초봉이는 성가신 듯이 이마를 가늘게 찌푸린다. 초봉이는 아까 아침에 나갈 때만 해도 넘치게 명랑했었다.

오늘은 저녁때부터 새 주인한테 가게를 아주 넘겨주고 내일 하루는 집

---

113) 강잉: 억지로 참음. 또는 마지못하여 그대로 함.

에서 쉬고 모레는 밤차로 서울로 가고 한다고, 사람이 본시 진중하니까 사뭇 쌔왈거리거나 하지는 않았어도 혼자 속으로 좋아서 못견디어하는 눈치는 완연했었다.

그는 그새도 늘 어머니만 믿으니 어쨌든지 아버지가 못 가게 막지 못하도록 가로맡아 주어야 한다고 모녀가 마주 앉기만 하면 뒤를 누를 겸 신신당부를 했고, 오늘 아침에 나갈 적에도 모친을 가만히 부엌으로 불러내어 그 말을 하면서 모친이 염려 말라고 해주니까 그저 입이 벙싯벙싯하는 것을 손등으로 가리고 나기기까지 했었다. 그랬었는데 지금 저녁에는 갑자기 신색이 말이 아니게 틀려가지고 맥이 없이 들어오니까, 유 씨는 처음에는 필경 몸이 아파 그러는 줄로만 애가 쓰여서 그리 성화를 한 것이다. 그러나 차차 보니 제 말대로 역시 몸이 아픈 것은 아니고, 무엇을 걱정하는 것 같은, 낙심한 것 같은 그런 기색이 보였다. 그러면 혹시 가려던 서울을 못 가게 되어서 그런 것이나 아닌가. 물론 집안의 일을 제가 그새 벌써 알았을 이치는 없고, 그렇다면 달리 무슨 곡절이 생긴 모양인데… 대체 어찌된 까닭인고? …유 씨는 이렇게 두루 생각을 해보느라고 잠잠히 손끝의 바늘만 놀리고 있다.

초봉이는 잠자코 한동안 말이 없이 앉았다가 문득,

"어머니, 난 서울 못 가게 됐다우!" 하는 게 마치 성가신 남의 말을 겨우 전갈하듯 한다.

"으응? 왜?"

유 씨는 속으로는 그런 것 같더라니 하고서도 짐짓 놀란다. 그는 짐짓 놀라는 체했지, 속으로는 그거 일은 실없이 잘 되었다고 마음에 썩 다행스러웠다.

유 씨는 방금 오늘 아침까지도 딸더러 부친이 막는 것은 가로맡을 테니 염려 말라고 장담을 하면서 서울로 가라고 해왔었다. 그러던 것을 그날 하루가 다 못 가서 같은 그 입을 가지고 이 애 너 서울 못 간다, 이 말을 하기에는 아무리 모녀지간이요, 또 갑자기 좋은 혼처가 나선 때문이라지만 그래도 낯간지러운 노릇이었다. 그런데 계제에 제가 먼점 서울을 가지 못하게 되었단 말을 하고 보니 유 씨는 이런 순편할 도리가 없던 것이다.

초봉이는 제가 한 말이고 모친이 묻는 말이고를 다 잊어버린 듯이 우두커니 앉아 있다가 겨우 내키지 않게…,

"아저씨가 오지 말래요."

"아저씨? 제호말이지?"

"네에."

"왜? 어째서?"

물어도 초봉이는 고개를 숙이고 대답이 없다.

"아니, 글쎄…."

유 씨는 서슬을 내어 성구려 든다.

"…제가 자청을 해서 가자구 해놓구는 이제는 또 오지 말란다니 그건 무슨 놈의 변덕인구? …그런 실없는 일이 어딨다더냐?"

물론 이편은 버젓한 혼인을 하게 된 고로, 그렇지 않아도 일을 파의시켜야 할 판이었고, 그러니 절로 파의가 된 것이 다행이기도 하지만 그건 그것하고, 이건 이것이지. 생각하면 괘씸하고 도무지 경우가 그른 짓이다. 일껏 제 입으로 가자고가자고 해서 다아 말짜듯 짜놓고는 인제 슬며시 오지 말라고 한다니, 그래서 남의 집 어린 자식을 저렇게 신명이 떨어져 얼굴이 죽을 상 되게 하다니. 요행 보내지 않기로 조금 전에 작정을 했기에 망정이지 그렇지 않았다면 유 씨는 단박 두 주먹을 불끈 쥐고 쫓아가서 속이라도 시원하게 시비를 가리자고 들 그럴 승벽이다.

사실 그는 당장에 초봉이가 가엾은 깐으로는 그대로 부르르 달려가서 제호의 턱밑에다 주먹을 들이대고 자, 무슨 일로 그랬습나? 그런 경우가 어딨습나? 그만두소, 그까짓 놈의 서울 안 보내도 좋습네, 보아란 듯이 버젓한 신랑감을 골라서 혼인을 하겠습네, 이렇게 콧구멍이 뻔하도록 몰아 세워주고 싶기도 했다.

"글쎄 우릴 만만히 보구서 그러는 게 아니냐? 대체 어째서 가자구 했다가 인제는 오지 말란다더냐? …답답하다, 속이나 좀 알자꾸나?"

"나두 모르겠어요…. 그냥 오지 말라구 그러니깐…."

초봉이는 곧은 대답을 않고 있다가 종시 모른다고 하고 만다.

그는 아까 저녁때 당하던 일을 모친한테고, 남한테고 제 낯이 오히려 따가워서 말하기조차 창피했다.

저녁때 다섯 시가 얼마 지나서다.

바쁜 일이 없어도 바쁘게 돌아다니는 제호지만, 요새 며칠은 바빠서 오늘도 아침부터 몇 번째 그 긴 얼굴을 쳐들고 분주히 드나들던 끝에 잠깐 앉아 쉬려니까 그나마 안에서 윤희가 채여 들여갔다.

제호가 안으로 들어가고 조금 있더니 큰소리가 들려오기 시작했다.

이틀에 한 번쯤은 내외간에 싸움을 하는 터라 초봉이는 그저 또 싸움을 하나 보다 했지, 별반 귀여겨듣지도 않고 있었다.

"그래 기어코 그 계집애를 데리구 갈 테란 말이야?"

윤희의 쟁그랍게 악을 쓰는 목소리가 마치 초봉더러도 들으라는 듯이 역력히 들려왔다. 초봉이는 귀가 번쩍 띄었다.

"글쎄 데리구 가면 어째서 그러는 거야?"

이것은 약간 거칠게 나오는 제호의 음성이다.

"어째서라니? 내가 그 속 모를까 봐서?"

"속은 무슨 속이란 말이야?"

"말은 못하나? …계집애가 밴조고름하게 생겼으니깐 음충맞게 딴 배짱

172 채만식 장편소설 탁류 1

이 있어가지구설랑….

이렇게 들려오는 윤희의 발악 소리에, 초봉이는 얼굴이 화틋 달아올랐다. 그는 마침 배달하는 아이도 없이 혼자 가게에 앉아 있으면서도 고개를 들 수가 없었다.

그는 깨끗한 처녀의 마음자리에 진흙을 끼얹은 것 같아 일변 분하기도 했다.

"나잇값이나 좀 해요!….."

제호가 나무라듯 비웃듯 씹어 뱉는다.

"…인전 그만하면 철두 들때두 됐는데 왜 점점 갈수록 고 모양이야? …원 내가 아무리 계집애 걸신이 들렸기루서니, 그래, 나이자식 연갑이구, 더구나 믿거라 허구서 갖다 맡기는 친구의 자식한테 손을 댈까 봐서? …원 히스테리두 분수가 있구, 강짜두 택이 있어야지!"

"아이구! 저 꽝우리구멍 같은 아가리루다가 말은 이기죽이기죽 잘두 하네! …아뭏던지 말루만 이러네 저러네 해야 소용없구, 자 데리구 갈 테야? 응?"

"데리구 갈 테야!"

"정말?"

"그래."

"그럼 나두 나 하구 싶은 대루 할 테야…."

윤희의 한결 독살스러운 소리가 잠깐 그치더니 조금 있다가 다시,

"…자 이거 알지? 이건 빙초산이구, 이건 ××가리… 빙초산은 우선 그 계집애 낯바닥에다가 끼얹어주구, 그리구 나서 ××가릴랑은 내가 먹구… 어때? 그랬으면 시언 상쾌하겠지?"

빙초산을 그 계집애 얼굴에다가 끼얹었는다는 소리가 들릴 때, 초봉이는 오싹 소름이 끼치고 수족이 떨렸다.

안에서는 연달아 쾅당거리는 소리, 외치는 소리가 들리고, 그 소리가 가게께로 가까워질 때에는 초봉이는 벌써 길로 뛰어나왔었다. 그러자 길로 뛰어나오기는 했어도, 어마지두 어떻게 할지 분간이 선뜻 나지 않아서 주춤주춤하는데, 제호가 양편 손에 약병 하나씩을 갈라 들고 씨근버근 가게로 나오던 것이다.

안에서는 윤희가 아이고대고 목을 놓고 울음을 울고, 제호는 두리번거리다가 길 가운데 가 서서있는 초봉이더러 들어오라고 손짓을 하면서 기다란 얼굴을 끄덕거린다.

초봉이는 서먹서먹하기는 해도 가게로 들어갔다.

"이런 제기할 것…!"

제호는 들고 나왔다가 테이블 위에 놓았던 빙초산과 ××가리 병을 도로 집어 들고 들여다보면서 투덜거린다.

"…글쎄 그놈의 원수가 이건 어느 결에 도둑질을 해다 두었드람?"

"거참… 하마트면 큰일 날 뻔했지! 제―기할 것…. 이거 아무래두 내가 ××가리라두 들여마시구 죽어버려야 할까 봐! …건데 초봉이?"

불러놓고도 그는 난처해 차마 머뭇거리다가 겨우 말을 잇는다.

"…이거 참 미안하게 됐는데 말이야, 응… 저어 이번에 말이야, 서울 같이 못 가게 될까 봐… 그러니 집에 있으라구. 집에 있으면 내 인제 올라오라구 기별하께시니, 응? 초봉인 다 내 사정 알아줄 테니깐 하는 말이니…. 제―기할 것, 이놈의 세상!"

제호는 초봉이의 대답을 차마 듣기가 미안한 듯이 제 할 말만 다 해놓고는 이내 약병을 집어 들고서 '극약·독약'이라고 쓴 약장 앞으로 가고 만다.

사맥이 이렇게 된 사맥이고 했고 보매 초봉이는 그렇듯 창피스런 곡절을 모친한테까지 이야기를 하기가 낯이 뜨거웠던 것이다.

"그리구저리구 간에…."

유 씨는 굳이 더 캐어물으려고 하지 않고 그쯤에서 짐짓 모르쇠를 해버리면서 비로소 혼인말의 허두를 꺼내 놓되….

"…잘되었다. 그까짓 데 서울은 간들 실상 말이지 무슨 그리 우난 수가 있다더냐? 밤낮 그 턱이 제 턱이지…. 아주 잊어버려라. 그리구 시집이나 가거라."

초봉이는 그러나 이 끝엣 말은 심상하게 귀 넘겨들었다.

전에도 양친이 늘 마주 앉기만 하면 초봉이가 듣는 데고 안 듣는 데고 어서 시집을 보내야겠다거니, 너무 늦어 가서 걱정이라거니 이런 이야기를 하곤 했기 때문에 오늘 저녁에도 그저 지날말인 줄만 알았던 것이다.

한편 유 씨는 오늘 저녁에 그 말을 죄다 할까, 또 운만 따고서 그만둘까 망설이던 참이다. 가자던 서울은 못 가고 저렇게 풀이 죽어 만사에 경황이 없어하는데 혼인 이야기란 어찌 생각하면 새수빠진 듯하기도 했다. 그러나 일변 생각하면 그 애가 그럴수록 혼인에 어울린 이야기를 해주어서 거기에다가 마음을 돌리고 다른 것은 잊어버리도록 하는 것도 계제에 좋을 성싶었다. 그래 우선 그렇게 허두만 내놓고는 어떻게 할꼬 하고 다시 한 번 궁리를 하는데 건넌방에 있던 계봉이가 마침 건너와서 살며시 들어앉는다.

그는 오늘 초저녁부터 눈치들이 이상하고 하니까 필경 형의 혼인이야기려니 기수를 채고서 궁금증이 나서 견딜 수가 없었다.

"나두 바느질 좀 배워예지, 헤ㅡ."

계봉이는 도로 쫓겨 갈까 봐 아주 이런 소리를 하면서 말긋말긋 눈치를 살핀다.

"여우 같은 년 같으니라구…!"

유 씨가 누가 네 속 모를 줄 아느냐는 듯이 돋보기 너머로 눈을 흘기면

서…,

"…네년이 무척 바느질이 배우구 싶겠다? …그리다가 짜장 사람 되게?"

"어이구 어머니두… 바느질 못한다구 시집갔다가 쫓겨오믄 어머닌 속이 시원하겠수?"

"말이나 못하나? …저년은 주둥아리만 알루 까놨어!"

"해해해… 그래두 어머니 딸은 어머니 딸이지이?"

"내 속에서 네년 같은 왜장녀가 어떻게 생겨났는지 나두 모르겠다!"

"그렇지만 어머니, 나는 나 같은 훌륭한 딸이 어떻게 우리 어머니 뱃속에서 나왔는고? 그게 이상한걸!"

"저년이 얄래져서 한참 까불구 있구만! …그렇게 까불구 분주하게 굴려거든 저 방으루 건너가아!"

"네에, 그저 다소곳하구 앉아서 어머니 바느질하시는 것만 보겠습니다!"

유 씨는 계봉이를 지천은 해도 그 애가 건너와서 분배를 놓고 나니까 초봉이와 단둘이서 앉아 있을 때보다는 어쩐지 빡빡하던 것이 적이 풀리고, 그래서 이야기를 하기도 훨씬 수나로워지는 듯싶었다.

"이 애야 초봉아?"

유 씨는 음성이 정이 간곡하게 부르면서 잠깐 고개를 쳐들고 본다.

초봉이는 모친이 무슨 긴한 이야기가 있길래 음성까지 가다듬어가지고 그러는고 해서 마주 고개를 쳐든다.

"…너두 벌써 나이가 스물한 살이니…."

유 씨는 이윽고 이렇게 허두를 내놓고는, 그러고는 또 한참이나 잠잠하다가 비로소…,

"…흰말이 아니라 우리가 고향에서 그래두 조석 걱정을 않구서 살던 그때 같은 처지라면야 너를 나이 스물한 살이나 먹두룩 두어 두었을 것이며, 또 너를 내놔서 그 푸달진 돈벌이를 시키느라고 오늘처럼 박제호

따위가 우리를 호락호락하게 보구서 그런 경우 빠진 짓을 하게 하긴들 했겠느냐? …그것이 다 집안이 치패[114]해서 궁하게 살자니까 범사가 모두 그 지경이로구나!"

유 씨는 이렇게 시초를 잡아가지고 넉넉 아마 삼십 분 동안은 별별 잔사설을 다아 늘어놓더니 급기야, 그러하니 네 나이 한 나이라도 더 들기 전에 마땅한 혼처가 있으면 하루바삐 혼인을 해야겠다, 너의 부친과 앉으면 그 걱정을 하던 참이다고 겨우 장황스런 서론을 끝마친다. 마치고 나서는 또 한 번 음성을, 이번에는 썩 의논성 있게 가다듬어…,

"너 혹시 저 너머 한 참봉네 싸전 집 말이다. 그 집에 기식하구 있는 고태수라는 사람, 거 아따 저 ××은행소 다닌다는 사람 말이다. 그 사람 더러 본 일 있느냐?"

유 씨는 고개를 쳐들면서 말을 멈춘다.

초봉이는 고태수라는 이름을 듣자, 앗! 기어코 여기까지 바싹 들이대고 육박을 했구나! 하고, 몸을 떨었다.

그동안 초봉이는 고태수라는 사람의 독하고 세찬 정기가 미묘하게도 심장 속으로 뚫고 들어오는 것을 막으며 밀리며 실로 악전고투를 해왔었다. 고태수라는 사람의 얼굴을 알아내고, 동시에 그가 이러저러한 속이 있다는 것을 알던 그날부터 초봉이의 가슴에는 저도 모르게 동요가 시작되었었다.

초봉이가 맨 처음 그날, 태수의 모습을 머릿속에 그려보다가 승재와 비교해서 승재가 그만 못하니까 그것을 시기하여 태수한테 반감이 생긴 것, 그것이 벌써 일이 심상치 않을 시초였던 것이다.

그 뒤로 늘 태수는 초봉이의 머릿속에 가서 승재의 옆에 가 차악 붙어

---

114) 치패: 살림이 아주 결딴남.

서는 초봉이가 아무리 눈치를 해도 찰거머리같이 떨어지지를 않았다.

초봉이는 승재를 자꾸만 추켜 앉히고 싸고 돌고 해도 그럴수록 태수는 자꾸만 더 드세게 파고들었다. 태수는 마치 색채 강렬한 꽃이나 진한 향수처럼 초봉이의 신경을 자극시켰다. 초봉이는 눈이 아프고 콧속이 아려서 그 꽃을 안 보려고, 그 향내를 안 맡으려고 눈을 감고 고개를 두르고 했어도 끝끝내 큰 운명인 것처럼 그것이 피해지질 않았다. 피하재도 피해지지는 않고, 그게 안타깝다 못해 필경 제 마음이 울고 싶게 짜증만 났었다. 그러나 다만 한 가지, 인제 오래잖아 서울로 가는 날이면, 그것도 활활 털어지고, 마음 거뜬하겠지. 이렇게 믿고 일변 안심을 했었다. 이렇듯 초봉이로서는 이 판이 말하자면 아슬아슬한 땅재주를 넘는 살판인데, 별안간 서울 가던 것이 와해가 돼 단지 서울을 가지 못하는 것 그것만 해도 큰 실망인데, 우황 고태수라니! 마침내 승재를 갖다가 한편 구석으로 밀어젖히고서, 제가 어엿하게 모친 유 씨의 옹위까지 받아 가면서 이마 앞으로 바로 다가선 그 고태수! 초봉이는 모친이 말을 묻는 것도 잊어버리고 저 혼자서, 시방 태수라는 사람이 던지는 그물에 얽혀 매어 옴나위[115]하지도 못하면서, 그러면서도 어느덧 방긋 웃으면서 그한테 손을 내미는 제 자신을 바라보다가 깜빡 정신이 들어 다시금 몸을 바르르 떤다.

"그 사람 말이, 너를 안다구 그리구 너두 자기를 알 것이라구 그리더란다." 하면서 이야기를 또 내놓는데, 계봉이가 말허리를 꺾고 나서서 한마디 참견을 하느라고…,

"으응, 그 사람? …나두 더러 보았지…. 그런데 사람이 어떻게 너무 말쑥한 것 같더라!"

---

115) 옴나위: 짝할 만큼의 적은 움직임.

"네깐년이 무얼 안다구, 잠자쿠 있던 않구서, 오루루 나서? 주제넘게…!"

유 씨는 계봉이를 무섭게 잡도리를 해놓고서 다시 초봉이더러,

"…그래, 느이 아버지두 그러시구, 또 내가 보기두 사람이 퍽 깨끗허구 똑똑해 뵈더라…. 나이는 올해 스물여섯이구, 서울서 아따 뭣이냐, 전문대학교를 졸업했다구…?"

"어이구, 어머니두…!"

욕을 먹을 값에, 계봉이는 제 낯이 따가워서 그대로 듣고 있을 수가 없던 것이다.

"…전문대학교가 어디 있다우? 전문학교믄 전문학교구, 대학이믄 대학이지."

"이년아, 그럼 더 높은 학콘게로구나!"

"어이구 참, 볼 수 없네! 혼인 허기두 전에 지레들 반해 가지굴랑… 난 고런 사내 얄밉더라! 뻔질뻔질한 거…."

"아, 저년이!"

유 씨는 소리를 버럭 지르면서 당장 무슨 거조를 낼 듯이 돋보기 너머로 계봉이를 흘겨본다. 행여 건드릴세라 사리고 조심하는 아픈 자리를, 마치 들여다보는 듯 공짱나게 칼끝으로 쑤셔 낸다구야, 이 당장 같아서는 자식이 아니라 원수요, 쳐죽이고 싶게 밉던 것이다.

초봉이는 종시 고개를 떨어뜨리고 있고, 유 씨는 계봉한테 흘기던 눈을 고쳐서 초봉이게로 돌려 한 번 힐끗 기색을 살핀 뒤에 죽 설명을 늘어놓는다.

"태수는 고향이 서울이요, 양반의 집 과부의 외아들이요, 재산은 천 석 추수나 하고, 지금 은행에 다니는 것은 장차 무슨 큰 경륜이 있어 일을 배울 겸 그리하는 것이요, 결혼식은 인제 예배당이나 공회당에 가서 신

식으루 할 테고 잔치는 돈을 많이 들여 요릿집에 가서 할 테고 우리 집이 가난해서 마음은 있어두 혼인할 엄두를 못 낸다니까, 그러잖아도 혼인 비용을 전부 제네가 대줄 요량을 하고 있단다고 하고, 그러니 털어놓고 말이지, 시방 이 지경이 된 우리한테 당자가 그만큼 잘나고 집안이 좋고, 그 밖에 여러 가지로 규격이 맞는 그런 혼처가 좀처럼 생기기 어려운 노릇인데 그게 다아 연분이라는 것이니라. 그래서 느이 아버지와 내가 잘 상의를 해보고 나서 이 혼인을 하기로 아주 작정을 했다. 그러니 너도 그렇게 알고 있거라.

느이 아버지는 너의 의향을 물어보라고 하시지만 너도 노상 그 사람을 모르는 배 아니니 물어보나마나 네 맘에도 들 것이다⋯."

이렇게 유 씨는 이야기를 마치고 잠긴 숨을 내쉬면서 고개를 들어 딸의 기색을 엿본다.

모친의 여러 가지 설명으로 해서 초봉이의 머릿속에 들어 있던 태수의 영상은 이제는 더할 나위도 없이 찬란해가지고, 승재의 그렇잖아도 뒤로 밀려간 희미한 영상을 더욱 압박했다. 초봉이는 그것이 안타까워 몸부림을 치면서,

'나두 몰라요!'

고함쳐 포악이라도 하고 싶었다.

세 모녀가 잠시 말이 없이 잠잠하고 있다가 유 씨가 다시 무슨 말을 하려고 하는데 계봉이가 얼른 내달아 초봉이한테 의미 있는 눈을 찌긋째긋,

"언니 참 잘됐구려? 그만하믄 오케이(OK)지, 무얼 생각하구 있어? 하하하⋯ 우리 언니가 인전 다네노꼬시를 타게 됐단 말이지! 하하하."

웃어대면서 언중유언의 말로 짓궂게 놀려주고 있다.

초봉이는 눈을 흘기다가 다시 고개를 숙이고 말이 없다.

"언니, 내일 아침버텀은 밥 내가 하께, 응? 해해⋯ 척 이렇게 서비슬 해

야 한단 말이야…. 그 대신 인제 언니 결혼하구 나서 혹시 서울루 가게 되거들랑 나 공부 좀 시켜주어야 해? 응?"

"…."

"아이, 왜 대답을 안 해? …난 많이두 바라지 않구, 자그마치 의학전문이나 약학전문 하나만 마쳐주믄 그만이야."

계봉이는 이 자리에서는 형을 놀리느라고 장난삼아 하는 말이지만, 그가 의학전문이나 약학전문을 다녀 한 개 버젓한 기술을 캐치하고 싶어 하는 것은 노상 두고 하던 말이요, 진정이었었다.

"온… 같잖은 년이…!"

유 씨가 계봉이를 타박을 하는 것이다.

"…이년아, 네 따위가 공분 더해서 무얼 하니? …사람 의젓잖은 것 공부시키기 공력만 아깝지!"

"어이구 어머니두… 어머니 그래두 나두 언니 덕 좀 볼걸…. 어머니 아버지두 인제 부자 사위한테 단단히 덕 볼러믄서…."

"저년의 주둥아리를…."

유 씨는 고만 펄쩍 뛰면서 계봉이를 때릴 듯이 벼른다.

"안 그럴게요 어머니! 다신 안 그럴게요…. 그렇지만 어머니? …저 거시키 조사나 잘 좀 해보았수?"

"아 이년아, 조사가 무슨 조사야?"

"그 사람이 부자요, 다아 양반이요, 그리구 어머니 말대루 전문대학교를 졸업하구, 그리구 또…."

"그년이 곤달걀 지구 성 밑엔 못 가겠네[116]."

---

116) 곤달걀 지고 성 밑으로는 못 가겠다: 속담. 이미 다 썩은 달걀을 지고 성 밑으로 가면서도 성벽이 무너져 달걀이 깨질까 두려워 못 간다는 뜻으로, 무슨 일을 지나치게 두려워하며 걱정함을 비유적으로 이르는 말.

"하하하하… 그럼 언니가 곤달걀 푼수밖에 안 되나?"

"저년을 거저… 아 이 계집애년아, 느이 아버지 하면 내면 다아 오죽 알아서 하라구, 네년이 나서서 건방지게 쏘옥쏙 참견을 하려 들어?"

"네에, 다아 그러시다면야… 나두 다아 언닐 생각해서 그런 거랍니다."

"이년아, 고양이 쥐 생각이라구나 해라!"

"네에, 언니가 아끼는 곤달걀이더니, 인전 또 쥐라! …오늘 저녁에 울 언니가 둔갑을 많이 하는군!"

유 씨는 을러메면서 옆에 놓았던 침척[117]을 집어 들고, 계봉이는 얼른 날쌔게 마루로 해서 건넌방으로 달아난다.

"…이년 인제 보아라. 등줄기에서 노린내가 나게시리 늑신 두들겨줄 테니… 사람 못된 년 같으니라구!"

유 씨는 부화는 났어도 일변, 계봉이가 건넌방으로 가고 없는 것이 다행했다. 그는 인제 마지막으로 초봉이한테 하려는 그 말은 '여우같은 그 년' 계봉이가 있는 데서는 내놓기가 겁이 났었다. 보나 안 보나, 고 주둥아리에 또 무어라고 말참견을 해서 속을 상해줄 테니까… 가 아니라 실상은 계봉이가 무서워서.

유 씨는 부화를 삭히느라고 한동안 잠자코 바느질만 하다가 이윽고 목소리를 훨씬 보드랍게 이야기를 꺼내놓는다.

"그리구 이런 말이야 아직 네한테까지 할 건 없지만, 기왕 말이 난 길이니… 그 사람이 이렇게 하기로 한다더라…. 혼수 비용을 자기가 말끔 대서 하기두 하려니와, 또, 우리가 이렇게 간구하게 지낸다니까, 원 그래서야 어디 쓰겠냐구, 그럼 인제 혼사나 치르구 나서 자기가 돈을 몇 천 원이구(유 씨는 몇 천 원이라고 분명히 말했다) 대디리께시니, 느이 아

---

117) 침척: 바느질을 할 때에 쓰는 자.

버지더러 무어 점잖은 장사나 해보시란단다구 그런다더구나! …그렇다구 너라두 혹시 에미 애비가 사우 덕에 호강을 할려구 딸자식을 부둥부둥 우겨서 부잣집으로 떠실어 보낼려구 하지나 않는고 싶어, 어찌 생각이 들는지는 모르겠다마는, 어디 설마 한들 백만금을 준다기루시니 당자 되는 사람이 흠이 있다든지, 또 께름직한 구석이 있다면야 마른하늘에서 벼락이 내릴 일이지, 어쩌면 너를 그런 데루다가 이 에미애비가 보낼 생각인들 하겠느냐? 그저 첫째루는 너를 위해서 하는 혼인이요, 그래 네가 가서 고생이나 않구 호강으루 살기두 하려니와, 또 그 사람이 밑천이라두 대주어서 장사라두 하면 그게 그다지 나쁠 일이야 없지 않으냐?"

유 씨는 바늘귀를 꿰는 체하고 잠깐 말을 멈추고 딸의 기색을 살핀다.

"글쎄 이 애야…!"

유 씨는 다시 바늘을 놀리면서 음성은 별안간 처량하다.

"…너두 노상 그런 걱정을 하지만 느이 아버지 말이다…. 그게 허구 다니는 꼬락서니가 그게 사람 꼴이더냐? 요전날 저녁에두 글쎄 두루매기 고름이 뜯어진 걸 다시 달아달라구 내놓더구나! 아마 누구한테 먹살잽일 당한 눈치더라, 말은 안 해두…. 아이구 그 빈차리같이 배싹 야웨가지군 소 갈 데 말 갈 데 안 가는 데 없이 다니면서 할 짓 못할 짓 다아 하구, 그런 봉욕이나 당하구, 그리면서두 한 푼이라두 물어다가 어린 자식들 멕여 살리겠다구… 휘유! 생각하면 애차럽구 눈물이 절루 난다!"

눈물이 난다는 유 씨는 그냥 맹숭맹숭하고, 초봉이가 고개를 숙인 채 눈물이 좌르르 쏟아진다. 그것은 부친을 가엾어 하는 눈물이기도 할 것이다. 그러나 노상 그것만도 아니다. 그는 모친에게서 결혼을 하고 나면 태수가 장사 밑천으로 돈을 몇 천 원 대주어서 부친이 장사 같은 것을 하게 한다는 그 말을 듣고는 다시는 더 여부없이 태수한테로 뜻이 기울어 져버렸다. 그거야 태수가 미리서 마음을 동요시킨 것이 없었다고 하더라도 그만한 조건이고 보면 필연코 응낙을 않던 못 할 초봉이다. 그러나 시방 초봉이는 제 마음의 한편 눈을 감고서라도 태수한테 뜻이 있어서가 아니요, 그 유리한 조건 그것 한 가지 때문이라고 해서나마, 안타까운 제 심정의 분열을 짐짓 위로하고 싶으리만큼 일변으로는 승재한테 대하여 커다란 미련과 민망스러움이 간절했다. 그러나 가령 그렇듯 박절하게 옹색스런 회포를 짜내지 않더라도 아무려나 아직까지는 그게 첫사랑의 싹이었던 걸로 해서 태수한테보다는 승재한테로 정은 기울어 있었던 게 사실이매, 그만한 미련의 상심은 아무튼지 없지 못했을 것인데, 마침 겹쳐서 모친 유 씨의 그 눈물만 못 흘리지 비극배우 여대치게[118] 능청스런 '세리프'가 있어놓으니, 또한 비감의 거리가 족했던 것이요, 게다가 또다시 한 가지는 그러한 부친과 이러한 집안을 돕기 위하여 나는 나를 희생을 한다는 처녀다운 감격… 이렇게나 모두 무엇인지 분간을 못 하게 뒤엉켜가지고 눈물이라는 게 흘러내리던 것이다.

닷새가 지나, 오늘은 양편이 탑삭부리 한 참봉네 안방에 모여서 초봉이와 태수가 경사로운 약혼을 하는 날이다.

태수 편에서는 다 그럴 내력이 있어서 혼인을 급히 몰아친 것이요, 정 주사 편에서도 역시 하루바삐 '장사'할 밑천이 시각이 급해, 그저 하자는 대로 응응 하고 따라갔던 것이다.

신부 편에서는 규수 초봉이와 정 주사의 형주가 오고, 신랑 편에서는 태수가 가장 친하다는 친구 형보를 청했고, 탑삭부리 한 참봉네 내외는 주인 겸 신랑 편이다.

다섯 시에 모이자고 했는데 여섯 시에야 수효가 정한 대로 겨우 들어섰다.

---

118) 여대치게: 능가하다. 더 낫다.

형보는 오늘 이 자리에서 처음으로 보는 초봉이를 보고 깜짝 놀란다.

그는 절절히 탄복하면서,

'아, 요놈이!' 하고, 샘을 더럭 내어 태수를 쳐다보았다.

형보의 눈에 보인 대로 말하면, 초봉이는 청초하기 초승의 반달 같고, 연연하기 동풍에 세류 같았다. 시방 형보가 초봉이를 탐내는 품은 태수가 초봉이한테 반한 것보다 훨씬 더했다.

"고걸, 고걸 저저, 손아구에다가 꼭 후뚜려 쥐고서 아드득 비어 물었으면, 사뭇 비린내두 안 나것다!"

형보는 정말로 침이 꿀꺽 삼켜졌다.

'고것 오래잖아 콩밥 먹을 놈 주긴 아깝다! 아까워, 참으로 아까워!'

형보는 큉하니 뚫려가지고는 요기조차 뻗치는 눈방울을 굴려 초봉이와 태수를 번갈아 본다. 그는 지금부터라도 제가 슬그머니 뒤로 나서서 태수의 뒤 밑을 들추어내어 이 혼인이 파의가 되게시리 훼방을 놓아볼까 하는 생각을 두루두루 해보기까지 했다.

마침 음식 분별이 다 되었든지, 그새 안방과 부엌으로 팔락거리고 드나들던 김 씨가 행주치마에 가뜬한 맵시로 앞 쌍창을 크게 열더니 방 안을 한 번 휘휘 둘러본다. 음식상을 어떻게 들여놓을까 하는 참이다.

태수는 반지 곽을 꺼내서 주먹에 숨겨 쥐고 김 씨한테 흔들어 보인다.

약혼을 한다고 모여 앉기는 했지만 무엇을 어떻게 해야 약혼인지 알 사람도 없거니와 분별을 할 사람도 없어, 음식상이 들어오도록 약혼반지는 태수의 포켓 속에 가서 들어 있었다. 그도 그럴 것이 가령 결혼식이라면 명망가라는 사람을 청해 오든지, 목사님을 모셔 오든지 했겠지만, 그럼 약혼식이니 명망가의 다음가는 사람이나 부목사를 불러올 것이냐 하면, 그건 그럴 수야 없는 노릇이다. 그래서 일은 좀 싱거웠고, 일이 싱거운지라 자리가 또한 싱거워 봐서, 전원이 모여 앉은 지는 한 시간이로되,

초봉이는 너무 오랫동안 고개를 숙이고 앉았기 때문에 충혈이 되어서 얼굴이 아프고, 형주는 장난을 못해서 좀이 쑤시고, 태수는 장인영감이 될 정 주사의 앞이라서 담배를 못 피워 입 안이 텁텁하고, 정 주사는 인제 혀가 갈라진 줄도 모르고 귀한 해태표를 연신 갈아 피우면서 탑삭부리 한 참봉더러, 옛날 우리 조선 사신이 상국宋·明에 갔다가 글재주와 꾀로써 거기 사람을 혼내주었다는 이야기를 하고 있으되, 자리가 자리인 만큼 탑삭부리 한 참봉이 거 묵은셈 조간을… 이런 소리를 하지 못하는 그 속이 고소했고, 탑삭부리 한 참봉은 이렇게 심심하게 앉아 있으니 아 이놈한테 맡겨놓고 들어온 가게나 나가 보든지, 정 주사와 장기를 한판 두든지 하고 싶었고, 김 씨는 아랫목에 태수와 나란히 앉아 있는 초봉이를 보니, 일찍이 내가 태수와 누웠던 자리에 인제는 네가 앉아 있구나 하는 시새움과 감개가 없지 못했으나, 일변 안팎으로 드나들기에 정신이 없었고, 그리고 형보는….

형보는 처음에는 와락 이 혼인을 훼방을 놓아볼까 하는 궁리도 해보았지만, 훼방을 놓기가 어려운 것이 아니라, 그게 자는 호랑이를 불침 놓는 일이겠어서 생각을 돌려먹었다.

만일 태수와 파혼이 되고 보면, '이 계집애'는 도로 처녀로 제 부모한테 매여 있을 테요, 장차 어느 딴 놈의 것이 될지언정 형보 제가 손을 대기는 제 처지로든, 연줄로든지 어느 모로든지 지난한 일이나 그러니 태수와 그대로 결혼을 하고 보면 얼마든지 기회도 있고, 조화도 부릴 수가 있으리라 했던 것이다.

'오냐, 우선 너이끼리 시집가고, 장가들고 해라. 해놓고 나서 서서히 보자꾸나.'

형보는 아주 이렇게 늘어진 배포를 부리기로 했다. 그는 꼭이 처녀라야만 한다는 것은 아니었다. 하고 나서, 그는 시치미를 뚜욱 떼고 앉아

들은 풍월로 강 건너 장항이 축항까지 되면 크게 발전이 될 테고, 그러는 날이면 이쪽 군산이 망하게 된다고 태수한테 그런 이야기를 씨부렁거리고 있고….

모두 이렇게 갑갑하기 아니면, 심심한 참이었었다. 그런 중 김 씨 하나가, 아무려나 처음부터 나서서 좌석도 분별하고 이야기도 붙이고 말하자면 서두리꾼 노릇을 하느라고 했는데 반지 조건은 총망 중에 깜박 잊고 있었다. 그러자 마침내 고놈 반지가,

'여보, 나도 한몫 봅시다!' 하는 듯이 출반주를 하던 것이다.

김 씨는 섬뻑 어찌할 바를 몰라 어릿어릿한다. 그러나 그건 잠깐이요, 그는 혼잣말을 여럿이 알아듣게

"아따, 아무려문 어떨라구!" 하면서 척척 걸어 들어와 태수의 손에서 반지 곽을 툭 채어가지고(참말 아무래도 괜찮은 듯이) 처억 반지를 꺼내더니, 마치 요술 부리는 사람처럼 좌중에게 한번 높이 쳐들어 보이면서….

"자아, 이게 약혼반지예요…."

이렇게 통고를 한 후에, 다시,

"…자아, 내가 끼워주어요…!" 하고 선언을 하고는, 초봉이의 왼손을 잡아당겨 무명지 손가락에다가 쏘옥 반지를 끼워준다. 빨간 루비를 박은, 몸 가느다란 십팔금 반지가 초봉의 희고 조그마한 손에 예쁘게 어울린다. 초봉이의 손은 일제히 그리로 쏠려가지고 제각기 감회가 다르게 바라보는 열두 개의 눈앞에서 바르르 가늘게 떨린다.

김 씨는 반지를 끼워주고 나니, 그래도 원 약혼이라는 게 이렇게 싱거울 법이 있으랴 싶었던지 잡았던 초봉이의 손목을 그대로 한 번 더 번쩍 쳐들고,

"자아 인전 약혼이 다 됐어요!" 하면서 좌중을 둘러본다. 권투장에서

심판이 이긴 선수한테 하는 맵시 꼴이다. 이렇게 해서 약혼이 되고, 이튿날인 오늘 아침에 정 주사네 집에서는 태수의 기별이라면서, 탑삭부리 한 참봉네가 보내는 돈 이백 원에다가 간단한 옷감이 들어 있는 혼시함婚時函을 받았다.

오늘부터 이 집은 그래서 단박 더운 김이 치받게 우꾼우꾼한다. 식구들은 초봉이만 빼놓고, 누구 하나 싱글벙글 웃기 아니면 빙긋이라도 안 웃는 사람은 없다.

바느질이 바쁘게 되었다. 혼인날은 단 엿새가 남았는데, 옷은 신부 것을 말고라도 집안 식구가 말끔 한 벌씩 새로 해 입어야겠으니 여간이 아니다. 그래서 저녁부터는, 그새까지는 남의 삯바느질을 하던 이 집에서 되레 삯바느질꾼을 불러 온다, 재봉틀을 세를 얻어 온다, 광목을 찢어라, 솜을 두어라, 모시를 다뤄라, 마구게 야단법석으로 바느질을 몰아친다. 그리고 계봉이는 아랫방 문 앞에 서서 승재더러 닭 쫓던 개 지붕이나 치어다보라고 지천을 하고 있고….

🌀 외나무다리에서

계봉이는 형 초봉이가 승재를 떼쳐놓고 달리 결혼을 하는 것이 그리 달갑지가 않았다. 더구나 형과 결혼을 하게 된 그 사람 고태수한테는 웬일인지 좋게 생각이 가지 않았다. 그러면서도 그는 승재가 저 혼자 외따로 떨어진 것이 무엇인지 모르게 마음이 놓이는 것 같았다. 그러나 그렇기는 하면서도 일변 그것과는 따로 승재가 불쌍하기도 했다. 제 애인이 시집을 가게 되어 약혼까지 다 해놓고, 그래서 안에서는 시방 혼인 바느질을 하느라고 생 법석인데 이건 그런 줄도 모르고, 여전히 아랫방 구석에 가 그대로 끄먹끄먹 앉아 있다니…!

계봉이는 승재가 불쌍하기도 하려니와, 제일 딱해 볼 수가 없었다. 그런 깐으로는 어디로든지 없어지고 혼인 준비의 꼴을 보이지 않았으면 싶었다.

저녁 후에 계봉이는 책을 빌리러 나온 체하고, 이런 이야기 저런 이야기 하면서 우선 정말 모르고 있나, 혹시 알고도 위인이 의뭉꾸러기라 짐짓 모른 체하고 있나, 그 눈치를 떠보았다. 했으나 역시 아무것도 모르고 깜깜 속이였었다. 그래 계봉이는 슬끔 이렇게 말을 비춰 보았다.

아 참, 우리 언니가 이번 스무사흗날 ××은행에 다니는 고태수라는 사람과 공회당에서 결혼식을 하게 되었는데, 그날은 병원을 하루 빠지고라도 꼬옥 참례를 해야 한다고. 그러니까 승재는 대번 알아보게 흠칫 놀라더니, 그러나 그것은 일순간이요, 이어 곧 시침해가지고 대답이, 아 그러냐고, 그날 형편 보아서 그렇게 해도 좋지야고 하는 것이 아주 조금도 무엇한 내색이 없이 심상했다.

계봉이는 승재가 좀 더 놀라기도 하고, 당황해하기도 하고, 실망, 낙담도 하고, 이랬으면 동정하는 마음도 더할뿐더러, 저도 같아서 긴장도 되고 해서 좋았을 텐데, 저편이 됩다 그렇게 밍밍하고 보니 이건 도무지 싱겁기란 다시없었다.

계봉이는 그래서, 마치 솜뭉치로 사람을 때려주는 것처럼 해먹고, 이제는 불쌍하다는 생각은 열두 째요, 밉살머리스런 생각이 더럭 나서, 그래 마구, 닭 쫓던 개는 지붕이나 치어다보라고, 지천에 잡도리를 하고 있는 참이다.

"아이유! 어쩌믄 조렇게두…."

계봉이는 손가락질을 해가면서 혀를 끌끌 차면…,

"…그래, 애인이 딴 데루 시집을 가는 줄도 모루구서 저렇게 소처럼 끄먹그먹 앉았기만 허구… 그리고 일껀 아르켜줘두… 아이유! 흘개 빠진… 정말이지 번죽이 아깝지!"

들이 몰아세워도 승재는 종시 아무렇지도 않은 듯이 히죽이 웃기만 한다.

"누가 웃쟀어? …꼴에 연애? 옛수, 연애? …조 모양이니 애인이 딴 데루 시집을 안 가?"

"쯧! …할 수 없지…!"

승재는 시치미를 떼던 것을 잊고서 계봉이 설레에 무심코 변명을 하는 것이었다.

"…몰라두 할 수 없구, 알아두 할 수 없구, 다아… 거저."

사실 승재는 모르고 알고 간에, 그 일을 가지고 무얼 어떻게 할 내력도 없으며 주변도 없었다.

초봉이와 둘이서 터놓고 연애를 했던 것도 아니요, 결혼을 하자는 약속 같은 것이 있었던 것도 아니다. 그러니, 가사 그랬다 손치더라도 저편이 변심이 되었다거나 혹은 달리 무슨 사정이 있어서 그리하는 것일 터인즉, 승재로 앉아서야 별 수가 없을 것이거늘, 하물며 조금 얼쩍지근했다면 했다고 할 수 있지만, 아무렇지도 않았다면, 역시 아무렇지도 않았다고 할 수 있는 둘이의 사이리요. 하기야 승재도 우렁잇속 같은 속이 있어서 비록 겉으로는 내색을 안 할망정 지금 여러 가지로 감정이 착잡하게 엉클어지지 않는 것은 아니다.

애초에 방을 세 얻어서 오니까 나이 찬 안집 딸이, 즉 초봉이가 첫경 눈에 띄었고, 그 뒤로 차차 두고 보노라니 눈 한번 거듭 뜨는 것이며, 얼굴한 번 돌이키는 거랄지, 또 어찌어찌하다가 지나가는 것처럼 한두 마디씩 하는 말이라든지, 그 밖에 무엇이고 유상무상 간에 범연한 게 없이 특별한 관심과 호의가 보이는 것 같았고, 그것이 초봉이만 그러는 것이 아니라 승재 자신도 초봉이한테 그래지는 것을 그는 이윽고 알게 되었었다. 그러다가, 금년 이월부터는 초봉이가 제중당에 가서 있게 되고, 마침맞게 제중당은 금호의원에 약품을 대는 집이라, 약을 주문하는 간단한 전활 망정 하루에 한두 번쯤은 초봉이와 이야기를 하곤 하는 것이 승재저도 모르게 즐거운 일과였었다. 그랬는데 며칠 전에는 웬 사람이 찾아와서 제중당을 제가 맡아하게 되었으니 앞으로도 전대로 많이 거래를 시켜 달라고 인사를 하고, 그래 전화를 걸어보았더니 초봉이는 통히 나오지를 않고 해서 그러면 주인이 갈리는 바람에 가게를 그만두었나 보다고 짐작은 했으나, 섭섭하기란 이를 데가 없었다.

그래 일변, 그렇다면 다시 어떻게 취직을 해야 하지 않나… 혹 우리 병원에 간호부 자리라도 한 자리 나면! …제 딴에는 이런 걱정까지 하던 참인데, 천만 뜻밖에 계봉이가 나와서 그런 이야기를 하던 것이다.

선뜻 그 이야기 듣는 순간 승재는 도무지 제 스스로를 의외로워할 만큼 가슴의 격동이 대단했고, 그것이 자연 얼굴에까지 나타나지 않질 못했다. 그렇듯 격동을 받아 놀라다가, 그는 이다지도 놀랄까 싶어, 그것이 또한 놀랍기도 했거니와 퍼뜩 다른 생각이 들면서 그만 계봉이를 보기에 점직해, 얼른 기색을 숨기고 아무렇지도 않은 듯이 시치미를 떼던 것이다. 이것은 그러나, 그가 별안간에 의지력이 굳센 초인이나 어진 성자가 된 때문도 아무것도 아니다.

그는 계봉이가, 흘개가 빠졌다고 지천을 하는 꼭 그대로, 주변성도 없고 저를 떳떳이 주장하지도 못하고 일에 겁부터 내는 솜씨라, 가령 오늘밤만 하더라도 선뜻, 아뿔싸! 내가 남의(초봉이의) 마음을 잘 알지도 못하고서… 괜히 속없는 요량을… 이런 망신이라니! …이 생각이었던 것이다.

초봉이는 나한테 아무 뜻도 있었던 게 아니요, 단지 그저 사람됨이 착하고 상냥해서 보이기를 그렇게 보였던 것이다. 실상 말이지, 무엇을 가지고 초봉이가 나한테 향의[119]가 있었다는 것을 주장을 할 테냐? 요전날 밤에 계봉이가 자리끼 숭늉을 가지고 나와서 쌔왈거리던[120] 말도, 짐짓 나를 놀려 먹느라고 한 소리가 아니면, 저도 잘못 짐작을 하고서 그런 것일 게다, 글쎄 그런 것을 나 혼자서만 건성, 김칫국을 마시듯, 물색없이 좋아하다니! 그리고서 그가 결혼을 한다니까 후닥닥 놀라다니! 참말로, 큼직한 보자기가 있었으면 좋겠는 이 무렴을 끄느라고, 그는 계봉이가 보는 데서는 아무렇지도 않은 체 그다지 능란하지도 못한 연극을 하느라고 한 것이다.

계봉이는 저 하고 싶은 대로 실컷 더 구박을 하다가 들어갔고, 책상에

---

119) 향의: 마음을 기울임.
120) 쌔왈거리다: 실없는 말을 함부로 자꾸 지껄이다.

팔을 얹어 턱을 고이고 우두커니 앉아 있는 승재는 마음이 세 갈래 네 갈래로 흐트러져, 시간이 가고 밤이 깊고, 다시 날이 밝는 것도 모른다. 제 몸뚱어리를 송두리째 어디다가 잃어버린 것 같은 헛헛함, 비로소 느껴지는 고독, 드세게 머리를 쳐들고 일어나는 초봉이에의 애착, 그러한 초봉이를 장차 차지할 고태수라는 미지의 인물에 대한 맹렬한 질투… 승재로는 일찍이 겪어보지도 못한 번뇌였었다.

꼬박 뜬눈으로 앉아서 밤을 새웠고, 훤하니 밝은 마당으로 내려섰을 때는 이 집이 감개도 깊거니와 일변, 등 뒤에서 누가 손가락질이나 하는 것만 같아, 도망하듯 문간 밖으로 나왔다. 다시는 얼굴을 쳐들고 이 집에는 들어서지 못할 듯싶었다.

뚜벅뚜벅 비탈길을 내려오면서 승재는 생각이다. 아무래도 어디 딴 데로 방을 구해서 옮아가는 게 좋겠다. 물론 갑자기 이사를 한다면, 계봉이는 물론 온 집안 식구가, 속을 몰랐던 사람까지 되레 눈치를 채기 십상이요, 그래서 용렬한 사내자식이라고 삐쭉거릴 것, 그러니 그도 난처는 하다. 그렇지만 그게 난처하다고 그냥 눌러 있자니 그건 더 못 할 노릇이다. 아무려거나 역시 옮겨버리는 게 상책이겠다….

승재는 이렇게 작정을 하고서 병원에 당도하던 길로 아범(인력거꾼)을 시켜, 병원 근처로 몇 집을 우선 돌아다녀 보게 했다. 마침 병원에서 정거장으로 얼마 안 가노라면 '스래京浦里'로부터 들어오는 큰길과 네거리가 된 바른편 모퉁이에, 영감네 내외가 벌여놓고 앉은 고무신 가게가 있고, 그 안으로 삼조짜리 '다다미'방 하나가 빈 게 있어서 그놈을 두말 않고 빌리기로 했다. 방은 뒤로 구석지게 붙었고 따로 쪽대문이 있어서, 주인네와는 상관없이 출입을 할 수 있게 되었다. 그래서 밤을 조용히 앉아 공부를 한다든지, 불려 다닌다든지 하기에 십상인 품이, 되레 초봉이네 아랫방보다도 방만은 마음에 들었다.

오후 네 시가 좀 지나서 승재는 새로 얻은 방을 닦달을 하려고 나서다가 마침 환자가 왔기 때문에 그대로 붙잡혔다.

환자는 처음 온 환자인데 처음 오는 환자는 주인 달식이가 초진을 하는 시늉을 하지만, 왕진을 나갔던지 해서 없으면 승재가 그냥 진찰을 한다. 환자는 간호부의 지휘로 벌써 진찰실 한 옆에 차려놓은 진찰탁 옆의 둥근 걸상에 가 단정히 걸터앉았고, 승재는 벗었던 가운을 도로 꿰면서, 직업적으로 환자를 한 번 훑어본다. 역시 어떠한 환자나 일반으로. 사람처럼 생긴 사람이요, 그러나 양복과 신수가 멀쩡하니 이건 갈 데 없이 화류병 환자요, 하는 외에는 더 특별한 인상도 주의도 안했고 또 그게 의사로서 보통인 것이다.

"성함이 누구시지요?"

승재는, 환자와 무릎이 서로 닿을 만치 바싹 놓여진 진찰탁 앞의 회전의자에 걸터앉아 카르테를 펴놓고 잉크 찍은 철필 끝을 들여다보면서, 종시 직업적으로 무심히 묻는 말이다. 그러나 천만 의외지, 환자의 입으로부터 나오는 대답이….

"네, 고태수라고 합니다."

승재는 하릴없이, 별안간 누가 면상에다가 물이라도 쫙 끼얹은 것처럼 소스라치게 놀라, 반사적으로 쳐든 얼굴로 뚫어지라고 태수의 얼굴을 건너다본다.

'으응! 이 사람이 바로 그 사람이라!'

승재는 이윽고 두근거리던 가슴을 진정하고서, 무엇을 의미하는 것인지 실상은 저도 모를 소리를, 속으로 뇌이느라고 고개를 가볍게 끄덕거리는 것이다. 사실 그는 생각도 안 했다가, 별안간 고태수라는 그 사람과 섬뻑 만나 놓고 보니, 미처 무엇이 어떻다고 할 수가 없고, 어안이 벙벙할 따름이었었다.

그는 제 직업도 잊어버리고, 그대로 태수의 얼굴을 건너다보고 있다.

해맑은 얼굴이 갸름하되 홀쭉하지 않고, 볼때기가 도독한 것이며, 이목구비가 모두 골라서 미남자로 생긴 태수의 모습사리가 승재는 단박 판에 새긴 부각처럼 똑똑하게 머릿속으로 들어박히고, 그것이 백년을 가도 잊혀 질 것 같지 않았다.

'흐응! 네가 고태수라아!'

일단 더 정리가 된 적의로부터 우러나는 마음속의 세리프다.

승재는 시방, 이 사나이를 이렇게 만난 것이, 어쩐 일인지 반가운 것 같은, 재미있는 것 같은, 그러면서 한옆으로는 해사하니 이쁘게 생긴 그의 얼굴을 무얼로다가 들이 으깨주고 싶은 충동도 일어났다.

무례하다 하리만치 얼굴을 똑바로 건너다보면서 기색이 심상치 않은 의사란 자의 태도에 태수는 마침내 이마를 찡그리고 낯꽃이 좋잖아진다.

"왜? 나를 아시나요?"

누가 태수라도 따지자고 할밖에….

"네, 아 아니요!"

승재는 그제야 정신이 들어, 얼른 고개를 수그리고 펜을 놀린다.

태수는 이 괴한이 여간만 불쾌한 게 아니다.

그는 며칠 전부터 ××이 도졌고, 그래서 그새 줄곧 병원에를 다녔는데. 그게 한 번 도지면 좀처럼 낫지를 않는 줄은 번연히 알면서도, 첫째 아파서 견딜 수가 없고, 또 혼인날도 며칠 남지 않았고 해서, 혹시 무슨 별 도리라도 있을까 싶어. 마침 병원이 지금까지 다니던 그의 단골 병원보다 낫다는 소문이 있고 하니까, 오늘은 시험 삼아 이 금호의원으로 와본 것이다. 그러나 와서 본즉, 병을 보아 주겠다고 처억 나서는 위인이 우선 정나미가 떨어졌다. 태수가 보기에는 의사라고 하기보다는 기껏해야 제약사요, 그렇잖으면 병원 고쓰가이 푼수밖에는 못 될 성싶었다. 더구나 체격이며, 얼굴 생김새는 몸에다가 돈을 지니고 호젓한 데서 만날까 무서울 지경이다. 태수가 승재를 본 첫인상은 이러했다. 그래서 태수는 속이 찜찜한 판인데, 이건 성명을 대주니까, 대체 무엇이 어쨌다구 남의 얼굴을 마구 뚫어지게 치어다보면서 뚱딴지같이 구는 데는, 의사고 무엇이고 한바탕 들이대고 싶게 심정이 상했다.

"어디가 편찮으신가요?"

승재는 이내 고개를 숙인 채, 연령과 주소와 직업을 물어, 일일이 제자리에 쓰고 나서 비로소 철필을 놓고 회전의자를 빙그르르 돌려 태수와 마주 앉는다.

그는 이 말도 무서웠다. 묻기가 보나 안 보나 화류병이기 십상인데, 제발 그런 것이 아니고, 사람이 착실하여 결혼 전에 건강진단을 하자는 것이었으면 하는 원념으로 다뿍 긴장이 되기까지 했다.

"××인데요….."

태수는 불쾌하던 끝이나 울며 겨자 먹기로 오히려 점직해하면서 답을 한다. 처음도 아니요, 또 의사 앞에서라지만 젊은 간호부까지 대령하고 섰는데서 부끄럼을 타는 불결한 병을 말하기란 누구나 마찬가지로 거북하고 창피할밖에 없는 것이다.

"×? ×?"

승재는 짐작은 한 바이지만, 의사답지 않게 소리를 지른다.

바로 며칠 안이면 초봉이와 결혼을 할, 소중한 그 초봉이와 결혼을 할, 네가 천하에 고약하고 더러운 ××을 앓다니! …승재는 사뭇 치가 떨리는 것 같았다.

태수는 그러잖아도 점직한 판에 승재가 또 소리를 꽥 지르고 놀라고 해 노니 더욱 무렴도 하거니와, 대관절 이게 의사가 아니고 미친놈이나 아닌가 싶었다.

"언제부터 편찮으셨나요?"

승재는 이윽고 다시 의사가 되어가지고, 손을 내밀면서 묻는다.

"병이 생기기는 벌써 작년 가을인데, 치료해서 낫긴 나았어요. 그랬는데 자꾸만 도지구 해서…."

"근치가 되지를 않았던 게지요. 그런 것을 조심을 안 하시니까… 그러시면 안 됩니다! 조심을 하셔야지."

승재는 제 요량만 여겨, 시방 초봉이의 남편 될 사람더러 충고하는 것이다. 태수는 그따위 참견은 다 아니꼬웠지만 절에 간 색시라,

"글쎄요, 그런 줄이야 다 알지만, 자연…." 하면서 어물어물 하다….

"…그런데 좀 급한 사정이 있는데요? …인제 한 사오일 동안에 치료가 안 될까요?"

승재는 속으로,

'네가 이 녀석 단단히 급했구나!'

이런 생각을 하니 원수를 잡아다가 발밑에 꿇어 앉힌 것처럼 기광이 나는 것 같았다.

"거 안 될 겝니다…!"

승재는 커다랗게 고개를 흔들다가….

"아뭏든 진찰을 해봐야 알겠지만 아주 초기라두 어려울 텐데 만성이면 더구나…."

"그래두 사정이 절박해서 그러는데요. 그래 상의를 해볼 겸, 또…."

"무슨 일이십니까? 여행을 하십니까? 여행 같으면 그 병엔 더구나 해롭습니다."

승재는 짐짓 이렇게, 제 딴에는 태수를 구슬린다는 요량이다.

"아닙니다. 여행이 아니라…."

"그럼?"

승재는 심술궂게 추궁을 하고, 태수는 주저하다가,

"결혼을 하게 된답니다, 헤." 하면서 빙긋 웃는다.

"겨얼혼?"

승재는 허겁스럽게 소리를 지르고 놀라는 시늉을 하면서, 설레설레 고개를 흔든다.

"…결혼을 하시다니! 건 안 됩니다! 차라리 혼인날을 넌즈시 물리십시오."

이 말은 의사로서 당연한 권고다. 그러나 승재는 결코 태수를 위해서 권고하자는 뜻이 아니다. 차라리 태수를 끔끔수를 주고 싶어서 하는 말이요, 그보다도 더, 그래저래 하다가 이 혼인이 파혼이 되었으면 좋겠다는 막연한 심술로다가 하는 말이다. 그러나 태수는 또 태수라 저도 고개를 쌀쌀 흔든다. 그는 혼인을 물리라다니 천만에 당황은 수작이던 것이다.

"그럴 수는 없어요! 절대루….

"그래두 그래선 안 됩니다. 첫째 환자 되는 당자한테두 해롭구 또 부인한테두….

승재는 여기까지 말을 하노라니까, 어느덧 그만 가슴이 뭉클하면서 사뭇,

"아이구우!" 하고 소리쳐 부르짓기라도 하고 싶은 것을 겨우 참는다.

그는 초봉이가 이 자에게 짓밟혀 더러운 ××까지 전염받을 생각하면, 방금 신성이나 모독되는 것 같아서 사뭇 열이 치달아 올랐다. 그는 열이 나는 깐으로 하면, 그저 주먹을 들어 이 자를 대가리에서부터 짓바수어 놓고 싶었다.

눈치를 먹는 줄도 모르고 태수는 앉아서 조른다.

"그러니깐 그걸 상의하는 게 아닙니까? 근치되는 거야 어렵다구 하더래두 우선 임시루 아프지나 않구, 또 전염이나 안 되게시리… 가령 농을 멎게 한다든지…"

"물론 그렇게만이라두 해디렸으면야 생색두 날 것이구 해서 두루 좋겠

지만….."

승재는 입맛을 다신다. 그는 태수가 미운 것으로만 하면, 이 녀석아 잔말 말라고 따귀라도 한 대 때려서 쫓기라도 하겠지만 뒤미처 생각할진댄 역시 울며 겨자 먹기로 제 힘과 제 재주를 다하여, 태수가 청한 말대로, 응급 방편이라도 써보는 게 초봉이를 위한 도리일 성싶었다.

일변 태수는 도로 심정이 상해서 눈살이 장히 아니꼽다. 대체 의사라는 위인이 처음부터 보기 싫게 굴어 비위를 거슬리더니 내내 비쌔는[121] 꼴이 뇌꼴스럽고 해서 그만두어버리고 벌떡 일어설 생각이 났다.

그는 지금 이 칼날 위에 올라선 판에 ××쯤을 잃는다고 또 초봉이한테 전염이 되는 게 안 되었다고, 그것 치료하려고 아둥바둥 애를 쓰는 제 자신이 생각하면 우스웠다.

'세상살이 마지막 날을 날 받아놓다시피 했으면서! …초봉이두 그렇구….'

이렇게 속으로 두런거리면서 이 작자가 인젠 한 번만 더 같잖게 굴면, 두말 않고 일어서서 나가 버리려니 했다.

"좌우간…."

이윽고 승재는 과단 있게 말을 하면서 일어선다.

"…해볼 대루는 힘껏 다아 해봐드리지요. 그리구 나서 원…."

승재가 일어서니까 간호부는 벌써 알아차리고서 50cc짜리 주사기를 핀셋으로 집어 들고 주사 준비를 시작한다.

'주사를 먼점? 균을 검사할 텐데? …머, 주사를 먼점 놓아두 좋겠지….'

승재는 혼자서 괜히 갈팡질팡하다가 현미경의 초자판을 꺼내가지고 태수한테로 도로 온다.

---

121) 비쌔는: 마음은 있으면서 겉으로 안 그런 체하는.

간호부는 노랗게 마노빛으로 맑은 트리파플라빈 주사액을 솜씨 있게 주사기로 올리고 있다.

승재는 마치 최면술의 암시에나 걸린 듯이 끄윽 서서 그것을 노려본다. 보는 동안에 양미간이 이상스럽게 찌푸려진다.

발부리 앞에 가서 사지를 뒤틀고 나가동그라져 민사(悶死)[122]하는 태수의 환영이 역력히 보이던 것이다. 하다가, 다시 주사에서 암시를 받아, 저기다가 ××××를 몇 그램만 섞었으면? 이 생각을 하던 참이다.

세상에도 유순한 그의 눈이 난데없는 살기를 띠우고 힐끔 태수를 돌아다보는 것이나 태수는 아무 것도 모르고 한눈만 팔고 앉았다.

간호부가 준비된 주사기를 손에 들려 줄 때에야 승재는 제정신이 들어 부질없이 흠칫 놀란다.

주사기를 받아 들고 서서 승재는 태수의 걷어 올린 팔을 내려다본다. 파아란 정맥이 여물게 톡톡 비어진 통통한 팔이다. 살결이 유난스럽게 희다. 이 팔이 가서 초봉이의 그 어여쁜 어깨를 상스럽게도 휘감으려니 생각하매 태수의 팔은 팔이 아니고 별안간 굵다란 구렁이로 보인다. 그만 징그러워서 온 전신의 소름이 쪽 끼치고 차마 더 볼 수가 없어 눈을 스르르 감는다. 눈을 감으니까, 감은 길이니 주사침을 아무렇게나(아파서 깡충 뛰게시리) 푹 찔렀으면 고소할 것 같아 손이 움찔움찔 한다. 알코올 솜으로 자리를 닦아놓고서 기다리다 못해 간호부가 찔벅거리는 바람에 승재는 눈을 도로 뜨고 가까스로 주사 한 대를 마쳤다.

농(膿)을 초자판에다가 받았다. 실상 현미경 검사야 해 보나마나 빠안한 것이지만, 그러니까 그것은 환자를 위해서 그러느니보다, 다 우리 병원에서는 이만큼 면밀하고 친절하오, 하고 내세우는 병원 간판인 것이다.

---

122) 민사(悶死): 몹시 고민(苦悶)하다가 죽음.

승재는 농을 받은 유리 조각을 알코올 불에 구워서 메틸렌브라운으로 착색을 해가지고 현미경을 구백배로 맞추어 들여다본다.

초점을 맞추어가는 대로 파르스름하게 나타나는 신장형의 반점은 갈 데 없이 .균이다.

승재는 오도카니 앉았는 태수를 손짓해서 현미경을 들여다보게 하고 옆으로 비켜선다.

"보입니까? 콩팥같이 생기구, 파르스름한 거…"

"안 보이는데요? …아니, 무엇이 보이긴 보이는 것 같은데….'

"이러면?"

승재는 초점을 다시 조절해 준다.

"응 응, 네네, 보입니다. 똑똑하게 보입니다. 하하! 그러니깐 이게 빠꾸테리인가요?"

태수는 신기해하면서 박테리아냐고 묻는 것이나, 승재는 실소하려다 말고….

"그렇지요, 박테리안 박테리아죠. 그게 ××균입니다."

"하하! 이게 그렇군요!"

태수는 한참이나 더 현미경을 들여다보다가 이윽고 고개를 든다. 그는 현미경을 이렇게 들여다보기는 고사하고, 현미경을 구경도 못한 사람이라, 두루 희한했던 것이다.

"하하! 그렇구만요…."

태수는 현미경 옆에가 붙어서서 고개를 갸웃하다가 밑천이 드러나는 줄을 모르고, 한단 소리가,

"…그럼 이게 한 십 배나 되요? 빠꾸테리안 퍽 작은 건데….'

"그게 구백 배랍니다!"

"구백 배? …아이구! 구백 배… 하하, 네네… 아 원, 고게….'

태수는 신기해하다가 도로 현미경을 들여다본다.

승재는 태수가, 밉기는 하면서도 그의 하는 양이 어쩌면 어린아이처럼 단순하고 명랑한 것이, 일변 귀염성스럽기도 했다. 그러나 이 귀엽다는 생각은 시방 불시로 일어난 것이 아니요, 태수가 초봉이 뺏어가는 사람이라서 미운 생각이 와락 치달을 때, 그때에 벌써 그 미운 생각과 같은 순간에 배태가 되었던 것이다. 초봉이를 빼앗아가는 사람이니까 밉지만, 그러나 초봉이의 배필이 될 사람이니까 일변 귀엽던 것이다.

이 귀여운 생각은, 그런데 미운 생각이 너무 강렬했기 때문에 그만 꺼눌려 버렸던 것이, 그랬다가 대수롭지 않은 일에 기회를 얻어 의식 위에 떠오른 것이다.

그렇기 때문에 귀엽다는 생각은 순간 만에 사라지지를 않고 도리어 무럭무럭 자라났다. 승재는 이 모순된 두 개의 감정에 휘말려 속으로 몸부림을 쳐도 그것을 벗어날 수는 없었다.

망연히 서서 있던 승재는, 태수가 다시 현미경을 들여다보는 동안 진찰실 한옆에 들여세운 책상에 서 금자박이의 술 두꺼운 책 한 권을 꺼내다가 활활 넘겨 이편 진찰 탁 위에 펴 놓는다 .균이 현미경의 원색대로 삽화가 있는 대목이다. 이윽고 태수가 이편으로 오기를 기다려, 승재는 펴놓았던 책의 삽화를 짚어가면서 .균의 형상부터 시작하여, 그 성장이며, 전염경로, 잠복, 활동, 번식, 그리고 병리와 ××이 전신과 부부생활과 제2세랄지 일반 사회에 미치는 해독이며, 마지막 치료와 섭생에 대한 설명을 아주 자상하게 들려준다.

태수는 승재가 다시 한 번 치어다보였다.

태수는 승재의 설명을 듣고 나서 본즉 모두가 그럴 듯했다. 그새까지 다니던 먼저 병원에서는 처음 가던 길로 펌프질沃度銀注入이나 해주고, 주사나 꾹꾹 찔러 주고 했을 뿐 현미경 같은 것은 보여 주지도 않았는데, 자

이 병원에는 오니까, 의사가 생기기는 고쓰까이나 도둑놈 같고 불쾌하게
는 굴었어도 척 현미경을 보여준다, 여러 가지로 자상 분명하게 설명을
해준다, 하는 게 썩 그럴듯했고 불쾌하던 의사란 작자도 그러는 동안에
인간이 차차 양순해 뵈고 해서 태수가 또한 뒤가 없는 사람이라, '박사'나
되는 것같이, 그리고 오랜 친구와 같이 신뢰하는 마음이 들었다.

　승재는 처방을 쓰고 있다. 가루약을 쓰고 그다음에 물약을 쓰노라
까, 그놈에다가 ××가리를 한 그램만 아니 반 그램만도 족하다 넣고 싶었
다. 그랬으면 오늘 저녁에 식후 두 시간이나 지나 물약을 먹을 테요, 먹
으면 대번 경련이 일어나고 숨쉬기가 힘이 들어 허얼헐 하고 시큼한 냄
새가 나고 두 눈이 퀭해지고 맥이 추욱 처졌다가 삼 분이 다 못해서 숨이
딸꼭….

　승재는 그러한 장면을 연상하느라고, 잠시 우두커니 앉아 있다가 어깨
를 흠칫하면서 도로 철필을 놀린다. 맨 마지막에,

　'물 백 그램.'이라고 쓰고 나니까, 그 위에 조금 빈 데다가 자꾸만, ××가
리 한 그램 이라고 쓰고만 싶어 철필 끝이 떨어지질 않는다.

　'제약사가 보구서 무어랄까?'

　'미쳤다구. 야단이 나겠지!'

　'제약사가 마침 없었으면 좋겠는데….'

　'가만있자, 내일 어디….'

　승재는 속으로 이렇게 자문자답을 하면서 내일 보자고 한다. 그러나
그는 오늘 제약사가 없었으면 좋았을 게 아니라, 그 반대로 제약사가 있
는 것이 다행스러웠다.

　처방을 다 쓰고 나서 승재는 태수한테 여러 가지로 주의를 시킨다.

　혼인 전날까지 매일 다니면서 주사를 맞고 약을 정성들여서 먹고, 찜
질을 하고, 주색이나 그런 것은 일체로 끊고, 자극되는 음식이며, 과한

운동도 하지 말고, 그렇게 치료와 조섭을 잘하면 혹시 나을는지도 모른다. 그러나 농은 멎었더라도 .사絲는 그대로 나오니 전염이 된다. 그러니 그것은 맨 마지막 날 보아서 무슨 변법이라도 구처해줄 테니 우선 그리 알고 있거라, 결혼하는 여자한테 전염을 시켜서는 단연 안 된다, 그것은 죄 없는 여자한테 죄악일 뿐 아니라, 생겨나는 자손에게까지도 죄를 짓는 것이니라…. 이렇게 순순히 타이르고 있노라니까 승재는 어쩌면 친동생을 훈계나 하는 듯이 다정스런 것 같았다.

사실 태수가 나이는 한 살 만이라도 앳되고, 승재가 훨씬 노숙해서 그냥 보기에도 승재는 침착한 게 손윗사람 같고, 태수는 어린 수하사람 같았다.

승재는 태수를 돌려보내고 나서, 오늘 새로 얻은 방을 닦달하려고, 비와 털개와 걸레 등속을 찾아가지고 그 집으로 갔다. 그는 인제는 태수까지 알았는데, 태수를 저만 알고 시치미를 뚜욱 떼었으니, 만일 내일이라도, 태수가 약혼까지 했다니까, 혹시 초봉이네 집에를 온다든지 해서 섬뻑 만나고 보면 그런 무색할 도리가 없을 것이요, 그런즉 기왕 방까지 구해둔 바에 오늘 저녁으로 이사를 하는 것이 옳겠다고 했다.

승재는 숱한 먼지를 뒤집어 써가면서 다다미야, 오시이레야, 방 안을 말끔하게 털어내고 한 뒤에, 다시 병원에 들러 아범더러 끌 구루마꾼을 하나 얻어 보내달라는 부탁을 해놓고서 둔뱀이로 넘어갔다.

새삼스럽게 반가운 것 같은, 또 슬픈 것 같은, 초봉이네 집 문간 안으로 문득 들어서려니까 어쩐지 등갈(갈등)이 나가지고 오랫동안 발을 끊었던 집을 찾아오는 것처럼 서먹서먹했다. 그러려니 하고 보아서 그런지, 집 안은 안팎이 모두 어디라 없이 수선거리고 들뜬 것 같았다.

부엌에서 계봉이가 웬 낯모를 아낙네와 밥을 하느라고 수선을 피우다가 승재를 보더니 해뜩 웃는다.

조금만 웃는 웃음이라도 시원하니 사심이 없고, 그리고 어떻게 보면 그 웃음이,

'어제 저녁에 그렇게 몰아세우기는 했어도 다 공중[123] 그런 것이고, 자 나는 이렇게 반가워하잖우?' 하면서 맞이해주는 것이거니 싶었다.

승재는 계봉이가 웃고 반가워하는 것이 살에 배도록 기쁘고 고마웠다. 그러나 (그것이 기쁘고 고맙기 때문에 자연) 이것도 오늘이 마지막이요, 꼭 동기간의 누이동생인양, 귀애도 하고 응석도 받아주고 하던 것이 이 또한 고만이구나 하면, 차마 이 집을 떠나는 회포가 한량없이 애달퍼, 방금 내려 덮이는 황혼과 함께 마음 둘 곳을 모르게 슬펐다.

마당 가운데로 지나면서는 초봉이와 얼굴이라도 마주치기를 꺼려하는 제 마음과 정반대로, 마지막 얼굴이라도 한번 마주했으면 싶어 무심결에 안방께로 고개가 돌아간다. 그러나 이 구석 저 구석 안팎으로 보기 싫게 생긴 아낙네들만 움덕움덕 들끓지, 초봉이는 그림자도 보이지 않았다.

승재가 짐을 꾸리느라고, 책을 죄다 책장에서 한 덩이씩 따로 동여매고 있는데 계봉이가 가만가만 나왔다.

"아이유머니나! …이게 대체 웬 야단이우…?"

계봉이는 깜짝 놀라서 눈이 휘둥그레진다.

"…왜 책을 죄다 끄내 놓구 그리우?"

"응, 저어…."

승재가 책 동여매던 손을 멈추고 히죽 웃으면서 더듬는 것을, 계봉이는 그제야 알아채고서, 얼른….

"이사허우?"

"응."

---

123) 공중: 공연히.

"이? 사…?"

계봉이는 얼굴을 찡그릴 듯하다가 별안간 웃음을 하나 가득 흩뜨리면서…,

"하! …올라잇! 우리 남 서방, 부라보…!"

승재는 어째서 하는 말인지 몰라 뻐언하고 있고, 계봉이는 상관 않고 고개를 깝신깝신하면서 들이 좋아서…,

"…응? 남 서방… 나두 남 서방이 어디루 가기나 허구 없으문 좋겠다 그랬는데… 보기에 하두 딱해서 말이우, 괜히 잘못 알아듣구서 삐칠까 무섭다! …그랬는데 아뭏던지 잘 생각했수! …소(牛)는 면했어, 하하하…."

계봉이는 기어코 한마디 조롱을 하고서는 웃어대다가 다시, 누구나 하는 것처럼 소곤소곤…,

"…그리구우, 어디루 가는지 집만 아르켜주믄 내가 인제 찾아갈게, 응? …꼬옥 리포트 할 재료두 있구…."

승재는 종이쪽에다가, 이사해 가는 집 번지를 쓰고 길목이며 드나드는 문간까지 알기 쉽게 대주면서 앞으로 밤에 급한 병자가 있는 집에서 부르러 오든지 하거든 그대로 잘 가리켜주라는 부탁을 얼러서 당부한다.

"내일이라두 봐서 가께? 여섯 시쯤…."

계봉이는 승재가 주소 적어 주는 종이쪽을 받아들고 훑어보다가 허리춤에 건사를 한다.

"…우리 남 서방 우— 라— 하하하하… 내일 기대리우?"

계봉이는 승재가 저희 집에 그대로 끄먹끄먹 앉아 있지 않게 된 것이 좋기도 했거니와, 그보다도 승재가 딴데 가서 있으면 놀러다니기가 임의로울 테니까, 그래서 더 좋아했다.

이튿날 아침 승재는 병원에 가던 길로 독약 ××××를 조그마한 병에다가 갈라 넣어 포켓 속에 건사해 두고 태수가 오기를 기다렸다. 오더라도 저녁때나 올 줄 알면서 그는 아침부터 그 저녁때를 기다린 것이다. 그러나 열한 시쯤 해서는 독약 병을 치워버렸다. 그러나 또 한 시에는 다시 준비를 했고, 세 시에는 또 치워버리고서 짜증이 나서 안절부절 못하다가 네 시 치는 소리가 들리자, 또 장만을 해두었다. 이번에는 포켓 속에다 건사하지를 않고, 진찰실 안의 약병들 틈에다가 끼워 두었다.

네 시 반쯤 되어서 태수가, 윗입술을 한편만 벌려 간드러지게 웃으면서 진찰실로 들어왔다.

승재는 반가워서 웃고 맞이했다. 그는 어째서 반가운지는 몰라도 또 그걸 생각해볼 마음의 여유도 없었으나. 아무튼 태수가 반가웠다.

"그래 밤새 좀 어떠십니까?"

승재는 태수가 앞에 앉기를 기다려, 의사된 도리와 습관이 아니라, 진정한 관심으로 인사를 한다.

"네, 뭐… 별루 모르겠어요!"

"그럴 껍니다, 아직… 그렇지만 더하지만 않으면 차차 나아갈 테니까요."

이야기를 하고 있는데 간호부가 주사액을 준비하려고 한다. 승재는 미리 생각해 두었던 주사액을 주문하라고, 만일 제중당에 없다거든 다른 데라도 물어보아서 가져오게 하라고 간호부를 저편 전화있는 낭하로 쫓아 보낸다.

그것은 ××에 놓는 주사는 주사라도 피하주사요, 효력도 신통찮아, 근자에는 잘 쓰지 않기 때문에 도리어 구하기가 어려운 약이요, 승재는 그것을 알고서 시키던 것이다.

간호부를 쫓아냈으니 이 방에는 승재 저와, 그래서, 꼭 필요한 인간 태수와 단 두 사람뿐이다. 이 분이나 삼 분이면 넉넉히 조처를 낼 판이다. 승재는 마침내 일어섰다.

그는 이 제웅[124]이 아무 속도 모르고, 속을 모를 뿐 아니라, 오히려 타 악 믿고서 앉아 있는 것이 다시금 귀여웠다.

승재는 간호부가 꺼내놓고 나간 주사기를 집어 바른손에 들고 트리파 플라빈의 이쁘장스럽게 생긴 유리단지를 줄로 꼭대기를 썰어 따낸 뒤에 주사액을 주사기에다가 쪽 켜올린다. 노오란 주사액이 20cc까지 올라왔 다. 그다음에는 아까 약병들 틈에다가 새겨 두었던 독약 ××××를 집어, 왼손에 쥔 채 병마개를 뽑는다.

뽕— 나는 둥 마는 둥 하는 작은 소리건만 승재는 움칫 놀란다. 사실 방 안은 그다지도 교교했었다.

승재는 독약 병을 기울여, 바른손에 든 주사기의 침 끝을 담그고 속대 를 천천히 잡아당긴다.

독약은 병 속에서 조금씩 준다. 주사기에는 1cc, 2cc, 3cc, 4cc 차차로 독약이 불어 오른다. 마침내 25cc를 가리킬 때에 주사침을 독약 병에서 꺼내든다. 침 끝에서는 가느다란 물방울이 신경적으로 바르르 떨면서 한 방울 두 방울 떨어진다.

승재는 준비가 다 된 주사기를 멀찍이 쳐들고 서서 한참이나 바라본다.

태수는 승재가 돌아서서 무엇을 하고 있는지 그의 커다란 윗도리가 가 리어 보이지도 않았거니와, 동시에 거기에는 주의도 하지를 않고 가만히 앉아 기다린다.

승재는 고개를 돌려, 이내 오도카니 앉아 있는 태수를 바라다보다가 주사기를 쳐다보고는 또 태수를 돌아다보곤 한다.

'이놈을 고 새파란 정맥에다가 조옥 디리밀면….'

'일 분, 이 분, 삼 분이면 안색이 질리면서 가슴을 우비고 몸을 비틀다

---

124) 제웅: 짚으로 사람의 형상을 만든 것.

가 고만 나가둥그라져 그리고 눈을 뒤쓰고 단말마의 고민을 하다가, 이어 딸꼭!'

'응!'

사람을 궂히[125]겠다는 순간이면서, 승재는 긴장보다도 얼굴에 가벼운 미소가 떠오른다.

승재가 선뜻 돌아서서 제 옆으로 오는 것을 보고 태수는 와이셔츠 소매를 걷어 팔을 내놓는다.

승재는 왼손에 쥐고 온 알코올 솜으로 주사자리를 싹싹 씻는다.

"주먹을 꼬옥 쥐십시오."

주의를 시키면서 주사기를 뉘어, 침 끝을 볼록 솟은 정맥 위에다 누르는 듯 갖다 댄다. 침 끝에서 약물이 배어나와 살에 번진다. 인제는 침 끝을 폭 찔렀다가 속대를 뒤로 뽑는 듯하면 검붉은 핏기가 주사기 안으로 배어든다. 그럴 때에 속대를 진득이 밀기 시작하면 그만이다.

승재는 바늘 끝으로 핏대를 누른 채 그대로 잠시 멈추고 있다.

태수는 주사침이 살을 뚫을 바로 직전임을 알고 눈을 스르르 감는다. 언제고 그러하듯이 따끔 아픈 것을, 보고 있노라면 속이 간지러워서 못 하던 것이다.

눈을 감은 태수는 인제 시방 바늘 끝이 따끔 살을 뚫고 들어오려니 기다린다. 그러나 암만 기다려도 소식이 없다.

넉넉 삼십 초는 되었을 것이다. 태수는 기다리다 못해 감았던 눈을 뜨고, 승재는 갖다 댄 바늘 끝으로 핏대를 폭 찌르는 것이 아니라, 주사기를 도로 쳐들고 싱겁게 피식 웃으면서 허리를 펴고 돌아선다. 태수는 웬일인고 싶어 뻐언히 앉아 승재의 등 뒤를 바라다본다.

---

125) 궂히다: 죽게 하다.

승재는 주사기의 뒷대를 눌러 약을 내뿜는다. 은침 같은 물줄기가 이쁘게 뻗쳐 나와 리놀륨 바닥에 의미 없는 곡선을 그려놓는다. 승재는 미상불 태수를 죽이고도 싶었고, 그래서 죽여보려고 한 것은 사실이다. 그러나 그는 단지 '죽여보려'고 했을 뿐이지 죽일 '작정'을 한 것은 아니다.

신경의 게임이라고나 할는지, 의사쯤 앉아서 사람 한 개 죽이고 살리고 하는 최후의 경계선 그것은 오블라토 한 겹보다도 더 얇게 가를 수가 있는 것이다. 이 얇은 한 겹의 이편 쪽까지만은 애초부터 목표로 정하고서 승재는 독약을 준비하고, 그놈을 주사기에다가 켜올리고, 해가지고서 찬찬히 쳐들고 서서 제웅의 얼굴과 번갈아 빗대 보고 마침내는 혈관에다 갖다 대고 폭 찌를 듯이 숨을 들이마시고, 이렇게 살인 행위의 계단을 천연덕스럽게 밟아 올라왔었다. 그리고 거기까지가 절대의 목적지였었다. 그렇게 살인의 한 계단 두 계단을 밟아 올라오고, 오다가 마침내 그 오블라토 한 겹을 남겨놓고 우뚝 멈춰서는 신경의 스포츠, 그것은 적실히 유쾌한 긴장일 수가 있었다.

승재는 주사액이 상한 것 같아서 그랬다고 하는 것을, 태수는 그대로 속았을 따름이고….

승재가 새 주사기를 꺼내다가 새 주사액을 따서 주사를 놓아주니까, 태수는 이런 것도 다 이 병원이 세밀하고 친절해서 그런 거니 생각하고 무척 좋아한다.

태수는 주사를 다 마치고 나가다가 돌아서더니, 문득 그날 바쁘지 않거든 와달라고 제 혼인날 손님으로 승재를 청을 한다.

승재는 속으로 뜨악해서 선뜻 대답을 못 하고 어림어림하고 섰다.

"바쁘시기도 하시겠지만, 잠깐 거저… 허기야 뭐, 결혼식이라구 숭내만 낼 테면서 오시래기두 부끄럽습니다. 아뭏던지 인제 청첩두 보내드리겠지만 부디 구경이나 와 주세요, 퍽 영광이겠습니다."

"네, 되두룩 가서…. 그날 바쁘지만 않으면….."

승재는 조르는 양이 졸연찮을 눈치 같아서, 대답만 그만큼 해두는 것이다.

승재는 여섯 시가 되기를 까맣게 기다려 병원을 나와서 어젯밤 새로 든 집으로 가다가, 집 모퉁이 가게 앞에서 두리번두리번거리고 있는 계봉이를 만났다.

"남 서방!"

"계봉이!"

둘이는 서로 이렇게 부르면서 마주 웃는다. 그들은 오래 오랜만에 만나는 것같이 반가웠다. 그러나 겨우 어젯밤에 갈리고 났으니 무슨 짙은 인사야 할 말이 없다.

"그래…."

"응…."

둘이는 웃으면서 이런 아무 뜻은 없어도 마음은 통하는 말을 한마디씩 한다.

"잘 왔군!"

"해애."

"들어가자구."

"응."

둘이는 앞서거니 뒤서거니, 지쳐 둔 쪽대문을 열고 좁은 처마 밑을 한참 지나 승재의 방 앞에 당도했다.

"일러루 오니까 이렇게 성가시어서…."

승재는 계봉이를 돌려다 보고 웃으면서 방문에 채운 자물쇠를 연다.

계봉이는 방으로 들어와서 앉을 생각도 미처 못하고 방 안을 휘휘 둘러본다. 책은 벌써 전대로 책장 속에다 챙겨 넣었고, 또 몇 가지 안 되는 홀아비 세간이지만, 책상 외에는 구접지근한 것들을 다 벽장 속에다가 몰아넣었기 때문에 계봉이 저의 집에 있을 때보다 방 안이 한결 조촐해 보였다.

방 안이 그렇게 침착할 뿐 아니라, 그새까지 어른들이 있고 해서 부지 중 조심이 되던 저의 집이 아니고, 이렇게 단출하게 승재와 만날 수 있는 것이 기쁘기야 하지만 그러나 어쩐지 조심이 되던 저희 집에서처럼은 도리어 임의롭지가 않고 무어신지 모를 어려움이 있는 것 같아 장히 거북스러웠다. 왜 그럴꼬 하고 그는 생각해 보았으나 아무 그럴 일이 없는 것 같고, 없는데 그래지는 것이 이상하기만 했다.

"왜 이렇게 섰어? …좀 앉질랑 않구서…."

승재가 재촉하는 말을 듣고서야 계봉이는 겨우 배시시 웃으면서 섰던 자리에 그대로 주저앉았다.

승재는 계봉이가 이렇게 온 것이 반가웠고, 다 기쁘기는 해도 별반 할 이야기는 없다. 그야말로 시사를 말한다든지, 학문을 논한다든지야 말 도 안 될 처지요. 그렇다면 집안 이야기를 묻는 것밖에 없는데, 집안 이 야기도 할 거리라고는 초봉이의 혼인에 대한 것뿐인걸, 이편이 불쑥 꺼 낼 수는 없는 것이다. 그러나마 계봉이가 그새처럼 농담을 한다든지, 원 까불어댄다든지 그랬으면 자연 무엇이고 간에 말거리도 생기고 이 서먹 한 기분도 스러질 텐데, 그 애 역시 가끔 무료하게 미소나 할 뿐, 얌전을 빼고 있어서 여간 거북스런 게 아니다.

"무어 과실이나 좀 사다가 둘 것을…."

한참 만에 승재는 혼잣말을 중얼거리고 일어선다. 겸사겸사해서 무엇 입 놀릴 것을 사오는 게 좋겠다고 생각했던 것이다.

"… 나 잠깐 다녀오께? 곧…."

"무어? 무얼 사올려구? …아냐 난, 먹구 싶잖어요!"

계봉이는 부여잡을 듯이 마주 일어선다.

"먹구 싶지 않어두 내가 사주는 거니, 먹어야 하는 법야! …그래야 착하지."

승재가 없는 구변으로 이렇게 먼저 농을 건네니까, 계봉이도 그제야 어색스럽던 것이 얼마쯤 풀어져서…,

"누굴 마구 위협하려 드나!"

"흐응, 그럼 잘못 됐게? …그런데 계봉이가 밤새루 갑자기 얌전해진 것 같으니 거 웬일일꾸?"

"하하하, 남 서방 보게두 그런 것 같수?"

"아이 어쩌나! …글쎄 내가 생각해두 웬일인지 그런 것 같아서 지금…."

"허어! 정말 그렇다면 야단났게?"

"심청허군! …남이 얌전해져서 야단이 나요?"

"어째서?"

"난 얌전한 계봉이보다두, 까불구… 아니, 까불구가 아니라, 장난하구 응석부리구 그러니 계봉이가 좋아서."

"그럼 난 머 밤낮 어린애기구 말괄량이구 그러라구?"

계봉이는 승재가 생각하기에는 속을 알 수 없게 뾰롱한다.

"애기가 좋잖어?"

"좋긴 무에 좋아? 어른들 축에두 못 끼는걸."

"어른이 좋은 게 아냐…. 그러지 말구 이거 봐요, 계봉이?"

"응?"

"저어, 계봉이 말야… 내 누이동생이나 내자쿠?"

"누이동생? 오빠 누이 그거?…."

계봉이는 말끄러미 승재를 올려다보다가, 별안간,

"…싫다— 누!" 하면서 아주 안정 없이 잡아뗀다.

생각잖은 무렴을 보고서 승재는 얼굴이 벌개진다.

"싫여?"

"응, 해애."

계봉이는 그렇게까지 안 해도 좋을 것을 너무 매몰스럽게 쏘아 준 것이 미안했던지, 제라서 배시시 웃는다.

"왜 싫으꼬?"

"왜?… 응— 거저."

"거저두 있나? 이유가 있어야지."

"이유? 이윤… 응… 없어, 없어."

"없는 게 아니라, 아마 계봉인 남 서방이 싫은 게지? 그러니깐 누이동생 내기 싫대지?"

"누가 남 서방이 싫여서 그리나, 머."

"뭘! …싫으니깐 그러지."

"아냐!"

"아닌, 뭘!"

"아니래두, 자꾸만! 남 속도 모르고서 괜—히…?

계봉이는 필경 암상이 나서[126], 대구 지청구를 한다.

승재는 다시는 꿈적도 못하고 슬며시 밖으로 나간다.

거리로 걸어가면서, 승재는 계봉이가 소갈찌를 포르르 내면서, 남의 속도 모르고 그런다고, 쏘아 붙이던 말을 두루 생각을 해본다.

결코 까부느라고 아무렇게나 한 말이 아니요, 영감같이 속이 엉뚱한 소리던 것이다. 철없이 함부로 굴고 응석을 부리고 하는 계봉이를, 동기

―――――――――

126) 암상이 나다: 남을 미워하고 샘을 잘 내는 심술.

의 친누이동생인 양, 승재는 단순하게, 그리고 마음 놓고 사랑했고, 그것을 그대로 길이길이 가꾸고 싶었었다. 그러나 그것은 시방 보고 나온 계봉이로 해서 한낱 전설같이 아득한 것이 되고 말았다.

누이동생을 내자고 하니까, 말끄러미 올려다보던 그 눈, 남의 속도 모르고서 그런다고 암상을 떨던 그 눈, 본시 타고난 것이라, 한껏 이지적이기는 하면서도 가릴 수 없는 정열을 흠뻑 머금어, 사뭇 위태위태해 보이던 그 눈을 생각하면 승재는 다시는 계봉이와 똑바로 마주 보지를 못 할 듯싶게, 그 눈이 무서웠다.

"그렇게도 조달127)을 하나!"

승재는 혼자서 탄식하듯 중얼거린다.

승재가 과실과 과자를 조금씩 사가지고 들어왔을 때는, 계봉이는 아까 일은 죄다 잊어버린 듯이, 그런 눈치도 안 보였었다. 승재는 그것이 다행하고 안심이 되었다.

"안 먹으믄 또 협박을 할 테니깐…."

계봉이는 과자봉지를 풀어놓고 승재와 둘이서 마악 먹기 시작하려다가 밑도 끝도 없이 묻는 말이다.

"…남 서방, 그새 퍽 궁금했지요?"

"궁금?"

"응… 언니 결혼하는 거 말이우."

"으응, 난 무슨 소리라구! 머 그저…."

"뭘 그래요! 퍽 궁금했으문서…."

"모르면 어떤가? 다아…."

"글쎄 몰라두 괜찮다문 그만이지만… 그런데 말이우, 내 꼬옥 한 가지

---

127) 조달: 나이는 어리지만 어른 같은 데가 있음.

만 이야기해주께, 응?"

"언니가아, 응? 언니가 말이우, 남 서방을 잊진 못하나 봐!"

"괜헌 소릴!"

승재는 말과는 딴판으로 얼굴이 붉어진다. 그는 울고 싶은 반가움을 미처 숨길 수가 없었던 것이다.

"아냐, 정말이라우!"

계봉이는 우선 그날 밤 초봉이와 같이 앉아 모친한테 듣던 이야기를 그대로 다 되풀이해서 옮겨 놓는다.

승재는 이야기를 듣는 동안에, 태수가 그렇듯 집안이 양반 집안에 재산이 있고, 얌전하고 전문학교까지 졸업을 했고 한 버젓한 신랑이란다니, 정 주사네 내외며, 당자인 초봉이며, 다 그러한 문벌이랄지 학식이랄지 그런 것에 끌려서 혼인을 하는 것도 무리는 아니겠지 싶었던 것이다. 그러나 동시에 한편 구석에서는

'그렇지만 어디 원!' 하는 반발이 생기고, 자격이 모자라 떼밀렸구나, 빼앗겼구나 하매, 저를 잊지 못한단 소리가, 슬프게 반갑던 것은 어디로 가고 마음이 앙앙하여128) 좋지 않았다

『장한몽』의 수일이만큼은 아니라도 승재는 아무려나 초봉이가 야속하고 노여웠다. 그것은 그러하고, 일변 의심이 더럭 나는 것이 고태수라는 인물의 정체다. 무엇보다도 그가 전문학교니 대학이니를 졸업했다는 것이, 오늘 본 걸로 하면 종작없는129) 소리 같았다.

오늘 아까 병원에서는 그의 소위 이력이라는 것을 몰랐고 겸하여 딴데 정신이 팔려 그냥 귀 넘겨들었었지만, 어떤 놈의 전문학곤지 대학인

---

128) 앙앙하다: 마음에 차지 않고 시쁘거나 야속하여 앙심이 있다.

129) 종작없는: 말이나 태도가 똑똑하지 못하여 종잡을 수가 없는.

지 졸업을 했다는 사람이(사실 중학교만 옳게 다녔어도 그럴 리가 없는데) 데데하게시리 현미경을 요술 주머니처럼 신기해하고, 게다가 현미경 검사를 하는 세균을 십 배냐고 묻다니! 정녕 무슨 협잡이 붙었기 쉽고…. 또, 얌전한 사람이요 해서 처신이 조신하다면 ××같은 추한 병이 걸렸을 이치도 없거니와, 우연한 불행이나 한때 실수로 그렇다손 치더라도 치료와 조섭을 게을리 않고 조심을 하여 이내 완치를 했을 것이지, 결코 도로 도지고, 도지고 하도록 몸가짐을 난하게 할 리가 없는 거 아니냐 말이다.

필경 주색에 침혹하는 게 분명하고…, 그러고 보니, 다른 것, 가령 문벌이 좋으네 재산이 있네 하는 것도 역시 똑같은 야바윗속이요, 자칫하면 그 녀석이 계집을 두어 두고서 생판 시방 초봉이를…?

이렇게까지 생각을 하고 난 승재는 이거 큰일이 났다고, 당장 쫓아가서 정 주사더러든지, 제가 보고 짐작한 대로 사실과 의견을 토파[130]하여 혼인을 파의하도록 해야만 할 것 같았다. 그래 마음은 잔뜩 초조한데, 그러나 그러면서도 그를 선뜻 해댈 강단은 또한 나지를 않고 물씬물씬 뒤가 사려진다.

가령 그 짐작이 옳게 들어맞았다고 하더라도 혼인이 파혼이 되는지가 의문인 걸 항차, 정 주사네가 뒷줄로 다시 알아본 결과 혹은 이미 알아본 걸로 고태수의 그러한 제반 자격이 적실한 것이고 볼 양이면, 승재 저는 남들한테, 저놈이 초봉이를 뺏기고서 오기에 괜히 고태수를 중상하여 혼인을 훼방을 놓으려던 불측한 놈이라고, 얼굴에다 침 뱉음을 당하게 될 테니 그런 창피 그런 망신이 어디 있으며, 고태수를 죽이려던 그 약으로 승재 제가 죽어야 할 판이다. 더욱이나 제 양심을 향하여, 내가 진실로

---

130) 토파: 남의 말을 반박하여 깨뜨림.

초봉이의 불행만을 여겨서 그렇듯 서둘고 나서자는 것이지 은연중일 값에 그 혼인을 방해하고 싶은 욕심은 조금도 없는 것이냐고 물어볼 때에 그는 제 사심이 부끄러워 결과의 여하는 그만두고 차마 기운이 나지를 않았다. 그러니, 그렇다고 끄먹끄먹 앉아서 보고만 있을 것이냐? 안타까워 못 할 노릇이다. 그러면 들고 나서서 간섭을 해? 그것은 안팎으로 사리는 게 많아 못 할 일이다. 대체 이 일을 그러면 어떻게 한단 말이야? 해도, 대답은 나오지 않고, 사뭇 조바심만 나서 승재는 마치 무엇 마려운 무엇에다 빗댈 형용이다.

"아, 그래서 난 그만 건넌방으로 쫓겨 왔는데… 그런데 글쎄….”

계봉이는 승재가 하도 저 혼자서 얼굴이 붉으락푸르락, 무엇을 생각을 하느라. 입맛을 다시느라, 심상치 않으니까, 저도 한동안 앉아 과실만 벗기면서 눈치를 보다가, 이윽고 그다음 이야기를 계속하던 것이다.

"…그 댐버텀 언니가 시추움하니 풀이 죽어가지굴랑 혼자서 한숨을 디리쉬구 내쉬구 그리겠지!

…난 글쎄 그날 저녁에 언니가 그 자리에 앉아서 어머니한테 바루 승낙을 한 줄은 몰랐구려! …머, 어머니 아버지가 당신네끼리 다아 작정을 해놓구설랑 언니더러 이러구저러구 해서 다아 그렇게 된 거니 그리 알라구 일른 거니깐, 언니 성미에 싫더래두 싫다구 하지두 못했을 거야…. 언니가 글쎄 그렇게 맘이 약허다우….”

계봉이는 과실을 한 쪽 집어주는 길에 승재의 동의를 묻는 듯이 말을 잠깐 멈춘다. 승재는 주는 과실을 받아 가진 채 그대로 묵묵히 말이 없고, 계봉이는 그다음을 계속하여…,

"…그래 내가 하루는, 그러니깐 그게 바루 약혼을 하던 그 전날 저녁인가 봐…. 언니더러 가만히, 아 그렇게 맘에 없는 것을 아무리 어머니 아버지가 시키는 노릇이라도 싫다구서 내뻗으면 고만이지 왜 억지루 당하

른서 그리느냐구 그잖았겠수? 그랬더니 언니 말이, 너는 속두 모르고서 무얼 그리느냐구. 내가 그 사람하구 결혼을 하믄 인제 그 사람이 돈을 수천 원 장사 밑천으루 아버지한테 대준다구 하는데, 내가 어떻게 이 혼인을 마다구 하겠느냐구 그리겠지! 글쎄 그 말을 들으니깐 어떻게 결이 나구 모두 밉살머리스럽던지 마구 그냥 몰아셌지… 그래 이건 케케묵게 『심청전』을 읽구 있나? 『장한몽』 같은 잠꼬대를 하구 있나… 그게 어디 당한 소리냐구… 그리구 일부러 안방에서 어머니 아버지두 들으시라구, 그럴테문 애당초에 뭣하러 자식을 길러야구, 저 거시기 돼지새끼나 병아리새끼를 인제 자라믄 팔아먹을려구 기르는 거나 일반이 아니구 무어냐구… 마구 왜장을 쳤더니, 아 언니가 손으루다가 내 입을 틀어 막구 꼬집구 그리겠지! …그래두 안방에서 다아 들 듣긴 들었을 거야… 속이 뜨끔했지 뭐… 해해해."

계봉이는 그날 밤의 일이 다시금 통쾌하듯이 마침내 까알깔 웃어젖힌다.

승재는 그러나 마디지게 한숨을 몰아내어 쉬고 묵묵히 앞 벽을 건너다본다. 그는 시방, 방금 아까 초봉이의 위태한 결혼을 막지 못해 안타까이 초조하던 불안도, 또 바로 그전에 초봉이가 못내 야속하던 노염도 죄다 잊어버리고 얼굴은 아주 딴판으로 감격함과 엄숙한 빛이 가득하다.

초봉이는 불쌍한 부모와 동기간을 위하여 제 한 몸이나 제 사랑을 희생시키는 것이래서 그 혼이 거룩하고 그 심정이 감격했던 것이다.

승재는 개봉동 양 서방네가 딸 명님이를 기생집에 수양딸로 팔아먹으려고 조금 더 자라기를 기다리는 것을 (계봉이가 방금 저의 부모더러 들으라고 내쏘았다는 그 말대로) 승재 저도 일찍이 그것을, 돼지 새끼나 병아리를 치면서 그놈이 자라기를 기다리는 것이나 다를 게 없다고 생각을 했었다. 그러나 명님이네의 일과 별반 다를 것이 없는 따지고 보면 더 야박하다고 할 수 있는 이번의 초봉이의 혼인에 대해서는 그러한 반감

같은 것은 조금도 나지를 않았다. 않았다기보다도 실상은 계봉이가 짐승의 새끼를 팔아먹는다는 그 비유를 하는 대목에서는, 승재는 벌써 정신을 놓고 다른 생각을 아무것도 하게 될 겨를이 없었던 게 사실이다. 종시 말이 없고 눈을 치떠 허공을 보는 승재의 얼굴은 차차로 황홀해 간다. 그는 시방 눈앞에 자비스런 초봉이가 한가운데 천사의 차림으로 우렷이 나타나 있고, 그 좌우와 등 뒤로는 그의 가권들의 가엾은 얼굴들이 초봉이의 후광을 받아 겨우 희미하게 안식을 얻고 있는, 그런 성화聖畵의 한 폭이 보이던 것이다.

"장한 노릇이로군…!"

더욱 감격하다 못해 필경 눈이 싸하고 눈물이 배는 것을, 그러거나 말거나, 앉아서 중얼거리듯 탄식을 하던 것이다.

"으음…."

다시 훨씬 만에, 이번에는 입술을 지그시 다물면서, 연해 고개를 끄덕거린다. 그는 비로소 아까 초봉이를 야속해하던 생각이며, 그의 혼인을 훼방하지 못해 초초 불안하던 것이며, 더구나 태수한테 질투와 증오를 갖던 제 자신이 초봉이의 그렇듯 깨끗하고 아름다운 마음씨에 비하여 얼마나 추하고 부끄러운 소인의 짓이던고 싶었다.

"거룩한 노릇이야!"

승재는 마침내 남의 그렇듯 거룩한 행위에 대한 감격이 적극적인 의욕으로 번져나가면서, 그리하자면 우선 손쉽게 가령 태수한테라도 그에게 가지던 비열한 마음을 죄다 버리고 일변 그의 병을 정말 지성스런 마음으로 치료를 해주는 것도 바로 그것일 것이고, 하면 더욱이 초봉이를 위하여 정성을 씀이 되는 것이니 두루 추앙할 일일 것 같았다. 결심을 가지고 나자 승재의 마음은 노곤했던 잠결같이 편안해졌다.

승재가 마치 몽유병자가 된 것처럼 별안간 감격 황홀해서 있는 것을 계봉이는 과실과 과자를 서로 가람 집어다 먹어가면서 우스워 못 보겠다는 듯이 해끗해끗 재미있어만 하다가 승재의 거룩한 노릇이라는 두 번째의 탄성에는 말끄러미 경멸하듯 올려다보고 있더니 필경,

"가관이네…. 아—니, 쥐뿔은 어떻구?" 하면서 우선 한마디 쏘아다 부딪는다.

"왜? …아름답구 거룩한 거 좋잖아?"

승재는 아직도 꿈을 꾸는 듯, 얼뜬 얼굴에 허한 음성이다.

"오오라! …그럼 남 서방두 인제 딸 낳아 자라문 장사 밑천 얻자구 아무한테나 내주겠구려?"

"허어! 난 그런 것보담두 우선 초봉이 언니의 아름다운 맘씨를 가지구 하는 말인데!"

"아름다운 맘인가? 아주 케케묵은 생각이지!"

"못써요! …아름다운 건 아름답게 보아 버릇해야 하는 법야 초봉이 언니 맘씨가 오죽 아름다워?"

"못나서 그래요!"

"저거! 하는 소리마다….."

"괜히 잠꼬대 같은 소리 하지 말아요, 혼내줄 테니….."

"계봉이 못쓰겠어!"

"흥! 그래두 두구 봐요…!"

"두구 보아야 머 응석받이?"

"암만 응석받이라두 나두 눈치는 다아 있어요…. 이봐요, 남 서방… 글쎄 이번에 우리 언니가 그 결혼을 해서 잘 산다구 칩시다…. 그렇더래두 말이지, 맨 첨에 맘을 먹기를 장사 밑천을 얻을 령으루다가 딸을 내놓는 그 맘자리가 그게 고약스럽잖우? …그러니깐 아무리 우리 부모라두 난 나쁘다구 할 말은 해요…. 말이야 다아 그럴듯하잖어? 사람이 잘나구,

머 똑똑허구, 전문대학교를… 하하하하, 글쎄 우리 어머니가 전문대학교 래요! 그래 내가 있다가, 대체 전문대학교가 어딨냐고 핀잔을 주니까, 하는 소리 좀 들어봐요! …아 이년아 더 높은 학곤게로구나, 이러겠지? 하하하하, 내 온….”

계봉이가 웃는 바람에 승재도 섭쓸려서 웃는다.

“…그래 글쎄 그렇게 사람이 잘나구 어쩌구 어쩌구 해서 너를 위해서 첫째는 이 혼인을 하는 것이라구, 그러구 장사 밑천이야 다만 여벌이 아니냐구 그러더라나? …아이구 거저, 내가 그대루 앉았다가 그런 소릴 들었더라믄 뾰죽하게 한바탕 몰아세는걸.”

“그러면 말이지….”

승재는 계봉이가 어찌하나 본다고….

“…자식이 부모를 위해서 희생하는 게 나쁘기루치면 부모가 자식 때문에 자식을 모두 길러내느라구 고생하구 하면서 역시 희생하는 것두 마찬가지루 나쁜가?”

“아—니.”

“왜? 그건 어째서?”

“부모는 자식을 제가 독립해서 살아갈 수 있두록 길러내고 교육시켜줄 그럴 의무가 있으니깐, 그러니깐 희생을 해서라두 의무 시행을 해야 옳지? …세납 못 바치믄 집달리가 솥단지나 숟갈 집어 가듯이… 우리 집에서두 전에 한번 그 일 당한걸, 하하하.”

승재는 인제 겨우 여학교 삼년급에 다니는 열일곱 살박이 계집아이가 대체 어느 결에 어떻게 해서 그런 소리까지 할 줄 알게 되었나 싶어 아까 누이동생 정하기 싫다고 하던 때와는 의미가 다르나 역시 놀랍고 겁이 나는 것 같았다.

이튿날 승재는 태수의 ××을 혼인날까지에 기어코 낫게 해줄 딴 도리가 없을까 하고 두루두루 궁리를 해보면서 혼자 애를 썼다. 그리고 앞으로 는 태수를 결코 미워하지 않겠다고, 다시금 제 마음에 맹세를 했다. 그러 나 막상 오후가 되어 태수가 척 들어설 때는 승재의 마음의 맹세는 그다 지 힘을 쓰지 못했다.

마음은 그래서 동요가 되었어도, 그는 그것을 억제해가면서 밤사이의 증세도 물어보고, 술을 삼가고 음식을 자극성 없는 것으로 조심해서 가 려 먹으라고 두루 신칙131)하기를 잊지 않았었다.

---

131) 신칙: 단단히 타일러 경계함.

행화杏花의 변辯

치료를 받고 난 태수는 그길로 개복동 행화의 집에 들렀다. 언제나 마찬가지로 오늘도 형보가 먼저 와서, 아랫목 보료 위에 가 사방침四方枕[132]을 베고 드러누웠고, 행화는 가야금을 심심삼아 누르고 있다.

"자네, 집 장만했다면서 방이 몇인가? 남을 게 있나?"

태수가 마루로 올라서노라니까, 방에서 형보가 이런 소리를 먼저 묻는다. 형보는 태수가 결혼을 하고 살림을 차리면 비벼 뚫고 들어갈 요량을 대고 있는 참이다.

"염려 말게, 그러잖어두 다아…."

태수는 방으로 들어서면서 우선 양복 윗저고리를 홀러덩 벗어 들고 휘휘 둘러보다가 행화가 차고 앉은 가야금 위에다 휙 내던지고 모자는 벗어서 행화의 머리에다 푹 눌러 씌운다.

"와 이리 수선을 피우노? …남 안 가는 여학생 장가나 가길래 이라제?"

행화는 익살맞게 그래도 까딱 않고 앉아서 태수한테 눈을 흘긴다.

"하하하하, 그래그래. 내가 요새 대단히 유쾌해!"

"참 볼 수 없다! …그 잘난 제―미할 여학생 장가로 못 갈까 봐서 코가 쉰댓 자나 빠져갖고 댕길 때는 언제고, 저리 좋아서 야단스레 굴 때는 언제꼬!"

---

132) 사방침(四方枕): 팔꿈치를 괴고 비스듬히 기대어 앉을 수 있게 만든 네모난 베개.

"하 이 사람, 그렇잖겠나? 평생소원을 이뤘으니…. 그렇지만 염려 말게…. 신정이 좋기루 구정이야 잊을 리가 있겠나?"

"아이갸! 내 차 타고 서울로 가서 한강 철교에 자살로 할라 캤더니, 그럼 그 말만 꼬옥 믿고 그만두오, 에?"

"아무렴, 그렇구말구… 다아 염려 말래두그래!"

시방 행화는 농담을 농담으로 하고 있지만 태수는 진정을 농담으로 하고 있다.

그는 초봉이와 약혼을 한 그날부터는 근심과 불안을 요새 하늘처럼 말갛게 싹싹 씻어버렸다. 그새까지는 근심이 되고 답답하고 할 적마다 염불이나 기도를 하는 것과 일반으로, 뭘! 약차하거든 죽어버리면 그만이지, 하고 그 임시 그 임시의 번뇌를 회피하기는 했지만, 그러면서도 한편으로는 어떻게 일을 좀 모면하고 싶은 마음이 간절하여, 늘 불안과 더불어 그것이 가슴에 서리고 있었다. 하던 것이, 영영 그를 못 피하지는 못할 형편인데 일변 한 걸음 두 걸음 몸 바투 다가는 오고 그러자 마침 초봉이와 뜻대로 약혼까지 되고 보니, 그제는 아주 에라! 이놈의 것… 하고, 정말로 죽어버릴 결심을 하고 말았던 것이다. 해서, 그 무겁던 불안과 노심으로부터 완전히 해방을 받은 것이다. ―제일 큰 소원이던 초봉이한테 여학생 장가를 들어 마지막 원을 푼 다음에야 단 하루라도 좋고 이생에 아무 미련도 없다. 그리고(그래서 장차 어느 날 일는지는 몰라도 그날에 임하여 종용 자약하게133) 죽음을 자취134)할 테나) 그러나 그날의 그 최후의 일순간까지라도 이 세상을 깊이 있고 폭넓게, 단연코 즐거운 생활을 해야만 한다. 그리하자면 첫째 초봉이로 더불어 맺는 꿈을 최

---

133) 자약하다: 큰일을 당해서도 놀라지 아니하고 보통 때처럼 침착하다.

134) 자취: 잘하든 못하든 자기 스스로 만들어 그렇게 됨.

대한도로 호화롭게 꾸며야 한다. 그러나 그러면서도 한편으로는 많이많이 뚱땅거리고 술을 마시면서 놀아야 한다. 계집도 할 수 있는껏 여럿을 두고 지내야 한다. 하니까 행화도 그대로 데리고 지낼 테다. 돈은 도둑질도 좋고 빚도 좋고 사기횡령 다아 좋다. 재주껏 끌어대면 그만이다. 즐겁고 유쾌하자면 그러므로 몸에 고통이 없어야 한다. 그러니까 병원에를 다니면서 ××도 치료를 받아야 한다.

이렇듯 태수는, 마치 무슨 의식을 거행하는데 순서를 작성해놓은 것처럼 앞일을 가뜬하고 분명하게 짜놓았다. 해서 그는 진정으로 유쾌하고 명랑했던 것이지 조금도 억지로 그러는 게 아니던 것이다.

태수와 행화가 주거니 받거니 한참 지껄이는 동안, 형보는 혼자서 제 생각에 골몰해 있다가 이윽고 끙 하면서 일어나 앉더니 태수 앞에 놓인 해태 곽을 집어다 한 대 피워 물고는 저도 말에 한몫 끼자고….

"행화가 말루는 아무렇지두 않은 체해두 다아 속은 단단히 꽁—한 모양이지?"

"와?"

"아, 저렇게 이쁜 서방님을 뺏기니깐…."

"하! 고 주사가 이쁘문 거저 이뻤나? 돈을 주니 이뻤제…."

"조건 농담을 해두 꼭 저따우루 한단 말야!"

"와 농담도? 진정인데…."

"그래그래, 말이야말루 바른말이다…. 그런데 아뭏던 고 주사가 장가를 든다니깐 섭섭하긴 섭섭하지?"

"체! 고 주사가 장가 안 가구 있으문 언제 나한테루 장가 온다카덩기요? …내는 조강지처 바래지도 않고."

"거저 저건 팔자에 타구난 화류계 물건이야!"

"아니, 장 주사두 철부지 소리로 하지 않소…?"

더럭 성구는 행화는 그렇다고 흥분한 것은 아니나, 농담하는 낯꽃도 아니다.

"…기생이문 기생답기 돈이나 벌고 다아 그랄끼지, 아이고— 무얼 팔자 탄식은 하고, 첩이 싫다고 남의 조강지처나 바라고 하는 거 내는 그만에 구역이 나더라, 제에!"

"흥!"

"그라제… 또오, 기생 년이 뭣이냐 연애한다고 껍덕대는 거, 내참 눈이 시여 못 보겠더라."

"아—니, 기생이라구 연애하지 말라는 법두 있나? 이 사람 자네 너무 겸손허이! …괜—히 동무들한테 몽둥이 마질…."

"기생이 연애가 어데 당한 거꼬? …주제에 연애로 한다는 년도 천하잡년, 기생 년하고 연애하자고 덤비는 놈팽이두 천하잡놈…."

"아—니, 어째서?"

여태 싱글싱글 웃고 앉아서 저 하는 양만 보고 있던 태수가, 저도 어디 말을 시켜본다는 듯이, 얼른 거들고 나서던 것이다.

"…이건 내가 되레 행화 말마따나, 차를 타구 서울루 가서 자살을 하던지 해야 할까 보이 응? …아, 그래두 난 여태 행화허구 연애를 하거니 하구서, 멋없이 좋아하잖었나!"

"하하! 당신네들이 암만 그란다고 내 무척 입살을 탈 내오… 아예 말두 마소…. 돈 받고 ××××연애라카오? …뭇놈이 디리 주무르던 몸뚱이제, ××이야 매독이 시글시글해서 그만에 한쪽이 썩어들어 가제, 그런 주제에 연애가 무어 말라 죽은 거꼬?"

"허! …그래두 난 행화한테 연앨 한걸?"

"말두 마소…. 글쎄 고 주사만 해두, 나하구 살로 섞고 지내문서 달리 초봉이라카는 색시하고 연애로 해서 장가가지 않소? …그걸 쥐×도 내가 시기로 하는 기 아니라, 그것만 봐도 기생하고는 연애가 안 되길래 그라는 기 아니오? 이 답답한 되련님요!"

"흥! 그래두 난 보니깐….."

태수가 미처 무어라고 대껄을 못하는 사이에, 형보가 도로 말참견을 하고 나서던 것이다.

"…기생들두 버젓하게 연애만 하구, 다아 그러더라."

"그기 연애라요? …활량이 오입한 거 아니고? 기생이 오입 받은 거 아니고? …오입 길게 하는 걸 갖고 연애라 캐싸니 답답한 철부지 소리 아니오? 예? 장 주사 나리님!"

"저게 끄은히 나더러 철부지래요! 허어 그거 참… 그러나저러나 이 사람아 글쎄 기생두 다아 같은 사람이라서 연앨 해먹게 마련이구, 그래서 더러 연앨 하기두 하구 하는데 자낸 어찌 그리 연애하는 기생이라면 비상속인가?"

"연애로 하문 다아 사람질하나? 체! 요번에 저 앞에서 보니 개두 연앨 하던데?"

태수는 형보와 어울려 한참이나 웃다가, 빈 담뱃갑을 집어보고는 돈을 꺼내면서 바깥을 기웃기웃 내다본다.

"와?"

"담배….."

"아무두 없는데… 피종 피우소."

행화는 제 경대 서랍에서 담뱃갑을 꺼내다 놓는다.

"요전날 뭣이냐, 계집애 하나 데려오기루 한 건 어떻게 했나? 참."

태수가 마침 심부름이 아쉽던 끝이라 무심코 생각이 난 대로 지날말같이 물어보던 것이다.

"응? 계집애…?"

형보는 행화가 미처 대답도 할 겨를이 없게끔 딱지를 떼고 덤빈다. 임의롭고 한 행화의 집이니 혹시 제 소일거리라도 생기나 해서….

"…웬 거야? 어떻게 생긴 거야?"

"와 이리 안주 없이 좋아하노? …우리 딸로 데리올라 캤더니 아직 어려서 조꼼 더 크게로 두었소, 자아…."

"허— 거참… 그러나저러나 인제 이런 것이 딸이라니?"

"하아! 내 나이 환갑 아니오?"

"기생의 환갑?"

"뉘 환갑이거나 인제는 딸이나 길러야 늙밭에 밥이라도 물어다 멕여 살릴끼 아니오?"

"아서라! …남의 계집애 자식을 몇 푼이나 주구서 사다갈랑은 디리 등꼴을 뽑아 먹을 텐구? …쯧쯧!"

"등꼴은 와? …다아 제 좋고, 내 좋고 하제!"

"대체 몇 푼이나 주구서 사오기루 했던가?"

"하앗다, 장 주사는 푼돈 크기 쓰나 보제? …백 원짜리로 두 푼에 정했소. 정했다가 제도 마단 다 하고, 내도 급하잖길래 후제 보자 했소. 속이 시원하오?"

양 서방네 딸 명님이의 이야기다. 그러나 태수와 형보는, 그들은 명님인 줄도 모르고, 또 코가 어디 붙은 계집아인지 알 턱도 없던 것이다.

"집을 도배를 하나? 원…."

태수가 혼잣말로 중얼거리면서 방바닥에 놓인 양복저고리를 집어 들고 일어선다.

"…좀 가보아야겠군."

"어딘데?"

"그전 큰샘거리… 자네두 같이 가세. 오늘 가서 집을 알아뒀다가 도배

끝나거든 짝 떠짊어지구 가서 있게."

"아—니 내가 먼점 집을 들어?"

형보는 두루마기를 내려 입으면서 속으로는 어찌하면 일이 이렇게도 군장맞게 잘 맞아떨어지느냐고 좋아한다.

"식모는 벌써 집하구 한꺼번에 구해서 집을 맡게 됐는데 인제 살림을 디려놓자면 식모만 믿을 수가 없으니까, 자네가 기왕 와서 있을 테고 하니 미리 오란 말이지."

"원 그렇다면 모르거니와…."

"행화두 미리서 집 알기 겸 가세그려? …아무래두 또 만나서 저녁이나 먹어야 할 테니 아주 나갈 길에…."

태수는 시방 태평으로 집을 둘러보러 가는 것이나, 그와 거의 같은 시각에서 조금 돌이켜, 초봉이도 계봉이와 같이 그 집에를 가게 된 것은 생각도 못한 일이다.

집은, 다른 서두리와 마찬가지로, 탑삭부리 한 참봉네 아낙 김 씨가 나서서 얻어놓았다.

태수는 실상 돈만, 같은 솜씨로 소절수 농간을 해서, 오백 원을 마련해다가 김 씨한테 내맡겨버리고 기껏해야 청첩박이는 것, 식장으로 쓸 공회당이며, 예식 집에 전화로 교섭하는 것, 요릿집에다가 음식 맞추는 것, 이런 것이나 누워 떡먹기로 슬슬 하고 있지, 정작 힘 드는 일은 김 씨가 통 가로맡아서 하고 있다. 그러하되 그는 마치 며느리를 볼, 아들의 혼인이나 당한 것처럼 팔을 걷어붙이고 나서서 일을 했다.

돈도 태수가 가져다 준 오백 원은 거진 다 없어졌다. 정 주사네 집으로 현금이 이백 원에, 혼수가 옷감이야 무어야 해서 오륙십 원어치가 가고, 다시 반지를 산다, 신랑의 옷을 한다, 집을 세로 얻는다, 살림 제구를 장만한다…. 이래서 그 오백 원은 거진 다 없어진 것이다. 인제는 돈이 앞으로 얼마가 들든지 제 돈을 찔러 넣어야 할 판이다. 그러나 그는 그것도 아깝지가 않고 도리어 그리 할 수 있는 것이 좋아 신이 났다

집을 얻어놓고서 그는 정 주사네 집에다가는, 새 집을 사려고 했었으나, 마침 마음에 드는 집이 없어서, 종차 새로 짓든지 사든지 할 테거니와, 급한 대로 우선 셋집을 이러이러한 곳에다가 얻어놓았다고 혹시 규수가 나올 길이 있거든 마음에 드는지 둘러나 보라고 태수의 전갈로 기별을 했다. 그러자 오늘 마침 초봉이가 계봉이를 데리고 목간을 하러 나가겠다니까, 유 씨가 기왕 나갔던 길이니 구경이나 하고 오라고 두 번 세 번 신신당부를 했다.

초봉이는 보아도 그만, 안 보아도 그만이라고 생각했지만, 또 기별까지 왔고, 모친도 보고 오라고 해싸니까, 그런 것을 굳이 안 보려고 할 것도 없겠다 싶어 목간을 하고 오는 길에 들러본 것이다.

샛길 소화통이 뻗어나간 뒤곁으로 예전 '큰샘거리'의 복판께 가서 바로 길옆에 나앉은 집이다. 밖에서 보기에도 추녀며 기둥이 낡지 않은 것이, 그리 묵은 집은 아니고, 대문으로 들어서면서 장독대가 박힌 좁지 않은 뜰이 우선 시원스럽다. 좌는 동향한 기역자요, 대문을 들어서면 부엌이 마주 보이고, 부엌에 연달아 안방이 달리고 마루와 건넌방이 왼편으로 꺾여 있다. 그리고 뜰아랫방은 부엌 바른편에 가 달려 있다. 도배꾼이 셋이나 들끓고, 방이며, 마루며, 마당이 안팎 없이 종이 부스러기야, 흙이야 너절하니 널려 있어 어설프기는 어설퍼도 집은 선뜻 초봉이의 마음에 들었다. 그것은 이 집이 그렇게 훌륭한 집인 줄 알아서 그런 것이 아니라, 지금 사는 둔뱀이 집에 빗대어 보면 훤하니 드높고 뚜렷한 게 속이 답답하지 않은 때문이다.

식모는 먼저 구해두기로 했다더니, 어디로 가고 보이지 않고, 건넌방에서 도배하던 사내들만 끼웃끼웃 내다본다.

초봉이는 그만하고 돌아서서 나올까 하는데 계봉이가, 별안간 반색을 하여,

"어쩌믄! 꽃밭이 있어!"

아닌 게 아니라, 전에 살던 사람의 알뜰한 맘씨인 듯싶게, 조그마한 화단이 두어져 있고, 백일홍과 봉숭아와 한련화가 모두 망울망울 망울이 맺었다. 코스모스도 서너 포기나 한창 바라고 있고, 화단 가장자리로는 채송화가 아침에 피었다가 반일이 지난 뒤라 벌써 시들었다. 화단은 그러나 주인 없이 빈 동안에 하릴없이 거칠었다. 꽃 목이 꺾이기도 하고, 숭한 발자국에 밟히기도 했다. 저편 담 밑으로는 나팔꽃이 서너 포기가 타고 올라갈 의지가 없어 땅바닥에서 넌출이 헤매고 있다.

초봉이는 마음 간으로는 지금이라도 꽃들을 추어 올리고 나팔꽃도 줄을 매주고, 이렇게 모두 손질해주고 싶은 생각이 간절했으나 차마 못 하고 돌아서면서, 집을 들면 그 이튿날 바로 이 화단에 먼저 손을 대주리라고, 꼬옥 염량을 해두었다.

초봉이가 마악 돌아서려니까, 대문간에서 뚜벅뚜벅 요란스런 발자국 소리가 들리면서 사람들이 한 떼나 되는 듯싶게 몰려들었다.

태수가 행화와 나란히 서고 형보가 그 뒤를 따라 처억척 들어서던 것이다. 양편이 다 놀란 것은 말할 것도 없다.

초봉이는 고개를 푹 숙이고, 계봉이는 덤덤하니 서 있고, 형보는 히쭉이 웃고, 행화는 의아하고, 태수는 어쩔 줄을 몰라 허둥지둥이다.

그는 뒤를 돌아다보다가, 초봉이를 건너다보다가, 뒤통수를 긁으려고 하다가, 밭은기침을 하다가, 벙긋 웃다가 하는 양이 보기에도 민망할 지경이다.

다섯 남녀의 마음은 다 제각기 다르게 동요가 되었다. 얼굴마다 또렷또렷하게 마음을 드러내놓는다.

초봉이는 행화가 웬일인고 싶어 이상하기도 했으나, 그런 것을 생각해 볼 겨를이 없이 수줍은 게 앞서서 얼굴이 홍당무가 되어가지고 빗밋이 돌아서 있다.

계봉이는 태수의 얼굴은 알아볼 수 있으나 형보를 보고, 저건 어디서 저런 흉한 게 있는고, 또 태수가 웬 기생을 데리고 다니니 필경 부랑자이기 쉽겠다 하여 눈살이 꼬옷꼿하고 이마를 찡그린다.

형보는 속으로 고소해서 죽는다.

'너 요 녀석, 거저 잘꾸싸니야!'

'바짓가랭이가 조옴 켕기리!'

'조렇게 생긴 계집애한테루 장가를 들라면서 기생년을 뀌어 차구 다니니 하늘이 알아보실 일이지!'

'아무려나 초봉이 너는 내 것이니 그리 알아라, 흐흐.'

행화는 초봉이가 초봉이인 줄도 모르거니와 그가 태수하고 결혼을 하게 된 '초봉이'라는 것도 몰랐고, 단지 제중당에서 친한 새악시가 와서 있으니까 반갑기도 하고 이상하기도 하여 뽀르르 초봉이한테 달려든다.

태수는 이리도 못 하고 저리도 못 하고, 그러나 이렇게고 저렇게고 간에 무얼 어떻게 분별할 도리도 필경 울상을 한다. 행화는 초봉이의 손목이라도 잡을 듯이 호들갑스럽게,

"아이고! 오래간만이오!" 하면서 초봉이의 숙인 얼굴을 들여다본다.

초봉이는 입이 안 떨어져서 인사 대답은 하지 못하고 눈으로만 반가워한다.

"…근데 웬일이오? 예?"

웬일이라니, 행화 네야말로 웬일이냐고 물어보아야 할 판인데, 그러고 보니, 초봉이는 말은 못하고 이쁘게 웃는 턱 아래만 손으로 만진다.

형보는 제가 나서야 할 때라고, 아기작아기작 세 여자가 서 있는 옆으

로 가까이 가더니 아주 점잔을 빼어…,

"아, 이 두 분이 진작 아십니까?"

"아이갸, 알구말구요! 어떻게 친했다고! 하하."

"원 그런 줄은 몰랐군그랴! 허허허허… 저어

참, 이 행화루 말하자면 나하구, 그저 참 그저 다아 그렇습니다. 허허… 그리구 행화, 이 초봉 씨루 말하면 바루 저 고 주사하구 이번에 결혼하실, 응? 알겠지?"

"아이갸야! 원 어찌문!"

행화는 신기하다고 연신 고개를 끄덕거리다가 태수를 돌아다보면서 눈 하나를 째끗한다.

"거 참, 두 분이 아신다니 나두 반갑습니다. 허허… 나는 이 사람하구 거기까지 좀 갔다 오느라고 앞으로 지나던 길인데 바루 문 앞에서 고 군을 만났어요."

이만하면 초봉이나 계봉이의 행화에게 대한 의혹은 넉넉히 풀 수가 있다. 그러나 실상 초봉이는 그들이 행화를 데리고 온 것을 계봉이처럼 태수한테다 치의를 하거나 그래서 불쾌하게 여기거나 그러지는 않았고, 좀 이상하게 보고 말았을 따름이다.

초봉이가 겨우 허리만 나붓이 숙여 뉘게라 없이 인사를 하는 체하고 계봉이를 데리고 대문간으로 나가는 것을 행화가 해뜩해뜩 태수를 돌려다 보고 웃으면서 따라 나간다.

태수는 형보의 재치로 일이 무사하게 되어, 가슴이 겨우 가라앉는데, 행화가 그들을 따라 나가니까 혹시 무슨 이야기나 할까 봐서, 대고 눈을 흘긴다.

"잘 가시오. 예? …내 혼인날 국수 묵으러 갈게요."

행화는 바깥 대문 문지방을 짚고 서서 작별을 한다.

초봉이는 꼭 와달라는 말을, 말 대신 웃음으로 대답하면서 고개를 끄덕거린다.

행화는 그대로 오도카니 서서, 초봉이가 계봉이와 나란히 가고 있는 뒤태를 바라보고 있다(조금 가다가 계봉이가 해뜩 돌려다 보더니, 초봉이한테로 고개를 처박고, 무어라고 쌔왈거리는 모양인데 그건 행화 제 말을 하는 것이라 생각했고…). 행화는 제중당 전방에서 처음 초봉이를 만나던 때부터 어딘지 모르게 그가 좋았고, 그래서 말하자면 서로 터놓고 친해지기 전에 정이 먼저 갔던 것이라고 할 수 있었다. 그러자 어저껜지 그저께는 마침 제중당에를 들르니까 웬 낯선 사람이 있고 그는 보이지 않아서 물어보았더니 며칠 전에 주인이 갈리면서 같이 그만두었다고 해, 그래, 심심찮은 동무 하나를 불시에 잃어버린 것 같아서, 적잖이 섭섭해서, 하다가 또 오늘은 생각도 않은 곳에서 뜻밖에 그를 만나, 만났는데 알고 본즉, 그가 바로 초봉이 — 태수의 아낙이 될 그 색시가 아니냔 말이다. 행화는 그것이 마치, 모르고 구경했던 구경거리를, 속내를 알고 나니까 깜빡 신기하듯이 이제야 비로소 일이 자꾸만 희한스럽고 재미가 나고 했다. 그러나 그는 단지 그렇게 희한스럽고 재미가 나고 하기나 할 뿐이지, 가령 탑삭부리 한 참봉네 아낙 김 씨처럼 태수를 놓고 초봉이를 질투하는 그런 마음은 역시 조금치도 우러나지 않았다. 질투가 없을 뿐만 아니라(그 역시 김 씨가 강짜에 가슴을 쥐어뜯기는 하면서도, 일변 그들의 결혼에 대해서는 도맡아가지고 일을 성취시켜주듯이 그러한) 호의나 관심도 또한 생기지를 않았다. 다만 한 가지, 그것도 아주 담담한 정도의 애석한 생각으로 초봉이가 좀 가엾기는 하였다.

행화는 보기에 태수라는 사람이 돈냥 있는 집 자식 같기는 해도, 그저 돈이나 있고 생긴 거나 매초롬하고 했지 그 밖에는 별수 없는 사내였었다. 그렇다고, 그가 태수를 나쁘게 여기느냐 하면, 그런 것도 아니다.

도대체 행화는, 오입판에서 언뜻 만나, 잠시 같이 지내는 사내가 항상 좋고 나쁘고가 없었다. 그처럼 두드러지게 좋아하는 것도 아니요, 편벽되게 나빠하는 것도 아니요, 그런즉 태수가 별 수가 있거나 말거나, 또한 행화 저한테는 아랑곳이 없는 일이었다. 그래서, 그러므로 결코 태수에 대한 관심으로서가 아니라, 단지 초봉이 — 제 마음에 좋아서 정이 끌리던 초봉이요, 더구나 저렇듯 손도 댈까 무섭게 애련한 처녀가, 이건 마구 주색에 폭 빠져 세월 모르고서 덤벙거리는, 게다가 ××이 부글부글 괴는, 천하 난봉이지 별반 취할 곳이 없는 그러한 고태수의 아낙이 된다는 것이, 그래서 좀 애석하고 가엾다 하는 것이다.

"그래도 할 수 없지! …남의 일 내가 와 알아서? …쯧! 굿이나 보고 떡이나 얻어묵지…."

초봉이 아우형제가 휘어진 길 저쪽으로 사라지고 보이지 않았을 때 비로소, 행화는 혼잣말로 중얼거리면서 돌아선다. 마침 태수와 형보가 무어라고 지껄이던 끝에 킬킬거리고 웃으면서 대문간으로 나온다.

🌀 태풍颱風

마침내 태수와 초봉이의 결혼식은 별일이 없이 끝났다. 대단히 경사스 럽고 겸하여 원만하였다. 다만 청하지 않은 아낙네들 구경꾼이 많이 와 서 결혼식장의 번화와 폐를 한가지로 끼쳐준 대신 온다던 태수의 모친 이 오지를 않은 '사건'이 있었을 따름이다.

정 주사네는 중난한[135] 미지의 사부인한테 크게 경의를 준비해가지고 그를 기다렸던 것인데, 웬일인지 온다던 날짜인 결혼식 그 전날에 까맣 게 오지를 않았고, 겨우 당일에야 결혼식장으로 전보만, 다른 축전 몇 장 틈에 끼어서 들이닿았다. 갑자기 병이 나서 못 내려온다는 것이었었다.

태수는 사실 제가 결혼한다는 것을, 애오개의 남의 집 셋방에 오도카 니 앉아 있는 저의 모친한테 알리지도 않았다. 전보는 서울서 그의 친구 가 미리 서신으로 부탁을 받고서 그대로 쳐준 것이다.

정 주사네는 사부인의 그러한 불의의 급병이며 사랑하는 자제의 경사 스런 혼인에 참례를 하지 못하는 섭섭한 심경을 사부인을 위하여 대단 히 심통해하는 정성을 표하기를 아까워하지 않았다. 그러나 그것 때문 에 결혼식이 무슨 구애를 받은 것은 아니요, 그러므로 대망의 가장 요긴 한 대목의 한쪽이 이지러지거나 할 며리(까닭)가 없는 것이라 마음은 지 극히 편안했었다.

---

135) 중난하다: 중대하고도 어렵다.

식장에는 승재도 참례를 했다.

승재는 제 가슴의 아픔을 상관 않고 일종 비장한 마음으로, 그 소위 거룩하다 한 초봉이를 위하여 그의 결혼을 축하하려고 참석을 했던 것이다. 그러나 그의 기대는 어그러져, 다시 새로운 슬픔을 한 가지 안고 돌아오지 아니치 못했다. 초봉이가 지극히 슬퍼함을 보았기 때문이다.

흰 의복에, 흰 면사포에, 흰 백합꽃에, 이러한 흰빛만의 맨드리136)가 흰빛을 지나쳐 창백한 것이며, 단을 향하여 고개를 깊이 떨어뜨리고 천천히 천천히 다만 항거할 수 없는 운명에 이끌리듯, 한 걸음 반걸음 걸어나가는 그 고요함이라니, 그것은 마치 소리 없는 엘레지137)인 듯, 승재는 그만 어떻게나 슬프던지, 시방 초봉이는 정녕코 눈물을 흘리지 싶어 승재 저도 눈이 싸하면서 아프고, 차마 그다음은 고개를 들어 정시하지를 못했다. 이게 실상은 옥구구138)요, 사실 초봉이는 누구나 처녀로 결혼식장에 임하여 경험하듯이 아무것도 정신을 차리지 못해 제법 슬퍼하고, 기뻐하고 할 겨를도 없었던 것인데, 승재는 부질없이 제 슬픔에 잡쳐 가지고는 그게 초봉이에게서 우러나는 초봉이의 슬퍼함이라는, 착각을 일으켰던 것이다. 하고 보니 그다음에 오는 것은 환멸이다. 물론 그렇다고 승잰들, 초봉이가 오늘 결혼식장에서 벙싯벙싯 웃고 명랑하리라고 생각했던 것이야 아니지만, 그러나 초봉이가 슬퍼하리라는 것도 또한 거기까지는 예측을 못했던 일이다. 했다가 초봉이가 신부라고 하기보다는 상청의 젊은 미망인인 듯 초조하고 슬퍼 보여, 그런데 거기에 또 한 가지 생각 못했던 정경으로는, 초봉이만 빼놓고 그의 가족 전부가 누구 할 것

---

136) 맨드리: 물건의 만들어진 모양새.

137) 엘레지: 슬픔을 노래한 악곡이나 가곡.

138) 옥구구: 옥셈의 방언. 잘못 생각하여 자기에게 손해가 되는 셈.

없이 만족과 기쁨이 싱글벙글 넘쳐흐르는 얼굴들이다.

이때에, 승재가 전날에 머릿속에 우러러보던 성화는 전연 반대의 것으로 바뀌어, 그림의 전면에는 가족들의 살찌고 만족한 여러 얼굴들이 옹기종기 훤하게 드러나고, 초봉이는 저—편 뒤로 보일락 말락 하게 불쌍하게 서서 있던 것이다.

승재는 뜨고 있는 눈에도 선연히 보이는 이 불쾌한 그림을 차마 보지 않으려고 부지중 스르르 눈을 감았다. 그러나 눈을 감고 있잔즉 그제는 검은 옷을 입은 '희생의 주신主神'이 지팡막대로 앞을 가로막으면서,

"나를 알아내야만 이 길을 비켜주리라."고 짓궂게 수염을 쓰다듬던 것이다.

승재는 식이 끝나기가 바쁘게 자리를 빠져나왔다. 피로연에는 애초부터 가지 않을 요량이었지만 만약 누가 잡아끌기라도 한다면 버럭 성을 냈을 것이다.

그날 바로 그 순간부터 승재는 마음 아름다운 초봉이를 거룩하다고만 막연히 탄복하고 있지 못하고 슬픈 양자(모습)로 시집가던 초봉이를 슬퍼하는 마음이 더했다. 그리하면서야 비로소 그는, 이 앞으로 초봉이의 운명이 자못 평탄하지가 못하고 어떠한 불행이 약속되어 있거니 하는 막연한 불안이며, 정 주사 내외의 그 불순한 정책 혼인에 대한 반감이 머리를 들고 일어났다.

아무려나 그렇듯 무사히 혼인을 했고 다시 무사한 열흘이 지나갔다.

절기는 유월로 접어들어 여름은 적이 완구해가기 시작했다. 그러나 아침 새벽은 아직도 좋다.

"뚜—우."

다섯 시 반 첫 사이렌 소리에 맞추듯 초봉이는, 친가에 있을 때의 버릇대로, 퍼뜩 잠이 깨어, 깨던 맡으로 벌떡 일어나 앉는다.

일어나 앉으면서 그는 가벼운 경이의 눈으로 방 안을 잠깐 둘러본다. 덧문을 닫지 않는 위아래 앞문과 뒤창이 다 같이 희유끄름히 밝으려고 하는데 파란 덮개를 드리운 전등은 아직 그대로 켜져 있다.

양지로 바른 위에다가 분을 먹여 백지로 덧발라 놓아서 희기는 희되 가볍지 않고 침착한 바람벽 윗목으로 나란히 놓인 양복장과 삼층장의 으리으리한 윤택, 머릿장, 머릿장 위에 들뭇하게[139] 놓인 금침 꾸러미, 축음기 등속 모두가 눈에 생소한 것이면서, 그러나 어제 저녁에 잠이 들기 전에 보았던 그것들 그대로다.

흐트러진 자리옷에 남색 제병 누비이불로 아랫도리를 가리고 앉았는 초봉이 제가, 보아야 역시 저다. 바로 제 옆에서 자줏빛 제병 처네를 걸치고 누워 자고 있는 고태수가, 장히 낯선 사람은 사람이라도 어제 저녁 잠이 들기 전에 보았던 제 남편인 채 그대로다.

이 모든 것이 다 그대로인 것, 잠을 깨서 보니 오늘도 다 그냥 그대로인 것이 번연한 일인데도 그래도 초봉이는 그것이 이상하고 그리고 신통하기도 한 것이다. 그리하여 그는 잠이 깨고 난 첫 순간에 인식되는 이 현실을, 거의 음성을 내어 중얼거릴 만큼 오늘도 이런가 하고 가볍게 놀란다. 그러나 그래 놓고는 이어 다음 순간, 오늘도 이런가라니? 그럼 그게 어디로 갔을까 봐? 하고 번연한 노릇을 가지고 그런다고, 혼자서 우스워한다. 생각하면서 제가 하는 것이 꼬옥 애기 같고, 그래서 하하하 소리를 내어 웃고 싶다.

잠시 혼자서 웃고 앉았던 초봉이는 이윽고 있다가 이번에는 고개 갸웃 갸웃, 그런데… 그런데 그래도? …이상하다고 태수와 저를 번갈아 보고 또 보고 한다. ―결혼이라고 하는 것을 하고서, 어머니 아버지며 동생들

---

139) 들뭇하다: 분량이나 수효가 어떤 범위 안에 가득 차 있다.

은 다 집에 그대로 있는데 나만 혼자 이 집으로 오고, 와설랑은 이 사람
— 여기서 자고 있는 이 사람 — 색시 노릇을 하고, 대체 이 사람이 나하
고 무엇이길래 나를 가지고 어쩌고저쩌고 하고, 그렇게도 예쁜지 밤이나
낮이나 마구 좋아서 죽고 나는 또 그걸 죄다 받아주고…. 이게 다 무엇하
는 것인지, 가만히 우습기만 하지, 알고도 모를 일이다. —나는 저 너머
'둔뱀이' 사는 초봉인데, 우리 어머니 아버지네 딸이고 계봉이네 언니고
형주 병주네 큰누나고 할 초봉인데, 어째서 초봉이가 이 집에 와서 이 사
람하고 이럴꼬…? 암만해도 초봉이 저는 따로 있고, 시방 저는 남인 것
만 같다. —남? …그래 남! 나 말고서 남….

　초봉이는, 이제 자신이 남으로 여겨지는 자아의식의 분열이 무척 마음
에 들었다. —그래그래, 나는 — 정말 초봉이는 시방도 저 너머 '둔뱀이'
우리 집에 있다. 맨 먼저 일어나서 시방 몽당비짜락으로 토방을 쓴다.
부엌으로 들어가서 밥을 짓는다. 안방에서 병주가 사탕을 사달라고 아
버지를 졸라댄다. 어머니는 여태 자고 있는 계봉이더러 부엌에를 같이
나가지 않는다고 나무람을 한다. 짜악 소리 없던 뜰아랫방 문 여는 소리
가 들리더니 조금 만에 뚜벅뚜벅, 승재의 커다란 몸뚱이가 대문간으로
걸어간다. 때르릉 전화가 온다. 몇 번 만에야 이번은 옳게 승재의 음성
이다. 나 승잽니다. 나 초봉이에요. 저어, 무슨 무슨 주사 한 곽만… 네,
시방 곧… 조금 더 이야기를 해주었으면 좋겠는데 저편에서도 역시 그
러고 싶은지 잠깐 말이 없다가 전화를 끊는다. 삐그덕 대문이 열리면서
승재가 뚜벅뚜벅 들어온다. 얼굴이 마주치고 히죽 웃으면서 고개를 숙
인다. 나도 웃으면서 고개를 숙인다….

　환상 가운데의 웃음이 육체에로 옮아, 방긋이 웃던 초봉이는 문득 옆
에서 태수가 잠덧[140]을 하느라고 돌아눕는 바람에 퍼뜩 정신이 든다.

　웃던 얼굴은 삽시간에 사라지고 별안간 괴로운 번뇌가 좍 얼굴을 덮는다.

얼마 만인지 겨우, 초봉이는 마디지게 한숨을 몰아쉬고는 강잉히[141] 안색을 단정히 고쳐가지고서 옷을 갈아입기 시작한다. —부질없다! 잡념이다! 지나간 일이며, 지나간 사람은, 씻은 듯이 죄다 잊고, 여기로부터서, 인제로부터 새로운 생애를 북돋아 새로운 생활을 장만하자 했으면서… 그것이 어떻게 되어서 한 결혼이든지 간에 일단 결혼을 하기는 한 것인즉, 앞으로의 생활은, 이미 결혼을 했다는 그 사실 — 절대로 무시할 수 없는 그 사실 — 을 근거로 하고서 행동을 가져야 할 것이요, 동시에 그 행동은 추궁된 동기나 미련 남은 과거 간섭을 받을 필요가 없는 것이다, 하물며 내 스스로가 고태수한테로 약간의 뜻이 기울었던 계제인데, 마침 그의 힘을 입어 집안이 형편을 피게 되리라고 생각했기 때문에 와락 그리로 마음이 쏠려버렸던 것이 아니냐? 그러했으면서 이제는 완전히 외간 남자인 과거의 사람에게 미련을 가짐은 크게 어리석은 것일뿐더러, 전부를 내맡기고 평생을 같이할, 이 남편 되는 사람에게 죄스러운 이심二心이 아니냐…?

초봉이는 적이 개운한 마음으로, 제가 덮었던 이부자리를 걷어치운다.

초봉이가 이렇듯 생각이 많기는 오늘 처음인 것이 아니다. 그는 어제 새벽에도 잠이 깨자 오늘처럼 그러했고, 그저께 새벽에도, 또 결혼을 하던 이튿날인 그다음 날부터서 줄곧 그래 왔었다. 새로운 객관에 무심한 낯가림이던 것이다.

사실 초봉이는 승재를 못 잊어하는 번뇌가 있기는 있으면서 그러나 이 새로운 생활환경이 불만인 것은 아니다. 오히려 한 가지 두 가지 차차로 기쁨이 발견됨을 따라 명랑한 시간이 늘어가고 있다.

---

140) 잠덧: 잠꼬대.
141) 강잉하다: 억지로 참다. 또는 마지못하여 그대로 하다.

제웅이 제가 제웅임을 모르고서, 제단 앞에서 제단의 아름다움에 취해 기뻐하는 양심에 틀림이야 없지만….

하얀 행주치마를 노랑 저고리에 받쳐 입은 남치마 위로 가뜬하게 두르면서, 초봉이는 윗미닫이를 조용히 열고 마루로 나선다.

바깥은, 첫여름의 맑고도 새뜻한 새벽 공기가 기다렸던 듯 얼굴에 좍 끼치어 그 상쾌함이 이를 데가 없다.

초봉이는 반사적으로 가슴에 하나 가득 숨을 들이쉬었다가 호 길게 내뿜는다. 이어서 또 한 번, 두 번 신선한 새벽 공기를 깊이 들이마시는 동안, 밤사이 후덥지근한 방 안에서 텁텁해진 머리와 부자연하게 시달린 몸의 피로가, 한꺼번에 다 씻겨 나가는 것 같았다.

문 앞 한길에서는 장사치들이며 행인들의 잡음도 아직 들리지 않고 집은 안팎이 두루 조용하다. 태수도 그대로 자고 있고 식모도 여섯 시가 되어야 부엌으로 나온다. 건넌방에서 형보가 잠이 깨어, 쿠욱 캐액, 담을 배앝으려면 한 시간은 더 있어야 한다.

초봉이가 마루 앞 기둥에 등을 대고 잠깐 생각하는 것 없이 생각에 잠긴 동안 날은 차차로 차차로 밝아오다가 삽시간에 아주 훤하니 밝는다.

초봉이는 이끌리듯 신발을 걸치고, 마당으로 내려선다. 밤이 아니고 밝은 새벽, 그러나 인적이 없는 정적의 틈을 타서 홀로 마당도 거닐고, 화단에 손질도 해주고 하늘도 우러러보고 하는 것이 결혼 이후로 초봉이에게는 매우 사랑스러운 세계였었다.

"아이머니, 어쩌믄!"

초봉이는 마당으로 내려서면서 무심코 하늘을 우러러보다가, 그만 저도 모르게 황홀해 소곤거린다. 그것은 마치 이따가 한낮만 되면 전부 활짝 필, 모란꽃밭의 숱하게 많은 꽃망울들과 같다고 할는지. 하늘에는, 맑게 개었고, 한복판으로 조그만씩 조그만씩 한 엷은 수먹색 구름 방울들이 망울망울 수없이 많이 널려 있는 고놈 봉우리 끝이 제각기 모두 볼그레하니 연분홍빛으로 곱게 물들어 있다. 한 말로 그저 좋다고 하기에는 너무도 휘황하고 번화스런 정경이다.

초봉이는 고개 아픈 줄도 모르고 한참이나 하늘의 모란꽃 방울들을 올려다보다가 문득 제 꽃밭이 생각이 나서, 조르르 화단 앞으로 달려간다.

화단은 그가 혼인하기 전 집을 둘러보러 왔다가 보고서 유념한 대로 혼인한 그 이튿날부터 손에 흙을 묻혀가면서 추어주고 가꾸어주고 했었다. 그러고서 매일 아침저녁으로 온갖 정성을 다하여 손질을 해주곤 하는 참이다.

촉촉한 아침 이슬에 젖은 꽃떨기들은 모두 잎과 가지가 세차고 싱싱하다. 백일홍은 두어 놈이나 망울이 벌어지기 시작한다. 채송화는 땅바닥을 깔고 누워 분홍 노랭이 빨갱이 흰 놈, 벌써 알쏭달쏭 꽃이 피었다. 나팔꽃은 매준 줄을 타고 저희끼리 겨룸이나 하는 듯이 오불고불 기어 올라간다.

초봉이는 꽃포기마다 들여다보고 다니면서 밤사이의 인사나 하는 것 같이 웃어 보인다. 그는 사람한테 생소한 정을 먼저 꽃한테다가 들이던 것이다.

초봉이는 화단 옆으로 놓여 있는 댓 개나 되는 빈 화분들을 보고, 오늘은 국화 모종을 잊지 말고 꼭 사다 달래야 하겠다고 요량을 하면서 마악 돌아서는데 방에서 태수의 음성이 들린다.

"여보오?"

태수는 제법 몇 십 년 같이 늙어온 영감이 마누라를 부르는 것처럼 아주 구성지다. 혼인하던 그 날 저녁부터 그랬다.

태수가 초봉이를 이뻐하는 양은 형보더러 말하라면, 눈꼴이 시어서 볼 수가 없을 지경이다. 그는 결혼은 했으니 온천 같은 데로 여행을 갔을 것이지만, 만일 여러 날 동안 제 자리를 비워놓으면 그동안 다른 동료가 대신 일을 맡아볼 것이요, 그러노라면 일이 지레 탄로 나기 쉬울 터라 혼인날 하루만 할 수 없이 겨우 빠지고는 바로 그 이튿날부터 출근을 했다.

지점장도 며칠 쉬라고 권고했으나 그는 은행 일에 짐짓 충실한 체하고 물리쳤다. 그러나 신혼여행은 가지 못했어도 그 대신 신혼의 열흘 동안은 힘 미치는껏 마음을 들여서 재미있게 즐겁게 지내기를 잊지 않았다.

그는 초봉이와 결혼을 하기는 하더라도 역시 전처럼 술도 먹고 행화한 태도 다니고, 또 되도록이면 다른 기생도 더 오입을 하고 다 이럴 요량을 하기는 했었다. 그러나 그는 결혼을 하고 나서는 그런 짓을 하나도 시행한 것이 없다.

술 한 잔 먹으러 간 법 없고 행화집도 발을 뚝 끊었다. 은행의 동료들이 붙잡고서 장가 턱을 한 잔 뺏어 먹으려고 애를 썼어도 밴들 피해버렸다. 그래서 동료들이며, 술친구들은 결혼이 태수를 버려주었다고 탄식했다. 그러거나 말거나 태수는 그저 은행에서 시간만 마치고 나면 곁눈질도 않고 씽— 하니 집으로 돌아오곤 한다. 그래저래 곯는 것은 형보다. 그는 태수가 술을 먹으러 다니지 않으니 달리 술을 먹을 길은 없고 아주 초올촐하다[142].

그는 전자에 태수가 돈 만 원을 빼둘러가지고 도망을 가자는 제 말을 들어주지 않은 것이 시방도 미운데, 또 술을 사주지 않아서 한 가지 더 미움거리가 생겼다. 그러나 만일 그러한 것만 이라면 형보는 잊고 말 수도 있고 그런 대로 참을 수도 있고 하다. 따라서 적극적으로 나서서 태수를 해칠 악심도 생길 기회가 없고 말았을 것이다. 그런 것을, 형보에게 무서운 자극을 주는 게 무엇이냐 하면 초봉이다. 고 마침으로, 오도독 깨

---

142) 초올촐하다: 촐촐하다. 시장기가 약간 있다.

물어 먹기 좋게 생긴 것을 갖다가 태수가 따악 차지를 하고는 밤과 아침 저녁으로 갖은 재미 다 보고 하는 것을 형보 저는 건탕으로 건넌방 구석에 처박혀 끙끙 앓아가면서 듣고 보고 하기라니, 도저히 견디기 어려운 악형을 당함과 같았다.

'조, 묘하게 생긴 조게, 갈데없이 내 것이 될 텐데…!'

그는 조석으로도 이런 생각을 하면서 헛바닥으로 입술을 핥는다.

'저, 원수가 얼른 후딱 떼어 가서 콩밥을 먹어야 할 텐데…!'

이런 생각을 그동안 몇 번째 했는지 모른다.

사실 그는 가만히 앉았으면 오늘이고 내일이고, 아니 이따가 저녁때쯤 태수가 경찰서로 붙잡혀 갈 테고, 붙잡혀 가는 날이면 '조것'은 내 것이 될 터라서 그를 기다리고 있었다. 그러나 도무지 하루 한시가 참기는 어려워 가는 데, 대체 결혼식인들 무사히 치를까 싶잖던 '원수 녀석' 태수는 이내 멀쩡하고 붙잡혀 가는 기맥이 없다. 만일 이대로 밀려나가다가는 두세 달이 걸릴지 반년이나 일 년이 더 걸릴지 누가 알며, 하니 그러다가는 형보저는 애가 받아 죽든지 급상한[143]이 나서 죽든지 하고 말 것이다.

'안 될 말이다.'

형보는 마침내 어제 그저께부터는 딴 궁리를 하기 시작했다. 이 전짜리 엽서 한 장이면 족하다. 은행으로든지 백석白石이나, 다른 여러 곳 중 어디든지 사분이 이만저만하니 조사를 해보아라, 이렇게 엽서에다 써서 집어넣으면 고만이다. 태수 제야 아무 때 당해도 한 번 당하고 말지만 컷속[144]이 되어 먹은 거, 그러니 내일 당해도 그만이요, 모레 당해도 그만이요, 일 년이나 이태 더 끌다가 당해도 매차 일반인 것이다. 하기야 태

---

143) 급상한: 급살탕(急煞湯). 갑자기 닥치는 재난이나 재앙.

144) 컷속: 일이 되어가는 속사정.

수가 노상 입버릇같이 죽어버리면 그만이지야고 했으니까, 정말 자살이라도 했으면 더할 나위 없이 좋은 일이다.

자살을 하기만 하면야 붙잡혀 가서 콩밥이나 좀 먹고는 몇 해 후에 도로 나와가지고는, 제 계집을 빼앗아갔느니 어쨌느니 하는 말썽도 씹히지 않을 것이매, 두 다리를 쭈욱 뻗고 초봉이를 데리고 살 수가 있어서 좋다. 이렇게 따지고 보면, 섣불리 밀고질을 했다가는 일이 별안간에 뒤집혀가지고, 이놈이 어마지두 책상머리에 앉았던 채 바로 수갑을 차게 할 혐의가 없지 않으니, 일을 그저 어떻게 묘하게 제가 먼저 눈치를 채고서 얼른 자살을 해버릴 여유가 있도록 서서히 저절로 탄로가 나야만 천 냥짜리다. 그런데 그놈 천 냥짜리를, 꼭지가 물러 저절로 떨어지기를 입만 떡 벌리고 기다리잔즉 이건 마구 애가 말라 견딜 수가 없다. 그러니, 그렇다면 밀고를 하기는 해도 일이 한꺼번에 와락 튕겨지지를 않고 수군수군하는 동안에 제가 눈치를 채도록 그렇게 어떻게 농간을 부리는 재주가 없을까?

어제로 그저께로 형보의 골똘히 궁리하고 있는 게 이것이다. 태수는 형보의 그러한 험한 보짱이야 물론 알고 있을 턱이 없다. 그는 가끔 무서운 꿈을 꾸어도 깨고 나면 종시 명랑하고 유쾌하다. 오늘 아침에도 그는 자리 속에서 잠이 애벌만 깨어 눈이 실실 감기는 것을, 초봉이가 보이지 않으니까, 보고 싶어서, 여보오 하고 영감처럼 그렇게 구수하게 부른 것이다.

초봉이는 대답을 하고 신발을 끌면서 올라와 방으로 들어선다. 바깥은 훤해도 방 안은 아직 어슴푸레하다.

태수는 눈을 쥐어뜯고 초봉이를 올려다보면서 헤벌심 웃는다.

초봉이는 아직도 수줍음이 가시지 않아서, 태수와 얼굴이 마주치면 부끄럼을 타느라고 웃기 먼저 하면서 고개를 돌린다. 태수도 웃고 초봉이도 웃고 이렇게 하고 나면 태수는 볼일은 만족히 끝난다. 눈앞에 초봉이가 보였고 웃어주었고 그래서 태수 저도 웃었고….

"몇 시지?"

"다섯 시 반."

"밥 지우?"

"아직…."

"헤에."

초봉이는 벌써 열흘째나 두고, 아침저녁으로 이렇게 속으니까, 이제는 길이 들어서, 아주 그런 것으로 알고 있다. 그러나….

"참, 여보?"

초봉이가 마악 돌아서서 나오려고 하는데, 태수가 전에 없이 긴하게 불러놓더니…,

"…그런데 저어 거시키, 한 천 원은 있어야겠지?"

태수는 밑도 끝도 없이 이런 말을 하고, 초봉이는 무슨 소린지 몰라서 뚜렛뚜렛한다.

"앗다, 저어 아버지, 저어 장사하실 것 말야…."

초봉이는 비로소 알아듣기는 했으나 그냥 웃기만 한다. 그는 애초에 일을 하루 세 끼 밥을 먹는 것이나 마찬가지로 당연하게 태수가 그것을 해줄 것으로 알고 있었기 때문에 점심을 먹으면서 이따가 저녁을 먹는다는 것을 측량하지 않듯이 별반 괘념을 않고 있었던 것이다.

"…일러루 와서 좀 앉아요. 생각났던 길에 그거 상의나 하게…."

태수는 머리맡에 있는 담뱃갑을 집어다가 피워 물면서 베갯머리께로 오라고 손짓을 한다.

초봉이는 시키는 대로 가서 앉고, 태수는 그의 무릎에다가 팔을 들어 얹는다.

"…한 천 원은 있어야 할 것 같은데 어떨꼬? 모자랄까?"

"글쎄….."

"글쎄라니! 우리 둘이서 상의해야지."

"그래두….."

초봉이는 사실 이래라저래라 하고 같이 말을 하기가 막상 거북했다.

당초에 그러한 조건으로 결혼을 했고, 그랬대서 저편이 말을 꺼내기가 무섭게 얼른 내달아 콩이야 팥이야 하는 건 새삼스럽게 제 몸뚱어리를 놓고서 흥정하는 것같이 불쾌한 생각이 들던 것이다. 또 천 원이라고 하지만 천 원이라는 액수가 초봉이 한테는 막연한 숫자라 그놈이 어느 정도의 돈인지 알 수가 없다. 그리고 또, 전에 들잔즉 몇 천 원을 대주겠다고 했다면서 태수는 지금 천 원이라고 하는 것을 그렇다고, 여보, 처음에는 몇 천 원이라고 했다더니… 이렇게 따지자니, 그야말로 몸값 흥정의 상지相持[145]가 될 판이다. 그러니, 내가 그 일에 말참견을 않는다고 대주자던 돈을 안 대줄 이치도 없는 것, 나는 모른 체하고 말려니 굳이 상의를 하고 싶으면 아버지와 둘이서 천 원이고 혹은 몇 천 원이고 좋도록 귀정[146]을 내겠지, 이렇대서 초봉이 저는 빠져버리자는 것이다.

태수는 처음 혼인 말을 건넬 때야, 공중 그저 그놈에 혹하기나 하라고, 장사 밑천을 얼마간 대주마고 한 것이나, 인제 문득 생각하니 그놈 거짓말을 정말로 둘러놓아도 해롭잖은 노릇일 것 같았다.

첫째 기왕 남의 돈에 손을 대어 일을 저지른 바에야 돈이나 한 천 원 더 집어낸다더라도 결국 일반이면, 다른 일에나 뒤를 깨끗이 해두는 게 사내자식다운 활협[147]이니 함직한 노릇이다. 그리고 그렇게 해놓고 죽으

---

145) 상지(相持): 서로 자기의 의견만을 고집하고 양보하지 아니함.

146) 귀정: 잘못되어 가던 일이 바른 길로 돌아옴.

면 제가 죽는 날 불행히 초봉이를 데리고 같이 죽지 못하더라도 초봉이는 그 끈으로 자기 부친을 의지 삼아 그다지 몹쓸 고생은 하지 않을 것이니 그도 함직한 노릇이다. 그런데 또 보아라! 그 말을 꺼내놓으니, 초봉이가 사양은 하면서도 저렇게 은근히 좋아하질 않느냔 말이야. 초봉이를 즐겁게 해줌은 바로 내 즐거움이어든, 이 날에 천 원은 말고 만 원도 헐타! 만 원이라도 내게는 종잇조각 하나… 흥! 만 원은 말고 백만 원은 먹었은들 어느 누구 시체를 감히 벌할 자 있느냐? 쾌하다! 시원타! …오냐, 수일간 기회를 보아서 몇 천 원이고…. 이것은 물론 일이 뒤집히는 마당이면 정 주사의 장사 밑천도 태수가 대어준 것이 탄로가 날 것이고, 따라서 도로 다 뺏기게 될 것이지만 태수는 그것까지는 미처 생각을 못했던 것이다.

"그래두가 무어야? 우리 둘이서 얘길 해가지구."

태수는 초봉이의 무릎을 잡아 흔들면서 조른다.

"…응 그래야 할 거 아냐?"

"전 모르겠어요!"

초봉이는 그만 해두고 일어서서 뒷걸음질을 친다.

"이잉! 그럼 어떻게 해?"

"저어, 아버지하구… 상의해보세요."

"아아, 아버지하구? …그건 나두 알지만 말야….."

"그럼 됐지요, 머…."

"그래두 우리 아씨한테 한번 상의는 해야지, 헤헤."

"몰라요!"

아씨란 말에 질겁해서 초봉이는 얼굴이 빨개진다.

---

147) 활협: 남을 돕는 데 인색하지 않고 시원스러움.

"아하하하, 그럼 아씨 아닌가?"

"몰라요! 난 나갈 테예요…."

초봉이는 뒤로 미닫이를 열고 나가려다가,

"…오늘은 국화 모종 꼭 사가지고 오세요."

"국화 모종? 그래그래. 오늘은 꼭 사가지구 올게."

"다섯 포기만…."

"겨우? …한 여남은 포기 사다가 심지."

"화분이 다섯 개 뿐인걸?"

"화분두 사지."

처억척 대답은 하면서두 태수는 너는 누구더러 보라고 국화를 심자 하느냐고, 아무 내평도 모르고서 어린아이처럼 좋아만 하는 초봉이가 측은하여 다시금 얼굴이 치어다보였다.

초봉이가 부엌으로 내려간 뒤에 건넌방에서 형보가 잠이 깨었다는 통기를 하듯 쿠욱 캐액 담을 배앝더니,

"고 주사 기침하셨나?" 하고 소리를 지른다. 일상 하는 짓이라 태수는,

"어!" 하고 궁상맞게 대답을 한다.

형보는 속으로, 어디 이 녀석을 오늘은 위협이라도 좀 슬그머니 해주리라고 벼르면서 유카타 자락을 펄럭이고 안방으로 건너온다.

부엌에서 형보의 음성을 듣던 초봉이는 저도 모르게 어깨를 오싹한다. 초봉이는 형보가 처음부터 섬쩍하더니 끝끝내 그가 싫고, 마치 커다란 구렁이라도 한 마리 건넌방에 가 서리고 있는 것만 같아 시시로 무서운 생각이 들곤 했다. 그럴 때면 그는 부질없는 생각이라고 저를 타이르고, 물론 겉으로는 흔연대접을 해왔었고, 하기는 하지만 그러나 갈수록 무서움이 더하면 더했지 가시지는 않았다. 그렇다고 초봉이가 형보의 음흉한 속내를 눈치채거나 했던 것은 결코 아니고, 다만 그의 외양이 그중에

도 퀭한 눈방울이 무서워 보이기 때문일 것이다.

태수는 회회 감기는 자줏빛 명주 처네를 걸친 채 팔을 내뻗어 불끈 기지개를 쓴다. 형보는 물 향내와 살 냄새가 한데 섞여 취할 듯 이상스럽게 물큰한 규방의 냄새에 코를 사냥개처럼 벌씸거리면서 너푼 들어앉는다. 그는 이 냄새를 매일 아침같이 맡곤 하는데 그러노라면 초봉이의 몸뚱이가 연상되기도 하여 그 홍분이 괴로우면서도 맛이 있었다. 그는 그래서 별로 할 이야기가 없더라도 아침이면 많이 문을 여닫아 그 냄새가 빠져버리기 전에 안방으로 건너오곤 한다.

"나는 어제 저녁에 신흥동 갔다 왔다, 제기."

"그러느라구 새벽에 들어왔네그려… 망할 것!"

"왜 망할 것야? 느이끼리 하두 지랄을 하구 그러니 어디 견딜 수가 있더냐? …늙두 젊두 않은 놈이 건넌방에 가 처박혀서."

"…면 돈 안 들구 좋았지? 하하하하."

"네라끼! …허허허허, 그거 원 참!"

"하하하하하."

"허! 그거 참… 그러나저러나 간에 여보게, 태수?"

형보는 부자연하다 할 만큼 농담하던 것을 쉽게 거두고서 점잖스럽게 기색을 고쳐 갖는다. 태수는 무언고 하고 형보를 바라보면서 그다음을 기다린다.

형보는 천천히 담배를 피워 물고는 제법 소곤소곤 그리고 다정하게….

"다아 이건 조용한 틈이길래 하는 말이지마는, 대체 자네는 어쩔 셈으루다가 이렇게 태평세월인가, 응?"

"무엇이?"

태수는 첫마디에 알아듣고도, 그래서 이 사람이 왜 방정맞게 식전마수[148]에 재수 없이 그따위 소리를 꺼낼까 보냐고 얼굴을 찡그리면서, 그래 짐짓 못 알아들은 체하던 것이다.

"못 알아들어? 저 거시키, 소 소….

"으응… 쯧! 할 수 있나!"

태수는 성가신 듯 씹어뱉는다.

"할 수 있나라게? 그래, 날 잡아 잡수우 하구, 그냥 앉아서 일을 당할 테란 말인가? 그 일을? 그 그 흉한….

"당하긴 왜 당해? 괜찮어, 일없어."

"일없다? 안 당한다…?"

형보는 가볍게 놀란 제 기색을 얼른 가누면서,

"…아—니, 그러면 혹시 어떻게 모면할 도리라두 채려났나? 그렇다면 야 여북 좋겠나! …그래 어떻게 무슨 묘책이 있어?"

"쯧! 있다면 있구, 없다면 없구."

태수는 심정이 상하고 귀찮아서 말대꾸가 아무렇게나 나가고 흥이 없던 것인데, 그것이 속을 모르는 형보가 보기에는 태수가 어느 구석인지 타악 믿는 데가 있어 안심을 하구서 아무 걱정도 않는 걸로만 보이던 것이다.

분명 무슨 도리가 있는 눈치다.

대체 그렇다면 요 녀석이 어디를 가서 무슨 꿍꿍이속을 부렸기에? 응? 하하! 옳지, 옳아, 그랬기가 십상이겠군….

형보는 속으로 가만히 무릎을 쳤던 것이다.

그는 퍼뜩 탑삭부리 한 참봉네 아낙을 생각했던 것이다. 그가 태수와 관계가 이만저만찮게 깊었던 것이며, 그런데 그가 돈을 많이 가지고 있다는 것을 형보는 알고 있었다.

---

148) 식전마수: 밥 먹기 전, 맨 처음 팔리는 것으로 미루어 예측하는 그 날의 장사 운수.

그런지라, 제 품안에 놀던 태수를 제가 서둘러서 그처럼 장가까지 들여줄 호기가 있는 계집이거드면, 제 돈 몇 천 원을 착 내놓아 애물의 위급을 감장[149]시켜주었을는지도 모른다는 것이다.

형보는 예까지 생각을 하고 나니 제 일이 그만 낭패다. 그런 것을 모르고서 해망[150]만 하고 있었다니 그럴 데라고는 없다. 그러나 그는 짐짓 무얼 알아맞히겠다는 듯이 고개를 깨웃깨웃 한참이나 앉았다가,

"야 이 사람아! 그렇게 어물어물하지 말구서 이 얘길 까놓고 하게그려, 응? …궁금해 죽겠구먼서두…?"

"무얼 그래? …다급하면 죽어버리는 것두 다아 수가 아닌가! …쥐 잡는 약이 없나? 잠자는 약이 없나? …강물두 깊숙해서 좋구, 철둑두 선선해서 좋구."

"지랄 마라! …자살두 다아 할 사람이 있지, 자넨 못하네."

"흥! 당하면 못하리?"

"그럴 테면 세상에 누렁 옷 입구 쇠사슬 차구 똥통 둘러메구서 징역살이 할 놈 없게? …다아 자살두 제마다 못하길래 그 고생 그 창피 당해가면서 징역을 살구 있지!"

"듣기 싫여!"

태수는 버럭 소리를 지르면서 돌아눕는다. 그는 형보가 말하는 대로 제가 방금 누렁 옷을 입고 쇠사슬을 차고 똥통을 둘러메고 징역살이를 하고 있는 꼴이 감옥의 붉은 벽돌담을 배경으로 눈앞에 선연히 보이던 것이다.

형보는 의심이 풀리지 않은 채, 더 물어보지는 못하고 속으로 저 혼자

---

149) 감장: 제힘으로 일을 처리하여 나감.
150) 해망: 행동이 해괴하고 요망스러움.

만 궁리가 깊어간다.

　태수는 조반을 먹고 아무렇지도 않게 은행에 출근을 했다. 그러나 아침에 형보가 지껄이던 소리가 자꾸만 생각이 나고, 그것이 마치 식전 마수에 까마귀 우는 소리를 들은 것처럼 꺼림칙했다. 그래서 온종일 마음이 좋지 않아 근래에 없이 이마를 찌푸리고 겨우 시간을 채웠는데, 네 시가 다 되어 이 분밖에 남지 않았을 무렵에 농산흥업회사로부터 전화가 왔다.

　농산흥업회사라면 태수가 위조한 소절수로 예금을 축내주고 있는 그세 군데 중의 한 군데다. 농산흥업회사에서 당좌계에 있는 사람을 대달라는 전화가 왔다고, 급사가 말하는 소리에 태수는 반사적으로 흠칫 놀랐다. 피는 한꺼번에 심장으로 쏠려들고 얼굴은 양초 빛같이 해쓱, 등과 이마에는 식은땀이 배어 올랐다. 그러나 이것은 태수의 의사와는 독립하여 다만 근육의 반사일 따름이다.

　'기어이 오늘이 왔구나!'

　당연한 것을 기다리고 있던 양으로 이렇게 생각이라고 할는지 각오라고 할는지 마음은 다뿍 시뿌듬했다. 그런 만큼(실상은 그렇기 때문에) 머릿속은 유리같이 맑고 뛰던 가슴은 이내 가라앉았다.

　"나를 찾어…?"

　우정 장부를 걷어치우던 손을 멈추지 않고, 아무렇지도 않게 혼잣말로 씹어본다. 음성은 약간 목이 갈리는 것 같았으나 그다지 유표하진 않다.

　"…나를 찾더냐? 당좌곌 찾더냐?"

　"당좌곌 대달래요."

　"우루사이나(에잇 성가서)! 시간두 다아 됐는데… 왜 그런다던?"

　"모르겠어요, 그저 대달라구만…."

　"가만있자아!"

태수는 추움춤하면서 시계가 네 시를 지나버리기를 기다려 급사더러 수통의 냉수를 길어 오라고, 쫓아버리고는 전화통을 집어 든다.

"네에." 하는 대답을 따라 저편에서,

"여기는 홍업회산데요…. 우리 당좌에 조금 미상한 데가 있어서요…." 하는 게, 절박한 힐난이 아니고 정중한 상의다.

태수는 속으로 역시 그렇겠지, 라고 생각하면서 음성을 낮추어,

"네에! 아, 그러세요? …에 또 에, 당좌계는 시간이 다 돼서 나가고 없는데요. 무슨 일이신지요? 웬만하면 내일 아침에 일찍…."

"네에, 그래두 괜찮겠지만… 그럼 지점장두 나가셨나요?"

"네에."

"하하아! …그럼 내일 다시 걸겠습니다…. 머 별일이야 없겠지만 조금 미심한 데가 있어서요."

전화 끊는 소리를 듣고 태수도 신호를 울리고서 돌아서려니까, 마침맞게 급사가 냉수를 가져다준다.

태수는 냉수 한 컵을 맛있게 다 들이켰다. 그러고는 제자리로 돌아와서 잠시 생각을 가다듬는다. 생각이란 다른 게 아니고 지금부터 나가서 일을 차릴 계획이다. 시방 나가면서 '쥐 잡는 약'을 하나만 사고, 그리고 전처럼 과실과 과자를 사서 들고, 흔연히 집으로 돌아간다.

집에서는 초봉이가 웃으면서 맞아준다. 오후를 초봉이를 데리고 재미있게 놀고, 저녁 후에는 잠깐 나온다. 행화네 집을 다녀서 김 씨를 찾아간다. 요행 탑삭부리가 없거들랑 두어 시간 구회久懷151)를 풀어도 좋다. 그렇다. 신정이 구정만 못하다더니 역시 구정이 그립기는 한 것인가 보다. 옳아!

---

151) 구회(久懷): 오랜 회포.

우리가 서로 약속한 것도 있으니까 그리하는 게 좋겠지. 만약 탑삭부리가 있으면 그야 할 수 없지. 그저 혼인한 뒤에 처음이니까 수인사 겸 들른 체 하고 돌아오지.

빌어먹을 것, 그 여편네꺼정 행화꺼정 다 데리고 초봉이와 넷이서 죽었으면 십상 좋겠다. 그렇게 하면 통쾌는 할 테지만 괜한 욕심이고.

김 씨한테 들렀다가 돌아오면서는 정종을 맛 좋은 놈을 한 병 사서 들고 집으로 온다. 초봉이더러 안주를 장만하라고 시키고 그동안에 소절수를 농간하던 도장과 소절 수첩을 없애버린다. 없애나마나 한 것이지만 기왕이니. 그리고 나서 안주가 되거들랑 초봉이를 술상머리에 앉혀놓고서 한 잔 마신다. 초봉이도 먹는다. 열두 시까지만 그렇게 놀다가 자리에 눕는다. 세 시만 되거든 다시 일어나서 비로소 초봉이를 일으켜 앉히고 실토정 이야기를 죄다 한다. 그리고 나서 같이 죽자고 한다.

초봉이가 싫다고 하면? 그러거들랑 네 속을 보느라고 그랬다고 웃으면서 안심을 시켜 잠이 들게 하지. 잠이 들거든 무어 허리띠 같은 것으로….

가만있자! 영감님 장사 밑천을 마련해주지 못했지? 좀 안됐다. 돈 천 원이나 빼내서 주었더라면 좋았을 것을, 조금만 돌이켜서 생각이 났어도 좋았지. 그러나 뭐 인제는 할 수 없는 일이고. 그러면 다 됐나?

아뿔싸! 이런! …어머니를! 어머니를 어떻게 한다? 불쌍한 우리 어머니를. 나는 도둑놈이요, 못된 놈이요, 그러고도 불효한 자식!

태수는 마침내 생각지 못했던 회심에 다들려 후— 길게 한숨을 내쉰다.

'쥐 잡는 약'을 사서 포켓 속에 건사를 하고도 태수는 그런 것은 남의 일같이 천연스럽게 과실 바구니와 과자 꾸러미를 양편 손에다 갈라 들고 허둥지둥 집으로 달려든다.

"여보오?"

그는 대문 문턱을 넘어서기가 바쁘게 초봉이를 부르면서 얼굴에는 웃음을 하나 가득 흩뜨린다.

결코 오늘의 최후를 짐짓 무관하자고 하는 것이 아니요, 절로 그래지는 것이다.

초봉이는 마침 마당에서 화분들을 벌여놓고 화분들을 장만하느라고 손에 어린아이같이 흙칠을 하고 있다. 형보도 옆에서 초봉이와 같이 흙을 주무르느라고 끙끙하고 있다.

초봉이는 발딱 일어나서 웃으면서 태수가 들고 온 과실 바구니와 과자 꾸러미를 받는다.

"고 주사 오늘은 조금 늦으셨네그려?"

"장 주사 수고하네그려?"

태수는 무릎이 어깨까지 올라오게 쪼글뜨리고 앉아 있는 형보를 들여다본다.

"수고랄 게 있나! …거, 아주머니가 고운 손에다가 흙을 묻히구 그러시길래 내가 보기에 민망해서 지금….'

"그럼 나두 해야지."

태수는 팔을 걷어 올리면서 초봉이를 돌아다보고 빙긋 웃는다. 초봉이는 손에 받았던 것을 마루에 가져다 놓고 도로 내려오다가 겨우 국화 모종을 안 사가지고 온 것을 깨우치고서 흙이 대래대래[152] 묻은 조그마한 손을 태수한테로 내민다.

"국화 모종….'

"아뿔싸…!"

태수는 무릎을 탁 치면서 혀를 날름날름한다. 그는 그런 중에도 시방

---

152) 대래대래: (이성, 특히 여자에게) 춥춥하게 구는 모양.

제 앞에다가 내미는 초봉이의 손이 흙이 묻은 것까지도 어떻게나 예쁜 지 형보만 없는 데라면 꼬옥 잡아다가 조몰조몰 주물러 주고 싶었다.

"…깜박 잊었어! 어떡허나?"

"차라리 내한테 시키시지…?"

형보가 저도 빠질세라고 한몫 거들고 나선다.

"…그 사람은 그런 심부름 시켜야 개울 건느다가 잊어버린답니다."

"그럼 아재가 내일 오시는 길에 사다 주세요."

아재라면 물론 형보더러 하는 말인데 태수가 그렇게 부르라고 시켰던 것이다.

"아냐, 내일은 꼭 잊잖구서 사가지고 오께, 허허허허."

태수는 말을 하다가 고만 꺼얼껄 웃어버린다. 그러나 아무도 웃는 속 을 몰랐고, 형보가 농담을 하는 체,

"정치게 효도하려구 드네!"

"네라끼 망할 것!"

"너무 그러지들 말게! 자네들이 너무 정분이 좋은 걸 보면 나는 괜히 심정이 나군 하데."

"아재두 살림하시지요?"

"돈도 없거니와 여편네가 있나요? 어디."

"행화?"

"행? 화? 허허허허, 어허허허허."

초봉이는 형보가 과히 웃어쌓는 것이, 혹시 무슨 실수될 말을 했나 해 서 귀밑이 빨개진다. 태수는 형보와 마주 보지 않으려고 슬쩍 돌아선다.

그때 마침 탑삭부리 한 참봉네 집에 있는 계집아이가 대문 안으로 꺄 웃이 들여다보면서 마당으로 들어선다.

"오오, 너 왔니?"

태수는 김 씨가 저를 부르러 보냈겠지라고 짐작을 하고, 그렇다면 막상 잘 되었다고 생각하였다.

계집아이는 태수와 초봉이더러 인사를 하고 나서 고 주사 나리, 저녁 잡숫고 잠깐 다녀가시란다고, 여쭐 말씀이 있습니다고 전갈을 한다.

"오냐, 참봉 나리가 그러시든?"

"네에."

계집아이는 김 씨가 시킨 가늠이 있는지라 그대로 대답을 한다. 그래서 초봉이는 그저 그런가 보다고 심상히 여기고 말았을 뿐이지 깊이 유념도 하지 않았었다.

실상, 또 태수와 계집아이가 그렇게 꾸며대지를 않았더라도 초봉이는 그저 김 씨가 할 이야기가 있어서 잠깐 오라는 것이겠지 했을 것이지, 그 이상 달리는 새김질을 하거나 의심을 하거나 그럴 내력이 없었다.

그러나 형보는 그렇질 않았다. 그는 오늘 저녁에 김 씨가 분명코, 태수가 돈 범포[153] 낸 그 조건에 대해서 앞일 수습을 상의할 것이고 혹은 벌써 그동안에 돈 준비가 다 되어서 몇 천 원 착 태수의 손에 쥐어주기까지 할는지도 모르겠다고 생각을 했다. 아까 아침에 태수가 수상한 눈치를 보이던 일을 미루어보더라도 역시 그게 틀림없으리라고, 달리는 더 의심도 하려고 하지 않았다.

'그렇다면은?'

'밑질 건 없으니 칵 찔러버려라!'

형보는 마침내 혼자 물어보고 혼자 대답하면서 연신 고개를 끄덕거렸다.

일곱 시가 조금 지나서 형보는 저녁을 먹던 길로 볼일이 있다고 힝 나가더니, 여덟 시가 못 되어서 도로 들어왔다. 여느 때 같으면 그는 태수

---

153) 범포(犯逋): 나라에 바칠 돈이나 곡식을 써 버림.

가 초봉이와 같이 축음기를 틀어놓고 일변 먹어가면서 재미있게 놀고 있으니, 오라고 청을 하거나 말거나 안방으로 덤벙 들어앉아, 저도 한몫 끼었을 판이었다.

그러나 전에 없이 얼굴빛이 해쓱하여 기분이 좋지 않다고 건넌방으로 들어가더니 이내 불을 끄고 누워버렸다.

태수는 저녁을 먹으면서 초봉이더러 싸전 집에 잠깐 들러보고, 마침 또 서울서 친한 친구가 왔으니까 나갔던 길에 찾아보고 올 텐데, 그러자 면 자정이 지날지도 모르겠은즉 기다리지 말고 일찌감치 먼저 자라고 미리 일러두었다.

저녁 후에는 전대로 한참 재미나게 놀다가 아홉 시가 되는 것을 보고 유카타를 입은 채 게다를 끌고 집을 나섰다. 집을 나서면서 그는 저녁 먹 을 때 초봉이더러 이르던 말을 한 번 더 이르기를 잊지 않았다.

행화는 마침 노름에 불려 나가고 집에 있지 않았다. 태수는 그것이 도 리어 잘 되었다 싶었지 섭섭한 줄은 몰랐다. 그는 기다리고 있을 김 씨의 무르익은 애무가 차라리 마음 급했다.

탑삭부리 한 참봉네 집까지 와서 우선 가게를 살펴보았다. 빈지154)를 죄다 잠갔고, 빈지 틈바구니로 들여다보아도 캄캄하니 불이 켜져 있지 않았다. 이만 하면 가겟방에도 탑삭부리 한 참봉이 있지 않는 것은 알조 다. 그래서 안심을 하고 나니까 그제야 저 하던 짓이 우스웠다.

'왜 내가 이렇게 뒤를 낼꼬? 다 오죽 잘 알고서 데리러 보냈을까 봐서.'

그러기는 하면서도 웬일인지 모르게 전처럼 마음이 턱 놓이지를 않고 어느 한구석이 서먹서먹해지는 듯싶은 것을 어쩌하지 못했다. 그러기 때문에 그는 안대문께로 돌아가서 지쳐 둔 대문을 밀고 들어서서도,

---

154) 빈지: 한 짝씩 끼었다 떼었다 하게 만들어진 문. 흔히 가게에서 문 대신 쓴다.

"헴, 아저씨 주무세요?" 하고 짐짓 기척을 내보았다.

김 씨는 태수의 기척이 들리기가 무섭게 앞 미닫이를 드르륵 열고 연둣빛 처네를 걸친 윗도리를 내놓으면서, 말은 없고 웃기만 한다.

태수는 그의 하고 있는 맵시가 작년 초가을 맨 처음 그날 밤과 똑같다고 자못 회포 있어 하면서 성큼 방으로 들어선다. 김 씨는 이내 웃으면서 옆에 와서 앉으라고 요 바닥을 도닥도닥 가리킨다.

태수는 그리로 가서 털 숭얼숭얼한 종다리를 드러내놓고 펄씬 주저앉는다. 그는 새삼스러운 긴장과 아울러 임의롭기 큰마누라한테 온 것같이나 마음이 놓임을 스스로 느꼈다.

눈치 빠른 계집아이가 건넌방에서 나오더니 대문을 잠그고 태수의 게다를 치워버린다.

"그래, 새루 장가간 재민 좋더냐?"

김 씨는 고개를 앞으로 내밀어 태수의 빙그레니 웃고 있는 얼굴을 들여다보면서 애기 어르듯 한다.

"인전 장가를 갔으니까 어른인데, 그래두 이랬냐 저랬냐 해?"

"아이고 요것아…!"

김 씨는 손가락으로 태수의 볼때기를 잡아 쌀쌀 흔들다가 그대로 끌어다가는… 기왕이니 한바탕 깍 물어 떼고 싶은 것을 차마 아직 참던 것이다.

"…장갈 들더니 재롱 늘었구나!"

"헤헤."

"얼굴이 많이 상했다가? 젊은것들 장갈 디려주믄 이래서 걱정이야! …그렇지만 너무 그리지 마라, 몸에 해루니라."

"보약이나 좀 지어 보내주덜랑 않구서!"

"오—냐, 날새 내가 지어 보내주마. 그렇지만 좀 조심해야 한다! …그애가 온 그렇게두 이쁘더냐?"

"응."

"하하하! 고것이야! …그렇지만 너 오늘 저녁은 내 것이다? 약속 알겠지? 한 달에 두 번은 내한테 오기루 한 거."

"응, 그렇지만 열두 시까지우?"

"이건 누가 쫓겨가더냐?"

"그런데 참 오늘 저녁에 탑삭부리가 없을 줄은 어떻게 미리 알구서…?"

태수는 그것이 궁금했다. 그만큼 그의 마음이 차악 놓이지를 않던 것이다.

"그거? …그런 게 아니라 오늘이 그년 생일이라나? 그러니깐 여느 때두 아니구 갈 건 빠안하잖아? 그래 나두 늦기 전에 미리서 다아 요량을…."

"그런 걸 글쎄 난 미심쩍어서 가겔 다아 디려다 봤지! 헤헤."

"그런 걱정일랑 말구서 맘 놓구 다녀요. 내가 오죽 알아서 할까 봐?"

탑삭부리 한 참봉은 불도 켜지 못하고 가겟방에 웅크리고 누워서 지루한 시간을 기다린다.

작은집에서 열 시에 나왔으니, 하마 열한 시는 되었음 직한데 종시 시계 치는 소리는 들리지 않는다.

그는 궁금하기도 하고, 불안하기도 하고, 또 어찌 생각하면 청승맞은 짓을 하고 있느니라 싶어서 우습기도 했다. 그러나 일변 겁이 나기도 했다. 가만히 팔을 뻗쳐본다. 머리맡에 놓아두었던 굵직한 다듬잇방망이가 손에 잡힌다.

탑삭부리 한 참봉은 아까 저녁때 일곱 시가 마악 지났을 무렵 이상한 전화를 받았었다.

항용 그저 쌀을 보내달라는 전화겠거니 하여, 네에 하고 무심히 대답을 하는데 저편에서는 딱 바라진 음성으로 이상스럽게 다지듯,

"여보시오, 한 참봉이신가요?"

"네에."

"확실히 한 참봉이시지요?"

"글쎄 그렇단밖에요…. 뉘십니까?"

"네에, 내가 누구라는 건 아실 것 없습니다. 또오 성명을 대드려두 모르실 게구…. 그렇지만 나는 한 참봉을 잘 아는 사람입니다."

"네—에…."

한 참봉은 겉목소리[155]로 대답하면서 눈을 끄먹끄먹한다.

그는 선뜻 돈을 어디로 가져오라는 협박을 하는 게 아닌가 하고, 가슴이 더럭 내려앉았던 것이다. 그러나 모르면 몰라도 협박 전화치고서 이렇게 음성이 공손할 리가 없다. 또 그뿐 아니라 한창 당년에 ×××을 모집한다는 ×××들이 사방에서 날뛰던 그런 때라면 몰라도 지금이야 그런 건 옛말이지, 눈 씻고 볼래야 볼 수 없는 일이다.

"그러면 말씀하시지요…."

저편에서는 목을 한번 가다듬더니,

"…에 다름이 아니라, 당장 오늘 저녁에 큰 재앙이 한 가지 한 참봉 댁에 생기게 된 것을 알으켜 드릴려구 전화를 거는 겝니다…."

"재애앙?"

"쉬이! 떠들지 말구…. 자, 자세히 들으십시오…. 아뿔싸! 지금 가게에 누구 다른 사람은 없습니까?"

"없지요!"

"그럼 맘 놓구서 이야길 하지요…. 헌데 한 참봉 오늘 저녁에 작은댁엘 가시겠다요?"

"네에?"

---

155) 겉목소리: 건성으로 말하는 소리.

탑삭부리 한 참봉은 깜짝 뛴다.

"하하! 그렇게 놀라실 건 없습니다. 없구… 에― 이따가 저녁을 자시구 나서 가게를 디린 뒤에… 자세히 들으십시오! …아주 천연스럽게 작은 댁으로 일단 가신단 말씀이지요. 댁의 하인이나 부인한텔라컨 말루든지 작은댁에 꼭 가시는 체 하셔야 하십니다. 네?"

"네에!"

대답이 아니라 바로 신음 소리다.

"그래 그렇게 작은댁에루 가셨다가 말씀이지요,

열한 시쯤 되거들랑 어딜 좀 댕겨오시겠다구 하구서 도루 큰댁으로 오십시오. 오시되, 미리서 가게의 빈지문 하나를 안으루다가 걸지 말구서 고리를 벳겨놨다가는 글러루 들어오시든지, 혹은 아닐 말루 담을 넘어서 들어오시든지 아무튼 쥐두 새두 모르게 들어오십니다. 아시겠지요?"

"네에!"

"그렇게 살금 들어와서는 그댐엘라컨 가만가만 발자국 소리두 내지 마시구 안으로 들어가십니다, 들어가서…."

"그래서요?"

탑삭부리 한 참봉은 어느 결에 다뿍 긴장이 되어가지고 성미 급하게 재촉을 한다.

"네에… 그래 그렇게 소리 없이 안으루 들어가설랑은 거저 두말없이 거저, 안방 문을 열어젖히십시오. 그러면 다아 아실 겝니다."

"아니, 여보시오!"

"글쎄 더 묻지 마십시오. 더는 묻지 마시구 그렇게 하실랴거든 해보시구, 또 내 말이 곧이들리지 않거들랑 고만두시는 게구…. 그러나 종차 후횔랑은 마십시오."

"글쎄 여보시우!"

"여러 말씀 하실 게 없습니다. 그리구 또 한 가지…. 나는 이 일에 대해서 조금치두 무슨 이해상관이 있거나 그런 것은 아닙니다. 그건 참 어찌 생각 마십시오."

여기까지 말을 하고는 저편은 전화를 끊어버린다. 탑삭부리 한 참봉은 비로소 정신이 들기는 했으나 하도 어이가 없어서 멀거니 전화통에 가매 달린 채 돌아설 줄을 모른다.

이것은 형보가 정거장 앞에 있는 자동전화를 이용한 것임은 물론이다.

형보는 흔히 신문에서 보는 샛서방과 계집이 본서방에게 들키는 현장에서 한꺼번에 목숨을 빼앗기는 경우와 같은 요행수를, 오늘 밤 일의 결과에다가 기대를 했었다. 그리고 아울러 태수가 제 집을 비워두는 시간을 넉넉히 이용하여 사전에 우선 초봉이를 조처해둘 요량이었다.

그러했기 때문에 그는 태수가 김 씨를 찾아가서 그 몇 천 원의 돈을 받으리라는 초저녁 시간을 지정하지 않고 느직이 열한 시라고 했던 것이다. 오늘 저녁의 일은 가령 허사가 되더라도 태수를 법망에 얽어 넣을 방법이 얼마든지 종차로 있으니까 밑질 게 없지만, 혹시 뜻대로 일이 되어서 태수가 죽기만 한다면 미상불 형보한테는 호박이 절로 떨어지는 판이었었다.

탑삭부리 한 참봉은 이윽고 수화기를 들고 신호를 울린 뒤에 천천히 돌아섰다. 그는 도무지 맹랑해서 어떻다고 이를 데가 없고, 허황한 품으로는 누구의 장난 같았다. 그러나 장난치고 너무나 심한 장난이기도 하지만 도대체 그러한 장난을 할 사람이 없었다. 그러니 분명코 장난은 아니고. 그러면 작은 여편네가 어떤 놈하고 배가 맞아서 오늘 저녁에나 나를 따돌리려고 꾸며낸 흉계가 아닌가 하는 생각이 뒤미쳐서 들었다. 이러한 경우에 만만한 건 남의 첩인지 미상불 그럼직하기도 했다.

그러나 실상인즉 작은집에서는 오늘이 제 생일이래서 제 동무들까지

몇을 청해다가 저녁을 먹고 나서 이어 밤새도록 놀아젖힐 차비를 차리고 있고, 그래서 조금 전까지 벌써 세 번째나 어멈을 내려 보내서 제발 오늘은 가게를 일찍 들이고 올라오시라고 기별을 했는데야! 그러니 혹시 어느 때라면 몰라도 오늘 저녁 일로는 작은집에다가 그러한 치의를 할 계제가 되지 못하고.

그 끝에 자연한 순서로 큰댁 김 씨에게 의심이 갈 것이지만, 혹은 평소에 너무 믿음이 도타웠던 탓인지 아직은 미처 그의 생각은 나지도 않고.

'그러면은?'

무엇이란 말이냐고, 고개를 두루 깨웃거리나 통히 종작을 할 수가 없었다. 그러나 그렇다고 모른 체하고 말자니 꺼림칙해서 견딜 수가 없었다.

그게 어떤 놈이길래 원 어떻게 해서 내 집안 내정이랄지, 또 더구나 오늘 밤에 작은집에를 간다는 것은 아직은 나 혼자만 염량을 하고 있는 터인데 그것을 제가 알아냈느냐 말이다. 귀신이 아니고는 그렇게 역력히 알아맞히진 못할 것이다.

'귀신!'

아닌 게 아니라 귀신의 장난 같기도 했다. 한다고 생각을 하니 별안간 몸이 으스스하면서 뒤가 돌려다 보였다. 그러나 실상, 장성 센 사람이라면 흔히 그러하듯이 탑삭부리 한 참봉도 젊어서 이래로 귀신이라는 것을 믿지는 않고, 그래서 남들이 귀신을 보았네, 귀신이 워어쨌네, 하는 소리를 시뻐하고 곧이듣지 않던 사람이다. 오늘 일도 귀신의 작희로 돌리지 않았다.

'에잉! 쯧! 어떤 미친놈이 미친 개소리를 씨월거린 걸 가지구서.'

그는 하다하다 못해 화풀이 받을 사람도 없는 역정을 내떨면서, 인제는 그따위 허황한 소리는 생각도 않는다고 고개를 내흔들고 발을 쿵쿵 굴렀다.

그러나 그는 제정신 말짱해가지고 그 괴상한 전화의 최면에 본새 있게 걸러들고 말았다. 우선 여덟 시쯤 되어서 가게를 들일 적에 마치 무엇한 테 씌인 것처럼 빈지 문고리 하나를 벗겨놨으니….

가게를 들이고 돈 궤짝은 안으로 가지고 들어가서 벽장에다가 넣고 자물쇠를 잠그고 대문을 잘 신칙156)하라고 김 씨더러 이르고 한 뒤에 내키지 않는 대로 작은집으로 갔다.

작은집에서는 은근한 젊은 계집들도 많이 모이고 잔치도 걸어서, 이를테면 꽃밭에 들어앉은 맥이로되 도무지 흥도 나지 않고 술도 맛이 없고 재앙이라고 전화로 들리던 쨍쨍하니 딱 바라진 그 음성에만 정신이 쏠렸다.

열 시도 못 되어 그는 조바심이 나서 자리를 일어섰다. 열한 시라고 했지만 차라리 미리서 가서 숨어 앉아 기다리자던 것이다.

작은집은 물론이고 취한 계집들이 모두 붙잡는 것을 스레까지 갔다가 열두 시에 도로 오마고, 그리고 문득 그게 좋을 것 같아서 요새 미친개가 퍼져서 조심이 된다고 둘러대고는, 다듬잇방망이 하나를 손에 쥐고 나섰다. 첫째 몸이 허전했고 겸하여 만약 거동이고 눈치고 수상한 놈이 어릿거리든지 하거든 우선 어깻죽지고 엉치고 한 대 갈겨놓고 볼 작정이었던 것이다.

그는 혹시 누구한테 띌까 하여 조심조심 큰집으로 내려와서 집 바깥을 휘익 한 바퀴 둘러보았다.

대문은 잠겼고 안에서도 아무 기척이 없고 집 바깥으로도 별반 수상한 기척이 보이지 않았다.

우선 안심을 하고는, 가게 앞으로 돌아 나와서 고리를 벗겨둔 빈지문

---

156) 신칙하다: 단단히 타일러서 경계하다.

을 살그머니 열고 들어섰다.

어둔 속에서 방금 무엇이 튀어나오는 것 같아 간이 콩만 했다.

겨우 어둠 속에서 더듬더듬 기다시피 가겟방으로 들어가서 앉고 나니 어쩐지 한숨이 내쉬어졌다. 그리고는 시방 눈을 끄먹끄먹, 시간을 기다리고 있는 참이다.

탑삭부리 한 참봉은 음풍이 도는 듯 텅 빈 가게의 캄캄 어둔 방에서, 더듬는 손에 방망이가 잡히는 것이 조금 든든하기는 했으나 시방 자꾸만 더해가는 불안과 공포와 초조한 마음은 고만 것으로는 가실 수가 없었다.

곤란한 것은 마음뿐이 아니다. 방이 추운 것은 아니지만 그만 해도 벌써 오십 객인데 까는 요도 없이 맨구들바닥에 가서 누워 있자니 뼈가 배기고 찬 기운이 올라와서 견딜 수가 없다.

시계는 밉살머리스럽게도 칠 줄은 모르고서 또욱 뚜욱 뚜욱 따악, 한껏 늦장을 부린다.

눈을 암만 크게 떠야 보이는 것은 없고 땅속 같은 어둠뿐이다. 이런 때는 담배라도 한 대 피웠으면 좋겠는데, 성냥을 그으면 불빛이 샐 테니 그도 못한다.

먹고 싶은 담배도 맘대로 못 먹는 일을 생각하면 슬며시 부화가 난다.

'이놈! 어쨌든지 도적놈이기만 해봐라, 이놈을…….'

담배 못 피운 화풀이까지 할 작정으로 별러댄다. 그러나 떼어놓고 도적이려니 해본 것이나 암만해도 도적놈은 아닌 것 같다. 가령 도적이 들기로 한다면 가게로 들 것이지 안방이 무슨 상관이며, 하기야 안방에도 마누라의 패물이야 돈냥 없는 건 아니지만, 그렇다면 안방을 앉아서 지키랄 것이지 생판 아무도 모르게 숨어들어 와설랑은 열한 점에 안방 문을 열어젖히라니 이건 바로 샛서방을 잡은 수작이란 말인가?

'샛서방? 샛서방?'

'원, 그게 어디 당한 소리라고!'

그는 비로소 아낙 김 씨에게로 그러한 치의가 가는 것을 그만 펄쩍 뛰면서 당치도 않다고 얼른 생각을 돌린다. 그는 그만큼 아낙을 믿어왔고, 따라서 그러한 의심이 나는 것만도 몸이 떨리게 무서웠다.

그러나 생각을 말자면서도 생각은 자꾸만 그리로 쏠린다. 늙은 남편, 첩살림, 젊은 아낙, 샛서방, 과연 어째 지금에야 생각해냈는고 싶게 근리하다[157].

'그래도 설마허니 원….'

제일 근리한 짐작인데 그러나 제일 싫고 제일 상

서롭지 않은 일이래서 부등부등 아니라고 하고 싶

어 애를 쓴다.

'설마야 우리 여편네가….'

천하의 계집이 다 그러더라도 우리 여편네만은 없을 테라는 것이다.

'옳아, 그자 말이 재앙이라고 하지를 않았나?'

재앙, 그렇다면 어떤 놈이 혹시 겁탈이라도 하려는 것을 알려주자는 것인지도 모른다. 그러나 그것도 사리가 닿지 않는 것이, 그렇다면 조심을 하라든지 역시 안방을 지키라고 할지언정 열한 시에 아무도 몰래 방문을 열어젖히라니.

별안간 목구멍이 간질간질하면서 기침이 나오려고 한다.

그놈을 꾹 삼키고 있노라니까, 이번에는 아주 밉상으로 콧속이 째릿하면서 재채기가 터져 올라온다. 이놈만은 영 참을 수가 없어,

"처." 하고 겨우 조금만 내쏟는다. 아무래도 감기가 오는 모양이다. 가게 앞으로 마침 쿵쿵쿵 누군지 발자국 소리가 요란히 들린다.

---

157) 근리하다: 이치에 거의 맞다.

혹시 하고 귀를 바싹 기울인다. 그러나 발자국 소리는 그대로 콩나물 고개로 사라진다. 그 끝에 문득, 이건 어느 몹쓸 놈이 정말로 장난을 한 것을 시방 내가 이렇게 병신 짓을 청승스럽게 하고 있는 게 아닌가, 그렇다면 그놈이 시방쯤은 허리를 잡고 웃고 있을 텐데, 이런 생각이 들고 혼자 있기도 점직한 것 같다.

그러나 그 끝에는 다시, 남의 우스개가 되어도 좋으니 제발 어떤 놈의 실없는 장난에 넘어간 것이었으면 하고 마음에 간절히 바라진다.

겨우겨우 가게에서 낡은 괘종이 씨르륵, 목쉰 기침을 하더니 떼엥 땡 늘어지게 열한 번을 친다.

우선 죽다가 살아난 것만큼이나 반가워 한숨이 몰려나온다.

그는 살금살금 가게 바닥으로 내려서서 신발은 신지 않고 우뚝 일어섰다. 가게 앞으로 사람 지나가는 발자국 소리만 들릴 뿐 아무 기척도 없다. 방망이를 바른손에다 단단히 후뚜려 쥐고서 발 앞부리로 가만가만 걸어 안으로 난 판자문께로 다가선다.

이놈이 소리가 나고라야 말리라고 걱정을 하면서 조금씩 조금씩 밀어 본다.

아니나 다를까, 처음에는 곧잘 말을 듣더니 필경 삐걱하면서 대답을 한다. 움칫 놀라 손을 움츠리고 귀를 기울인다. 한참 기다려도 아무렇지도 않다. 다시 문틈을 비집기 시작한다.

그놈을 몸뚱이 하나 빠져나갈 만하게 열기까지에는 이마와 등에서 땀이 배어 올랐다.

그는 우선 고개만 문틈으로 들이밀고 휘휘 둘러본다. 안방이고 건넌방이고, 다 불은 켰어도 짝 소리도 없다. 마당도 어둡기는 하나 별다른 기척이 없다.

그는 가슴이 두근거리는 것을 참고 마당으로 들어섰다. 또 한 번 휘휘 둘러본다. 역시 아무 이상도 없다.

사풋사풋 안방 대들로 올라섰다. 희미한 속에서도 마누라의 하얀 고무신이 달랑 한 켤레 놓인 것이 보인다.

그는 마누라가 혼자서 외로이 꼬부라뜨리고 잠이 들어 있을 것을 문득 생각하고,

'어허뿔싸! 이건 내가 정녕 도깨비한테 홀려가지고 괜한 짓을….'

아무래도 부질없고 쑥스런 짓인 것 같아 그대로 돌아서서 나가버릴까 한다. 제 일에 아무것도 모르고 혼자 자고 있는 마누라한테 미안해 못 할 노릇이다. 그러나 그러면서도 그는 기왕 이렇게까지 해놓고서 그냥 돌아서기는 싫었다. 그는 한 걸음 섬돌로 올라선다.

기왕 내친걸음이니 영영 속은 셈 대고 시키던 대로 다 해봐야 속이 후련하지, 그렇잖고는 애여 꺼림칙할 것 같았다.

또 지금 나간댔자 잠그지 못하는 가게를 비워놓고서 작은집으로 갈 수가 없으니 가겟방에 누워서 하룻밤 고생을 해야 하겠은즉, 그도 못 할 노릇이다.

그는 마침내 마루로 올라가서 윗미닫이의 문설주에 가만히 손끝을 댄다. 그 손이 바르르 떨렸으나 감각은 못했다.

'두말없이 그저 안방 문을 열어젖히십시오!'

이렇게 하던 말이 역력히 귀에 울리면서 머리끝이 쭈뼛한다. 그 서슬에 무심코 그는 방망이를 든 바른손 손아귀에 불끈 힘을 준다. 이것은 제 자신이 의식치는 못했어도 몸과 마음이 다 같이 적을 노리는 체세였었다.

가슴이 두근거리는 것을 진정하느라고 숨을 한 번 깊이 들이쉬고 나서 마침내 드르륵 미닫이를 열어젖혔다. 열어젖히면서 불쑥 머리를 들이미는데, 아랫목으로는 당연한 의외의 광경이 벌어져 있는 것이다.

낭자하던 향락의 뒤끝을 수습치 않은 채 고단한 대로 풋잠이 든 두 개

의 반나체, 얼기설기 서로 얼크러진 두 포기씩의 다리, 팔과 팔….

탑삭부리 한 참봉은 이것을 보고, 알아내고 분노가 치밀고 하기에 반초의 시간도 필요치 않았다.

움칫 멈춰 서던 것도 같은 순간이요,

"으응!"

떠는 듯, 황소 영각 같은 소리를 치면서 손에 쥐었던 방망이를 어느 결에 머리 위로 번쩍 치들고 아랫목을 향하여 우레같이 달려든다. 그 덤벼드는 위세의 맹렬함이란 하릴없이 설불을 맞은 멧돼지다. 그게 그런데 숱한 수염이나 하나 가득 곤두서고, 불길이 뻗쳐 나오는 두 눈은 확 뒤집히고 한 얼굴이니, 이 앞에서야, 우선 떨지 않고 배길 자 없을 것이다. 피로한 끝에 가냘피 들었던 잠이 먼저 깬 것이 김 씨다. 잠이 깨고 눈을 뜨는 그 순간 겁에 질리어 벌떡 일어나 앉았을 뿐이지, 그 이상은 더 아무 동작도 가질 여유가 없었다.

한 초쯤 늦게 일어난 것으로 해서 태수는 겨우 머리칼 한 오라기만 한 여유를 얻기는 했다고 할 것이다.

산이라도 떠받을 무서운 힘과 분노의 덩치가 바위더미 쏠리듯 달려들면서,

"이히년!"

사나운 노호와 동시에 벼락 치듯,

"따악."

골통을 내리갈긴다.

김 씨의 골통이다.

"아이머닛!" 하는 소리도 미처 다 지르지 못하고,

"캑!" 하면서 그대로 푹 엎드러진다.

태수는 김 씨보다 아랫목으로 누워 있었고, 또 일 초만 더디게 일어난

것으로 해서 탑삭부리 한 참봉의 최초의 일격이 우선 김 씨의 머리 위로 내리는 순간을 탈 수가 있었다.

"따악."

방망이가 김 씨의 머리를 내리치는 순간, 태수는 나는 듯이 몸을 뛰쳐 열려진 윗미닫이로 돌진을 한다. 그것이 만일 트랙에서라면 최단 거리의 세계 기록을 깨뜨리고도 남을 초인적 스타트라고 하겠다.

돌진을 하여 탑삭부리 한 참봉의 발밑을 빠져 마루로 솟쳐 나가는 태수는,

"사람 살리우!" 하면서 짜내듯 외친다. 몇 시간 뒤에는 자살을 할 그가 진실로 사람 살리라고 외치던 것이다. 그는 미처 그것을 생각할 겨를도 없었거니와, 설사 생각했다 하더라도 역시 그와 같이 몸을 피할 것이요, 사람 살리라고 외쳤을 것이다. 그러나 그것은 또 이 창피한 죽음을 벗어나 명예로운 자유의 자살을 하려는 의사냐 하면 그런 것도 아니요, 오직 동물적 본능인 것이다.

우선 몸을 빼쳐서 나왔으나 이어 등 뒤로부터 무거운,

"이히놈!"

소리가 뒤통수를 바로 덮어 누를 때, 태수는 방에서 솟쳐 나오는 여세로 하여 몸을 바른편으로 돌려 마당으로 피할 여유를 갖지 못하고서 그냥 다급한 대로 건넌방 샛문을 향해 돌진을 계속한다.

미닫이의 가느다랗게 성긴 문설주가 몸뚱이로 떠받으면 만만히 뚫어지리라는 것, 그리고 건넌방에는 사람이 있다는 것, 이 두 가지의 절박한 여망이던 것이다. 그러나 건넌방 샛문을 옳게 떠받자면 그래도 삼십 도가량은 바른편 쪽으로 몸을 더 틀었어야 할 것인데, 세찬 타성이 말을 듣지 않았다. 그리하여 그는 건넌방 그 샛문의 왼편에 놓여 있는 육중한 뒤주 모서리를 뻐언히 제 눈으로 보면서도 어찌하지를 못하고 앙가슴으로

다가 우지끈 들이받았다. 들이받으면서,

"어이쿠!"

소리를 지르면서 상반신이 앞으로 와락 솟쳤다가는 이어 뒤로 쿵 마룻바닥에 주저앉는다.

이만만 했어도 태수는 집에다가 사다 둔 '쥐 잡는 약'을 먹을 필요가 전연 없었을 터인데 뒤미처,

"이놈!" 하더니 방망이는 연달아 그를 짓바수기 시작한다.

"이놈!" 하고,

"따악." 하면,

"어이쿠!" 하고,

"이놈!" 하고,

"퍼억." 하면,

"어이쿠!" 하고, 그래서,

"이놈!"

"따악, 퍼억."

"어이쿠!"

이 세 가지 소리가 수없이 되풀이를 한다.

건넌방에서는 식모와 계집아이가 문을 반만 열고 서서 겁에 질려 와들와들, 아이구머니 소리만 서로가람 외친다.

안방의 그 이부자리 위에서는 앞으로 엎어진 김 씨의 몸뚱이가 쭈욱 퍼진 채 손끝 발끝만 가느다랗게 바르르 떤다. 치달아 오르는 극도의 분노가 모질게 맺힌 최초의 일격은 그놈 하나로 넉넉히 배반한 아내의 골통을 바숴뜨리기에 족했던 것이다. 피는 홍건히 흘러 즐거웠던 자리를 부질없이 싱싱하게 물들여놓는다.

문경 새재 박달나무는 홍두깨 방망이로 다 나간다는 아리랑의 우상은,

그러나 가끔 가다 피의 사자 노릇도 하곤 한다.

아닌 밤중에 여자들의 부르짖는 비명과 남자의 거친 노호 소리는 지나가는 사람들의 주의를 끌었다.

처음이야 구경삼아 한두 사람이 모인 것이나 이어서 셋, 넷, 이렇게 여럿이 모이자 그들은 집안의 형세가 졸연치 못한 것을 알고는 단순한 구경꾼으로부터 한 걸음 더 나아가지 않지 못했다. 그들은 무언의 동맹을 맺었다. 잠깐 대문을 흔들었다. 마침내 소리를 쳤다.

대문이 요란히 흔들릴 때에야 탑삭부리 한 참봉은 비로소 정신이 들어 방망이질을 멈췄다. 그리고는 다시금 정신이 나는 듯이 발아래에 나가 동그라진 태수의 몸뚱이를 내려다본다. 태수는 모로 빗밋이 쓰러져서 꽁꽁 마디숨만 쉬고 있지, 몸뚱이며 사지는 꼼짝도 않는다. 얼굴로 유카타로 역시 피가 흥건히 흐르고 젖고 했다.

탑삭부리 한 참봉은 이상하다는 듯이 한참이나 태수의 그 꼴을 들여다보다가, 몸을 돌이켜 우르르 안방으로 들어간다.

안방에 엎으러진 김 씨의 몸뚱이는, 인제는 손끝 발끝을 가늘게 떨던 것도 그만이고, 아주 시체다.

탑삭부리 한 참봉은 김 씨의 시체 옆으로 가까이 가서 이윽고 들여다보더니 차차로 눈을 홉뜬다.

그는 단지,

'이렇게 되었나!' 하고 이상해하는 양이다.

당장 눈앞에 송장이 두 개나 나가동그라져 있고 그리고 제 손으로다가 죽이기는 죽였으면서, 그러나 지금 마음 같아서는 아무리 해도 제 자신이 저지른 일인 성싶지가 않던 것이다. 그는 손에 쥐고 있던 피 묻은 방망이를 힘없이 떨어뜨리면서 넋을 잃고 우두커니 서서 있다. 그리고 미구에 순사가 달려와서 고랑을 채울 때까지도 그렇게 서서 있었다.

한편 형보는….

그처럼 전화로 탑삭부리 한 참봉한테 고자질을 하고는 시치미를 뚜욱 떼고 제 방으로 들어가서 누웠노라니까, 가슴은 좀 두근거려도 오래 끌던 일이 아무려나 이제는 끝장이 나나 보다고 속이 후련했다.

그는 안방에서 태수와 초봉이가 재미나게 놀고 있는 것을 귀로 들으면서,

'오냐, 마지막이니 맘껏 놀아라.' 하고 싱그레니 웃었다.

아홉 시가 되어 태수가 게다를 딸그락거리고 나가는 것을 그는,

'이 녀석아, 그게 바로 지옥으로 난 길이다.' 하고 또 웃었다.

태수를 따라 나갔던 초봉이가 대문을 잠그고 들어오는 소리가 들렸다. 형보는 어둠 속에서 혼자 싱글벙글 웃으면서, 저 혼자 속으로 주거니 받거니 야단이다.

'이제는 네가 처억 내 것이란 말이지?'

'아무렴… 그렇구말구.'

'그러면… 오늘루 아주 내 것이 될 테라?'

'물론 오늘 저녁으로 조처를 대야지…. 그래서 인감 증명을 내놓아야, 딴 놈이 손도 못 댄단 말이렷다.'

미리서 계획이 없다고 하더라도, 그는 제 말대로, 이미 제 것이 되어 있는 초봉이를 바로 안방에다가 혼자 두고서 그냥은 견디기가 어려웠다.

그는 초봉이가 잠이 들기를 기다렸다. 시간을 기다리자니 무던히 지루하기는 했어도, 그는 꾹 참고 기다렸다.

아홉 시가 지나고, 다시 열 시를 치는 소리가 들리자 이만하면 초봉이가 잠도 들었으려니와 가령 태수가 오늘 밤에 무사해서 돌아온다더라도 한 시간은 여유가 있겠은즉 꼬옥 좋을 때라고 생각했다.

'불시로 돌아오면? 또 나중에 알고 지랄을 하면?'

'이놈! 꿈적 마라, 이렇게 엄포를 해주지? …오늘 저녁에 무사히 돌아온

대도 내일 아니면 모레는 때여 갈 텐데.'

형보는 태수가 설혹 잡혀가서 문초를 받더라도 소절수 심부름을 해준 형보 제 이름은 결단코 불지 않으려니 하고, 그의 처음 다짐한 말도 말이거니와 의리를 믿고 의심을 않는다.

이런 것을 보면, 그는 악독할지언정 둔한 편이지 결코 영리하거나 치밀하지는 못한 인물이었다.

그래 아무튼 만사태평으로 유카타 앞을 여미면서 살그머니 문을 열고 나선다. 조용하다.

"아즈머니 주무시우?"

막상 몰라 나직한 목소리로 불러본다.

아무 대답이 없는 것을 보고는 살금살금 걸어서 안방 미닫이 앞으로 간다. 귀를 기울여본다. 고요한 방 안에서 확실히 잠든 숨소리가 사근사근 들려온다.

형보는 약간 가슴이 두근거리는 것을 어찌하지 못하고 살그머니 미닫이를 열고서 우선 고개만 들이민다.

오십 와트의 전등을 연초록 덮개로 가린 은근한 불빛 아래, 흐트러진 타월 자리옷과 남색 제병 누비이불 위에다가 아낌없이 내던진 하얀 허벅다리며 머리칼이 몇 날 흐트러져 내린 평화로운 잠든 얼굴, 이것을 구경하는 것만도 형보한테는 우선 중값이 나가는 향락이다.

초봉이는 초저녁에 태수가 나간 뒤로 바로 잠이 들었었다. 그는 오래간만에 혼자 자리에 누워보니 사지가 마음대로 뻗어지고 후덥지근하지 않고 한 것이 어떻게나 편안하던지 몰랐다. 그래서 그는 마음 놓고 편안히 잠이 들었던 것이다.

억척이요 얌전하다는 그의 모친 유 씨는 딸을 학교에 보내는 승벽은 있어도, 딸더러 시집을 가서 남편 없이 있을 때는 어떻게 하고 잠을 자야 한다는 것은 가르칠 줄을 몰랐었다.

형보는 이윽고 싱긋 웃고는 방으로 들어서서 미닫이를 뒤로 소리 없이 닫는다. 초봉이가 깨서 앙탈을 하더라도 그것을 대기할 준비는 되어 있지만, 그래도 조심조심 걸어 내려가서 전등 스위치를 잡는다.

그는 아까운 듯이 한 번 더 초봉이의 잠든 맵시를 내려다보다가는 딸꼭 전등을 꺼버린다.

초봉이가 경풍이 나게 놀래어 몸을 뒤틀면서 소리를 지르려고 할 제는 억센 손바닥이 입을 틀어 막는다. 그리고는 바로 귓바퀴에서 재빠른 숨소리로 숨 가쁘게…,

"쉿! 떠들면 태수가 죽어…. 태수는 시방 싸전 집에서 그 집 여편네하구 자구 있으니깐… 그리니깐 내가 나가서 한마디만 쑤시면 태수는, 남편 한가한테 맞아죽는단 말이야. 태수를 죽이잖으려거든 괜히 꼼작 말구 가만히 있어야 해!"

초봉이는 경황 중이라, 이 말을 조곤조곤 새겨서 그 진가를 분간할 겨를은 없으면서도, 그러나 거듭 쳐 놀라운 것만은 사실이어서 다만 정신이 아찔했다. 하는 동안에 형세는 여전하고 조금도 유축이 없다.

대체 이러한 경우에는 어떻게 해야 하는 것인지 전연 알 수가 없다.

그는 다급한 나머지,

'어머니는 이런 것도 다 아시련만!' 하는 생각이 언뜻 났으나 물론 아무 소용도 없었다.

아무리 용을 써봤자 일은 그른 줄 알면서도 그는 몸을 뒤틀어댄다. 그러나 종시 꼼짝도 할 수가 없다. 소리는 어쩐지 지르기가 무섭기도 하려니와, 지르자 해도 입이 막혔다. 원 세상에 이럴 도리가 있을까 보냐고 안타깝다 못해 죽을힘을 다 들여 가까스로 몸을 한 번 비틀면서,

"으으응."

소리를 쳤으나, 미처 힘도 쓰다가 말고 그만 그대로 까무러쳐버렸다.

초봉이가 다시 정신이 들었을 때는 마침 열두 시를 쳤다. 그는 아까 일이 꿈결같이 아득하여 도무지 정말인가 싶지 않았다. 그렇게 생각하면 허망하다 못해 혹시 정말로 꿈이나 아니었던가 하여 새삼스럽게 정신이 드는 것이지만, 그러나 아득할 따름이지 분명히 꿈은 아니요, 어엿한 생시다. 생시어서 몸은 그렇듯 (허망한 게 곧잘 미덥지도 않은 순간의 소경사이었음에도 불구하고 결과 되어 나타난 사실은 너무도 똑똑하여) 절대로 무시해버리거나 씻어버리거나 하지를 못한 영원한 더러운 것이 되고 말았다.

초봉이는 어둠 속에서도 제 몸뚱이가 내려다보이는 것 같아 오싹 진저리를 친다. 더럽고 꺼림한 게 사뭇 구역이 나는 것 같았다.

그는 가마솥의 쩌얼 쩔 끓는 물에다가 몸뚱이를 양잿물이라도 두어가면서 푹푹 삶아냈으면 한다.

아—니 그것도 시원칠 않으니, 드는 칼로 어디를 싹싹 도려냈으면 한다. 그러나 생각하면 가령 그것을 한다고 한들 엎지른 물이 도로 담아질 것이 아니요, 하니 속 후련할 것은 없을 노릇이다.

'그러면 대체 어떻게 하는고?'

조지듯 스스로 묻는 말에 기다리고 있던 듯이 대번 서슴지 않고 나오는 것이,

'죽어야지!' 하는 대답이다

죽어야 하겠고, 죽어서 잊어버리거나 하지 않고는 도저히 마음을 견뎌낼 수가 없을 것 같았다.

이것은 한 개의 순수한 결벽이다. 이 결벽으로 하여 죽음을 뜻한 초봉이는 죽어야 할 또 하나의 다른 이유를 깨닫고,

'옳다! 죽어야 한다!' 하면서 아랫입술을 지그시 문다. 그제야 정조라는

것 ─ 남의 아낙으로서 정조를 더럽혔다는 것 ─ 을 생각하게 되었던 것이다.

초봉이는 손으로 어둔 발치를 더듬더듬, 벗어놓았던 옷을 걸어입고 도사리고 앉아 한 팔로 턱을 괸다.

죽기로 결심이 아니라, 죽어야 한다고 하고 나니 비로소 뭇 생각과 감정이 복받쳐 오른다.

분하기가 이를 데 없다. 그 생김새부터 흉악한 저놈 장가 놈한테 이 욕을 보다니, 그리고서 속절없이 죽다니, 당장 식칼이라도 들고 쫓아가서 구렁이같이 징그럽고 미운 저놈을 쑹덩쑹덩 썰어 죽이고 싶은 생각이 물끈물끈 치닫는다.

그렇지만 만약에 그랬다가는 내 부끄러운 것이 내가 죽은 뒤에라도 드러나고 말 테니, 또한 못할 노릇이다. 속 시원하게 원수풀이도 못하다니 가슴을 캉캉 찧고 싶다.

대체 이이는 어떻게 된 셈인고? 장가 놈이 말한 대로 한 참봉네 집엘 가서 정말 그렇게 하고 있는가?

설마 그러려구? 장가 놈이 괜히 꾸며낸 허튼 소리겠지. 그렇다면 어째서 그따위 소리에 가뜩이나 기가 질려가지고는 맘껏 항거라도 해대덜 못했던고!

분한지고! 이 원한을 못 풀고 그대로 죽다니. 내가 소리 없이 이렇게 죽어버리면 어머니 아버지며 동생들은 오죽 놀라고 서러워하리.

어느 결에 눈물이 맺혀 내리고 절로 울음이 쏟아져 나오는데, 그럴 때에 마침 요란히 대문 흔드는 소리가 들렸다.

초봉이는 울음을 꿀꺽 삼키면서 반사적으로 일어서기는 했으나, 대답을 하고 나올 염을 못하고 그대로 선 채 당황하여 어쩔 줄을 몰라 한다. 남편을 대할 수가 없다는 것이다.

그는 가슴이 맞방망이 치듯 두근거리고, 어째서 진작 목을 매든지 찻
길이나 선창으로 나가든지 하덜 않고서 여태 충그리고 있었더란 말이냐
고, 당장 목을 맬 밧줄이라도 찾는 듯이 방 안을 둘러본다.

그러자 연거푸 대문을 흔드는 사이사이에,

"여보오 여보, 문 좀 열어요!" 하면서 부르는 음성이며 말투가 분명히
태수가 아닌 것을 퍼뜩 깨달았다.

초봉이는 남편이 돌아온 게 아닌 것이 섬뻑 마음이 놓이더니, 그러나
이어 그와는 다르게 새로 가슴이 더럭 내려앉았다. 그러면 장가 놈이 하
던 소리가 빈말이 아니고 무슨 탈이 난 것인가, 이런 의심이 들면서 그는
더 지체할 경황이 없이 가만가만 대문간으로 밟아 나온다.

"누구세요?"

초봉이의 음성은 저도 알아보게 떨렸다.

"이게 고태수 집이래지요?"

대문 밖에서 되묻는 건 갈데없는 순사의 말씨다.

마침 철그럭 하는 칼 소리까지 들린다. 이제는 장형보의 하던 소리와,
그리고 무슨 탈이 났다는 것은 더 의심할 여지도 없다. 그러나 어떻게 돼
서? 혹시 장가 놈이 내가 까물쳤던 사이에 나가서 뒤로 무슨 흉계를 꾸
몄다면 모르지만, 그러나 나를 그래 놓고서 억하심정으로 그렇게까지 할
며리도 없는 게 아닌가? 또 몰라, 그놈의 짓이니…. 그렇지만 그동안이
얼마나 된다고 어느 겨를에 나갔다가 들어오며….

초봉이는 머릿속이 혼란한 채 밖에서 재촉하는 대로 대문을 열었다.
역시 시꺼먼 순사가 외등불 밑에 우뚝 섰다.

"고태수, 집에 왔소?"

"네, 저어…."

"응… 그러면 저어 오늘 저녁에 개복동 한 서방네 집에, 그 집 안집에,

에 또, 간 일 있소?"

"네에."

"응, 응….."

순사는 다 알겠다는 듯이 고개를 끄덕끄덕하더니,

"…그러면 저기 도립 병원에 가보시우."

"네에?"

초봉이가 소리를 짜내면서 대문 밖으로 솟쳐 나가는데 순사는 벌써 돌아서서 가고 있고, 여태 순사 뒤에 가 가려섰다가 조그맣게 나서는 게 탑삭부리 한 참봉네 집의 계집아이이다.

"오! 너! …그래서?"

초봉이는 숨차게 외치고 계집아이도 초봉이 앞으로 와락 달려든다.

"저, 이 댁 서방님이….."

계집아이는 떨리는 음성으로 말을 내다가 힐끗 순사를 돌려 본다. 순사는 돌려다 보지도 않고 멀찍이 가고 있다.

"그래서?"

"이 댁 서방님이, 저어….."

"으응, 그래서?"

"저어, 아주 돌아가시게….."

"머어?"

초봉이는 정신이 아찔하여 몸이 휘둘리면서 쓰러지려고 하는 것을 겨우 대문 문지방에 등을 지고 선다. 그는 머릿속에 더운 물을 들이부은 것같이 욱신거리기만 했지 잠시 어떻게 할 바를 몰랐다.

"아—니 웬일인가요…?"

등 뒤에서 게다 끄는 소리가 달그락거리더니 형보가 뛰어나온다. 그는 허둥지둥하기는 해도 아까 안방에서 건너간 뒤에 아직 잠을 자지 않고 있었고, 그랬기 때문에 대문간에서 웅성거리는 말소리를 대강 다 알아듣고도 물론 짐짓 의뭉을 피우던 것이다.

"…너 웬일이냐?"

형보는 초봉이가 넋을 잃고 섰는 것을 힐끔 돌려다 보다가 계집아이 앞으로 다가선다.

"저어 이 댁 서방님이 다아 돌아가시게 돼서, 저어 병원으루…."

"머어? 어째?"

형보는 허겁스럽게 놀라는 체하는 것이나 속으로는 일은 썩 묘하게 맞아떨어졌다고 좋아 죽는다.

"…거 웬 소리냐? …대체 어떻게 된 일인데…?"

"저어 우리 댁 나리가…."

"응, 느이 댁 나리가…?"

"이 댁, 서방님을…."

"그렇게… 저어 뭣이냐 돌아가시게 해놨단 말이지?"

"네에."

"네에라께? …아니 글쎄…."

"그리구 우리 아씨는 아주 그 자리서 돌아, 돌아가시구…."

계집아이는 비죽비죽 울기 시작한다.

형보는 여편네 김 씨까지 그렇게 되었다는 것은 뜻밖이었으나 역시 그럴듯하기는 했다.

초봉이는 어느 틈에 큰길로 두달음질을 치고 있다.

"그럼 너는 느이 집에루 가보아라. 이 댁 아씬 내가 모시구 병원으루 갈 테니…."

형보는 계집아이더러 말을 이르고서, 초봉이를 따라가느라고 유카타 자락을 펄럭거린다.

초봉이는 제가 병원엘 간다기보다도 등 뒤에서 딸그락거리고 따라오는 형보한테 쫓기어 반달음질을 치고 있다.

'이놈아, 이 천하에 무도한 놈아! 네가 이놈 나를… 그리고 내 남편을….'

초봉이는 돌아서서 이렇게 저주를 하고, 그의 죄상을 낱낱이 세어가면서 목청껏 외치고 싶었다. 그럴라치면 길 가던 사람, 잠자던 사람 할 것 없이 숱한 사람이 모이고 그 여러 사람들이 모두 달려들어 형보를 죽도록 때려주고 걷어차고 할 것이고….

게다를 신었어도 사내의 걸음이라 몇 십 간 가지 못해서 형보는 초봉이와 나란히 섰다.

"자동차라도 얻어 탑시다!"

형보는 혹시 지나가는 자동차라도 없나 하고 앞뒤를 휘휘 둘러본다. 초봉이는 물론 들은 체도 않고 씽씽 가기만 한다.

"허— 그거 원!"

형보는 따라오면서, 혼잣말로 자탄하듯 두런거린다.

"…원 그럴 도리가 있더람! …그거 원 참! 그래, 어쩐지 전에두 보기에 위태하더라니! …글쎄, 결혼두 하구 했으면서 그런 위태한 짓을 할 게 무어? 사람이 좀 당돌해서… 당돌해서 필경 일을 저질렀어!"

실상 초봉이는 태수의 생명이 어떻게 되었는지 애가 타기는 했어도 일변 어찌된 사맥인지 그것이 궁금하지 않을 것은 아니다.

"그러나저러나 간에…."

형보는 이제는 바로 대고 초봉이더러 이야기를 건넨다.

"…실상 고 군이 오래잖어서 아무래도 죽기는 죽을 사람이었으니깐요…."

"무어야?"

초봉이는 종시 못 들은 체하기는 해도 속으로는 대꾸를 않지 못한다.

"…은행 돈을 수—수천 원을 범포를 냈지요. 남의 소절수를 위조해가지구설랑…."

'이 녀석이, 한단 소리가!'

"…그래 그것이 오래잖아 탄로가 날 테니깐, 그럴 날이면 창피하게 징역살이를 하느니 차라리 죽어버린다구 그랬더라우. 오늘 아침에두 당신이 부엌에 내려간 새 나하구 그런 이얘길 한걸? …행화두 태수가 죽는닷소리를 육장 들었습넨다. 행화두 실상은 태수가 상관하던 계집인데 것두 여태 모르구 있습니다그려…?"

'무엇이 어째?'

"…저의 집이 재산가요, 과부의 외아들이요, 전문학교 출신이요, 그게 다아 당신허구 결혼하려구 꾸며낸 야바윗속이라우, 야바윗속…. 보통학교만 겨우 마치구서 서울 ××은행 본점 급사루 들어갔다가 십 년 만에 행원이 된 걸, 흥…!"

'아니, 무엇이 어째?'

"…그리구 즈이 집은, 집두 터두 없어서 즈이 어머닌 머 어디라던가, 남의 셋방을 얻어가지구 산답디다. 그날 혼인날 말이요, 내려오지도 않은 걸 보지? 내려오기는커녕 혼인한다는 기별두 않은 걸…."

'거짓말 마라, 이 녀석아!'

"…이 군산 바닥엔 그 사람네 본집이 어덴지 아는 사람이라구는 하나두 없어요. 당신한테두 아마 가르쳐주지 않았으리다…."

'이 녀석아, 누가 너한테 그따위 개소릴 듣겠어?'

초봉이는 형보가 미운 데다가 일이 안타까워서 그러는 것이지, 역시 형보의 말이 다아 곧이들리지 않는 것은 아니다.

"…그러니 말이오. 다아 속내평이 그래서 당신두 억울하게 속아가지구 신세를 망친 셈이지요!"

'무슨 상관이야?'

"…그러니깐 그저 지나간 일일랑 다아 잊어버리구서 맘을 가라앉히시우. 내가 있는 이상 장차에 살아갈 걱정은 할라 말구…."

'아—니, 이 녀석이 가만두어 두니까 점점….'

초봉이는, 형보가 인제는 바로 제 계집이 다 된 양으로 그렇게까지 말을 하는 수작이 하도 어이가 없어 대체 어떻게 생긴 낯바대기를 하고서 이러느냐고 침이라도 태액 뱉어주고 싶은 것을 겨우 참는다.

"…집두 기왕 얻어논 거요, 살림도 그만큼 채린 것이니 일부러 그걸 떠헤치구 다시 채리려구 할꺼야 무엇 있소? …되려 십상이지 머…."

"듣기 싫여!"

초봉이는 참다못해 발을 구르면서 한마디 외친다. 그 끝에 그는,

'내가 네 간을 내먹자면 네 계집 노릇이라도 해야 하겠지만, 그럴 수 없으니 차라리 안타깝다.'고까지 부르짖고 싶었던 것이다.

형보는 좀 더 사람이 영리했다면 지금 이 경황 중에 더구나 태수의 흠을 들추어내 가면서, 초봉이를 달래려 들지는 않았을 것이다.

이윽고 도립 병원엘 당도하여 형보는 뒤에 처져서 순사가 묻는 대로, 저 여자는 피해자 고태수의 아낙이요, 또 나는 한집에서 지내는 그의 친구라고, 온 뜻을 설명하고 초봉이는 그대로 치료실 안으로 한걸음 들여놓았다.

방금 맞은편에 있는 진찰대 옆에서는 간호부가 흰 홑이불로 태수의 몸뚱이를 덮어씌우고 있을 때다.

그 흰 홑이불이 바로 죽음 그것임을 암시 하는 것 같아 초봉이는 머리 끝이 쭈뼛하고 다리가 허든거렸다.

그는 무엇에 질리듯 더 들어서지 못하고. 그 자리에 멈칫 멈춰 선다.

마침 의사가 뒤에서 청진기를 떼어 들고 돌아서면서, 이편 쪽으로 걸상을 타고 앉은 경부보더러 나른하게 말한다.

"모우, 다메데스(운명했습니다)!"

그러다가 마침 들어서는 초봉이를 힐끔 건너다보더니, 이어 본숭만숭 커다랗게 하품을 씹는다. 경부보는 직업에 익은 대로 초봉이의 위아래를 마슬러 보다가,

"고태수노, 오카미상(아내)요?"

"네에."

초봉이의 대답은 절로 떨리면서 목 안으로 까라진다[158].

"우응⋯."

경부보는 고개를 끄덕끄덕하다가 턱으로 저편 침대께를 가리킨다.

초봉이는 머릿속이 무엇 두꺼운 형겊으로 한 겹을 가린 것같이 멍— 하여, 차근차근 사려를 갖는다든가 할 수가 없고, 경부보가 턱을 들어 가리키는 대로, 마치 최면술에 걸린 사람처럼 휘청휘청 진찰대 옆으로 다가간다.

간호부가 조용히 홑이불자락을 걷고 얼굴만 보여주면서, 삼가로이 목례를 한다. 직업도 직업이거니와 애틋한 어린 미망인에 대한 같은 여자로서의 동정과 조상이리라.

태수의 얼굴은, 왼편 이마가 으깨어지듯 터져 피가 번져 나왔고, 같은 왼편 광대뼈가 시퍼렇게 피멍이 져서 부풀어 올랐고, 머리에서 피가 흘러내린 자국만 얼굴에 남았지 머리털이 있어서 상처는 보이지 않았다.

그러나 피 묻은 얼굴은 흉하게 뒤틀리고 눈과 입을 반만 감고 벌린 채 숨이 져서 있는 꼴은 첫눈에 소름이 쭉 끼쳤다.

---

158) 까라지다: 기운이 빠져 축 늘어지다.

초봉이는 반사적으로 외면을 하려다가 뒤에서 보는 사람들을 여겨 못하고 두 손으로 얼굴을 싼다. 그리고는 순간 만에 접질리듯 무릎을 꿇고 진찰대 변두리에다가 고개를 파묻는다.

서러운 줄은 모르겠어도 눈물이 쏟아졌다. 눈물에 따라 어깨도 떨린다. 그렇게 눈물이 먼점 나오고 어깨가 떨리고 해서 절로 울어지고, 울어지니까 비로소 서러워 운다.

무슨 설움인지 모르고서 울고 있는 동안에 그제야 이 설움 저 설움 설움이 솟아나고, 분한 일 안타까운 일 막막한 일이 모두 생각나고, 그래 끝이 없는 설움에 차차 더 섧게 운다.

그것은 제 설움이 하 망극하여 그렇겠지만, 그는 남편 태수를 슬퍼하는 정은 마음 어느 구석에고 들지를 않았다. 보다도 그는 그런 설움이야 없다는 사실을 깨닫지도 못했다.

형보가 이것저것 주변을 부렸다. 자동차부에 전화를 걸어 집 근처까지 가지 못하는 자동차로 우선 둔뱀이의 정 주사네를 데리러 보낸 것도 그것이다. 그러한 지 한 시간이 넘어서야 복도를 우당퉁탕, 정 주사네 내외가 달려들었다.

초봉이는 그때까지도 진찰대 변두리에 엎드려 울고 있었다. 정 주사네 내외는 첨에는 사위 태수가 죽었다는 단지 그것만을 알았고 그래서 웬 영문인지를 몰라 어릿어릿했다.

형보가 시원시원하게 내달아서 제가 들은 대로 사실 경위 이야기를 해주고는 연달아 아까 초봉이를 쫓아 병원으로 오면서 하던 태수의 근지와 소절수 사건으로 까집어내기를 잊지 않았다.

정 주사네 내외는 당장 눈앞에 태수가 송장이 되어 자빠졌다는 것 외에는 모두가 반신반의스러웠다. 아니, 도리어 미더운 편으로 기울기는 하나, 이 혼인을 정할 때 장사 밑천에 홀리어 사위의 인물의 흐린 점이 있는 것도 모른 체하고 '관주'를 주어버린 자기네의 마음의 죄책을 다만 얼마 동안만이라도 회피하기 위하여 우정 형보의 씨부렁거리는 소리를 곧이듣고 싶지가 않았던 것이다. 그러나 그러한 것은 아무래도 좋고, '날아가 버린 장사 밑천' 그것이 속절없어, 태수의 죽음은 하늘이 무너진 듯 아뜩했다.

"허! 흉악한 일이로군!"

정 주사가 천장을 올려다보면서 이렇게 탄식을 한다. 그것은 사위가 죽은 데 대한, 따라서 딸의 신세를 생각하는 장인이요, 아버지의 상심이 노상 아닌 것도 아니나, '날아가 버린 장사 밑천'이 더 안타까워, "허! 허망한 일이로군!"이라고 하고 싶은 심정이었었다.

- 《조선일보》, 1937

2권에 계속

채만식(1902~1950)
소설가, 극작가.

1902년 전북 옥구군 임피면 읍내리에서 채규판과 조우섭의 6남매 중 5
남으로 출생.
1922년 중앙고등보통학교 졸업(4년제). 일본 와세다대학 부속 제1와세
다 고등학원 문과 입학.
1923년 가세가 기울자 학업을 중단함. 처녀작 『과도기』 탈고
1924년 강화 사립학교 교원으로 취직. 단편 『세 길로』가 『조선문단』 3
호에 추천됨.
1925년 동아일보 정치부 기자로 입사함.
1926년 동아일보를 그만둠.
1933년 장편 『인형의 집을 나와서』를 『조선일보』에 연재함.
1934년 『레디메이드 인생』, 『인테리와 빈대떡』(희곡) 등 발표.
1936년 조선일보를 그만두고 개성으로 이사함. 희곡 『심봉사』를 『문
장』에 연재하려 하였으나 전문 삭제 당함.
1937년 『탁류』를 『조선일보』에 연재함. 『祭饗날』(희곡) 발표.
1938년 『천하태평춘』(후에 『태평천하』로 개제)을 『조광』에 연재함.
『이런 처지』, 『치숙』, 『소망』 등 발표.
1939년 『金의 情熱』을 『매일신보』에 연재. 『홍보씨』, 『패배자의 무덤』
등 발표. 『채만식단편집』이 학예사에서 출간됨.
1940년 개성에서 안양으로 이주. 『냉동어』, 『懷』, 『당랑의 전설』(희곡)

발표.

1941년 시나리오 『무장삼동』 탈고.

1942년 장편 『아름다운 새벽』을 『매일신보』에 연재. 단편집 『집』 상
　　　 재. 안양에서 서울 광나루로 이주함.

1944년 친일적 작품 『여인전기』를 『매일신보』에 연재.

1945년 향리에 일시기거하다 해방 후 서울 충정로로 다시 이주함.

1946년 『허생전』, 『맹순사』, 『미스터 方』, 『논 이야기』 등 풍자적 소설
　　　 발표.

1947년 익산시 고현동으로 이주. 『심봉사』(희곡) 발표.

1948년 장편 『옥랑사』 탈고. 『낙조』, 『도야지』, 『민족의 죄인』 등 발표.

1949년 『소년은 자란다』 탈고. 『역사』 발표.

1950년 익산시 마동에서 별세함. 임피면 계남리 선영에 안장됨.